# Die Frau des Marschbauern

Sabine Nielsen

# Die Frau des Marschbauern

## Band II:
## Der zweite Fall für die Tanten

Föhr-Roman

ihleo verlag

**Bibliografische Information der Deutschen Nationalbibliothek**

Die Deutsche Nationalbibliothek verzeichnet diese Publikation in der Deutschen Nationalbibliografie; detaillierte bibliografische Daten sind im Internet über http://dnb.d-nb.de abrufbar.

Wir danken der Familie des Apothekers Dr. Wisser sehr herzlich für die freundliche Erlaubnis, seinen Namen in diesem Werk zu verwenden.

**Impressum**

Dritte Auflage, 2019



ihleo verlag – Dr. Oliver Ihle, Schlossgang 10, 25813 Husum
info@ihleo.de, www.ihleo-verlag.de

Umschlagabbildung: The way I am © Mella / photocase.de

ISBN 978-3-940926-66-1

# Prolog

*Wyk auf Föhr, den 10. November 2017*

*An Monsieur Claude Vatzé, seine Nachkommen oder die jetzigen Bewohner seines ehemaligen Hauses –*

*Sehr geehrte Dame oder Herr, die Sie diesen Brief lesen,*
*auf einer kleinen Nordseeinsel wie Föhr, wo meine Schwester und ich leben, passiert normalerweise ja nicht viel, aber nun ist uns etwas zu Ohren gekommen, das wirklich seltsam ist, und wir hoffen, dass Sie uns bei der Aufklärung helfen können. Vielleicht sagen Sie sich jetzt, wie kann ich, der ich in Holland lebe, zwei älteren Damen in Deutschland bei der Aufklärung eines über fünfzig Jahre alten Falles helfen? So lange ist es nämlich her, dass Amalie Brodersen verschwand.*

*Und vielleicht denken Sie jetzt: Wer um Himmels willen ist Amalie Brodersen?*

*Nun, sie ist – oder war – die Frau des Marschbauern, und sie verschwand im Jahre 1954. Die Umstände ihres Verschwindens waren außergewöhnlich und wirklich sehr mysteriös, und ihr Verschwinden ist nie aufgeklärt worden! Und deshalb können Sie uns helfen: Es ist meiner Schwester und mir nämlich ein Brief, ein alter Brief, in die Hände gefallen, und wir glauben, dass der einen Hinweis auf Amalie Brodersen enthält. Und der Brief trägt Ihre Adresse – die Adresse, an die ich jetzt schreibe.*

*Sehen Sie, es ist uns sehr wichtig, dass Sie uns mitteilen, ob Amalie Brodersen jemals in Ihrem Haus verweilt hat, und alles, was Sie womöglich über sie wissen, denn der Mann meiner Schwester Ruth ist etwa zur selben Zeit verschwunden. Er sollte nach Australien auswandern, nur wir wissen nicht, ob er da überhaupt angekommen ist, und seitdem ist er verschollen.*

*Wir warten sehr gespannt auf Ihre Antwort. (Wenn Sie Deutsch nicht lesen können, finden Sie vielleicht jemanden, der es Ihnen übersetzt.)*

*Hochachtungsvoll*
*Willa Petersen*

# September 2017

## I

„Die Frau des Marschbauern schritt eines schönen Morgens im Frühling aus ihrem Haus, in der Hand trug sie einen Eimer mit Hühnerfutter … und wurde nie wieder gesehen."

Bertha stieß ihre Gabel in die Baiserkruste ihres Tortenstückes, die aufbrach wie dünnes Eis. Sternenförmig breiteten sich die Ausläufer ihres Einstoßes auf der goldgelben Oberfläche aus. Aus einem besonders tiefen Ritz quoll Kirschmasse hervor wie Blut aus einer Wunde. Unbeirrt senkte Bertha ihre Gabel tiefer in den Kuchen, drang durch den Eischnee, der unter der Kruste schäumte, sondierte eine dicke Kirsche, die sie geschickt von ihren Nachbarn trennte, und erreichte endlich den Mürbeteig, der den Boden dieses Kunstwerkes bildete. Fasziniert beobachtete ich, wie sie das dreilagige Gebilde in ihren Mund bugsierte, ohne das kleinste Krümelchen zu verlieren. Erst dann sah sie auf. Ihre fein gewölbten Augenbrauen hoben sich fragend in die Höhe.

„Wie kommst du denn jetzt auf die Frau des Marschbauern?", fragte Willa. Meine Schwester hatte ihr Tortenstück umgekippt und probeweise ein Eckchen des Mürbeteigs aufgespießt. Sie hob ihre Gabel stirnrunzelnd, als ob sie ein Kenner des Mürbeteigs sei und hier irgendwelche Mängel vermutete.

„Nie wieder gesehen … was meinst du damit? Wer?" Ose starrte Bertha entrüstet an. Unsere Nichte hatte uns gerade den idyllischen Nachmittag beschrieben, den sie, an den

Sommerdeich gelehnt, vor der Siedlung Greveling verbracht hatte, wo weiß getünchte Reetdachhäuser im Stil von Friesenhäusern auf Warften leise vor sich hin träumten. Ose ließ sich nicht gern unterbrechen.

Bertha tippte mit ihrer linken Hand auf den Skizzenblock, den Ose unter dem Arm getragen hatte, als sie – gerade rechtzeitig zur Kaffeezeit – mit den ersten Regentropfen hereingeweht war. „Das Wetter ändert sich", hatte sie gerufen und ihre blonden Haare aus dem Gesicht gestreift, um unsere Cousine Bertha zu begrüßen. Dann hatte sie sich ihres Sonnenhuts, Schals, Beutels und Skizzenblocks entledigt und alles zusammen achtlos auf mein Tagebett fallen lassen, wo der Kater Herbert saß und sich wusch.

„Ich habe mir deine Skizzen angesehen", sagte Bertha und nickte in die Richtung von Oses Skizzenblock. „Du machst das ganz hübsch. Als Georg noch lebte, hat er oft die Zeichenwettbewerbe entscheiden müssen."

Der Gatte unserer Cousine, der vorzeitig verstorbene Oberstudienrat Georg Paulsen, ist für Bertha so eine Art Maßstab, an dem sie die Welt beurteilt. Wenn Georg etwas für gut befunden hatte, dann war es auch für Bertha gut genug. Jetzt blätterte sie durch den Block, bis sie eine Skizze fand, die ein Gehöft darstellte. Sie hob ihre Kaffeetasse an den Mund und trank ein Schlückchen, bevor sie auf die Zeichnung deutete und sagte: „Der Hof des Marschbauern."

Willa und ich sahen uns erstaunt an. Dann griff Willa nach dem Block. „Gib mal deine Brille, Ruth", befahl sie. Wie ich ist meine Schwester Willa weitsichtig, aber zu stolz, ihre Brille mitzubringen. Sie schob sich meine Brille auf die Nase, setzte sich zurecht und betrachtete das Blatt. Allzugern hätte sie Bertha widersprochen, aber obwohl sie das Bild hin- und herdrehte, kam sie zu guter Letzt wohl doch zu dem Schluss, dass Bertha recht hatte.

„Wann und wo hast du dies gezeichnet?“, fragte sie Ose, beinahe feindselig.

Ose beugte sich vor, um die zarten Striche besser zu erkennen. „Oh, das. Vor ein paar Wochen. An einem freien Tag – ich war mit dem Rad unterwegs.“

Ose hatte den ganzen Sommer hart gearbeitet, um die Galerie zu etablieren, die sie in dem Dorf Goting eröffnet hatte. Jetzt im Herbst war es ruhiger, und sie hatte Zeit, „mal Luft zu holen“. In typischer Ose-Manier hatte sie sich sofort ein neues Projekt ausgedacht. Andere Leute hätten an ihren freien Tagen erst einmal ausgeschlafen, lange gefrühstückt – mit der Zeitung ans Marmeladenglas gelehnt – oder das getan, was Willa sich seit Langem wünschte: nämlich vor dem Häuschen, das Ose von Willa mietete, endlich den Garten anzulegen, den sie seit Ostern plante. Doch Ose hatte sich entschlossen zu malen.

„Nur Wind, Wetter und freie Natur für mich“, hatte unsere Nichte verkündet. „Das inspiriert die Kunst.“

Sie hatte ihr Auto verbannt, um ihre freien Tage zur Motivsuche zu nutzen. Der kleine, rote Lieferwagen, der auch als Oses Aushängeschild diente – blaue Lettern über dem Bild eines weißen Stalls werben für die „Galerie im Stall“ –, ruhte an diesen Tagen auf dem Parkstreifen vor Willas Haus in der Badestraße.

Jetzt zuckte Ose die Schultern. „Wo das war? Also – ich fahr einfach so drauflos und skizziere, was mir vor die Augen kommt.“ Ose machte eine Geste, die „einfach-so-drauflos“ andeuten sollte.

Gerade in diesem Moment sah ich eine geduckte Gestalt den Friesenwall vor meinem Haus entlangschreiten und ins Gartentor einbiegen. Frau Siegesdorf hatte sich in ein Regencape gehüllt, das sie von Kopf bis Fuß bedeckte. Sie hielt bei dem Schild an, das den Namen und die Funktion meines Hauses preisgab. Vielleicht wollte sie sich vergewissern, dass sie sich nicht verlaufen hatte. „Haus am Meer – Pension für alleinstehende Damen", steht auf dem Schild.

Oder vielleicht registrierte sie nur Oses Fahrrad, das gegen das Schild gelehnt stand.

Ose nickte zu Frau Siegesdorf hinunter. „Wegen ihr bin ich ja überhaupt erst wieder aufs Malen gekommen."

Frau Siegesdorf ist eine der drei alleinstehenden Damen, die sich bei uns permanent einquartiert haben. Sie hatte das Fotografieren im letzten Sommer zu ihrem Hobby erkoren und machte schon recht hübsche Aufnahmen. Jetzt schulterte sie die schwere Fototasche und verschwand aus unserem Blickfeld.

„Sie hat mir ihre Aufnahmen gezeigt, die sie überall auf der Insel gemacht hat. Und da hab ich gedacht, jetzt, wo es etwas ruhiger wird in der Galerie, hab ich Zeit, mal meine eigenen Hobbys zu verfolgen. Seit der Uni habe ich nicht gemalt." Mit dem Fingernagel ließ sie die Seiten des Skizzenblockes aufflattern. Sie kam wieder bei dem Gehöft an. „Es war ein herrlicher Tag, das weiß ich noch. Aber zum Schluss wusste ich echt nicht mehr, wo ich war. Wer würde denken, dass man auf einer kleinen Insel dieses Gefühl von Weite haben kann? Ich bin einfach irgendwelchen Marschwegen gefolgt, und auf einmal entdeckte ich diesen Hof! Fast versteckt lag er hinter den Bäumen und dem dichten Gebüsch. Richtig romantisch. Und verlassen – jedenfalls sah es nicht so aus, als ob da jemand lebt." Sie sah etwas unsicher in die Runde. „Kennt ihr den Hof? Und was meinst du mit dieser Frau, die beim Hühnerfüttern verschwand, Tante Bertha?"

„Bertha redet da von einer Sache, die vor langer Zeit passiert ist", sagte meine Schwester. Man hörte ihrem Ton an, dass Bertha als Nicht-Insulanerin kaum befugt war, über dieses Ereignis zu sprechen.

Willa schnaufte und drängte den Kater, der miauend auf ihren Schoß gekrochen war, zurück auf sein Sofakissen. Herbert ist so verwöhnt von meiner Schwester, dass er erwartet, bei Tisch seinen Anteil von Willas Teller zu bekommen.

*Die Frau des Marschbauern* ... wie lange lag das zurück? Ich blickte zum Fenster und sah, dass die Wolken, die zu Mittag noch drohend am westlichen Himmel standen, sich nun um die Insel geschlossen hatten. Wellen zogen an den Strand, Schaumkronen zierten jeden Wellenkamm. Plötzlich prasselte der Regen herunter – fiel in Fontänen auf die Dächer, die Straße und die Strandkörbe. Ein hastig verlassener Sonnenschirm bog sich unter den Wassermassen. Das Meer hüllte sich in einen dichten Schleier. Als ob wir von der übrigen Welt abgeschnitten waren, einsam und allein der Natur ausgesetzt – die Halligen und Amrum waren ganz und gar verschwunden. Mir fröstelte.

„... das einzige Gehöft in der Marsch", drang Cousine Berthas leicht schrille Stimme zu mir durch. „Heute gibt es natürlich viele Aussiedler. Was sie sich dabei gedacht haben, so weit aus den Dörfern zu ziehen! Wie einsam sie dort leben, ohne die Gemeinschaft, die das Dorf bietet. Ohne Nachbarn. Und die schönen, alten Bauernhäuser, da wohnen jetzt Leute, die von Landwirtschaft keine Ahnung haben, die sie zu Ferienwohnungen umbauen oder in Gaststätten verwandeln." Bertha kaute eine Weile, ihre Empörung über das Zerfallen der Dorfgemeinschaft war nicht leicht zu schlucken, obwohl doch auch Bertha die Gastfreundschaft gerade dieser Häuser gern genoss, die zu Cafés und Restaurants umgebaut worden waren und in die sie häufig einkehrte. Sie seufzte und griff nach dem Tortenheber. Als das zweite Stück sicher auf ihrem Teller gelandet war, fuhr sie fort: „Damals, als wir Kinder waren, da war das der einzige Hof in der Marsch. Wir sind manchmal mit unserem Opa dorthin gefahren, wenn ich die Ferien in Boldixum verbrachte. Ich habe aber vergessen, warum. Vielleicht hat Opa Korn abgeholt und zur Mühle gefahren?"

„Und was war mit dieser Frau, die verschwand, Tante Bertha?“, drängte Ose.

„Hm? Oh, erinnert ihr euch nicht, Amalie Brodersen?“, fragte Bertha und sah Willa und mich an.

Amalie Brodersen … schritt eines Morgens aus ihrem Haus und auf dem Weg zum Hühnerstall, wo sie die Hennen hatte füttern wollen, verschwand sie. Wie konnte man das jemals vergessen? Die Gerüchte, die damals kursierten. Die Geschichten, die die Leute sich ausdachten, um ihr Verschwinden zu erklären. Aber das war über fünfzig Jahre her, und irgendwann gab es nichts Neues mehr dazuzudichten, und das Geschehen verblasste in der Erinnerung. Unsere Nichte war noch nicht mal geboren, als es geschah. Aber nun drängte sie darauf, dass wir ihr erzählten, was wir wussten.

„Amalie war eine junge Frau, als sie Rulf Brodersen heiratete. Er war mindestens fünfzehn Jahre älter als sie. Damals hatte er gerade den Hof übernommen und brauchte dringend eine Frau. Natürlich waren wir alle erstaunt, als er auf einmal mit Amalie ankam. Wie er sie wohl kennengelernt hat?“ Bertha zog ein Spitzentüchlein aus dem Ärmel ihres Twinsets und tupfte sich den Mund ab.

„Das war auf einer Fahrt nach Husum mit dem Turnverein“, fiel Willa ein. „Ich weiß das noch genau. Ich war ja auch mit von der Partie. Wir hatten da ein Handballturnier, und am Abend, als wir nach Hause sollten, da ist Amalie in den verkehrten Bus eingestiegen. Anstatt nach Nordstrand, wo sie herkam, ist sie mit uns nach Dagebüll gefahren. Was sollte sie nun machen? So spät am Abend konnte sie nicht noch mal zurück, und da hat dann eine aus Midlum sie mit nach Hause genommen. Am nächsten Tag ist sie mit jemandem von der Hallig abgefahren und auf Umwegen zu ihrer Familie zurückgekehrt.“

Bertha runzelte die Stirn, wohl, um den Zusammenhang zwischen der Midlumerin, die Amalie ein Bett angeboten hatte, und dem Marschbauern zu finden. Sie gab auf und setzte die Erzählung fort: „Jedenfalls kam Amalie als Braut auf die Insel. Ich erinnere mich daran, weil Georg in dem Jahr seine Bronchitis auf der Insel auskurieren sollte. Schwach auf der Brust war er ja immer. Geheiratet haben Rulf und Amalie in der Nieblumer Kirche. Eine stille Hochzeit war das. Einige meinten, Amalie war schon guter Hoffnung." Bertha schielte zu Ose, um zu sehen, ob die ihre Anspielung verstanden hatte. „Aber da lag auch nach einem Jahr nichts Kleines in der Wiege ..."

„Sie kann's ja verloren haben, das passiert", warf Willa ein, blickte mich an und wandte sich schnell wieder ihrem Kuchen zu.

„Mag sein – aber ich glaube eher, die haben so heimlich, still und leise geheiratet, weil ihre Familie gar nicht einverstanden war mit ihrer Wahl. Die sind doch geschlossen weggeblieben."

„Das Gleiche galt für seine Familie. Die hätten doch auch lieber eine echte Föhrerin auf ihrem Hof gesehen!" Willa sah aus, als sei sie bereit, mit ihrer Kuchengabel ins Gefecht zu ziehen. Allerdings hinderte sie das Stück Baiser daran, das sie schon aufgespießt hatte – sie biss knirschend hinein.

Ich weiß nicht, was Willa an Bertha so reizt. Unsere Cousine Bertha ist eine sanfte Person, die Tochter von Mutters Schwester, die aufs Festland geheiratet hatte. Bertha ist immer höflich und immer adrett gekleidet. „Wie es sich meinem Stand als Witwe eines Oberstudienrates gehört", hat sie uns einmal erklärt. Sie trägt abwechselnd Spitzenblusen mit einer Wolljacke um die Schultern gelegt oder die schon erwähnten Twinsets. Nie fehlen die Perlenkette und die Ohrringe. Ein dezenter Duft umweht sie, und Hosen hat sie in ihrem ganzen Leben nicht getragen. Ihre Haare hat sie nie abgeschnitten und trägt sie in einen ordentlichen Dutt geschlagen – „wie anno dazumal", sagt Willa. Sie ist klein und zart von Statur und ganz und gar nicht bedrohlich.

Willas Zorn führt vielleicht auf eine in der Kindheit entstandene Eifersucht zurück. Bertha und ich lebten einmal für mehrere Monate zusammen bei unseren Großeltern in Boldixum. Wir wurden dorthin ausquartiert, weil meine Geschwister an Keuchhusten erkrankt waren und Mutter mal gerade mit zwei kranken Kindern fertigwerden konnte. Willa hat mir nie vergeben, dass ich Bertha ihr damals vorzog, mir sie sogar zur Schwester wünschte.

„Nehmt doch alle noch ein Stück Torte", drängte Bertha jetzt. „Morgen ist die Kruste matschig!"

So genötigt, reichten wir ihr unsere Teller.

„Außerdem war Rulf Brodersen ein komischer Kerl", lenkte Willa jetzt ein. „Das musst du zugeben."

„Mürrisch", stimmte Bertha zu. „Kaum ein Wort kriegte der raus. Und ging der am Abend mal aus mit seiner Frau? Zum Tanzen oder ins Dorf? Nee, das sagten alle: Wenn sie ihm weggelaufen ist, dann kann er sich nur selbst die Schuld geben. Allerdings …" Sie ließ das letzte Wort bedeutsam in der Luft hängen.

„Natürlich", nickte Willa.

Ose lehnte sich gespannt vor.

„Gemunkelt wurde ja."

„Es war doch auch seltsam – wie sie verschwand, ohne jegliche Spur. Wie von der Erde verschluckt."

„Meint ihr", Oses Augen wurden groß und rund. „Meint ihr, er hat sie …"

*Umgebracht.* Das Wort lag ihr auf den Lippen.

„Oh, er ist nie eines Verbrechens bezichtigt worden", sagte Bertha rasch, sich plötzlich ihrer Stellung als Witwe eines Oberstudienrates besinnend. Georg hatte Gerüchte verabscheut. *Richtet nicht, auf dass ihr nicht gerichtet werdet*, hatte er seinen Schülern eingebläut.

„Man konnte ihm nie was beweisen“, stimmte Willa grimmig zu. „Natürlich gab es damals ja noch nicht das, was der Polizei heute zur Verfügung steht. Spurensicherung, DNA und diese ganze Technik. Computer und infrarote Kameras.“

Für eine Weile herrschte Stille. Das Kratzen unserer Kuchengabeln untermalte unsere Gedanken, die sich alle mit dem Verschwinden dieser jungen Frau beschäftigten. Ich erinnerte mich jetzt ganz klar, wie sehr es die Gemüter der Inselbewohner erregt hatte. Willa, die damals als Junglehrerin auf die Dorfschule geschickt worden war, brachte jeden Tag haarsträubendere Theorien mit nach Hause. Schließlich verbot Vater ihr, davon zu sprechen. Er kannte die Eltern von Rulf Brodersen und duldete es nicht, dass seine Tochter deren Namen „mit Dreck bewarf“. Stattdessen kam sie dann zu mir, und hinten in Frau Jantzens Waschküche erzählte sie mir, was sie gehört hatte. Vielleicht besann Willa sich jetzt auch auf Vater, jedenfalls lenkte sie vom Thema ab, indem sie Ose fragte, ob sie denn schon ein richtiges Bild gemalt hätte.

Ose antwortete unkonzentriert, dass sie bis jetzt ja wirklich nur Gelegenheit gehabt hätte, ab und zu mit dem Fahrrad loszufahren und Skizzen zu sammeln. Richtig Zeit lasse ihr die Galerie ja noch nicht, auch wenn es jetzt in der Nachsaison ein wenig ruhiger sei.

„Aber ich fühle mich inspiriert, die Insel selbst mal wieder richtig kennenzulernen“, erklärte sie uns. „Wenn man hier aufgewachsen ist und von morgens früh bis abends spät arbeitet, dann vergisst man ganz, die Schönheit der Landschaft zu genießen. Und am besten kann man das, wenn man sie aus der Perspektive eines Malers sieht.“

Ein bisschen protzig klang das ja, aber unsere Nichte neigt nun mal zum Dramatischen. Und sie hatte wohl recht – ich dachte mir, wenn man etwas malte, dann musste man auf jede Kleinigkeit achten, da sah man sicher mehr als der oberflächliche Zuschauer.

„Und immerhin habe ich Kunst studiert", fügte Ose hinzu, unser Zögern spürend.

„Beim ersten Morgengrauen braust sie los", beschwerte Willa sich. „Das Fahrrad bepackt mit einer Wolldecke, Picknickkorb, Skizzenblock, Malstiften und einem Fernglas. Auch Regenzeug hat sie dabei. Im September kann das Wetter schon mal plötzlich umschlagen."

Bertha fing nun an, von den jungen Frauen zu berichten, die eine Galerie mit einem Café in Wanderup aufgemacht hatten. Wider Berthas Erwartung florierte das Geschäft schon nach kurzer Zeit.

Ose achtete nicht recht auf Berthas Ausführungen, stattdessen zerbröckelte sie nachdenklich den äußeren Rand ihres Kuchens. Plötzlich schob sie, nach einem Blick aus dem Fenster, ihren Stuhl zurück.

„Wisst ihr, ich muss unbedingt noch ein bisschen Papierkram erledigen. Es hat aufgehört zu regnen – ich denke, ich fahr mal wieder los. Danke, Ruth, für den Kaffee. Tante Bertha – dein Kuchen war mal wieder köstlich! Wie immer – du kannst gern öfter kommen! Warte nicht auf mich, Willa, es kann etwas später werden!"

Wir hörten sie die Treppe runterlaufen und sahen sie bei ihrem Fahrrad. Der Sattel war noch nass vom Regen, aber tatsächlich war die Wolkenwand aufgebrochen, und jetzt kam sogar die Sonne noch einmal durch. Das Meer hatte sich beruhigt und lag da, still und unschuldig. Ose kramte in ihrem Beutel, fand etwas, womit sie den Sattel abwischen konnte, und winkte dann zu uns hoch. Willa murmelte, dass das Kind wirklich zu viel arbeite. Aber ich überlegte, warum Ose, wenn sie „noch Papierkram erledigen" wollte, nicht nach rechts abgebogen war, um über den Südstrand nach Goting zu fahren, sondern nach links in Richtung Stadt.

Unsere Nichte hatte schon als Kind eine rege Fantasie und ein übermäßiges Gefallen an Gespenstergeschichten. Nicht selten musste Willa eingreifen, weil Ose ihre jüngere Schwester derart geängstigt hatte, dass diese nicht einschlafen konnte.

Der Kater hatte sich von Oses plötzlichem Aufbruch nicht stören lassen. Herbert hatte seinen großen, orange- und braungestreiften Körper seitlich auf dem Kissen neben Willa ausgestreckt und lag von einem tiefen Schlummer umfangen. Einzig seine langen Barthaare zitterten mit den entweichenden Atemzügen.

Willa beäugte überlegend das letzte Stück Torte, aber Bertha kam ihr zuvor, indem sie es auf ihre Untertasse schob.

„Das werde ich Gudrun mitbringen. Sie hat das Rezept nicht."

Ich dachte, dass Gudrun das Rezept wohl auch nicht bekommen würde. Bertha ist verrufen für ihr eigensinniges Horten von Familienrezepten. Jahrelang hat Willa erfolglos versucht, sie zur Freigabe ihres Rezeptes für gestobte Kartoffeln zu überreden, für die sie in der Verwandtschaft berühmt ist.

„Meine eigenen Eier, die Kirschen von meinem Baum, das Mehl kaufe ich auf einem Bio-Hof, frisch geschrotet …", zählte Bertha die Zutaten auf.

Ich musste Ose zustimmen, dass diese Torte besonders gelungen war. Natürlich aßen wir normalerweise unter der Woche nicht so etwas Feines, aber Bertha hatte darauf bestanden, wie üblich ihren „Begrüßungskuchen", wie sie ihn nannte, mitzubringen. Also war sie in Bredstedt am Morgen in aller Herrgottsfrühe aufgestanden und hatte gebacken, „was das Zeug hielt", wie Willa mir in der Küche zugeflüstert hatte. Sie war ärgerlich, dass unsere Cousine es mal wieder nicht hatte lassen können, sich mit ihren Backkünsten zu brüsten. Obendrein hatte Willa die Torte das letzte Stück ihrer Reise transportieren müssen – in einer Art Triumphzug durch Wyk hatte sie vorn auf Willas Elektromobil gethront. Diejenigen Wyker, die sich nun, mit dem Abebben der Touristenflut, wieder auf den Sandwall wagten, hatten anerkennend genickt.

*Da geht Bertha Paulsen mit ihrer Torte.*

„Und ausgerechnet Fräulein Söhnlein musste uns über den Weg laufen", hatte Willa gestöhnt. „Als ob wir es uns nicht leisten könnten, unsere Cousine anständig zu bewirten, wenn sie mal zu Besuch kommt."

Fräulein Söhnlein ist Willas beste Freundin und engste Vertraute und ein Herald der Wyker Neuigkeiten. Was Fräulein Söhnlein über die Angelegenheiten der Inselbewohner nicht weiß, ist nicht wissenswert. Bis Spätnachmittag würden alle, die daran interessiert waren, wissen, dass Bertha gelandet war – und eine Torte mitgebracht hatte.

Wie Bertha es schafft, ihre Prachtstücke unbeschadet auf die Insel zu schaffen, ist mir schleierhaft. Extra für diesen Zweck bestellt sie sich ein Taxi, das sie zum Bredstedter Bahnhof fahren muss. In Niebüll balanciert sie die Treppen hinauf und über die Straße, um in die Kleinbahn zu wechseln. Sie vertraut ihre Torten nicht dem Gepäcknetz an, sondern balanciert sie auf ihrem Schoß, bis sie Dagebüll erreichen. Dort besteigen sie die Fähre für die Fahrt nach Wyk. Allerdings hat Bertha einzig für derartige Exkursionen eine geräumige Hutschachtel ihrer Mutter umfunktioniert. Glücklicherweise reist sie ohne großes Gepäck, das erreicht uns immer am Vortag. Bertha lässt ihre Koffer und Reisetaschen per Post schicken – unsere Cousine deckt sich jedes Mal ausreichend ein für ihre sechswöchigen Urlaube. Ihr Gepäck wartete nun geduldig in ihrem Zimmer auf ihre Ankunft. Mindestens zweimal im Jahr trifft sie auf unserer Insel ein – meistens in den ruhigeren Jahreszeiten – im Frühling und am Ende des Sommers.

Und da sie von ihrem verstorbenen Oberstudienrat ausreichend versorgt worden ist, lässt sie es sich nicht nehmen, sich zweimal im Jahr regelrecht einzumieten. Sie besteht auch darauf, den vollen Preis zu zahlen. Obwohl wir hier im Haus am Meer ja hauptsächlich an Damen vermieten, die bei uns sorgenfrei und unbelästigt ihren Lebensabend verbringen wollen, hält Gudrun stets ein Zimmer für Kurlauber frei – Damen, die sich für mindestens einen Monat den diversen Kuranwendungen unterziehen wollen, die auf der Insel angeboten werden. Obwohl Willa immer sagt, und darin stimme ich ihr zu: Die gute Inselluft allein sorgt für die Gesundheit.

Ich begann nun den Kaffeetisch abzudecken und Salzgebäck und Gläser hinzustellen – für den kleinen Umtrunk, den wir üblicherweise bei Berthas Ankunft zu uns nehmen.

Bertha nahm die Gelegenheit wahr, sich in meiner eingeglasten Veranda, die mir als Wohn- und Schlafzimmer dient, umzusehen. Sie musterte die Tagesdecke, die unsere Nichten mir zum Geburtstag geschenkt haben. „Wir hatten erst an eine Seidendecke gedacht, Tante Ruth“, hatte Ane gesagt, als sie mir das Paket überreichten. Ane ist die Einzige unserer Nichten, die meine Schwester Willa und mich mit Tante bezeichnet. „Aber die hätte Herbert ja in Nullkommanichts ruiniert. Wir fanden dann diese auf dem Festland – ganz zufällig hat Fritzi diese tolle Weberei im Hauke-Haien-Koog entdeckt!“ Fritzi ist unsere älteste Nichte, die, die mit ihrer Familie in einem Dorf südlich von Hamburg wohnt.

Die Decke ist wirklich schön, in sanften Rosa- und Blautönen, und sie widersteht Herberts Krallen, wenn er, in Vorbereitung einer seiner Mammutschlummer, sein Lager knetet. Obwohl Herbert meiner Hauswirtschaftsleiterin Gudrun gehört, verbringt er seine Tage hier oben bei mir, lehnt den hübschen, kleinen Bungalow, der Gudruns Privaträume beherbergt, ab und lässt sich für die Nacht nur unwillig unten in der Waschküche einschließen.

„Einen schönen Blick hast du hier oben ja ...", begann Bertha. Tatsächlich strahlte die Abendsonne jetzt so lieblich auf den Strand, dass nur der feuchte Sand an den Regen erinnerte. Gegenüber auf der Hallig fing eine Fensterscheibe einen Sonnenstrahl auf und leuchtete wie ein goldenes Schild. „Aber ich weiß nicht, warum du nicht auch das Schlafzimmer beziehst."

Willa rutschte in ihrem Stuhl hin und her. „Warum soll Ruth nicht auf der Veranda auch ihr Bett stehen haben? Schließlich ist hier ja reichlich Platz, und mit den Thermopenscheiben ist der Raum doch wunderbar isoliert!"

„Dann könntest du doch immerhin Frau Jantzens Zimmer vermieten", platzte Bertha jetzt heraus. Mindestens einmal während ihrer regelmäßigen Besuche versucht sie mich dazu zu überreden. Unterstützt, oder vielleicht angeregt, von Gudrun, die in dem Zimmer nur das Vermietungspotenzial sieht, nicht die Erinnerungen. Gudrun hat die alte Frau Jantzen ja nicht gekannt, die mich aufnahm, damals, als ich eine Aufgabe brauchte, nicht weiter bei Mutter und Vater wohnen wollte.

„Ich kenn dich ja, Ruth", hatte sie gesagt. „Weiß, dass du ohne Murren die Arbeit erledigst."

Schon im Pflichtjahr hatte ich bei ihr gearbeitet, damals im Krieg. Von ihr lernte ich, wie man eine Pension leitet, lernte kochen, waschen, putzen – „gepflegt muss es sein, drum herum, mien Deern", bläute Frau Jantzen mir ein. „Nur so kriegst du die Klientel, die du dir wünschst. Die, die zahlen können und deine Dienste zu schätzen wissen."

Und das muss man Gudrun lassen, auch sie weiß, eine gepflegte Atmosphäre zu schaffen, bietet noch den Extraservice der Altenpflege, sodass ich mich in guten Händen weiß, an den Tagen, an denen ich nicht ganz auf dem Damm bin.

Gerade deshalb kam ja auch Frau Heinke, die neueste unserer alleinstehenden Damen zu uns. Nach einer Krebsoperation, die einer längeren Rekonvaleszenz bedurfte, machte sie das Haus am Meer zu ihrem Heim.

„Du könntest ja sogar mal einen Herrn dazunehmen!“, trumpfte Bertha jetzt auf.

Willa entfuhr ein gurgelndes Geräusch – als ob ein Herr unter uns Frauen unvorstellbar wäre.

„Unser Haus ist eine Pension für Damen – damit nehmen wir eine Sonderstellung ein. Solange es welche gibt, die das wünschen, werden wir so bleiben.“ Es gelang mir, ihr mit ruhiger Hand ein Glas Wein einzuschenken, obwohl es in mir kochte. Was bildete Bertha sich eigentlich ein – mir was vorschreiben zu wollen?

Frau Siegesdorf, die das Zimmer Nummer eins bewohnt, vergleicht unser Haus gern mit „den Mädchenpensionaten unserer Jugend“. Ich kann mir gut vorstellen, dass Frau Siegesdorf noch in einem Mädchenpensionat erzogen wurde, sie hat so etwas an sich, was man früher als „aus gutem Hause“ bezeichnet hätte.

„Im Alter hat der Kreis sich geschlossen“, pflegt sie zu sagen.

Ich konnte mir aber nicht vorstellen, dass Frau Heinke oder das kleine Fräulein Mönkelmann aus Zimmer Nummer vier, unsere anderen beiden Pensionäre, in dieselbe Kategorie fielen, obwohl sie beide mit den Köpfen nicken und zustimmen, aber das war wohl eher, weil Frau Siegesdorf viele Jahre eine Internatsschule geleitet hat – „mit straffer Hand“ – und man ihrer dröhnenden Autorität ungern widerspricht.

Einen Herrn ins Haus nehmen, als ob wir Frauen nicht auch so wunderbar zurechtkämen – und das Zimmer beziehen, in dem die alte Frau Jantzen so lange gelebt hat und das nicht einmal der Kater gern betritt! Sogar Willa, die doch vor nichts Angst hat, wendet die Augen ab, wenn sie an der Tür vorbeigeht. Sie sah auch jetzt aus, als ob sie ein leichtes Schaudern unterdrückte.

Bertha, nun versöhnlich gestimmt, hob ihr Glas, und wir stießen an – auf ihren Urlaub, auf die alten Zeiten, die Erinnerungen, die uns so fest verbanden, dass kleine Uneinigkeiten unsere Beziehungen nicht zu trüben vermochten.

Natürlich hätte Willa Bertha auch gern in ihrem Haus in der Badestraße untergebracht. Sie lässt mich immer wieder wissen, dass es ihren Clubfreunden gegenüber schwer zu vertreten ist, dass Bertha bei ihrer eigenen Cousine für ihre Unterkunft bezahlen muss.

Aber wenn Willa ihr „freie Kost und Logis" anbietet, pflegt Bertha zu sagen: „Nein, wenn ich mich bei Ruth einmiete, kann ich ohne schlechtes Gewissen drei Mahlzeiten genießen und weiß, mein Zimmer wird jeden Tag geputzt, ohne dass ich einen Staublappen in die Hand nehmen muss. Ich habe mein eigenes Bad, wo ich mich nach Herzenslust ausbreiten kann, und weiß genau, mit wem ich den Aufenthaltsraum teile. Und Gudrun ist eine anständige Köchin. Über Familien mit Kindern stolpert man ja genügend am Strand, und an Herren, älteren oder jüngeren, liegt es mir nicht so, dass ich mit ihnen frühstücken müsste."

Wenn Bertha dies sagt, schweifen ihre Augen für eine Weile in die Ferne, verschleiern sich sogar mit etwas wie Sehnsucht, und ich merke, dass sie trotz all der Jahre, die seit dem vorzeitigen Tod des Oberstudienrates vergangen sind, noch immer um ihn trauert.

Und eines stimmt ja: Bei uns hat jede Dame ihr eigenes Tischchen, niemand ist gezwungen, die Butter, das Brot oder die Marmelade mit der anderen zu teilen. Das richtete ich so ein, damals, als ich das Haus von der alten Frau Jantzen übernahm. Monatelang standen wir im Dreck, während wir in jedes der vier Zimmer ein Bad einbauten, den Aufenthaltsraum vergrößerten und die Küche modernisierten und zum Schluss die alten Ställe in einen Bungalow umbauten. Ganz schön schuften musste ich, bis ich die Unkosten wieder hereingeholt hatte. Ich konnte mir jahrelang keine Hilfe leisten, nicht so wie Gudrun jetzt, die jeden Morgen zwei junge Mädchen aus den Paritätischen Werkstätten zur Hilfe hat.

Frau Jantzen hatte keine Kinder. Alle in Frage kommenden Erben waren im Krieg gefallen. „Und wem könnte ich mein Haus lieber übergeben?", sagte sie. Sie bat sich nur aus, dass sie auf Lebzeiten die Zimmer oben bewohnen könnte, ließ das auch in den Vertrag schreiben. Und manchmal, manchmal meine ich doch ihr gackerndes Lachen zu hören, wenn ich an ihrem ehemaligen Schlafzimmer vorbeigehe. Als ob ihr Geist sich immer noch darüber amüsiert, dass sie mir mit diesem „auf Lebzeiten" eins auswischte. Sie erreichte das reife Alter von 98 Jahren, wurde im Alter herrisch, jagte mich treppauf, treppab, um ihre Wünsche zu erfüllen. Klingelte mitten in der Nacht, dass ich ihr das Kissen richtete, ihre Brille fand oder ihr den Nachttopf unters Gesäß schob. Aber – „Was willst du?", fragte meine Schwester Willa. „Denkst du etwa, mit Mutter war es leichter? Und du hast die Pension geerbt und dir einen feinen Heller daran verdient." So sprach Willa und vergaß zu erwähnen, dass sie Mutters Haus geerbt hatte, mit vier Wohnungen, die sie vermietete, und ihre eigene dazu. Und weder unser Bruder Helmut noch ich verlangten, dass sie das Erbe mit uns teilte. Helmut übernahm das Geschäft von Mariannes Leuten, als sie aufs Festland zogen, damals, als er die Tischlerei satthatte, und ich hatte nun ja auch mehr als genug. Aber so ist Willa eben, sie kann sehr gut übersehen, was ihr nicht passt.

Und so hält Cousine Bertha mindestens zweimal im Jahr Einzug in das Haus am Meer, und Gudrun, der ich die Leitung des Hauses übergab, als ich mich in die oberen Räumlichkeiten zurückzog, meint immer, wenn nur alle kurzfristigen Gäste so angenehm wären wie Bertha.

Versöhnt prostete ich unserer Cousine noch einmal zu und lauschte Willa, die die neueste Debatte, die auf der Insel herrschte, beschrieb. Es ging um die Neugestaltung der Großen Straße, die als Fußgängerzone unattraktiv geworden war. Willa und ihre Freundin, Fräulein Söhnlein, hatten klare Vorstellungen, was gemacht werden sollte.

„Unsere Haupteinkaufsstraße“, stöhnte Willa. „Und einen *Auswärtigen* haben sie hinzugezogen.“ Ihre Entrüstung ließ ihre Stimme anschwellen. „Als ob wir nicht unsere eigenen Leute hätten, die Ideen haben. Fräulein Söhnlein meint …“

Willa legte dar, wie Fräulein Söhnlein zu diesem Thema stand. Bertha schob ein, dass Georg auch immer gesagt hatte, man müsse solche Angelegenheiten den Experten überlassen.

„Sitzgelegenheiten sind natürlich ein gute Idee, aber sie müssen stilvoll sein. Auch müssen die Wünsche der Geschäftsleute bei der Planung berücksichtigt werden“, fuhr Willa auf. „Und Edelstahlleuchten sind neumodischer Kram – Wyk ist ein historisches Bad. Die Kandelaber sind da genau richtig …“

Ich lehnte mich gemütlich zurück und folgte dem Geplänkel, das nun zwischen meiner Schwester und unserer Cousine folgte.

# II

Ose hatte den Deich erreicht. Sie war an Ohlhörn vorbei, hinter dem Wellenbad und durch die Mühlenstraße ins Stadtinnere gefahren und durch den Gang zwischen dem Spielzeuggeschäft und dem griechischen Restaurant in die Hafenstraße. Sie hatte keine Sekunde im Sinn gehabt, zur Galerie zu fahren, um Papierkram zu erledigen. Aber auch wenn sie geahnt hätte, dass wir ihren Plan vermuteten, hätte sie eine Rechtfertigung für unnötig befunden. Wenn Ose eine ihrer berühmten Behauptungen lieferte, dann glaubte sie in dem Moment selbst daran. „Wenn ich etwas *sage*, dann *meine* ich das auch", erklärte sie uns schon als kleiner Stöpsel und zuckte mit den Schultern. „Wenn ich kurz darauf meine Meinung ändere, dann kann *ich* ja wirklich nichts dafür."

Und so radelte sie über den Rathausplatz, durch die Stöpe und in den alten Hafen, wo ein Fischkutter vertäut lag. Zwei Seeleute schauten anerkennend hoch, als Ose mit flatternden Haaren und wehenden Röcken vorbeifuhr. Ein fröhlicher Farbklecks in ihrem indischen Kaftankleid in Rot- und Grüntönen mit einem lilafarbenen Fransentuch, das sie um die Taille gebunden hatte.

Sie lenkte Willas altes Fahrrad auf den schmalen Asphaltweg, der am Seglerhafen entlanglief. Die Takelage der Boote klirrte leise. Vor dem Restaurant „Klein Helgoland" saßen ein paar Gäste und genossen die Abendstimmung. Ose schob ihr Rad durch die erste der Pforten, die die Schafe auf ihrem Gräsland eingrenzten. Hinter ihr fiel das Tor mit einem Knall zu, und zwei Schafe, die im kurzen Gras lagen und käuten, sprangen erschreckt auf. Ihre dicken, wolligen

Hintern wogten den Deich hinauf. Ose radelte und genoss das Summen der Reifen. Es war windstill. Die Luft hatte einen gelblichen Ton angenommen, ähnlich wie die einzelnen Grashalme, die auf dem Deich wuchsen. Ein leichter Dunst lag über dem Festland. Ein Schwarm von schwarz-weißen Austernfischern flog niedrig über das träge Meer. Ihr „Kiwitt" untermalte die Stille. Über dem Hindenburgdamm begleitete eine schwarze Rauchwolke den Zug, der auf Westerland zukroch.

Ose suchte den Hof des Marschbauern. Das durfte nicht schwierig sein. Zwar gab es, wie Bertha gesagt hatte, inzwischen mehrere Aussiedlerhöfe in der Marsch, aber nur den einen alten. Und den würde sie gewiss erkennen. Vom Deich aus hatte sie immerhin eine klare Sicht über das Land. Auf dem ebenen Weg kam sie schnell voran, sie hatte keine Sorge, dass sie den Hof vor der Dunkelheit nicht erreichen würde.

Wenn sie es sich richtig überlegte, dann hatte sie ja gleich so ein komisches Gefühl gehabt – damals, als sie den Hof das erste Mal sah: diese Einsamkeit, die ihn umgab. Der Wind, der plötzlich auffrischte und das Schilf rascheln ließ. Ringsherum die gemähten Stoppelfelder – wie im Niemandsland. Die Auffahrt – ausgedörrte Erde mit trockenen Schlaglöchern durchsät –, die ihr ein Willkommen verwehrte. Ein Schild hing schief, von einer rostigen Kette getragen, an der Straße und verkündete „Privatweg – Zugang verboten".

Natürlich hatte Ose das nicht gehindert. Sie hatte sich an den Schlaglöchern vorbeigeschlängelt, bis sie zu einer breiten Pforte kam. Auch diese war mit einem Schild versehen, welches ihr den Eintritt verbot. Sie wäre hinübergeklettert, trotz des schweren Vorhängeschlosses, bemerkte aber dann den elektrischen Zaun. Seit ihrer Kindheit hatte sie einen Heidenrespekt vor elektrischen Zäunen – nicht wegen des Stromschlags, sondern wegen der Stiere, die hinter elektrischen Zäunen weilten. Wie oft hatte Willa sie bei Touren durch die Marsch beruhigen müssen, wenn sie an einer Weide mit wild aussehenden Stieren vorbeikamen. Sonst ein keckes Kind, lösten Stiere in ihr die schiere Panik aus.

„Die können nicht raus", hatte Willa dann gesagt, „sieh doch, da ist ein elektrischer Zaun."

Nein, Ose hatte keine Lust gehabt, ihre Neugier der Wut eines bleckenden Stieres entgegenzusetzen. Also hatte sie nur ihren Skizzenblock herausgeholt und gezeichnet, was sie vor sich sah. Herzlich wenig war das. Das Haus war zur Straße hin so dicht zugewachsen, dass man die Konturen nur erahnen konnte. Hier und da leuchtete dunkelrot der Backstein. Das Strohdach schien an einigen Stellen eingesunken. Ein Fenster starrte blind und beschlagen zurück. Der Hof lag leer da. Kein Trecker, keine Geräte. Die Stalltore waren geschlossen. Sie mochten einmal grün gewesen sein, jetzt blätterte auch die letzte Farbe vom Holz ab.

Ein Geräusch hatte Ose aufgeschreckt. Auf einem benachbarten Maisfeld war ein Traktor aufgetaucht. Ose meinte, dass der Kopf des Bauern zu ihr gedreht war. Oder war es etwas anderes, das ihr auf einmal das Gefühl gab, beobachtet zu werden? Ein Schauder lief ihr den Rücken herunter, als sie an jenes beunruhigende Gefühl dachte, das sie damals vor der Pforte des alten Hofes überfallen hatte. Um sich Mut zu machen, ließ sie jetzt ihre Fahrradglocke einmal laut und anhaltend ertönen. Die Schafe blökten verärgert, und ein Schwarm von Wildenten flog auf. Auf dem Wasser treibend, warteten sie auf die Ebbe, um im Watt nach saftigen Würmern zu graben.

Am nächsten Zaun legte Ose ihr Rad auf das Gras und stieg auf den Deich. Vorsichtig vermied sie es, auf den Schafkot zu treten. Ein leises, stetiges Surren untermalte die Stille – die weißen Flügel der Windmühlen drehten ihre Pirouetten.

Ose hatte sich angewöhnt, eine Fahrradkarte mit sich zu führen, und die half ihr nun, sich zu orientieren. Sie hatte Näshörn umrundet, diese nasenartige Spitze, die den östlichsten Punkt der Insel markierte. Dieser Klumpen von dicht ineinandergewachsenen Bäumen, das musste die Boldixumer Vogelkoje sein. Weiter rechts lagen die alte und die neue Oevenumer Koje. Ose ließ ihren Blick über das Land schweifen und entdeckte eine vierte Bauminsel in der flachen Marsch. Ihr Herz klopfte schneller. Das musste er sein – der Hof des Marschbauern.

Weil sie schon festgestellt hatte, dass ein Herankommen von vorn fast unmöglich war, hatte sie sich vorgenommen, von hinten, vom Deich her, heranzupirschen. Wenn derjenige, der das Weideland um den Hof benutzte, nicht gerade Stiere, ähnlich Wachposten, rundherum um den Hof platziert hatte, dann müsste es doch möglich sein, unbeobachtet ans Haus zu schleichen. Sie hatte ihren Skizzenblock mit, sozusagen als Requisit – aber es war nicht mehr das Haus, das sie interessierte. Natürlich wäre es wohl kaum denkbar, dass nach all den Jahren noch irgendwelche Spuren zu finden seien – aber sie wollte den Ort sehen, wo diese junge Frau verschwunden war.

Ein dumpf schmatzendes Geräusch erklang hinter ihr, und Ose schrak zusammen. Ein Schaf war ihr den Deich hinauf gefolgt und hatte angefangen, Grasbüschel auszurupfen.

„Hau ab", rief Ose und versuchte, es mit ihrem Schal fortzuscheuchen, aber das Tier sah nur zu ihr auf. Sie warf einen letzten Blick in Richtung des Marschhofes und lief dann leichtfüßig hinunter zu ihrem Rad. Sie trat nun etwas heftiger in die Pedalen, weil sie vor der Dämmerung beim Hof ankommen wollte, und auch, weil ihr die große Einsamkeit der Marsch wieder bewusst geworden war. Wenn hier einmal ein Mensch verschwunden war, ohne dass man je eine Spur entdeckte, dann konnte das noch mal passieren. „Was er wohl mit ihr gemacht hatte“, grübelte Ose. Denn gewiss steckte der Marschbauer dahinter, so viel hatte Bertha ja durchblicken lassen, wenn sie auch im letzten Moment, sich besinnend, den Mund gehalten hatte. Und wieso hatte Willa nie davon erzählt, wo sie doch sonst zu gern alte Geschichten auftischte?

Sie begann sich auszumalen, was passiert wäre, wenn sie, Ose, damals spurlos verschwunden wäre, als Kuno sie so schnöde verlassen hatte. Wenn sie in jener Nacht zu einer Freundin gefahren wäre, von der niemand wusste, anstatt alles, was ihr gehörte, zu packen, um am nächsten Morgen zu Willa auf die Insel zu flüchten. Sie hätte die Wohnung etwas durcheinanderbringen und nur das Mindeste mitnehmen können ... Sie stellte sich vor, wie Doro sie in der Galerie vermisst hätte. Natürlich wusste Doro von Kunos Verrat, billigte ihn zwar nicht, stand aber doch zu ihm, weil er nun mal ihr Bruder war. Ein paar Tage, dann hätte sie angefangen, herumzutelefonieren. Bei Fritzi in Hamburg, bei Ane in Kiel. Vielleicht sogar bei Kerrin in Australien. Danach hätte sie sicherlich bei Willa angerufen. Ein köstliches Gefühl schwoll in Ose auf: die sich steigernde Sorge in der Familie, bei den Freunden. Die Angst, dass sie sich etwas angetan haben könnte, oder schlimmer – dass Kuno ihr etwas angetan hatte. Zu schade, dass ihr es nicht vorher eingefallen war. Der Verdacht, der auf Kuno gefallen wäre. Die Verhöre bei der Polizei, die seinen schick geschnittenen Anzügen gar nicht gut gestanden hätten. Die Gerüchte, die sich wie ein Lauffeuer in der Kunstszene verbreitet hätten ...

*Junge Frau vermisst – Hamburger Galeriebesitzer hilft der Polizei bei ihren Nachforschungen ...*

Die Furcht, die Sorge, die ihn zu ihr zurückgetrieben hätte ... anstatt zu dieser Zicke in Mailand, die ihn cool und überlegt eingenetzt hatte. Wahrscheinlich war sie zu groß für die Italiener – Doro hatte sie als hochgewachsen und schlank beschrieben –, und der fesche Deutsche war ihr gerade recht gekommen. Neununddreißig war sie schon, hatte Doro gesagt, zwei Jahre älter als Kuno. Ose fühlte eine Träne an ihrer Nase entlanglaufen. Verflucht, dass ihre Gedanken auch immer wieder bei Kuno anlangten, wenn sie sich mal ein bisschen Freizeit gönnte.

„Einen kleinen Verschnaufer kann ich mir leisten", hatte Ose auf Berthas Frage geantwortet, wie es denn mit ihrer Galerie ginge. „Ich habe Glück gehabt – bei dem Bombenwetter in diesem Jahr ist Föhr ja regelrecht überflutet worden von Gästen. Das war super fürs Geschäft. Außerdem muss ich ja auch fit sein für die Herbstferien. Danach rechne ich dann mit einer Flaute, bis das Weihnachtsgeschäft anfängt."

Deshalb hatte sie ja die Idee gehabt, war von Ane, ihrer jüngsten Schwester, darin bestärkt worden, endlich wieder mit der Malerei anzufangen. Auf lange Sicht würde es ihre Einkünfte stärken, in den Monaten, wo es auf Föhr ruhiger war. Und jetzt half es, ihre Gedanken von Kuno abzulenken, zu dem sie boomerangartig zurückkehrten, sobald sie nicht beschäftigt war. Von einer fieberhaften Ruhelosigkeit ergriffen, streunte sie in ihren freien Stunden über die Insel. Mit dem Fahrrad, weil sie hoffte, müde zu werden. Regelmäßig wachte sie in den frühen Morgenstunden auf – und die Gedanken, die Erinnerungen kreisten in ihrem Kopf herum. Fritzi hatte ihr Tropfen aus dem Bioladen gebracht, wo sie drei Tage in der Woche arbeitete – „australische Blütenessenz, ich nehm sie auch und finde sie sehr beruhigend."

Kerrin hatte aus Australien angerufen und ihr geraten, ein Tagebuch zu führen. „Schreib einfach drauflos. Deine Gedanken, deine Träume … Papier ist geduldig, und so staut es sich nicht in dir."

Aber das Schreiben lag Ose nicht so sehr.

„Dann zeichne doch“, hatte Ane vorgeschlagen. Ane, die kleine Schwester, die zuhörte. Geduldig, ohne zu unterbrechen. Ose rief bei ihr an, wenn sie wusste, dass Anes Dienst vorüber war, sie in den zwei Zimmern über der Garage hockte, die ihre Dienstwohnung waren. Ane leitete ein Behindertenheim in Kiel.

„So eine Trennung, das ist schlimm“, sagte Ane. „Du und Kuno, wie lang wart ihr zusammen? Wenn der eine geht, das ist so, als ob der gestorben ist – er lebt zwar fröhlich weiter, ist aber für dich unerreichbar. Du musst all die Stationen der Trauer durchlaufen – genau wie eine Witwe.“

„Ich habe ja nicht nur meinen Partner verloren“, jammerte Ose. „Wir waren doch auch Freunde. Wir haben alles gemeinsam gemacht. Unser Leben miteinander eingerichtet. Und dann hat er den Schlussstrich gezogen, einfach so.“

Ose folgte dem Rat ihrer Schwestern, trank die Tropfen, kritzelte in das Heft, das sie sich gekauft hatte. Das Schreiben, das zum Zeichnen wurde, war besser, als sich zu drehen und zu wenden, wenn sie des Nachts mit wild klopfendem Herzen und dieser inneren Kälte erwachte, die keine Wärmflasche, keine Wolldecke bekämpfen konnte. Manchmal dachte sie an Kerrin – ob die sich so gefühlt hatte, damals, als die kurze Affäre mit dem Mann, dem sie nach Australien gefolgt war und der der Vater ihres Sohnes Leo war, vorbei war? Oder Ane, als ihr Kollege, dieser Rainer, so sang- und klanglos ins Mecklenburgische verschwunden war, um dort selber Heimleiter zu werden? Ose konnte sich nicht vorstellen, dass irgendjemand je so gelitten hatte wie sie. Schuftig war sie behandelt worden, von einem Mann, für den sie, wie Willa sagte, „jahrelang selbstlos geackert hatte“. Immerhin hatte sie doch Kuno und seiner Schwester geholfen, die Galerie in Hamburg zu dem zu machen, was sie jetzt war.

Sie hatte ihre Zeit – ihr Leben – Kuno geopfert …

Sie erwachte mit einem Ruck aus ihren Erinnerungen.

War sie zu weit gefahren? Ein asphaltierter Pfad lief schräg den Deich hinauf. Ose strampelte hoch und sah den Hof in kurzer Entfernung. Eigentlich erstaunlich, wie dicht am Deich er lag. Hatten die keine Angst vor Sturmfluten gehabt, als sie hier bauten?

Sie schob ihr Rad über die klumpigen Grassoden. Ein Trampelweg lief unterhalb des Deichs entlang, und sie holperte darauf, bis sie eine eingezäunte Weide erreichte, die zu dem Hof zu gehören schien. Sie legte ihr Fahrrad in das hohe Gras, das in einem ausgetrockneten Graben wuchs. Vergewissernd schaute sie sich um, aber weit und breit war niemand zu sehen. Entschlossen raffte sie ihren Rock zusammen, sprang über den Graben und kletterte durch den Stacheldrahtzaun. Ein wenig unangenehm war es ihr, die Weide war riesig und leer, nur ein einziges Hünengrab erhob sich aus dem Gras – eine grüne Kuppel. Aber kein Strauch oder Busch, wo sie sich verbergen könnte, falls jemand käme, oder schlimmer, sie vom Haus aus beobachtete.

Der Weide folgte ein Acker, nur durch einen Graben unterbrochen. Ose stolperte eine Ackerfurche entlang und kam wieder an einen Zaun. Nun war sie nah genug, um einen freien Blick auf das Anwesen zu haben. Sie sah, was wohl einmal ein Obstgarten gewesen war. Verkrüppelte Apfelbäume, an denen wurmzerbissene Knorpeläpfel hingen. Zur einen Seite waren sie von einer Reihe von Fliederbeerbüschen gesäumt. Auf der anderen Seite stand ein Gehege. Ein niedriger Stall sah aus, als würde der nächste Windstoß ihn umschlagen. Ose entschied, auf die Fliederbüsche zuzuhalten, da sie die einzige Deckung boten. Leicht gebückt, trabte sie entlang, geblendet von den letzten Strahlen der Abendsonne. Sie war froh, als sie den Schutz der herb duftenden Blätter erreicht hatte. Schwarze Fliederbeeren hingen in dicken Trauben von den Ästen. Sie sah den Hof, der mit Feldsteinen gepflastert war. Ein paar Hennen scharrten im Dreck um die Apfelbäume.

*In der Hand trug sie einen Eimer mit Hühnerfutter …*

War es hier passiert? Ihre Augen irrten zum Gebäude. Dunkelroter Backstein, das Strohdach vermoost. Die Fensterscheiben trüb und uninteressiert. Auch hier hing die Farbe rissig und vertrocknet von den Rahmen. Die zweiteilige Tür war fest verschlossen, und eine alte Bank lehnte schief und wenig einladend an der Wand. Ein Weidenkorb lag umgestülpt darauf. Ose kniff die Augen zusammen und stellte sich die Fenster sauber und blank geputzt vor, mit weißen Gardinen, die sich im Wind bauschten. Eine junge Frau, die in der Türklappe erschien, in Holzpantinen auf den Hof trat. In einer Hand den Eimer, mit der anderen griff sie nach dem Korb, um die Eier einzusammeln. Sie ging über den Hof … und dann? Ose sah sich suchend um. Rundherum nur Äcker und Weideland. Geradeaus erhob sich der Deich. Die Tür zum Gehege stand offen, eine Schubkarre mit einer Ladung Hühnerdung wartete dort. Dann gab es noch einen schmuddeligen Teich, eine braune Ente zog dort ihre Kreise, tauchte den Kopf ins modrige Wasser. Ob sie wohl den Teich abgestakt hatten? Ose erinnerte sich, das mal in einem Film gesehen zu haben, wo eine Leiche im Wasser vermutet wurde. Da kam als Erstes eine weiße Hand zum Vorschein … Aber das war in einem Film. Sie seufzte. Irgendwie wirkte alles so friedlich, so ungestört. Wenn hier mal was passiert war, dann war es so lange her, dass das Vergessen sich längst ausgebreitet hatte wie eine sanfte Decke. Dieser Hof schlummerte in einem alten Traum, wollte nicht erinnert werden. Es war albern gewesen, hierherzukommen. Gut, dass sie den Tanten nichts von ihrem Plan gesagt hatte. Ose nahm wahr, dass es angefangen hatte zu dämmern. Eine herbstliche Kühle stieg aus dem Gras empor, und sie fror. Es war Zeit, zurückzukehren.

Sie schritt über den Acker. Krümelige Erde drang in ihre Segeltuchsandalen. Schade, dass sie diesen verschwendeten Abstecher gemacht hatte. Hier war nicht die Spur von einem alten Geheimnis zu entdecken. Und der Hof eignete sich nicht für die Serie von Friesenhäusern, die ihr vorschwebte. Jetzt war es zu spät, um ins Dorf zu fahren und dort ein lohnendes Motiv zu suchen. Sie überlegte, was sie sich zum Abendessen machen könnte. Sie hatte Eier im Haus, vielleicht ein bisschen Rührei auf Toast … Fast hätte sie den Graben übersehen, der den Acker von der Weide trennte. Sie fing sich gerade noch ab – ihre Hand, in der Suche nach etwas, woran sie sich festhalten konnte, griff ausgerechnet in eine Distel. Schmerzhaft drangen die kleinen Dornen in ihre Haut. Ose fluchte. Automatisch hob sie ihre Hand zum Mund und saugte an der Stelle. Bei ihrem Beinahsturz war der Schal von ihrer Hüfte gerutscht. Sie bückte sich danach. Und erstarrte.

Eine gespenstige Figur schwebte über dem silbrigen Gras, auf das sich der erste Abendtau gelegt hatte. Weißlich und verzerrt schien die Gestalt sich zu einer geballten Energie zusammenzufassen und zu strecken. Ähnlich einem Flaschengeist war die Erscheinung dem Hünengrab entschlüpft.

In diesem Moment merkte Ose, wie ihr der Atem stockte. Ihr Körper war wie gelähmt. Kein Muskel gehorchte ihr, hilflos war sie dem Bösen ausgeliefert, das in einiger Entfernung vor ihr schwebte. Als Kind hatte sie Ane Gespenster beschrieben: Mit dünnen, weißen Gewändern waren sie bekleidet, die um sie herumflatterten. Lange, eisige Arme hatten sie, die sich ausstreckten nach den Lebenden. Nun pochte die Erkenntnis in ihrem Kopf, dass sie recht gehabt hatte. Die Erscheinung erfasste die Nachahmung einer menschlichen Form. Nahm einen Kopf an und Arme – ein Kopf, der sich nun zu ihr drehte. Augen, die sie wahrnahmen, fixierten … Arme, die sich hoben, gestikulierten, wild drohten …

Ose rannte. Über den Acker, ihre Füße fanden instinktiv Halt, traten so leicht auf, dass sie die Erde fast nicht zu berühren schienen. Das Entsetzen trieb sie voran. Sie hielt auf die Fliederbüsche zu, die ihr schon vorher Schutz geboten hatten. Jetzt griffen die biegsamen Äste nach ihr, die Blätter und Früchte streiften ihr Gesicht, verfingen sich in ihren Haaren. Rigoros kämpfte sie sich voran, bahnte sich einen Weg. Sie erreichte die Hausecke, sah einen Gang, folgte ihm blind. Es war kalt und dunkel. Sie rutschte auf dem glitschigen Boden aus, schlug mit der Schulter hart an die Mauer. Lief nur auf das helle Rechteck zu, kam endlich auf den Vorhof.

War das ein Keuchen hinter ihr? Es war ihr eigener Atem. Ein hysterisches Krächzen entrang sich ihrer Kehle. Dicht und undurchdringlich erhob sich die Baumfassade vor ihr, die sie bei Tageslicht gesehen hatte. Sie erinnerte sich an die Pforte, die mit einer Kette verschlossen war. Wo eine Pforte war, gab es auch eine Auffahrt. Plötzlich ein neues Geräusch – ein Hund schlug an. Ein heulendes Bellen, das sich näherte. Ose flog über den Hof, fand die Lichtung in der Baumkette und sah die Pforte.

In der Schule hatten sie Hürdenspringen geübt. Mit ihren langen Beinen hatte sie es immer leicht gefunden, hatte bei den Sportfesten regelmäßig eine Medaille gewonnen. Aber nie hatte sie eine Hürde genommen, wie sie jetzt über diese Pforte sprang. Leicht federnd landete sie, ließ die aufgerafften Röcke fliegen und rannte weiter. Die Dunkelheit war jetzt fast eingebrochen, aber sie sah den Weg noch gut vor sich.

Sie hielt auf die Straße zu – eine Straße bedeutete Menschen, Zivilisation. Auf der Straße konnte sie diesen Spuk hinter sich lassen. Und dann hielt sie schlitternd an.

Wie laut ihr Atem rasselte! Sie presste die Hände an ihre Brust und wartete hilflos auf das, was sich dort näherte. Ein einzelnes Licht, das schlingernd auf sie zuhielt.

# III

„Wie viele Tanten hast du noch mal?“, fragte Ellie und lehnte sich auf Kerrin, um eine Sandale mit unmöglich hohem Absatz anzuprobieren. Ihren eigenen Schuh hatte sie abgestreift, er lag neben den Paaren, die ordentlich aufgereiht unter einem Ständer von Kleidern aus den Siebzigerjahren standen. Ein Schild verkündete, dass nichts mehr als fünf Dollar kostete.

„Zwei“, antwortete Kerrin. „Meinst du, man sollte Schuhe auf dem Flohmarkt kaufen? Ich denke immer, was, wenn die Leute Fußpilz hatten?“

Ellie drehte ihren nackten Fuß in der grellgrünen Sandalette prüfend hin und her. Ihre rot lackierten Zehen krümmten sich. Sie angelte nach dem zweiten Schuh und lief prüfend ein paar Schritte auf und ab.

Kerrin zupfte am Ärmel einer wild gemusterten Bluse und schrak vor dem knistrigen Nylon zurück. „Ich hab zwei Tanten, Ruth und Willa. Mit denen sind wir praktisch aufgewachsen. Wir wohnten in einer Wohnung im Haus meiner Tante Willa. Später sind meine Eltern dann aufs Festland gezogen. Aber da studierten meine Schwester Fritzi und ich schon. Ose und Ane, das sind meine jüngeren Schwestern, denen gefiel es nicht auf dem Festland, und die zogen zurück zu Willa und gingen weiter auf der Insel zur Schule.“ Sie sah zu, wie Ellie mit dem Verkäufer handelte, den Preis auf vier Dollar niederdrückte und die Sandalen in ihrer Strohtasche versenkte.

Kerrin hatte Ellie kennengelernt, als sie in Melbourne nach einem Haus für sich und Leo suchte. Als sie feststellte, dass ihr Geld nicht für ein Haus reichte, hatte Ellie ihr das Appartement in einem Wohnblock in St. Kilda gezeigt. Er stammte aus den Dreißigerjahren, viereckig und solide, einer, der für australische Begriffe alt schien. Hinter dicken Mauern lagen vier Appartements, zwei unten und zwei oben. Eine riesige Palme stand vor einer imposanten Außentreppe, die zu den oberen Wohnungen führte.

„Ich tu dir einen Gefallen", hatte Ellie gesagt, die normalerweise nur für die Vermietungen verantwortlich war. „Wir alleinstehenden Mütter müssen immerhin zusammenhalten, und ich hab meinen Chef überhört, dies ist ein sicheres Investment – St. Kilda ist ein beliebter Stadtteil in Melbourne. Und der ältere Hausstil wird bald wieder sehr gefragt sein."

Leo hatte das Haus in Strandnähe gebilligt und verkündet, die großen Zimmer mit den hohen Decken und die morsche Holzveranda, die hinten an die Küche anschloss, erinnerten ihn an Willas Haus in Deutschland. Kerrin sorgte sich wegen des leicht muffigen Geruchs und der Anzeichen von jahrelanger Verwahrlosung, die sich in tropfenden Wasserhähnen, klemmenden Fensterflügeln und Lichtschaltern mit Wackelkontakt äußerten, aber das Appartement war günstig. Sie machte ein Angebot, und zu ihrer Überraschung akzeptierte die Besitzerin, eine alte Frau, die zu ihrer Tochter ziehen wollte.

Seitdem war sie mit Ellie befreundet, und wenn Ellie nicht arbeiten musste, gingen sie am Sonntag zusammen auf den Flohmarkt im Stadtteil Camberwell.

„Und deine ganze Familie wohnt auf dieser Insel?" Ellie, das Stadtkind, fand den Gedanken, dass jemand von einer winzigen Insel in der Nordsee stammen könnte, amüsant.

„Nur Willa und Ruth. Und neuerdings auch meine Schwester Ose. Die hat dort in einem Dorf eine Galerie aufgemacht. Und so winzig ist die Insel auch nicht. Schließlich gibt es da eine Stadt und sechzehn Dörfer."

Sie hielten an einem Buchstand an. Ellie stöberte in einer Kiste mit Krimis, während Kerrin die historischen Romane prüfte.

Ellie rümpfte die Nase. „Eine Stadt? Eine Kneipe und eine Milchbar an einer staubigen Hauptstraße?"

„Typisch kleinbürgerlicher Australier! Es ist doch nicht das Outback! Kannst du dich denn gar nicht an Deutschland erinnern?"

Ellie zuckte die Schultern und ließ einen Stapel Bücher in die Kiste zurückpoltern. Sie war die Tochter eines tschechischen Vaters und einer österreichischen Mutter – in Deutschland geboren, aber kurz danach nach Australien exportiert. Sie war als Australierin aufgewachsen, hatte Europa nie besucht – und sprach Deutsch mit einem seltsamen Akzent, den Kerrin nie ganz zuordnen konnte.

„Es ist ein Kurbad. Eine Milchbar gibt es, aber die ist ein Café und nicht so ein komischer Tante-Emma-Laden an der Ecke wie die Milchbars hier in Australien! Es gibt viele Cafés, Restaurants, schicke Geschäfte, Boutiquen … und einen Hafen und Strände, Wälder … Denk an Lorne und misch die europäische Kultur hinein, dann kannst du es dir vorstellen."

Ellie liebte Lorne, diese kleine Küstenstadt, wo sich an Wochenenden die Melbourner Cafégesellschaft tummelte. Wenn Kerrin und Ellie mit den Kindern die Ferien in Barwon Heads, dem kleinen Ort an der Mündung des Barwon River, verbrachten, fuhren sie oft in das Städtchen, das nur eine Stunde entfernt lag.

Jetzt hätten sie auch dort sein können, wenn Jonathon nicht angerufen hätte.

„Wann kommt Leo zurück?", fragte Ellie und blätterte in einem Kochbuch, das Rezepte für den jüdischen Jahreskreis versprach.

„Sie sind die ganzen Ferien unterwegs. Jonathon konnte ein Konzert so organisieren, dass es in Leos Schulferien fiel. Eigentlich ist er ja gerade in Amerika engagiert." Kerrin wollte lieber nicht an Leo denken. Natürlich war es schon toll, dass Jonathon es fast jede Ferien schaffte, Zeit mit seinem Sohn zu verbringen. Allerdings fuhren sie selten für die ganzen Ferien fort. „Ich dachte, die jüdische Küche sei dir zu hausbacken."

„Man sollte seine Wurzeln nicht verleugnen. Ich muss anfangen, die Gerichte meiner Urahnen zu würdigen. Billie sollte sich seines religiösen Erbes bewusst sein."

Kerrin sah ihre Freundin erstaunt an. „Wenn du jüdisch kochen willst, warum rufst du nicht bei deiner Mutter an?"

„Und klein beigeben? Spinnst du? Darauf wartet sie doch, dass ich angekrochen komme!" Ellie erstand das Buch und wartete, bis Kerrin für eine „Geschichte des Melbourner Straßenbahnnetzes" bezahlt hatte. Sie konnte es für den Unterricht brauchen. Die Sonne kam jetzt heraus, und Kerrin suchte in ihrem Rucksack nach ihrem Brillenkasten. Für einen Moment verschwamm die Welt um sie herum, während sie ihre Brille für die Sonnenbrille tauschte.

„Wir abtrünnigen Töchter", murmelte sie.

Wie Kerrin war auch Ellie von ihrer Familie abgeschnitten. Sie hatte einen nicht-jüdischen Mann geheiratet, der sich als genau der Taugenichts herausstellte, den Ellies Eltern ihr prophezeit hatten. Kaum war Billie geboren, hatte er sie verlassen. Ob Billies Behinderung ihn zum Reißaus bewegt hatte, war nicht klar. „Der wäre so oder so abgehauen", sagte Ellie, „der war nicht der Typ, um Verantwortung zu übernehmen."

Schwerer war es, den frostigen Empfang ihrer Familie zu akzeptieren, die ein behindertes Enkelkind lieber in einem Heim gesehen hätten. Ellie brach den Kontakt ab, reagierte zögernd auf die Annäherungsversuche ihrer Mutter und Schwestern. Immer wieder brach ein neuer Streit aus. Beleidigungen und Anschuldigungen flogen durch die Telefonleitungen, alte Missgefühle wurden ausgegraben, abgestaubt und unendlich diskutiert. Kerrin zog dann schon ihre eigene Familie vor. Die Uneinigkeit, die sie mit ihrer Mutter verband, äußerte sich nur in höflichem Abstand. Sie litt unter der großen Entfernung zu ihren Schwestern und auch den Tanten, aber nie und nimmer konnte sie sich einen lauthals ausgetragenen Streit vorstellen, wie er in Ellies Familie üblich war.

Jetzt lachte Ellie und hakte sich bei Kerrin ein. Sie spazierten an einem Stand mit Antiquitäten vorbei, wo Ellie mit einem bestickten Fußstuhl liebäugelte. „Viktorianisch", sagte sie anerkennend. „Die werden zu viel dafür verlangen."

Am nächsten Tisch fand Kerrin zwei Dessertteller in einem Muster, das sie angefangen hatte zu sammeln. Sie hielten vor einem Haufen Trödel, den ein alter Mann feilbot. Sein VW-Bus schien mit Seilen zusammengehalten. Gartenmöbel, Dreiräder, Kaminsimse und gusseiserne Feuerzangen quollen aus den Schiebetüren seines Busses.

„Und welche deiner Tanten hat ein Hotel?", fragte Ellie jetzt.

„Nicht ein Hotel, eine Pension. Für alleinstehende Damen. Das ist Ruth. Es ist ein schönes Haus", schwärmte Kerrin. „Direkt am Strand, mit Blick aufs Meer. Drei Damen wohnen ständig da. Und Ruth wohnt oben. Sie hat mit der Leitung der Pension fast nichts mehr zu tun, dafür hat sie Gudrun. Die macht alles, putzt, kocht, pflegt auch schon mal eine der Frauen, wenn's sein muss. Jung sind die ja nicht mehr. Meine Tanten auch nicht."

Kerrin dachte an die Halligen, die man von Ruths Zimmer aus sah. Das Meer, das je nach Wetter blau, grau oder grün aussah. Der Himmel, der sich so hoch über der Insel erhob.

Ellie hob einen Gartenschlauch auf. Sie wog ihn überlegend und prüfte die Biegsamkeit des Gummis.

„Wozu brauchst du einen Gartenschlauch? Du hast doch gar keinen Garten."

„Mm? Nein, aber ich kenne jemanden, der einen braucht. Ich nehm den", sagte sie zu dem beinah zahnlosen Mann. „Aber ich hol ihn auf dem Rückweg ab, ja?"

Der Mann zählte Wechselgeld in Ellies Hand und deutete an, dass der Schlauch im Schatten seines Wagens auf sie warten würde.

„Und die andere Tante?", fragte sie dann.

Kerrin war weiterspaziert und sah sich stirnrunzelnd Stiefmütterchen an, die reihenweise an einem Pflanzenstand ihre Gesichtchen in die Sonne reckten. „Was?", fragte sie.

„Wohnt deine andere Tante auch in dieser Pension?"

„Nein." Kerrin schüttelte den Kopf und begann, Töpfchen mit verschiedenfarbigen Stiefmütterchen zu arrangieren. „Willa hat ihr eigenes Haus. Das hat schon meiner Uroma gehört. Die kam aus einer riesigen Familie. Wir haben früher auch dort gewohnt, als Helmut – das ist mein Vater – noch für meinen Opa arbeitete. Erst hatten wir so ein kleines Häuschen neben der Werkstatt, als nur Fritzi und ich da waren. Dann wurde Ose geboren, und wir sind in den hinteren Teil von Opas Haus gezogen. Später kam dann auch noch Ane dazu."

„Komische Namen", sagte Ellie.

„Meine älteste Schwester heißt eigentlich Friederike, aber wir haben sie immer Fritzi genannt. Ich glaube, Helmut hatte sich einen Jungen gewünscht, und Fritz war ein Familienname. Als ich dran war, hatte meine Mutter Marianne sich für friesische Namen begeistert. Was meinst du: nur blaue und lilafarbige Töne, oder soll ich Gelb und Weiß dazunehmen? Vier Töpfchen für sechs Dollar", fügte sie hinzu.

Ellie half Kerrin, die Farben zu arrangieren. Gelb schied aus, dafür wählten sie ein Töpfchen mit rosafarbenen Stiefmütterchen, die mit lilafarbenen Punkten gesprenkelt waren.

„Was macht deine Tante denn jetzt mit dem großen Haus?", fragte Ellie, und schob mit der Schuhspitze eine Madonna-Lilie zurück in ihre Reihe.

„Oh, sie vermietet. Wohnungen. Zwei hat sie hinten im Haupthaus eingerichtet, dann ist da das Häuschen, das Ose, meine Schwester, mietet. Dort wurden Fritzi und ich noch geboren. Daneben ist die ehemalige Werkstatt von meinem Opa – das wird jetzt eine Ferienwohnung. Mein Vater hat das Handwerk aufgegeben, als mein Opa starb, und dann sind Marianne und er aufs Festland gezogen. Zu ihren Leuten."

Kerrin trug jetzt in jeder Hand eine Plastiktüte. Sie bummelten weiter, vorbei an Ständen mit Schmuck, Haushaltsramsch, ätherischen Ölen und Kleidern.

Als sie endlich in ihrem Stammcafé ankamen, waren beide zufrieden. Ellie hatte ihren Gartenschlauch über die Schulter gehängt und trug unter dem freien Arm einen Porzellanelefanten, auf dessen Sattel eine Topfblume stehen konnte. Kerrin hatte eine kleine, gusseiserne Bratpfanne erstanden und einige Küchengeräte mit hölzernen Griffen, die in den Fünfzigerjahren modern gewesen waren. Leo würde die Griffe sorgfältig abschmirgeln, mit kleinen, runden Haken versehen und in der Küche zu seiner Sammlung hängen.

„Die Pfanne ist gerade richtig für die Gerichte, die er sich so gern schmort, wenn er aus der Schule kommt", sagte sie zufrieden.

Ellie wühlte in einem Schuhkarton, den sie für zwei Dollar gekauft hatte. „Zwei richtig gute Scheren – Stahl, rostfrei", verkündete sie. „Nicht so'n alter Plastikschiet." Das Wort ‚Schiet' hatte sie von Kerrin gelernt. „Und diverse Büroklammern, drei Radiergummis, ein Mini-Locher, Filzstifte … Billie wird begeistert sein. Und fünf Klebestifte, du glaubst gar nicht, wie viel Kleber wir verbrauchen."

Ellies Sohn beschäftigte sich am liebsten mit Ausschneiden. Aus Zeitschriften schnitt er Fotos von Häusern aus –

Innen- und Außenansichten – und klebte daraus kunstvolle Collagen. Stundenlang verbrachte er mit seinen Basteleien.

Der Cappuccino kam, und sie räumten ihre Einkäufe vom Tisch.

Kerrin streckte ihre langen Beine in der schwarz-weiß gestreiften Dreiviertelhose in die warme Frühjahrssonne. Wie so oft in Melbourne erlebten sie ein paar dieser warmen Vorsommertage, die einen in den Glauben versetzten, der Winter sei vorbei. Kerrin trug ein schwarzes T-Shirt. „In Melbourne trägt man schwarz", hatte Ellie ihr geraten, als Kerrin ihre Stelle an einem Privatgymnasium angetreten und Ellie um Rat gefragt hatte, was sie anziehen sollte. Langsam waren Schwarz und Weiß in ihre Garderobe eingezogen, sodass sie auch in ihrer Freizeit kaum etwas anderes trug. Als einziges Geständnis an die Ferien hatte sie eine Jeansjacke übergezogen.

Ellie schöpfte den Schaum von ihrem Cappuccino und leckte den Teelöffel ab.

„Kerrin", sagte sie vorsichtig. „Morris hat mich zum Essen eingeladen."

Kerrin rollte mit den Augen und beobachtete ein älteres Paar, das mit einem großen, schwarzen Pudel an einem der Tische Platz nahm. Der Pudel hockte sich erwartungsvoll auf seine Hinterbeine. Kaum hatten die Besitzer ihre Einkaufsbeutel arrangiert, kam auch schon einer der Kellner mit einem Wassernapf, den der Hund freudig in Empfang nahm.

„Morris", murmelte Kerrin. „Er gibt nicht auf."

Morris war ein kleiner, zur Behäbigkeit neigender Grundstücksmakler mit abnehmendem Haarbestand. Er war auch Ellies Chef. Kerrin wusste so viel über Morris wie Ellie.

„Er ist ein Mensch, der das Konzept Freizeit aus seinem Wortschatz verbannt hat", jammerte Ellie mit schöner Regelmäßigkeit. „Er denkt nur an den nächsten Verkauf, den nächsten Kunden und die Provisionen. Er verlangt zu viel – er weiß, dass ich von dem Verdienst abhängig bin, also soll ich arbeiten wie sein persönlicher Scheuerbesen. ‚Ellie, zeig du den Leuten das Haus – schwierige Kunden, aber du wirst mit ihnen fertig! Sei freundlich, Ellie – aber erlaub ihnen nicht, den Preis runterzuhandeln. Und keine Sonderwünsche. Ich will einen Vertrag sehen, unterzeichnet. Ach ja, Ellie, sie können es nur nach sieben Uhr abends schaffen. Oder nur am Wochenende. Oder nur an deinem freien Tag.'"

Ellie konnte seinen klagenden Tonfall, seine ausgebreiteten Arme, seine erhobenen Schultern herrlich nachahmen. Wenn sie nachmittags nach der Schule bei Kerrin vorbeischaute, klirrten ihre Armreifen vor Empörung, wenn sie von Morris sprach.

„Er guckt mich an, so von unten, mit seinen braunen Hundeaugen – und im Hinterkopf rechnet er doch die Prozente aus, die er verdient, weil er weiß, ich krieg die Leute rum. Ich hör die Münzen klingeln! Und dann hat er die Unverschämtheit, mir nachzustellen! Als ob ich nicht was Besseres finden könnte als diesen kleinen, schmierigen Buchhalter. Mehr ist er doch nicht, hat nur Glück gehabt, ist in den Immobilienmarkt eingestiegen, als der auf Hochtouren lief."

Morris hatte es auf Ellie abgesehen, seitdem sie in seiner Firma angefangen hatte. Einladungen in Restaurants, ins Musical, ins Casino – sogar ein Wochenende in Sydney hatte er ihr einmal angeboten. Ellie war immer standhaft geblieben.

Kerrin wurde sich der seltsamen Stille bewusst, die auf der anderen Seite des Tisches herrschte. Wollte Ellie nicht den letzten Annäherungsversuch bis ins kleinste Detail beschreiben? Kerrin überlegte. Wenn dieser Morris anfing, Druck zu machen, dann würde es schwer werden für Ellie.

Sie brauchte das Einkommen. Sie wirkte fahrig, als ob etwas nicht in Ordnung sei.

„Kerrin." Ellie räusperte sich, langte nach Kerrins Zigaretten, zog sich eine heraus und stieß das Päckchen wieder von sich. „Ich habe angenommen. Er …" Sie stockte. Kerrin sah so erstaunt aus, dass es schwierig sein würde, zu erklären. „Also, es war am letzten Sonntag. Morris wollte unbedingt, dass ich ein Haus zur Besichtigung öffne. Kein anderer im Büro hatte Zeit. Du warst nicht zu Hause, und ich hatte niemanden sonst für Billie. Da hab ich es eben drauf ankommen lassen – ich habe Billie mitgenommen. Natürlich war er ruhig, wie immer. Überhaupt kein Problem. Aber in unserem Büro, da wird die Familie nicht erwähnt. Wenn jemand Kinder hat, dann sind die auf Privatschulen und werden auf Karriere getrimmt. Und wenn sie nicht in der Schule sind, dann sind sie in irgendwelchen betreuten Programmen – Musik, Sport, Theater … was weiß ich. Oder die Frau oder ein Kindermädchen passt auf sie auf. Morris sagt immer, Arbeit und Familie, das mischt man nicht. Im Büro wird nur über Zinssätze gesprochen, wer der Konkurrenz ein Schnäppchen geschlagen hat, die besten Deals schafft. Privates ist tabu. Also, ich öffne dieses Haus, und Billie sitzt still in einer Ecke und spielt."

Kerrin wusste, dass Billie sich stundenlang beschäftigen konnte, solange er eine Schere, Kleber und etwas zum Ausschneiden hatte. „Ich hab gar nicht gemerkt, dass Morris gekommen ist. Und als alle weg sind und ich rumgehe, um abzuschließen, da finde ich sie. In der Küche sitzen sie auf dem Fußboden, so halb hinter der Anrichte versteckt. Billie lässt Morris eine Häuserfront festhalten, die er auf eine Pappe klebt."

Ellie drückte die Zigarette heftig aus. Sie hielt die Augen gesenkt und spielte mit dem Saum ihres Kleides. Ellie hielt sich nicht an die Regel, Schwarz zu tragen. Sie trug ein rotes

Kleid mit großen, weißen Punkten und eine kurze, weiße Lederjacke.

„Und da hast du nachgegeben." Kerrin räusperte sich. „Wohin geht ihr? Zum Essen?"

„Oh, Morris hat uns zu sich eingeladen. Er will Rouladen machen."

„Uns?"

„Billie und mich. Er meinte, er könne jetzt verstehen, dass ich ihn die letzten vier Jahre abgewimmelt habe. Er hätte mich falsch eingeschätzt. Er dachte, ich sei so eine Karrierefrau. Hat sich das nie überlegt, dass ich meinen Sohn allein aufziehe."

Kerrin versuchte, das Gehörte zu verdauen. Ein Morris, der kochte, das Haus in Ordnung hielt, sich um Kinder kümmerte, ließ sich schlecht in das Bild einfügen, das Ellie von ihm gemalt hatte.

„Interessierst du dich deshalb auf einmal für jüdische Kochrezepte?", fragte Kerrin misstrauisch.

Ellie beobachtete den Zeitungsverkäufer, der regungslos vor dem Café stand und ein Exemplar des Obdachlosenblattes hochhielt. Nur selten kaufte einer der Flohmarktbesucher ihm eines ab. Einige gaben das Geld, schraken aber zurück, wenn er ihnen eine Zeitung reichte. „Na ja", murmelte sie. „Wenn er uns einlädt, muss ich mich revanchieren. Und wir haben Kindheitserinnerungen verglichen, weißt du, mit den Gerichten, die unsere Omas gekocht haben …"

„Aha", sagte Kerrin und versuchte nonchalant zu klingen, aber irgendwo in ihrem Inneren breitete sich ein kleines, kaltes Angstgefühl aus. Was, wenn diese Sache mit Morris ernst würde? Sie hatte es bei Kollegen beobachtet, was passierte, wenn ein Alleinstehender einen festen Partner fand. Es war, als ob es zwei Welten gebe, die nebeneinander kreisten. Die eine war von Singles bevölkert, die andere von Paaren. Wenn zwei sich zusammentaten, wurden sie in diese andere Welt hineingesaugt, die den Einzelnen verwehrt war. Andererseits, konnte sie ihrer Freundin versagen, was eine Freundschaft mit Morris womöglich versprach? Wärme, Sicherheit … Liebe?

„Wo wohnt er denn?“, fragte Kerrin und gab sich Mühe, normal zu klingen. Sie stellte sich eines dieser supermodernen, minimal eingerichteten Appartements vor, die vor Stahl und Glas strotzten, irgendwo im zehnten oder zwanzigsten Stock mit Blick auf die Bucht oder den Yarra Fluss.

Ellie kicherte. „Du wirst es nicht glauben, er wohnt in einem dieser imposanten, zweistöckigen Terrassenhäuser aus der viktorianischen Zeit im Albert Park – gebaut 1890! Mit Vorgarten und Lattenzaun. Bis vor Kurzem hat seine Mutter bei ihm gelebt, aber sie ist in ein Seniorenheim übersiedelt.“

„Na. Er braucht also jemand, der ihm seine Hemden bügelt und abends mit den Pantoffeln an der Tür steht!“

„Ich glaub nicht. Er sagte, er und seine Mama hätten sehr unabhängig voneinander gelebt. Sie ist aktiv in mehreren Wohltätigkeitsvereinen und spielt ein paarmal die Woche Golf. Er meint, oft ist sie später als er nach Hause gekommen! Sie ist in diesen Wohnblock gezogen, weil sie einen Herren getroffen hat, der dort wohnt. Außerdem kennst du mich ja wohl gut genug, um zu wissen, dass ich mich nicht zur Putze erniedrige – für niemanden.“

Das stimmte.

„Immerhin ist es nur ein paar Minuten von St. Kilda nach Albert Park. Wenn ich dich mal besuchen will.“

„Kerrin – du quatscht, als ob ich schon verheiratet wäre. Du meine Güte, Morris hat mich zum Essen eingeladen – zusammen mit meinem Sohn. Sonnabendmittag. Anständiger geht es doch wohl nicht. Und ich hab diese neue Seite an ihm auch erst gerade entdeckt. Ich weiß noch gar nicht, ob ich mich darauf verlassen kann. Ich werde dir jedes einzige Wort, was zwischen uns fällt, unterbreiten. Zur Analyse. Ich bin einmal reingefallen mit einem Mann, ich bin nicht noch mal so blöd."

„Du kannst zuerst mal ausprobieren, wie's mit seinen Kochkünsten steht. Natürlich kannst du dich schon mal auf eine Kleidergröße ein paar Nummern größer einstellen. Wenn ich daran denke, wie meine Oma gekocht hat …"

„Er kocht ja nicht nur so. Er sagt, er hat ein paar ausgezeichnete italienische Rezepte."

„Und warum ist dieser Superkoch noch ledig?"

Ellie druckste ein bisschen herum und erzählte dann, dass Morris geschieden war. „Ewig lange ist das her – mindestens fünfzehn Jahre. Sie konnten keine Kinder haben. Nach der Trennung hat er sich dann in die Arbeit gestürzt. Außerdem habe ich ja auch schon eine Heirat hinter mir. Kerrin, wir sind beide erwachsen – und über fünfzig."

Für Leute, die gewöhnt waren, Arbeit und Privatleben streng zu trennen, hatten sie sich anscheinend ausführlich ausgetauscht.

„Dann hast du also für ihn den Gartenschlauch gekauft", stellte Kerrin fest. „Nicht gerade romantisch."

„Ich weiß zufällig, dass er einen braucht. Seiner leckt. Und er zieht praktische Geschenke Blumen oder Schokolade vor."

Das Café begann sich mit Leuten zu füllen, die Lunch bestellten.

„Wollen wir auch was essen?", fragte Kerrin einlenkend.

Sie entschieden sich für hausgemachte Pizza, belegt mit Feta, sonnengetrockneten Tomaten und Prosciutto.

„Und wie verbringst du den Rest der Ferien?", fragte Ellie vorsichtig. Sie zerteilte ihre Pizza.

„Ich habe an meine Tante geschrieben – Ruth, das ist die mit der Pension. Die war auch mal verheiratet, aber dann ist ihr Mann nach Australien ausgewandert."

„Nur ihr Mann?"

„Ja, komisch nicht? Ich weiß nicht, warum Ruth nicht mitgegangen ist. Jedenfalls, ihr Mann ist verschwunden."

Ellie, im Begriff in eines ihrer Pizzastücke zu beißen, hielt inne. „Wie meinst du, verschwunden? Seit wann?"

„Seit damals. Er hat sich von ihr verabschiedet und ist losgefahren. Bevor er das Schiff betrat, hatte er ihr noch versprochen, dass er sie nachholen würde. Aber sie hat nie wieder von ihm gehört. Er ist spurlos verschwunden."

„Ist das Schiff untergegangen? Ist er in Australien angekommen?"

„Das wissen wir eben nicht. Der Krieg war gerade erst vorbei. Das dauerte Wochen, Monate vielleicht, bis so ein Schiff in Australien ankam. Und genau so war's mit der Post – es dauerte ewig, bis ein Brief von Australien in Deutschland eintrudelte. Und dann kann ein Brief ja auch leicht verloren gehen. Und Ruth hatte keine Adresse von ihm. Also wartete und wartete sie, und irgendwann hat sie aufgegeben."

„Hätte sie nicht an die Behörden schreiben können? Das Einwanderungsbüro?"

Kerrin zuckte mit den Schultern. „Weißt du, wir sind einfach so mit der Tatsache aufgewachsen, dass Ruths Willem nie wieder gesehen wurde. Ich glaube, wir Kinder haben einfach nie richtig darüber nachgedacht."

Erst als sie einen Besuch zum Einwanderermuseum für ihre neunte Klasse vorbereitet hatte, hatte Kerrin an Ruths Mann gedacht. Sie bekam die Idee, sie könnte endlich mal die Nachforschungen beginnen, die ihr vorgeschwant hatten, seitdem sie selbst nach Australien ausgewandert war.

„Ich hatte es eigentlich immer machen wollen. Damals, als ich Jonathon kennenlernte und er mir erzählte, dass er aus Australien komme. Er spielte da mit der Stuttgarter Sinfonie."

Kerrin hatte Jonathon durch Freunde getroffen, die Musik studierten. Jonathon war so anders, nie hätte sie erraten, dass er die Violine in einem Sinfonieorchester spielte. Er war hochgewachsen und muskulös. Gut aussehend auf eine burschikose Art. Humorvoll, jemand, der sich nicht beweisen musste. Ein guter Zuhörer. Und er war nicht von tausend Jahren Geschichte und Vergangenheit beschwert, gefangen in den Traditionen und den Klischees, die eine deutsche Kindheit in den Sechziger- und Siebzigerjahren dominierten. Wenn Jonathon Lust hatte, etwas zu tun, dann tat er es auch, ohne zu überlegen, wie seine Mutter, seine Verwandten, die Nachbarn oder gar die Gesellschaft reagieren würde. Kerrin verliebte sich Hals über Kopf und beschloss, ihm in dieses Land zu folgen, das Freiheit und Unabhängigkeit versprach. Es fiel ihr nicht ein, dass Jonathon einen Kontinent übersprungen hatte, indem er nach Europa kam. Dass seine entspannte, lockere Art vielleicht etwas damit zu tun hatte, dass er alles Bekannte hinter sich gelassen hatte. Dass er vielleicht auch der Vergangenheit den Rücken gekehrt hatte. Das hatte sie erst herausgefunden, als sie mit ihrem Gepäck in Australien eingetroffen war. Sie hatten sich im Guten getrennt, waren die besten Freunde geworden, als Kerrin akzeptiert hatte, wer Jonathon wirklich war. Wenn er kam, verbrachte er oft die Woche oder die zehn freien Tage, die er in seinem Terminkalender für Leo vorgesehen hatte, bei ihnen. Dann spielten sie Familie, lachten, diskutierten, aßen zusammen. Leo hatte die Kochleidenschaft von seinem Vater geerbt, äußerte aber nie den Wunsch, ein klassisches Instrument zu lernen. Jonathon schien es nicht von ihm zu erwarten.

„Und wie willst du jetzt herausfinden, was mit dem Mann deiner Tante passiert ist? Nach wie vielen Jahren – fünfzig?", fragte Ellie und riss Kerrin aus ihren Erinnerungen.

„Anfang der Fünfzigerjahre muss das gewesen sein. Sobald ich ein Datum und den Namen seines Schiffes habe, will ich anfangen. Aber natürlich ist Petersen ein Name, der oft auftaucht, und ohne irgendwas Handfestes komm ich da nicht weiter."

„Petersen? Ich dachte, diese Tanten waren die Schwestern deines Vaters."

„Meine Tante Ruth hat einen Mann geheiratet, der zufällig den gleichen Nachnamen hatte wie sie. Also ist sie vom Fräulein Petersen zu Frau Petersen avanciert."

Ellie schüttelte den Kopf. „So was Absurdes passiert wohl nur bei euch auf der Insel. Aber wenn du diesen Onkel suchen willst, musst du bedenken, dass gleich nach dem Krieg eine Welle von europäischen Einwanderern nach Australien gekommen ist. Meine eigenen Eltern waren darunter. Ich kann sie ja mal fragen. Sind die damals nicht alle erst mal in so ein Auffanglager gekommen? Vielleicht gibt es irgendeine Vereinigung oder so, wo solche Leute noch zusammenkommen. Ich hab sie nie gefragt, wie das damals für sie war."

„Kannst du dich denn daran erinnern?", fragte Kerrin.

Ellie schüttelte den Kopf. „Die erste Zeit hier – das ist irgendwie alles verloren gegangen zusammen mit den Erinnerungen an Deutschland. Ich glaube, die Eingewöhnung, die neue Sprache, das hat alles andere verblassen lassen. Wahrscheinlich erinnere ich mich erst wieder dran, wenn ich im Altersheim sitze. Übrigens, gehst du heute noch ins Altersheim?"

Kerrin hatte im Herbst begonnen, ältere Menschen in einem Altersheim zu besuchen. Sie sah auf ihre Uhr. „Ja, wahrscheinlich. Sonntag ist immer so ein einsamer Tag für die, die keine Familie mehr haben. Und du?"

„Ich habe in einer Stunde eine Hausbesichtigung. Danach muss ich Billie abholen. Er ist mit Freunden im Kino. Sie sehen den „Wizard of Oz" – Billie liebt den Film, und er spielt in Elsternwick, da, wo sie immer die Klassiker zeigen. Wollen wir noch so einen sündhaften Kuchen essen?"

Sie beschlossen, sich ein Stück Mudcake zu teilen. Ein dunkler Schokoteig mit herrlich zähflüssiger Schokolade durchsetzt – dem Matsch, nach dem der Kuchen benannt war. Dazu gab es eine Kugel Vanilleeis.

Der Markt hatte sich geleert. Nun lag wieder ein Parkplatz vor ihnen, sonntäglich still und gähnend leer. Die Stände waren abgebaut, die Verkäufer abgezogen. Nur hier und da erinnerte ein zurückgelassener Karton oder eine Plastiktüte, vollgestopft mit ungewollten Kleidungsstücken, an die Geschäftigkeit des Morgens.

Kerrin trat in ihre stille Wohnung. Ihre Fußtritte hallten im Flur. In Leos Zimmer schwebten winzige Staubkörnchen in der Nachmittagssonne. Das Zimmer wirkte unberührt, als ob Leos Sachen den Atem anhielten, bis er zurückkam.

An anderen Tagen genoss Kerrin die Stille, das Alleinsein, wenn sie vor Leo nach Hause kam. Jetzt fürchtete sie den langen Nachmittag, den einsamen Abend und die vielen Tage, die noch vor ihr lagen, bis Leo zurückgebracht wurde. Sie beschloss, ihren Brief an Ruth im Garten zu schreiben. Aber erst würde sie sich einen starken Tee kochen. Der Schokoladenkuchen lag schwer in ihrem Magen. Und sie würde die Stiefmütterchen in eine Blumenschale pflanzen.

Dicht an der Mauer, da, wo die Sonne am wärmsten schien, hatte Miss Lucy, Leos Huhn, sich eine Kuhle zwischen den Azaleen gescharrt. Dort lag sie trotzig und mürrisch. Leo hatte Miss Lucy schon in ihrer Eierschale gepflegt, als seine Lehrerin die befruchteten Eier als Experiment an ihre Schüler ausgegeben hatte, und das Resultat – Miss Lucy – war Leo abgöttisch ergeben. Beleidigt über seine Abwesenheit, hatte sie das Eierlegen bis auf Weiteres eingestellt.

Kerrin legte den Briefbogen vor sich und den Füllfederhalter, den Willa ihr zum Geburtstag geschickt hatte. Es war schwer, richtige Füller in Australien zu kaufen.

Sie schraubte die Kappe ab, griff nach ihren Zigaretten.

# IV

„Er kam aus einem Hünengrab?“, fragte ich und klappte das Rezeptheft zu, in dem ich geblättert hatte, als Ose und Willa mich früh am Morgen überraschten.

„Oh, Ruth, es war schrecklich … du kannst es dir nicht vorstellen! Dieses … Ding! So quabbelig und … und bebend. Und wie es sich zusammenzog und zu einer Gestalt wurde.“ Ose schüttelte sich. Ihre großen, blauen Augen waren weit aufgerissen und erinnerten mich an Ose als Kind, wenn sie uns eine ungeheuerliche und meistens unglaubliche Geschichte erzählte.

Ich sah Willa an, die nickte. Ein selbstzufriedenes Lächeln spielte um ihre Lippen.

„Hast du das auch gesehen – dieses Ding?“, fragte ich streng.

Natürlich hätte ich misstrauisch werden sollen, als Willa sich so plötzlich verabschiedete. Nicht mal ihr Glas Wein hatte sie ausgetrunken. Mitten in Berthas Bericht über ihre Schwarzwaldkur („… die mir ja leider im Frühjahr angeboten wurde, wo ich doch sonst immer nach Föhr komme“), die sie angenommen hatte, weil sie schon seit Ewigkeiten auf der Warteliste stand („Man weiß ja, wie schwer es heutzutage ist, der Krankenkasse eine Kur abzuringen“), mittendrin hatte Willa auf einmal ihren Stuhl zurückgeschoben.

„Mein Gott, mir ist eingefallen, ich wollte zu Geschäftsschluss zu Hause sein. Ich muss unbedingt Fräulein Gebrecht abfangen.“

Sie stemmte ihre Arme auf die Lehnen des Korbstuhls und hievte sich hoch. Der Kater blinzelte.

„Sie ist neuerdings mit der Miete hinterher, und morgens flutscht sie immer so schnell vorbei, dass ich sie nicht abfangen kann. Jetzt muss ich es abends probieren."

Fräulein Gebrecht war ein junges Mädchen, knapp neunzehn Jahre alt, als Willa ihr die obere Wohnung in ihrem Haus vermietete. Gegen meinen Rat. Aber Willa weiß ja immer alles besser. „Die bleibt eine Saison, und dann haut sie wieder ab", sagte ich zu Willa. „So junge Leute von auswärts, die hält's nicht lang auf der Insel. Oder sie verlieben sich, und bevor du dich versiehst, will der Freund bei ihr einziehen."

Gut, sie hatte also zwei Saisons ausgehalten, und einen Freund hatte sie nicht aufgabeln können. Aber den Winter über hatte sie stempeln müssen, und die Stelle, die sie dann in einem Eiscafé gefunden hatte, war sicher auch nur auf die Sommermonate beschränkt.

Willa wartete, dass ihre Gelenke aufwachten – in unserem Alter braucht das seine Zeit. „Wer rastet, der rostet", murmelte sie und streichelte Herbert zum Abschied. „Bleibt ihr nur sitzen und schnackt noch ein bisschen. Die Schlagsahne bringe ich Gudrun, sie kann sie der Katze geben." Sie ergriff die Glasschüssel, die sie mitgebracht hatte. Im Flur hörten wir sie ihr leichtes Herbstcape umlegen, das jetzt für die Abende schon geeignet war. Ihr Schlüsselbund klirrte leise, als sie es vom Garderobenhaken herunternahm. Als sie ihren Herbsthut – so ein kariertes Ding mit einer Krempe, die Schutz gegen Sonne oder Regen bot – gerichtet hatte, schaute sie noch einmal rein.

„Wann passt es dir, dass ich Fräulein Söhnlein einlade?", wollte sie von Bertha wissen. Elsa Söhnlein, Willas Freundin und Vertraute, war unserer Cousine ein gern gesehener Gast. Als eine Quelle der neuesten Informationen, was das Geschehen in Wyk und auf der Insel überhaupt betraf, war sie unersetzlich. Willa versprach, noch heute einen Termin auszumachen. Dann hörten wir sie ächzend die Treppe hinuntergehen. Der Kater seufzte tief und widmete sich wieder seinem Schlummer, und Bertha und ich, ohne die Unterbrechungen Willas, leisteten uns nun einen gemütlichen Plausch. Da Bertha sich gern als gut informiert darstellt, begannen wir mit den Ereignissen, die uns die Tageszeitung in letzter Zeit serviert hatte. Bertha bezieht in Bredstedt die gleiche Zeitung wie wir, halt nur unter einem anderen Namen und mit einem anderen Ortsteil. Wir befassten uns zuerst mit dem traurigen Ergebnis der Bundestagswahl. Bertha und ich stimmten überein, dass eine Jamaica-Koalition unbedingt interessant sein könnte. Man müsse halt abwarten, sagte Bertha, obwohl Georg bestimmt nicht viel von so einem Kuddelmuddel gehalten hätte. Er zog klare Linien vor. Für eine Weile verglichen wir die Feierlichkeiten zum Tag der deutschen Einheit in unseren jeweiligen Städten. Wir hatten beide noch etwas Mühe, das neue Datum zu akzeptieren, obwohl es ja tatsächlich achtundzwanzig Jahre her ist, seitdem die Mauer gefallen war.

„Für mich ist und bleibt der 17. Juni der Tag der deutschen Einheit“, versicherte Bertha. „Georg sagte immer, das sei ein Tag gewesen, der deutlich den Wunsch der Bürger nach *einem* Deutschland zeigte. Danach mussten sie doch kapitulieren. Das, was da am 3. Oktober geschah, war der Wunsch eines Volkes nach Freiheit – nicht unbedingt Vereinigung. Ich bin sicher, Georg hätte es auch so gesehen“, fügte sie trotzig hinzu.

Dann – Bertha zeigte sich gern als auch international bewandert – das bedauerliche Verhalten des amerikanischen Präsidenten, der sich so gar nicht seinem Amte würdig zeigte.

„Letztens las ich, dass er sogar dieses entsetzliche Gefängnis auf Kuba wieder eröffnen will – mit noch strengeren Verhörmethoden.“ Ich wartete auf einen Hinweis, ob Georg dies auch gebilligt hätte, bevor ich antwortete.

„Georg hat Gewalt nie befürwortet“, sagte Bertha und schauderte.

„Kerrin hat mir erzählt, dass ein junger Australier dort sieben Jahre lang gefangen gehalten wurde. Und die australische Regierung tat nichts, um ihm zu helfen.“

„Ein Terrorist?“, fragte Bertha.

„Kerrin meint, die Beweise seien alle sehr verschwommen. Es könnte wohl sein, dass er mit diesen Leuten da in Afghanistan trainiert hat … Aber sie und Leo haben trotzdem an einem Protest teilgenommen. Kerrin meint, kein Mensch verdiene es, ohne Strafverfahren und Gerichtsverhandlung unter solchen Umständen eingekerkert zu werden.“

Bertha schwieg nachdenklich. Dann sagte sie: „Wenn sie damals jeden jungen Hitzkopf eingesperrt hätten, der sich von Hitler den Kopf verdrehen ließ, dann wäre ja fast keiner nach Hause gekommen.“

Ich wusste, dass sie an Helmut dachte. Unser Bruder war in ein russisches Gefangenenlager gekommen. Auch Helmut war freiwillig ausgezogen, war mit seiner Truppe in ein Land eingefallen, das kurz zuvor noch zu unseren Verbündeten gezählt hatte. Auch er hatte für etwas gekämpft, woran er geglaubt hatte, jedenfalls zuerst. In Russland verwundet, hatte man ihn gefangen genommen und in ein Lager gesperrt. Damals sprach man nicht von Terroristen, sondern von Feinden. Aber war es jemals richtig, Menschen jeglicher Würde zu berauben? Ihren Geist und ihre Kraft zu zerstören, bis sie wie Tiere in einer Ecke kauerten? Bertha hatte gesehen, wie unser Bruder zurückgekehrt war, als wir schon lange jede Hoffnung aufgegeben hatten. Kerrin hatte mir erzählt, dass der Vater des jungen Australiers jeden Tag um die Freilassung seines Sohnes kämpfte.

Bertha seufzte und griff nach ihrem Täschchen. Mit einem zarten Spitzentaschentuch zog sie einen Umschlag mit

Fotos hervor. Ihr Gesicht erhellte sich. „Ah, die Fotos von meiner Schwarzwaldkur. Die hast du ja noch nicht gesehen."

Wir waren beide froh, das Gespräch in angenehmere Bahnen zu lenken.

„Dies ist das Kurheim. Der Esssaal – wirklich sehr großzügig. Das ist der hauseigene Park. Da gingen wir jeden Tag hindurch zu unseren Anwendungen. Natürlich hatten wir auch genügend Zeit, um Wanderungen und Ausflüge zu machen …"

Bertha fächerte die Fotos wie Spielkarten und gab zu jedem eine Erklärung ab.

Ich sah Berge, Wälder, Menschen, die Bertha kennengelernt hatte.

Ein Foto zeigte meine Cousine, winzig vor einer riesigen Kuckucksuhr. Aber wie immer, wenn Bertha mir von ihren Exkursionen in die Welt berichtete, kamen wir schließlich wieder in unserer Heimat an. Wir verglichen den Schwarzwald mit Föhr und stimmten überein, dass die höheren Lagen für einen Luftwechsel bekömmlich sein mochten, dass aber ein Norddeutscher sich eben doch in seinen eigenen Gefilden am wohlsten fühlte. Schließlich erzählte Bertha von ihren Verwandten und Bekannten in Bredstedt, die ich aus ihren Berichten kannte, und überlieferte auch Grüße von Helmut und seiner Frau Marianne, die sich in Bordelum angesiedelt hatten. Kurz nachdem Vater starb, hatte Helmut die Werkstatt aufgegeben und war auf Mariannes Drängen ins Geschäft ihrer Familie eingestiegen. Mariannes Vater hatte einen Vertrieb für Landwirtschaftsmaschinen aufgebaut. Danach kamen wir zu den Neuigkeiten in unserem Haus und rundeten unser Gespräch mit der zufriedenen Einsicht ab, dass sich im Großen und Ganzen nichts geändert hatte.

„Frau Siegesdorf hat sich im Frühjahr mit Bach befasst – oder war es Händel? Im Sommer ist sie dann auf Mozart umgestiegen – wegen des 250. Geburtstags. Und dann gibt ihr das Fotografieren eine neue Aufgabe. Sie macht schon recht hübsche Aufnahmen und hofft, Ose zu überzeugen, dass sie die als Grußkarten in ihrer Galerie verkauft. Fräulein Mönkelmann hat die Niederlage der deutschen Mannschaft während der letzten Europameisterschaft natürlich sehr schwergenommen. Für eine Weile hatten wir Hoffnung, dass sie dem Fußball für immer abschwören würde. Aber ihre Freunde vom Kartenclub haben sie unterstützt und aufgepäppelt. Inzwischen steht sie wieder ganz hinter dem Bundestrainer und seinen Spielern. Es wäre ja auch schade um den großen Fernseher, den sie sich extra für die Übertragungen angeschafft hat."

Bertha war auch sehr interessiert zu hören, dass Frau Heinkes Strickkünste sozusagen einen „Renner" für Oses Galerie geschaffen hatten.

„Leute, die nicht genug Geld haben, um ein Bild zu erstehen, kaufen schon gern etwas Kleineres. Und einen Schal kann man hier auf der Insel ja wirklich immer brauchen! Ose kauft die Wolle und bestimmt die Farben – sie hat ja wirklich einen sicheren Geschmack. Frau Heinke entwirft die Muster."

Ja, Ose hatte ihr Leben wacker in ihre eigenen Hände genommen. Und ehrlich gesagt, als sie diesen Stall da in Goting gemietet und verkündet hatte, sie werde ihre eigene Galerie aufmachen, damals, als Kuno sie verließ, da hatten wir große Bedenken.

Auch Fräulein Söhnlein, die eine Art Privatinternat für Schüler von Amrum und den Halligen führt und sich deshalb zu den Föhrer Geschäftsleuten zählt, hatte von diesem Unternehmen dringlichst abgeraten. Aber abgesehen von Oses einfältigem Versuch, in den zwei eisigkalten Kammern im hinteren Teil des Stalls zu leben, hatte sich ihr Geschäftssinn bezahlt gemacht.

„Das mag gut und schön sein", meinte Bertha und nippte nachdenklich an ihrem Wein. „Aber hat sie nicht ihre sämtlichen Ersparnisse in dieses Unternehmen gesteckt? Was hat sie allein der Umbau gekostet?"

Natürlich hatten Willa und ich uns auch Sorgen deswegen gemacht. „Sie hat gar nicht viel reingesteckt", sagte ich. „Sie hat absichtlich den Bau so belassen, wie er ist. Die Trennwände der Stallungen sind noch da. Ose sagt, das teilt ihre Galerie in verschiedene Kämmerchen auf, jedes ist sozusagen ein neuer Ausstellungsraum und anders dekoriert. Die Wände hat sie einfach frisch tünchen lassen, und den Boden hat sie auch so gelassen, wie er ist. Na, du wirst es ja selbst sehen."

„Georg hatte immer viel Freude an jungen Leuten, die etwas Mut und Abenteuergeist zeigten", stimmte Bertha zu und sah auf ihre schmucke Armbanduhr. „Wie die Zeit fliegt. Ich glaube, ich gehe mal lieber runter und präsentiere mich zum Abendessen. Die Damen warten sicher schon."

Vorm Spiegel zog sie ihre Lippen nach, in diesem blassen Rosa, das sie benutzte, seitdem sie fünfzig geworden war. Auf der Treppe drehte sie sich noch einmal um.

„Habt ihr euch eigentlich mit den Lüttköks getroffen? Ich erinnere mich, dass Willa nach ihnen fragte, als sie mich mit Ose besuchte – kurz bevor ich in den Schwarzwald fuhr."

Ich fühlte, wie ich mich versteifte. „Ja, sie kamen einmal zum Kaffee", antwortete ich.

„Oh, wie nett. Wir müssen sie mal wieder einladen", sagte Bertha leicht.

„Sie gehen selten aus", brachte ich mit Mühe hervor und war froh, dass es im Flur schon so schummrig war.

„Na, macht auch nichts. Sie waren schon immer ein bisschen versponnen."

Bertha schritt die Stufen hinunter, eine Hand locker aufs Geländer gelegt. In Gedanken war sie schon bei den alleinstehenden Damen, die sie erwarteten.

Ich dachte nicht gern an den Besuch der Lüttkök-Schwestern. „Wir müssen einander versprechen, dass wir nie und nimmer ein Sterbenswörtchen verlieren über das, was wir in diesem Zimmer gehört haben“, hatte Willa zu uns gesagt. „Das schulden wir den zwei anständigen Menschen in dieser Affäre.“

Und wir hatten es alle geschworen, auch Kerrin, unsere Nichte, die in Australien lebt, aber an der Aufklärung „unseres ersten Falles“, wie Willa diese Sache nannte, genauso beteiligt war wie wir. Wenn cs nötig ist, kann Willa schweigen wie ein Grab.

Trotz der Erinnerung an diese traurige Geschichte verbrachte ich einen ruhigen Abend. Friedlich, würde ich sogar sagen – nichtsahnend, was für Aufregungen meiner Schwester und Nichte beschert wurden.

Ein bisschen gab ich mir selbst die Schuld, denn ich hätte es wirklich besser wissen müssen, als Willa sich so plötzlich davonstahl mit dieser Geschichte über ihre Mieterin, der sie auflauern wollte. Aber Willa konnte genauso überzeugend flunkern wie Ose, wenn sie etwas verbergen wollte.

Ose und Willa hatten mich beim Frühstück überrascht. Ausnahmsweise saß ich in der Küche, am Abend zuvor hatte ich nämlich mein sämtliches Silberzeug herausgeholt und es auf meinem Tisch in der Veranda ausgebreitet. Auf Zeitungspapier – ich wollte den Morgen nutzen, um es zu putzen. Und so fanden sie mich in der Küche, an dem kleinen, viereckigen Tisch mit dem karierten Tischtuch und dem Topf mit Herbstastern. Ich blätterte gerade durch ein Heft, in dem ich Mutters Rezepte aufbewahrte. Sie konnte so herrlich luftigen Baiser backen.

Immerhin hatte Willa den Anstand, etwas zu erröten, als ich sie fragte, ob sie dieses Ding, diesen Geist, den Ose beschrieben hatte, denn auch gesehen hätte.

„Nein“, sagte sie gedehnt, „aber du hättest das Kind sehen sollen. Außer sich war sie, als sie mir plötzlich vor mein Mobil rannte. Gebibbert vor Schreck hat sie.“

Ich wollte Willa nicht darauf hinweisen, dass jeder, der einen dunklen Marschweg hinunterrennt, verfolgt von Gott weiß wem, einen tüchtigen Schrecken bekommt, wenn er plötzlich seiner älteren Tante auf ihrem Elektromobil begegnet. Vor allem, wenn man jene Tante in dem Moment im Gespräch mit den anderen Tanten vermutet.

„Und du bist Ose hinterhergefahren?“, fragte ich. „Den ganzen Weg bis zum Marschhof?“

„Was hätte ich denn sonst tun können?“ Willa gestikulierte heftig. „Ich habe mich gesorgt!“

Beide sahen mich an, als ob ich so eine Art Schiedsrichter sei, der diese Sache aufklären könnte. Sie hatten sich nun niedergelassen und sahen nicht so aus, als ob sie vorhätten, demnächst wieder aufzubrechen. Ose hatte auf meine erstaunte Frage geantwortet, dass die beiden Studentinnen, die Doro ihr aus Hamburg geschickt hatte, die Galerie öffnen würden. „Sie wollen Erfahrung sammeln, und dies sind *außergewöhnliche Umstände*. Für ein paar Stunden kommen sie schon zurecht.“

„Wir brauchen deinen Rat, Ruth“, fügte Willa hinzu.

Und weil Willa nun nach einem Brötchen griff und sich ungeniert bediente, um es mit Butter, Quark und Marmelade zu beschmieren, stand ich ungnädig auf und setzte noch einmal die Kaffeemaschine in Gang. Zum Glück hatte Gudrun mir reichlich Brötchen mitgebracht.

„Erzählt mir noch einmal der Reihe nach genau, was passiert ist.“

Während die Kaffeemaschine blubberte und die Küche mit dem Duft der Kaffeebohnen durchzog, wiederholte Ose noch einmal alle Einzelheiten des Geschehens auf dem Marschhof. Willa hörte kauend zu, und da sie die Geschichte schon kannte, nickte sie zustimmend oder runzelte die Stirn, wenn Ose etwas ausließ.

„Ich konnte nur denken: Ich muss die Straße erreichen. Eine Straße, das bedeutet doch Verkehr – ein Bauer, der sich verspätet hat oder nach seinen Tieren schauen muss, meinetwegen ein Kurgast, der sich verfahren, oder jemand, der am Deich geangelt hat … irgendjemand. Und gleichzeitig erinnere ich mich an die Schlaglöcher, der Weg ist doch seit Jahren vernachlässigt worden, und jetzt, wo ich es beinahe geschafft habe, will ich doch nicht hinfallen und mir ein Bein brechen. Obendrein das Ungeheuer, das mir praktisch schon im Nacken sitzt, und dieser bellende Köter … und da kommt dieses geisterhafte Licht auf mich zu!" Ose verstummte. Die Erinnerung versetzte sie erneut in Schrecken.

„Und ich habe natürlich sofort erfasst, dass was passiert ist!" Willa hielt für einen Moment beim Auskratzen des Pflaumenmusglases inne.

„Mein Gott, du glaubst gar nicht, wie gut das tat, Willas Stimme zu hören!"

„Spring auf, hab ich gerufen!" Willa war ordentlich stolz. „Spring auf! Und schon dreh ich um und saus los – was das Zeug hält." Sie und Ose lächelten einander an. „Sag mal, Ruth, hast du noch ein Glas von diesem Pflaumenmus? Hier krieg ich mit noch so viel Kratzen nichts mehr raus."

Es war mein eigenes Mus. Gudrun brachte mir das Obst aus dem Garten ihrer Eltern mit. Ungern rückte ich mein letztes Glas heraus. Die Zwetschgenernte war ein bisschen spät dieses Jahr. Aber Willa ist nicht jemand, der nachgibt.

„Aber du hast nichts gesehen?", beharrte ich, mit dem Rücken die Einsicht in meine Speisekammer versperrend.

„Na ja … eigentlich nicht." Willa überlegte krampfhaft. „Aber in dem Moment habe ich nur an Ose gedacht. Und an die Geschichten, die man über den Marschbauern gehört hat.“ Und nun sah sie mich überlegen an, und ich ahnte, dass sie etwas Neues wusste.

Der Kaffee war durchgelaufen, und Willa wartete, während ich Tassen auf den Tisch stellte und die Milch erwärmte. Natürlich bestand sie darauf, dass ich auch dem Kater ein Schüsselchen hinstellte, der freudig maunzend Willa empfangen hatte. Ich schnitt sicherheitshalber ein paar Scheiben Schwarzbrot und legte sie in den Brotkorb. Ich sah, dass dies ein langer Vormittag werden würde.

„Ich habe heute Morgen nämlich mit Fräulein Söhnlein telefoniert.“

Das hätte ich mir denken können.

„Siehst du, ich meinte nämlich, der Alte sei längst tot.“

„Rulf Brodersen?“

„Ja. Aber es stellt sich heraus: Der lebt noch! Haust da einsam und allein auf dem Hof. Tagein, tagaus … so gut wie niemand kriegt ihn zu sehen, sagt Elsa.“

„Deshalb sah es ja so verwahrlost aus!“, warf Ose ein. „Wahrscheinlich hat er nicht mal Strom. Die Türen waren jedenfalls alle zu, und nirgendwo schien Licht.“

„Aber vor Kurzem ist ein Neffe aufgetaucht. Erinnerst du dich an Rulfs Bruder, Ruth?“

„Der, der mit unserem Bruder befreundet war? Sind sie nicht zusammen in die Schule gegangen?“

„Genau der. Er war aber ein paar Klassen unter Helmut. Sollte Schlachter werden. Der Vater hat wohl gedacht, der eigene Schlachter im Haus, das passt gut zur Landwirtschaft. Der hatte aber keine Lust zur Schlachterei. Hat sich mit seinem Vater verstritten und ist ausgerissen.“

„Richtig – zur See wollte der, oder?“

Willa nickte. „Eben. Hat er auch wohl geschafft. Hat angeheuert, und weg war er. Der Vater hat immer noch gehofft, der Junge kommt zurück und söhnt sich mit seiner Familie aus. Ist aber nicht passiert. Später hat er sich dann in Hamburg niedergelassen und sogar noch geheiratet. Peter heißt er, jetzt fällt's mir ein. Mit der Seefahrerei war's dann vorbei. Schlechte Augen kriegte er, das liegt bei den Brodersens in der Familie."

Willa nahm ihren Kaffeelöffel, gab Pflaumenmus auf den Rest Quark und löffelte die Schüssel aus. „Ja, und eines Tages taucht dieser Neffe auf. Klopft beim Onkel an, ist entsetzt, wie heruntergekommen alles ist. Will was für den Onkel tun, aber der Alte lässt sich von keinem helfen. Also zieht der Neffe unverrichteter Dinge wieder ab. Aber der hat anscheinend was von der Sturheit des Alten geerbt. Denn stell dir vor, Fräulein Söhnlein sagt, auf dem Dorf hätte man gehört, der Junge sei auf die Landwirtschaftsschule gegangen. Und nun soll er zurückgekommen sein, und wenn der Onkel ihn lässt, dann will er den Hof instand setzen!"

„Na", sagte ich, bemüht, nicht zu zeigen, wie sehr mich diese Informationen überraschten. „Und was hat das damit zu tun, was Ose da gestern Abend gesehen haben will?"

„Ruth", quietschte Ose. „Ich hab das gesehen!"

„Dass wir diesen Neffen gestern Abend getroffen haben!" Willa lehnte sich befriedigt zurück. Ose guckte genauso erstaunt wie ich. Aber ich fasste mich zuerst.

„War das der Geist?"

„Nein. Der war es, der uns gestern Abend nach Hause gefahren hat."

Und nun war es Willa doch etwas peinlich, denn sie hätte lieber nicht noch einmal auf die Tatsache angespielt, dass sie und Ose auf ihrer wilden Flucht nicht gerade sehr weit gekommen waren. Als Willa, ihrem Gefühl folgend, losgefahren war, hatte sie nicht ihre Batterie bedacht. Dabei protzte doch gerade Willa immer mit ihrer Voraussicht. „Ich habe immer eine Verlängerungsschnur dabei, falls ich mal zwischendurch aufladen muss", erklärte sie anderen Mobilfahrern, die weniger umsichtig waren. Und nun war es ihr passiert. Immerhin hatten sie sich so weit vom Marschhof entfernen können, dass sie sich einigermaßen in Sicherheit wähnten. Sie hatten gerade den Siedlerweg erreicht, diese etwas breitere Straße, die die Marsch durchquert, als das Mobil stockte. Ose, die sich bis dahin an Willa geklammert hatte, war ganz froh, nun abspringen zu dürfen. Erst als sie bemerkte, dass Willa erfolglos den Zündschlüssel hin- und herdrehte, begriff sie, dass Willa nicht einfach angehalten hatte, sondern ihnen der Strom ausgegangen war.

„Da stehen wir nun, alles rundherum liegt in Dunkelheit. Und das nächste Dorf noch eine ganze Strecke entfernt. Und dann kommt auch noch so ein Wind auf, dass das Schilf in den Gräben raschelt ... Da stehen wir also und überlegen, was wir machen sollen."

„Hattest du denn nicht dein Handy-Ding dabei?", fragte ich.

„Das ist es ja gerade!" Ose war verzweifelt. „Da habe ich es erst gemerkt: Auf der Flucht von dieser blöden Weide, da habe ich meinen Beutel verloren! Meinen Beutel mit meinem Handy drin, meinem Tuch, meinem Skizzenblock ... das muss da alles irgendwo rumliegen! Und jetzt finden wir auch noch heraus, dass da eben doch jemand wohnt. Und nicht nur dieser verschrobene Bauer, nein, auch noch sein Neffe ..."

„Den wir gestern Abend getroffen haben", pflichtete Willa bei.

„Meinst du wirklich? Auch das noch ..."

Und nun berichteten sie mir, wie sie unverhofft einen Helfer in der Not fanden.

„Obwohl ich ja nun gemerkt hatte, dass mein Handy futsch war, hatte Willa ja immerhin ihres dabei." Ose hatte darauf bestanden, dass Willa sich ein Handy anschaffte, als sie hinten in das Häuschen ihrer Tante zog und so aus erster Reihe beobachten konnte, wie ruchlos Willa mit anderen

Verkehrsteilnehmern umging – seien es Auto- oder Fahrradfahrer oder gar Fußgänger. „Früher oder später geschieht etwas Schlimmes“, hatte Ose geunkt. Und seitdem führte auch Willa so ein Gerät mit sich, obwohl sie es selten benutzte und meistens vergaß, es einzuschalten. Aber es sollte in Notfällen dienen.

„Nur mussten wir erst mal beraten, wen wir denn anrufen könnten. Willa meinte die Polizei, aber ich konnte doch nicht gut zugeben, dass ich da auf einem Privatgrundstück rumgeturnt war. Dann dachten wir an den ADAC, die können doch auch Batterien aufladen, nicht? Aber natürlich hatte Willa die Nummer nicht gespeichert.“

Ich gab mir Mühe, so auszusehen, als ob ich verstünde, was Ose mit „gespeichert“ meinte. „Ohne meinen Beutel konnte ich ja auch nichts ausrichten. Zum Beispiel hätte ich ja Kalle anrufen können ...“

„Der kegelt Montagabend“, bemerkte ich.

„Woher weißt du das denn?“, fuhr Willa mich an.

Von Gudrun natürlich, die sehr stolz darauf war, dass ihr Bruder beim letzten Kegeln den Pokal gewonnen hatte. Kalle ist Oses Vermieter, ihm gehört der Stall, der ihre Galerie beherbergt.

„Jedenfalls stehen wir da und beraten hin und her – wir hätten ja auch einfach eine Taxe rufen können ...“

„Oder den Abschleppdienst“, bot ich an und musste das Kichern unterdrücken, als ich mir vorstellte, wie das Mobil mit Willa und Ose hinten drauf nach Wyk geschleppt wurde.

Ose ließ sich nicht beirren. „Und da kommt dieser Geländewagen. Im Licht seiner Scheinwerfer sieht er uns am Wegrand stehen und hält sofort an. Ist ja auch etwas ungewöhnlich, wenn Leute mitten in der Nacht an einer einsamen Straße stehen ... mit einem Elektromobil. Erst wollte er das Ding hinten reinhieven, aber dann sah er ein, dass es zu schwer war. Also, ich hatte keine Lust, mir den Rücken auszurenken." Ich war froh, dass Ose wieder wie sie selbst klang. „Und dann hatte er die Idee, einfach die Batterie auszubauen. Damit wir sie zu Hause aufladen könnten. Er hat mir genau gezeigt, wie man das macht. Ja, und dann hat er darauf bestanden, uns nach Hause zu fahren, obwohl wir gesagt haben, er bräuchte uns nur bis ins nächste Dorf mitnehmen. Aber er bestand darauf, zurückzufahren ... ja, und so kamen wir dann heil nach Wyk."

„Und das Mobil?"

„Na ja, das steht da halt am Wegrand. Er hat es aber ganz an die Seite geschoben, und ohne Batterie kann keiner damit wegfahren." Erst jetzt fiel Ose wieder ein, was Willa vorhin gesagt hatte. „Wie kommst du darauf, dass das der Neffe von diesem ... diesem Rulf war?"

„Das muss er gewesen sein!", behauptete Willa. „Wo sonst wollte er wohl hin?"

„Ins nächste Dorf, das kann doch genauso gut sein."

„Dann wäre er die Chaussee entlanggefahren. Und erinnerst du dich nicht, als ich ihn fragte, ob wir ihn denn nicht aufhalten würden, dass seine Frau ihn womöglich erwarte, da hat er gesagt: ‚Mein Onkel ist längst im Bett. Der wartet auf niemanden.'"

Der Kater war nach seinem unerwarteten Schmaus zum Spielen aufgelegt. Er sprang auf Willas Schoß und versuchte mit seiner Pfote, die Fransen der Tischdecke zu fangen.

„Außerdem hat er laut Fräulein Söhnlein das richtige Alter, und ...", Willa hob triumphierend einen Finger, „... ich erinnere mich genau an Rulfs jüngeren Bruder. Der junge Mann war ihm wie aus dem Gesicht geschnitten."

Ose gab sich geschlagen. Sie wusste, dass es nichts brachte, zu argumentieren, wenn Willa mit ihrer Logik kam.

„Hat der sich denn gar nicht gewundert, was ihr da draußen macht um diese Zeit?", fragte ich.

„Natürlich haben wir ihm nicht erzählt, wo wir herkamen!“

Ich konnte mir vorstellen, dass Willa ihn mit Oses Unterstützung gar nicht zu Wort hatte kommen lassen.

Aber nun war Ose etwas anderes eingefallen. Und sie wurde kleinlaut. „Willa – wir müssen dahin zurück, zu diesem Marschbauern. Mein Fahrrad ist doch noch da. Aber schlimmer ist: Ich muss meinen Beutel suchen. Da hab ich doch alles drin! Mein Geld, meinen Führerschein – sogar ein paar meiner Visitenkarten mit dem Namen der Galerie. Jeder kann herausbekommen, wer ich bin!“ Besorgt schob sie die Krümel auf der Tischdecke zusammen. Der Brotkorb war leer, und auch das neue Glas Pflaumenmus war nur noch zur Hälfte gefüllt.

„Willa, ich kann dich ja beim Mobil absetzen. Die Batterie ist aufgeladen. Wir sind mit dem Auto gekommen“, erklärte sie mir. „Dann fährst du nach Hause und ich an den Deich und lade mein Fahrrad ein. Da versuch ich, mich von hintenrum anzuschleichen. Vielleicht hab ich den Beutel da verloren, wo ich … diese *Erscheinung* gesehen habe. Bei dem Hünengrab.“

„Auf keinen Fall lass ich dich allein dahin zurückkehren!“

„Aber Willa, es bringt doch nichts, wenn wir beide …“

Ose und Willa zankten, und es dauerte einen Moment, bis ich mich bemerkbar machen konnte. „Ose, in der Marsch gibt es keine Hünengräber!“

Diese aufgeworfenen Erdhügel, die Grabstellen aus der Bronze- und der Wikingerzeit markierten, standen nur auf der sandigen Geest im Süden der Insel, nicht in dem niedrigen Marschland.

Ose sah mich mit offenem Mund an. „Nicht?“

Willa schlug entschieden mit der Faust auf den Tisch. „Ruth hat recht. Hünengräber gibt es in der Marsch keine.

Da geht etwas nicht mit rechten Dingen zu. Wir fahren sofort hin. Ich will mit eigenen Augen sehen, was da los ist."

Grimmig entschlossen schoben Willa und Ose ihre Stühle zurück. Wie die Walküren zogen sie los. Ose mit wehenden Haaren. Willa, die ihre Haare kurz hielt, mit erhobenem Stock. Der Kater und ich sahen uns an. Dann wandte ich mich wieder Mutters mit schräger Sütterlinschrift bedeckten Seiten zu, während Herbert sich auf die Veranda zurückzog. Er würde auf meinem Bett nach den Anstrengungen des Morgens in einen Tiefschlaf fallen.

Ich notierte mir die Zutaten für eine besondere Sorte von Gebäck, das Mutter nur als „Ober- und Unterteig" bezeichnet hatte. Herrlich zarte Kekschen, die Mutter immer in der Adventszeit buk. Ein knuspriger Mürbeteig unten, mit einem lockeren Makronenhäubchen bedeckt. Meines Wissens besaß Bertha dieses Rezept nicht. Ich schrieb gerade ‚ein Dutzend frische Eier', als das Telefon klingelte.

Erst hörte ich nur ein Rauschen, dann erklang Willas Stimme – wie aus weiter Entfernung.

„Ruth, ich rufe dich von meinem Handy aus an", teilte sie mir mit.

„Ach."

„Ich wollte nur sagen: Ich hoffe, du vergisst nicht, Kerrins Brief zu beantworten."

Ich hörte wieder das Rauschen, vermischt mit Motorengeräusch, und dann war die Leitung still.

Mein Blick fiel auf das Silberzeug, das auf dem Tisch unter dem Verandafenster aufgereiht stand, und auf das Rezept für Ober- und Unterteig in meiner Hand. Und auf Kerrins Brief, der auf der Flurgarderobe gegen den Spiegel lehnte.

# V

„Hast du dir es jetzt überlegt?“, fragte Ose. „Was wir Ruth sagen?“ Ose hockte im Schneidersitz auf dem Küchentisch. In der Hand hielt sie einen blauen Keramikbecher mit Kaffee.

Willa putzte Fenster. „Warum glaubst du, habe ich mir so eine Arbeit vorgenommen?“, grunzte sie und knüllte Zeitungspapier zum Nachreiben. „Ich muss nachdenken.“

Sie befanden sich in dem Haus, das bis vor Kurzem noch an Frau Pols vermietet worden war, und das Willa nun zu einem Ferienhäuschen umbaute. Früher war es einmal Vaters Werkstatt gewesen. Bis Vater starb und Helmut das Tischlern aufgab und aufs Festland zog.

„Es war doch eine gute Idee, dass Doro mir diese beiden Kunststudentinnen geschickt hat. So hast du das ganze Haus bemalt bekommen – ohne einen Pfennig zahlen zu müssen.“ Ose biss laut in einen Apfel, den sie sich aus einer Schüssel genommen hatte, und sah sich anerkennend um.

„Vergiss nicht, ich gebe ihnen freie Unterkunft. Und ich hatte extra gesagt, ich wollte *alles* weiß. Das haben Fräulein Söhnlein und auch Frau Buhl mir nahegelegt. *Neutral, wenn du es vermieten willst.* Reich mir mal den Eimer mit dem Lederlappen.“

Frau Buhl – Willas Freundin und Mitglied des Krocket-Clubs, den Willa gegründet hatte, als ihre Knie sie zwangen, das Tennisspielen aufzugeben – vermietete selber an Kurgäste und musste das wohl wissen. Frau Buhl hatte Willa auch bei der Auswahl der schlichten Kiefernmöbel beraten, die nun die Zimmer zierten.

„Ich finde, das zarte Gelb und diese kleine Bordüre im Flur sehen doch sehr freundlich aus! Muscheln, genau wie man sie am Strand findet. Das stimmt die Leute sofort auf Urlaub ein. Und die weißen Kacheln im Bad und in der Küche, die haben alles doch echt aufgefrischt. Diese Schablone muss ich mir von ihnen geben lassen."

Ose zielte und warf das Apfelgehäuse in den Papierkorb.

„Nicht in den Papierkorb", sagte Willa automatisch. „Da ist ein Komposteimer. Und *vier* Wochen freie Unterkunft!"

„Dafür helfen sie mir jetzt in der Galerie. So lohnt es sich doch für uns beide, und ich hab Zeit, mich ein wenig um dich zu kümmern." Ose streckte ihre Beine aus und untersuchte ein winziges Loch in ihren orangefarbenen Leggins. „Du wolltest den Maler nehmen. Das hätte dich viel mehr gekostet als nur die Farbe. Und sie haben ja angeboten, die Fenster zu putzen."

„Was wissen junge Leute übers Fensterputzen?" Das Ledertuch quietschte über die Scheibe. „Außerdem hatte ich gedacht, Fritzi und Hajo würden streichen, wenn sie in den Herbstferien mit den Kindern kommen. Wer hätte gedacht …"

Ose schwieg. Dann fiel ihr ein, dass Hajo auch versprochen hatte, ihren Garten umzugraben. Sie seufzte. „Aber Fritzi und die Kinder kommen auf jeden Fall?"

Willa nickte. „Natürlich. Den Jahrmarkt werden sie sich nicht entgehen lassen. Und Niedersachsen hat bis Ende Oktober Ferien."

Sie kletterte die Trittleiter hinunter. „Pass am Fenster auf – wenn Fräulein Gebrecht kommt, dann ruf mich", befahl sie. „Ich mach nur schnell das Fenster im Bad."

Ose nickte. Vom Küchenfenster konnte man gut den Hof überschauen und die beiden Haustüren, die in die Wohnungen im hinteren Teil von Willas Haus führten. An der rechten Tür hing ein getöpfertes Schild, das den Namen der Mieterin angab. Katrin Meier sah man selten. Sie war Krankenschwester, die an ihren freien Tagen hauptsächlich schlief. „Eine ruhige Zeitgenossin“, klagte Willa. Sie zog gesprächige Mieter vor, solche, die anhielten für einen kleinen Schnack, wenn die Vermieterin zufällig ihren Türstein putzte oder im Garten arbeitete, wenn die Mieter nach Hause kamen. Frau Meiers Wohnung hatte ein schönes Südzimmer mit einer großen Veranda, die sich in den Garten öffnete – eigentlich eine Verschwendung für jemanden, der nur ein Schlafzimmer benötigte.

An Fräulein Gebrechts Tür klebte ein Zettel – „Bin in fünf Minuten wieder da“. Der Zettel hing dort, seit Ose um Ostern herum eingezogen war. Die Schrift war von der Sonne verblasst und das Papier von Fliegendreck besudelt.

Es war langweilig, in den leeren Hof zu schauen. Ose begann, sich in der Küche umzusehen. Eine Reihe von Vorratsdosen standen auf der Anrichte. Eine enthielt Kekse. Ose nahm sich welche. Im Schrank lagen nur ein paar Tüten Suppe und ein angebrochenes Paket Spiralnudeln.

Sie hörte Willa mit der Leiter hantieren. Dann kam ihre Stimme aus dem Wohnzimmer. „Ose, bring mir frisches Wasser. Aber heiß, hörst du? Nicht zu viel Spülmittel und einen Spritzer Essig.“

Als Ose Willa den Eimer auf die Fensterbank gestellt hatte, wo sie ihn bequem erreichen konnte, warf sie einen Blick ins anliegende Schlafzimmer. Zwei Einzelbetten mit leuchtend bunter Bettwäsche warteten auf den Besuch der Kinder. In ein offenes Regal hatte Willa Kinderbücher, Malstifte und ein paar Spiele gestellt. Die beiden Studentinnen schliefen oben. Ose hatte sich dort schon umgesehen. Überquellende Rucksäcke, aufgerissene Tamponschachteln, leer gegessene Kartoffelchipstüten und ungemachte Betten erinnerten sie an ihre eigene Studentenzeit.

Sie setzte sich probeweise auf die Couch im Wohnzimmer. Sie war bequem. Sie würde Willa ein oder zwei Kissen aus der Galerie mitbringen, diese Weberin, die sie zum Ausstellen überredet hatte, machte hübsche Sachen. Oses Gedanken zogen zurück in ein anderes Haus, wo sie und Willa auf einer harten Küchenbank gesessen hatten. Wie zwei Sünder vor ihrem Richter. Auf dem Hof des Marschbauern.

Willa hatte darauf bestanden, zuerst zu ihrem Elektromobil zu fahren. Mit seiner schlappen Heckfahne hatte es geduldig am Wegrand auf sie gewartet. Sie hatten es sogar geschafft, die Batterie ohne Probleme einzubauen. Dann war Ose langsam vorausgefahren, Willa auf ihrem Mobil hinterher.

„Wir werden es ganz richtig machen“, hatte Willa im Auto entschieden. „Zur Haustür und anklopfen. Wenn niemand antwortet, dann können wir uns in Ruhe umsehen.“

„Und was, wenn jemand die Tür öffnet?“, fragte Ose und biss vor Nervosität auf ihren Daumen. „Und vergiss nicht den Hund. Der ist bestimmt abgerichtet, Eindringlinge anzugreifen!“

„Bauern nehmen ihre Hunde mit, wenn sie aufs Feld gehen“, behauptete Willa. „Das erste Mal, als du da warst, hast du doch auch keinen Hund gesehen. Und wenn sie zu Hause sind, dann legen sie ihn an die Kette. Schließlich kommt doch auch mal der Postbote.“

Trotzdem hatte Ose ein unangenehmes Gefühl, als sie an die Tür pochte. Ihr Klopfen verhallte in dem langen Flur, den sie gerade hinter den schmierigen Scheiben der Haustür ausmachen konnte.

„Klopf noch einmal“, flüsterte Willa. Sie stand dicht hinter ihr, und Ose nahm ihren soliden Körper dankbar wahr.

Keine der Türen, die vom Flur abgingen, wurde geöffnet, keine Schritte näherten sich.

„Keiner zu Hause“, sagte Willa zufrieden, etwas lauter als zuvor. „Dann ist es selbstverständlich, dass wir hinten herumgehen. Vielleicht füttert der Alte gerade die Hühner.“

„Willa", zischte Ose. Sie wollte jetzt nicht an das Verschwinden der Bauersfrau erinnert werden. Aber sie führte Willa über den gepflasterten Vorhof zu dem Gang zwischen Scheune und Haus, der nun bei Tageslicht unschuldig aussah.

Hinter dem Haus hatte sich seit ihrem letzten Besuch nichts geändert. Alles lag still. Die Ente trank am Rand des Tümpels, die Hühner kratzten im überwachsenen Gemüsebeet. Vor ihnen lag der Acker, dahinter die Weide mit dem Hünengrab.

„Siehst du", triumphierte Ose. „Jetzt kannst du's selbst sehen."

Und Willa sah. Eine sanfte Brise bog die Grashalme und breitete einen Geruch von Stallmist aus. Oses empfindliche Nase zuckte. Dann fuhr sie herum. Hinter ihr stand der Mann, der ihnen am Abend zuvor geholfen hatte. Jetzt trug er einen schmuddeligen Blaumann, und etwas klebte an seinen Stiefeln, worüber sie lieber nicht nachdenken wollte.

„Suchen Sie was?"

Er war aus der Scheune getreten. In einer Hand hielt er eine Heugabel, die andere hatte er in das Halsband eines Schäferhundes gelegt, der leise, aber bedrohlich knurrte. Jetzt bei Tageslicht konnte man sehen, dass der Mann hochgewachsen und dünn war. Sein Gesicht und seine nackten Arme waren mit rötlichen Sommersprossen bedeckt.

Ose überlegte fieberhaft. Auch Willa blieb ausnahmsweise stumm. Da fiel Oses Blick auf die morsche Holzbank. Da, wo am Abend nur ein Weidenkorb gelegen hatte, hatte sich jetzt ihr Beutel mit dem Tuch und dem Skizzenblock dazugesellt.

„Das da", sie räusperte sich. „Das da sind meine Sachen."

Der Mann, von dem Willa glaubte, er müsse Rulf Brodersens Neffe sein, nickte und lehnte sich auf seine Heugabel. Er hatte anscheinend nicht vor, ihnen dieses Gespräch leichter zu machen.

„Sehen Sie mal", stotterte Ose, „ich war gestern hier. Ich suchte nach einem Motiv … einem typischen Bauernhof …"

„Meine Nichte ist nämlich Künstlerin", sprang Willa ihr bei. Es klang, als ob das alles erklärte. „Und ich kenne doch Ihren Onkel. Ihm würde es bestimmt nichts ausmachen, wenn meine Nichte hier ein bisschen malt …" Willa wedelte mit den Händen.

Wenn nicht der Hund und der junge Mann zwischen ihr und der Bank gestanden hätten, hätte Ose ihren Besitz ergriffen und wäre weggerannt.

„Sie kommen besser mal mit rein. Ich habe es gar nicht gern, dass Leute hier rumschnüffeln." Er drehte sich um und schritt auf die Hintertür zu, deren obere Klappe offenstand. Mit einem Handzeichen hatte er dem Hund bedeutet, sitzen zu bleiben. Die blanken Augen wichen nicht von Willa und Ose. Da der junge Brodersen, denn das musste er wohl sein, nun auch noch Oses Sachen aufsammelte, blieb ihnen nichts anderes übrig, als ihm ins Haus zu folgen.

Bevor er eintrat, streifte er seine Stiefel ab. Ose und Willa begnügten sich mit einem flüchtigen Abtreten auf der Fußmatte. Der Hund tappte wachsam hinter ihnen her. In der Küche wurden sie auf die Eckbank verwiesen. Aufrecht und mit gespitzten Ohren setzte sich der Hund vor sie. Sein Herrchen ging indes zum Küchenbüfett, wo ein altes, schwarzes Telefon stand.

„Mein Gott", fuhr es Ose durch den Kopf, „er will die Polizei anrufen!"

Aber anstatt zum Telefon zu greifen, öffnete er das Büfett und entnahm ihm ein blau-weißes Schüsselchen. Dies füllte er mit Milch und stellte es dann vor eine schwarze Katze, die in einem Korb in der Nähe des Herdes lag. Die Katze erhob sich schwerfällig, und Ose sah, dass fünf oder sechs

Kätzchen den Korb mit ihrer Mutter teilten. Sie sahen aus wie nackte Ratten, erzählte Ose später und schüttelte sich. Die Augen der Tierchen waren geschlossen.

Natürlich konnte Willa sich nicht zurückhalten. Sie stieß Entzückenslaute über die Jungen aus und lobte die Mutter, die unbeirrt ihre Milch wegschlabberte. Nur als der junge Mann den Korb hob und auf den Tisch stellte, um Willa hineinschauen zu lassen, krümmte sie ihren Rücken zu einem Buckel und starrte Willa aus grünen Augen an.

„Vor drei Tagen geboren", erklärte der junge Mann. Er hatte die Hände in seine Taschen gestopft und blickte nachdenklich vor sich hin. Er war sich anscheinend nicht ganz sicher, wie er diese Eindringlinge behandeln sollte.

Ose sah jetzt, dass auf dem Tisch, an die Zuckerbüchse gelehnt, eine ihrer Visitenkarten stand. Unter dem Namen der Galerie – und wirklich, der Entwurf war gut gelungen – stand: Ose Petersen, Inhaberin. Das Wissen um ihre Galerie gab Ose Aufschwung.

„Sie haben kein Recht, mir mein Eigentum vorzuenthalten", begann sie mutig. „Meine Tante und ich sind heute Morgen extra hierhergekommen, um das zu erklären ..."

„Ich hätte gedacht, Sie wären wegen Ihres Mobils gekommen", unterbrach er sie. Ein sarkastisches Lächeln umspielte seine Lippen. „Unternehmen Sie Ihre Streifzüge regelmäßig mit dem Ding? Als Fluchtmobil nicht sehr zuverlässig, möchte ich mal sagen. Oder finden Sie immer jemanden, der auf Ihre Warten-auf-einen-Retter-in-der-Not-Routine reinfällt?"

Der Hund reagierte auf den scharfen Tonfall seines Herrchens, indem er die Zähne bleckte. Ose rückte ein wenig näher an Willa. „Warum sagt *sie* nichts?", dachte Ose. Aber Willa hatte einen Finger ausgestreckt und streichelte die Kätzchen.

„Also sagen Sie schon, was Sie hier wollten. Dachten Sie, auf einem alten Bauernhof, da können Sie wertvolle Sachen finden? Antiquitäten …“, er dehnte das Wort höhnisch, „… die Sie einem alten Mann für ein paar Cent abschnacken können?“

„Ich verkaufe keinen alten Trödel in meiner Galerie.“ Ose klang entrüstet. „Sehen Sie doch selbst, ich mache Skizzen von alten Friesenhäusern. Dieses sah bruchfällig aus … wie konnte ich ahnen, dass hier noch jemand wohnt?“

„Ich hab Sie doch letztens schon mal hier gesehen? Vorne vorm Tor standen Sie da!“

„Mist“, dachte Ose, „er ist das also gewesen, der Bauer auf dem Trecker.“

„Ja – aber so überwachsen, wie das alles ist, konnte ich das Haus ja fast nicht sehen.“

„Und die Schilder ‚Privatweg‘ und ‚Zugang verboten‘ auch nicht? Haben Sie sich deshalb noch mal von hinten angeschlichen? Ich habe die Fußspuren auf dem Acker entdeckt, wo Sie auch Ihre Sachen verloren haben. Was denken Sie sich eigentlich dabei, überall rumzutrampeln?“

Ose dachte kurz an ihre hübschen Sandalen, die sie sich auf dem alten Acker so gut wie ruiniert hatte.

Der Mann lehnte jetzt drohend am Tisch. „Oder wollten Sie was ganz anderes? Sind Sie hierhergeschickt worden, um was auszuspionieren?“

Ose lachte auf. „Das ist doch albern. Was gibt es auf diesem Rummelhof denn schon groß zu sehen? Außer …“, siedendheiß schoss ein Gedanke durch ihren Kopf, „… dass Sie hier was verstecken?“

Er sah jetzt wirklich wütend aus. Seine Fäuste hatten sich geballt, und ein grollendes Knurren des Hundes untermalte seinen Ärger. „Der Hof mag alt sein. Was wissen Sie schon von Landwirtschaft? Haben Sie eine Ahnung, was das hier wert ist? Mein Onkel hat hier nur zu lange allein und ohne Hilfe gewirtschaftet. Das bedeutet nicht, dass wir jeden Hans und Franz hier rumlaufen lassen.“ Jetzt griff er doch zum Telefon. Fluchte dann leise und zog unter einem Stapel von Papieren ein Telefonbuch heraus.

„Da, wo Sie rumgetrampelt sind, ist eine Versuchssaat drin. Wir haben einen wertvollen Zuchtstier. Sogar die Schafe …“ Er hatte die Nummer gefunden und begann zu wählen.

„Jetzt hilft alles nichts mehr“, dachte Ose verzweifelt. Sie überlegte, wie Kalle, ihr Vermieter, und die Dorfleute auf ihre Verhaftung reagieren würden. Gerade jetzt, wo man anfing, sie im Dorf zu akzeptieren.

Überraschend kam Willa ihr zur Hilfe. „Das würde ich nicht tun“, sagte sie leise, aber bestimmt. „Wir wissen, was Sie mit Amalie gemacht haben.“

„Toll, wie du das gesagt hast“, sagte Ose später. „So ganz überlegen.“ Und sie ahmte Willas Stimme nach, als sie Kerrin davon erzählte.

Auch dem jungen Mann entging die Drohung nicht, die in Willas Stimme mitschwang. Verdattert legte er den Hörer nieder.

„Was?“, fragte er. „Wer ist *Amalie*?“

„Nun tun Sie doch nicht so! Das ist hier doch der reinste Einsiedlerhof! Schilder hier und Eintritt verboten da. Elektrische Zäune rundherum!“ Oses Stimme hob sich triumphierend. „Was haben Sie zu verbergen?“

Das Wohnzimmerfenster knallte zu. Willa klappte die Leiter zusammen und wrang das Ledertuch aus. „Am besten erzählen wir Ruth erst mal nichts davon“, sagte sie.

„Oh, aber … irgendwann muss sie es doch erfahren.“

„Warum?“, Willas Stimme klang scharf. „Erstens ist es so lange her, dass es gar nicht nötig tut, ihr zu erzählen, was ein Kerl wie Rulf Brodersen dahinschwafelt. Zweitens“, Willa schnitt Ose das Wort ab, „zweitens geht es Ruth nicht so gut. Gudrun hat heute Morgen angerufen.“

„Was hat sie?“, Ose stand auf. Ein paar Kekskrümel lösten sich von ihrem Rock und fielen auf den Boden.

„Sie liegt im Bett und liest in ihren Heften.“

Ose wusste von Ruths Heften, die Tagebücher, die sie geführt hatte, seitdem sie ein junges Mädchen war. Sie verwahrte sie in alten Koffern auf dem Dachboden, und manchmal ließ sie sich einen bestimmten Jahrgang von Gudrun bringen. Es konnte dann sein, dass sie ihr Bett tagelang nicht verließ, bis sie auch das letzte Heft gelesen hatte. Willa – die sonst keine Schwäche duldete – übersah diese Anwandlungen ihrer Schwester. Sie war froh, dass sie nicht so von der Vergangenheit eingeholt wurde.

„Ist es wegen Kerrins Brief?“, fragte Ose. Willa hatte ihr davon erzählt.

„Mm. Wer weiß, was für Erinnerungen der in ihr wachgerufen hat. Wir wollen da nichts aufrühren, was besser vergessen ist. Mach dich nützlich, Kind. Trag die Leiter raus, und leer den Eimer aus. Auf die Lupinen kannst du das Wasser gießen. Ich will noch schnell die Fensterbänke abwischen. Nein, nein – so ein alter Kerl wie der, was will der schon gesehen haben!“

Ose trat in den Hof und schnupperte die milde Abendluft. Sie hätte zu gern gewusst, was in Kerrins Brief gestanden hatte, dass er Ruth so getroffen hatte. Sie musste Kerrin anrufen. Als Ose um die Ecke ging, um Eimer und Leiter in Willas Küche zu tragen, kam Fräulein Gebrecht ihr entgegen. Ose grüßte sie besonders freundlich.

„Wirklich? Das hat er gesagt?“ Kerrin reagierte mit dem Erstaunen, das Ose sich erhofft hatte. Obwohl sie doch so viele Tausend Kilometer entfernt war, klang ihre Stimme nah und wohltuend bekannt.

Ose kuschelte sich tiefer in ihre Kissen und streckte ihre Füße in den Wollsocken, die sie statt Hausschuhen trug.

Dies versprach ein langer, gemütlicher Plausch zu werden. Wie viel Zeit man hatte, wenn man nicht arbeitete! Nach den Aufregungen am Morgen war sie ein bisschen einkaufen gegangen und hatte einen Spaziergang am Strand entlang gemacht. Sie hatte eine halbherzige Skizze vom Albertshaus am Südstrand angefertigt, jenem strohgedeckten Haus, dessen Vordergarten nun fast ganz vom Meer weggerissen worden war, nur um ihren Spaziergang zu rechtfertigen. Es war schwer, sich aufs Zeichnen zu konzentrieren, wenn die Gedanken ständig zu diesem Hof in der Marsch zurückkehrten. Als sie Willa mit Leiter und Eimern bewaffnet aufs Ferienhäuschen hatte zusteuern sehen, hatte sie es nicht länger ausgehalten. Sie musste die Ereignisse des Morgens noch mal mit ihrer Tante besprechen. Unbefriedigend war allerdings Willas Entscheid, Ruth nichts zu erzählen.

Am Abend zuvor hatte Ose sich von den Studentinnen Bericht erstatten lassen, wie es in der Galerie gelaufen war, und weil die Mädchen ein teureres Bild verkauft hatten, hatte sie sie spontan zum Essen eingeladen. Pizza beim Italiener gegenüber der alten Post. Vom Rotwein angeregt, war sie noch nicht müde genug, um gleich ins Bett zu gehen.

Sie hörte, wie Kerrin sich am anderen Ende der Leitung eine Zigarette anzündete. „Ose, ich glaub das nicht", sagte sie nun. „Er hat das bestimmt nur gesagt, um euch von der Wahrheit abzulenken. Stell dir vor, wenn er seine Frau umgebracht hat, und all diese Jahre ist ihm keiner auf die Schliche gekommen – dann tut er doch alles, um euch auf die falsche Spur zu lenken."

„Eben. Das meine ich doch auch." Ose hörte Kerrin ein Fenster festhaken. Vogelgezwitscher drang durch den Hörer. „Wie spät ist es bei euch eigentlich?"

„Früh, meinst du wohl. Wir sind euch acht Stunden voraus. Es ist sieben Uhr morgens, und du hast mich geweckt."

„Früh aufstehen ist gut für dich."

„Immerhin habe ich Ferien. Aber ich kann eh nicht ausschlafen, ich bin so daran gewöhnt, dass der Wecker um sechs Uhr klingelt." Immerhin schaffte sie es ohne Wecker bis sieben oder acht Uhr. „Was hat denn dieser Neffe gesagt?", fragte Kerrin.

„Erst hat er gar nicht gewusst, von wem wir sprachen. Amalie – er konnte sich nicht an sie erinnern. Dann hat er seinen Onkel verteidigt. Jetzt könne er verstehen, warum sein Onkel sich weigere, unter die Leute zu gehen. Warum er sich hinter verschmierten Fensterscheiben und verrammelten Türen verstecke. Willa meinte dann, wer sich versteckt, hätte wohl auch was zu verstecken!"

Erschrocken waren sie beide, als der Alte plötzlich in der Küche stand. So leise war er eingetreten, dass nur der Hund ihn bemerkt hatte und wedelnd begrüßte. In seiner seltsamen Bekleidung ähnelte er der geisterhaften Erscheinung, die dem Hünengrab entwichen war. Er trug einen weißen Kittel, den er um seinen dürren Körper gewickelt hatte, und der beinah bis zum Boden reichte. Um seinen skelettartigen Kopf hatte er ein weißes Tuch gebunden. Er hatte es im Nacken verknotet. Seine knorrige Faust war zornig erhoben.

„Was wollen die hier, Jan?", rief er in einer weinerlichen Greisenstimme. „Keinen Besuch, hab ich gesagt."

„Sie gehen gerade, Onkel. Sie haben nur ihre Sachen abgeholt."

Jan Brodersen raffte Oses Beutel, Tuch und den Skizzenblock zusammen und warf ihr alles in den Schoß.

„Gehen Sie", sagte er kurz.

Die wässrigen Augen des Alten hefteten sich auf Ose. Jetzt stieß er ein pfeifendes Lachen aus. „Die hab ich gestern Abend gesehen. Hat ordentlich die Beine in die Hand genommen. Sah aus, als ob sie den Deibel-komm-heraus gesehen hätte."

Ose errötete. „Waren Sie das? Was haben Sie da in dem Hünengrab gemacht?"

Der Alte grinste. Sein Unterkiefer mahlte in seinem eingefallenen Gesicht.

„Hünengrab?" Der Neffe starrte Ose kühl an.

„Da auf der Weide." Ose winkte in Richtung des Fensters. „Oder haben Sie noch nicht gemerkt, dass Sie wahrscheinlich einen Grabhügel aus der Bronzezeit auf Ihrem Land stehen haben?"

Verständnis malte sich auf dem Gesicht des Jungbauerns aus. Und etwas, was unangenehm wie ein breites Grinsen aussah. Anstatt zu antworten, wandte er sich zum Kühlschrank. Aus dem einzigen modernen Einrichtungsstück in dieser Küche mit dem Küchenbüfett, dessen Glastüren noch von gestrafften Gardinen geschmückt waren, und dem Regal, an das jemand eine leicht vergilbte Häkelbordüre geheftet hatte, entnahm er einen Teller. Darauf ruhte ein weißer Käse.

„Wissen Sie, was das ist?" Ose zuckte mit den Schultern. Sie würde sich nicht erniedrigen, seine alberne Frage zu beantworten. „Schafkäse."

Er stellte den Teller auf den Tisch. So flugs, dass Ose zurückschrak, hatte der Alte ein Taschenmesser aus seinem Kittel hervorgeholt. Er schnitt eine dünne Scheibe von dem halbrunden Käse ab und bot sie Ose an.

„Das Hünengrab, das Sie gesehen haben, ist meines Onkels Käsekeller. Es ist ein Erdkeller, so eine Art natürlicher Kühlraum, den er selbst gebaut hat. Da experimentiert er mit verschiedenen Sorten von Schafkäse. Er macht das gut, was?"

Ose, die ein Würgen unterdrücken musste bei dem Gedanken, etwas zu essen, was die Hände mit den krallenartigen Fingernägeln hergestellt hatten, versuchte der Messerspitze auszuweichen, die auf sie deutete.

Willa griff nach dem Käse.

Erst jetzt schien der Alte sie zu bemerken. Stirnrunzelnd schenkte er ihr seine Aufmerksamkeit.

Willa kaute angestrengt, schluckte. „Guten Tag, Rulf", sagte sie dann.

Die Kinnlade mahlte. Dann klappte er das Taschenmesser ein und versenkte es erneut in seinem Kittel. Klagend wandte er sich an seinen Neffen. „Die kenn ich." Seine Augen irrten ruhelos an Willas ausgiebiger Figur auf und ab. „Du bist dem Petersen seine Tochter. Aus Wyk." Er sprach in dem langsamen, etwas schwerfälligen Tonfall von Leuten, die sich üblicherweise des Plattdeutschens bedienten.

„Andreas Petersen war mein Vater, ja. Unsere Eltern kannten sich, nicht wahr, Rulf?"

„Was will die hier?", fragte der Alte seinen Neffen in dem quengeligen Ton, den kleine Kinder annahmen, wenn ihnen etwas gegen den Strich ging.

„Gar nichts, Onkel. Sie gehen ja schon. Sie haben ihre Sachen abgeholt und deinen Käse probiert. Und jetzt ..."

„Wir sind wegen Amalie gekommen, Rulf. Ist es nicht an der Zeit, dass du sagst, was ihr passiert ist?"

Willa sah sich bedeutsam um. Man konnte wirklich gut glauben, dass Amalie Brodersen erst eben diese Küche verlassen hatte. Die blau-weißen Porzellankanister auf dem Regal kündeten ihren Inhalt als Sago und Gerstengrütze an. Auf kleineren standen Namen wie Kardamom und Kaneel. Auf dem altmodischen Herd – der noch geheizt wurde – dampfte ein schwerer, schwarzer Kessel.

„Amalie ...", murmelte der Alte.

„Seine Frau", erklärte Willa dem Neffen und fügte hinzu: „Sie sollten der Mutter ihre Jungen zurückgeben. Sie wird unruhig."

Tatsächlich strich die magere Katze unruhig um die Tischbeine. Ihr jaulender Ton wurde von einem piepsenden

Gemaunze beantwortet. Der junge Bauer griff nach dem Korb und stellte ihn wieder an den Herd. Die schwarze Katze schlüpfte hinein und begann, ihre Kinder gründlich zu putzen.

„Was wollen Sie eigentlich von meinem Onkel? Seine Frau! Du meine Güte. Wie lange ist das her? Glauben Sie, er hat nicht genug gelitten unter den Gerüchten und den Verleumdungen? Sie sehen doch, wie er hier lebt – Angst hat er, unter die Leute zu gehen! Muss das jetzt wirklich wieder ausgegraben werden?"

Er strich sich durch die kurzen, rötlichen Haare. Auf einmal sah er nicht mehr so jung aus. Ose schätzte ihn auf etwa dreißig.

„Wissen Sie, was damals passiert ist?", fragte Willa. „Oder wollen Sie das nicht wissen?" Sie stand auf. Sie hatte zu lange auf dieser harten Eckbank gesessen. Der Hund spitzte die Ohren.

„Lass, Hasso", sagte Jan Brodersen. Auf einmal tat er Ose leid. Sie war sich nicht sicher, ob sie unbedingt von den möglichen Sünden ihrer Verwandten heimgesucht werden wollte.

„In dem Moment war mir das alles echt peinlich", sagte Ose zu Kerrin. „Ich meine, immerhin hatte er uns ja am Abend zuvor aus der Patsche geholfen. Und nett sah er aus, wenn mir auch diese ganze Ponderosa-Romantik ein bisschen zu viel war. Ich bitte dich, der treue Schäferhund, die Katzenfamilie am Herd. Ein bisschen zu viel Dung und Landmief. Und wenn du mich fragst, dann hätte der Alte leicht die Amalie aus dem Weg schaffen können. Auf so einem Hof, da gibt's doch genug Gelegenheit. Haben die da nicht sogar Klärgruben?"

„Klärgruben?" Kerrin klang entsetzt. „Mann, Ose, denkst du an einen Mord im Mafiastil? Wo die Leiche spurlos verschwindet?" Sie hustete.

„Du solltest das Rauchen aufgeben", belehrte Ose ihre Schwester. „Du hast selbst gesagt, der Alte wollte uns ablenken!"

„Na ja – und dann hat er das gesagt? Von Willem? Bist du sicher, er meinte Ruths Mann?"

„Ja! Wir waren zur Tür raus, da kam wieder dieses keifende Lachen. Und dann rief er uns hinterher, ganz klar und deutlich: ‚Amalie, die ist weg. Und wenn du wissen willst wie, Petersens Tochter, dann frag doch mal deine Schwester! Der ihr Willem, der war doch ganz dick mit meiner Amalie. Aufm Jahrmarkt – da hab ich sie gesehen …' Und als ich mich umdrehen wollte, da hat Willa mich schnell am Arm genommen und rausgezerrt. ‚Ins Auto und nichts wie weg', hat sie gezischt. Da war's beinah, als wär sie diejenige, die das Gespenst gesehen hatte."

„Und dein Fahrrad?" Kerrin, typisch Lehrerin, hatte das Fahrrad nicht vergessen.

„Das hab ich noch geholt. Und Willa hat gewartet, an der Wegkreuzung, auf ihrem Mobil. Hatte wohl Angst, dass ich noch mal zurückfahre. Und jetzt will sie nicht, dass wir Ruth davon etwas sagen!"

„Komisch ist die Sache schon." Kerrin dachte nach. „Aber komm, du weißt doch, wie das ist auf dem Jahrmarkt. Jeder spricht mit jedem. Warum sollte Ruths Mann nicht mit dieser Amalie gesprochen haben? Was beweist das schon? Das bedeutet doch nicht, dass Willem was mit Amalies Verschwinden zu tun hat. Und der Jahrmarkt ist im Herbst. Du hast selber gesagt, sie verschwand im Frühjahr."

„Genau. Außerdem hat Bertha erzählt, dass dieser Rulf sie nie weggelassen hat. Wahrscheinlich war er furchtbar eifersüchtig! Wenn er geglaubt hat, sie tändelt mit jemandem an …" Sie ließ die Worte unheilschwanger in der Luft hängen.

„Was, glaubst du, hat er mit ihr gemacht?", fragte Kerrin schaudernd. Dann erinnerte sie sich, dass Ose immer zu Übertreibungen neigte. Es war Zeit, dass man die Sache kritisch untersuchte. „Du musst überlegen, dass sie ihm vielleicht einfach weggelaufen ist. Dass sie einfach genug hatte von seinem Gehabe!"

„Oder dass sie es nicht mehr aushalten konnte und Selbstmord begangen hat." Ose ließ sich nicht von ihrem Kurs abbringen. „Es gibt jedenfalls reichlich Spuren, die wir verfolgen können. Und Willa kennt einen, der ist ein pensionierter Polizist. Den will sie mal ausquetschen. Bestimmt hat der ein paar Theorien auf Lager."

„Ose! Macht bloß nichts Gefährliches! Leute, die sich in eine Ecke gedrängt sehen …"

„Das sagt man wohl bei euch! Es ist Zeit, dass du mal wieder die Heimat besuchst. Du fängst an, englisch zu klingen. Aber erzähl mal, was macht Leo eigentlich?"

Kerrin, die das Gefühl hatte, dass Ose sie ablenken wollte, ließ sich gern über Leo ausfragen. Eine Woche war er schon weg, und sie vermisste ihn. „Leo ist diese Ferien mit seinem Vater unterwegs. Sie sind nach Perth geflogen. Jonathon gibt da ein Konzert, und dann wollen sie ein Auto mieten. Jetzt im September ist die Zeit der Wildblumenblüte. Es soll traumhaft schön sein." Sehnsucht klang in Kerrins Stimme mit. Sie war noch nie in Westaustralien gewesen. „Dann fahren sie durch die Nullarbor-Wüste zurück. Da kann man jetzt die Wale beobachten."

„In der Wüste?"

„Ja, das ist unglaublich, nicht? Die Wüste reicht direkt ans Meer." Seitdem sie ein Kind war und ihr Opa ihr die Kieferknochen des Wales gezeigt hatte, die vor dem Friesenmuseum einen Torbogen bildeten, war Kerrin fasziniert von diesen Tieren. „Die Wale dort heißen Southern Right Whales, das sind die ganz großen. Leo hat das alles nachgeschaut: Die ausgewachsenen weiblichen Wale wiegen über achtzig Tonnen und sind siebzehn Meter lang!"

„Ist das da an diesem Bight?", fragte Ose, die sich für die Wildnis nur interessierte, wenn sie auf Bildern präsentiert wurde.

„Genau. Am Great Australian Bight. Da gibt es auch ein Reservat der Aborigines, und sie mussten extra eine Erlaubnis einholen, um dahin zu fahren. Drei Wochen sind sie unterwegs. Und nur die ersten zwei Nächte schlafen sie im Hotel, danach zelten sie."

„Aha. Ist das eine gute Idee?"

„Dass sie durch die Wüste fahren? Natürlich sorge ich mich, wenn am Auto was kaputtgeht, oder wenn das Wasser ausgeht, das kann schlimm werden! Man hört immer wieder von Menschen, die sich in der Wüste auf der Suche nach Wasser verirrt haben und dann umgekommen sind ..."

„Und dass sie zelten?"

„Ose, ich kann Leo wohl kaum seinen Vater vorenthalten. Es ist selten genug, dass sie einander sehen können – mit Jonathons Engagements. Und was hast du gegen Zelten? Nur weil Jonathon schwul ist, bedeutet das doch nicht, dass er ein Pädophiler ist! Also wirklich ..."

„Kerrin. Entschuldige. Du vergisst, dass ich jetzt praktisch auf dem Dorf wohne. Da ist man Vorurteilen ausgesetzt."

„Untersteh dich, die Dorfbewohner derart zu beleidigen! Jeder denkende Mensch ist allein für seine Vorurteile verantwortlich."

„Keine Angst, ich tu mein Bestes, mich zu ändern", sagte Ose und dachte dann „Immerhin hat sie aufgehört, Selbstmitleid zu schwitzen." „Du vergisst, ich habe Jonathon kennengelernt und einen Riesenrespekt vor ihm."

Kerrin brummte.

„Hättest du denn nicht mitfahren können?"

„Doch.“ Kerrin dehnte das Wort. „Aber Leo freut sich immer so auf diese Zeit mit seinem Vater. Ich finde, er verdient es dann, ihn ganz allein für sich zu haben.“

„Und was machst du?“, fragte Ose.

„Nicht viel. Ich treff mich mit einer Freundin zum Lunch. Gestern war ich mit Alistair von oben im Kino …“

„Noch ein Schwuler!“

„Ich gehe am Strand spazieren und trinke auf dem St. Kilda Pier einen Kaffee.“

Ose erinnerte sich an den breiten, langen Pier. Sie war mit Kerrin dort gewesen, als sie ihre Schwester in Australien besucht hatte. Sie hatte Fotos von der Skyline von Melbourne gemacht. Das Café hatte etwas rührend altmodisch Englisches an sich. Man konnte sich vorstellen, wie viele Familien hier schon herausspaziert waren, um am Nachmittag ihren Tee einzunehmen.

„Und ich will ins Einwanderungsmuseum gehen“, sagte Kerrin. „Ich wünschte, Ruth würde mir endlich mal Willems Geburtsdatum schicken, und den Namen von dem Schiff, mit dem sie kommen sollten!“

Ose erzählte ihrer Schwester, dass es Ruth momentan nicht so gut gehe. „Sie hat sich ihre Hefte von Gudrun rauskramen lassen, als sie deinen Brief bekam. Und seitdem ist Sendepause. Sie duldet ausschließlich Gudruns komischen Kater um sich – der lässt sich aber auch nicht bewegen. Der macht sich ja immer oben bei ihr breit. Was hast du ihr denn bloß geschrieben?“

„Gar nichts“, protestierte Kerrin. „Ich hab sie nach dem Namen von Willems Schiff gefragt. Und wann er abgefahren ist.“

„Da muss noch mehr gewesen sein“, sagte Ose streng.

„Mann, Ose … das Übliche halt. Was Leo macht, wie’s uns geht … ach ja, ich hab gefragt, warum sie denn damals eigentlich nicht mit Willem mitgegangen ist. Weil ich dann doch jetzt Familie in Australien hätte … Glaubst du, das hat sie traurig gemacht? Aber dann hätten wir sie ja all die Jahre unserer Kindheit kaum gesehen, und das wäre doch auch blöd gewesen."

Ose meinte auch nicht, dass das Ruth hätte verstimmen können. Sie sprachen eine Weile über ihre Tanten. Dann fragte Kerrin zögernd: „Hast du von Fritzi gehört?"

„Noch nichts Neues. Wenn man anruft, wimmelt Fritzi einen meistens an die Kinder ab. Oder sie ist gerade auf dem Sprung. Zum Bioladen, wo sie eine Extraschicht arbeitet, zum Kindergarten, um Finn abzuholen, zu diesem komischen Kleintierverein, dem Britta beigetreten ist, oder zu einem Flötenkonzert von Johanna."

„Und sonst nichts Neues?"

„Von Hajo? Nee. Außer, dass es wohl feststeht, dass er nach Hongkong geht. Und dass er Johanna mitnimmt."

Kerrins Schweigen verriet, wie unbeholfen sie sich fühlte. Natürlich hatten sie alle gewusst, dass es in der Ehe ihrer ältesten Schwester kriselte. Aber dass es dazu kommen würde …

Ose sprach wieder. „Und wissen tu ich das nur, weil Fritzi mit Marianne telefoniert hat, und die hat es Willa erzählt." Sie klang beleidigt. Dass Fritzi sich ausgerechnet jetzt ihrer Mutter anvertraute, statt zuerst zu ihren Schwestern zu kommen.

„Ich dachte, sie gingen jetzt zu einer Therapeutin, und das hätte geholfen."

„Ja – Fritzi war ganz hoffnungsvoll. Und in den Sommerferien war auch alles gut. Aber dann hat Hajo halt dieses Angebot von seiner Firma bekommen – drei Jahre irgend so ein Projekt durchzuführen."

„Und warum geht Fritzi nicht mit?"

„Sie kann das Klima nicht ab. Erinnerst du dich nicht, wie sie gelitten hatte damals, als sie ein Jahr lang in Singapur waren? Sie hat immer gesagt, sie kann diese ganze Kolonialgesellschaft und diese Ausländerklüngelei nicht ab. Die hocken da alle zusammen in ihren klimatisierten Wohnburgen, abgetrennt von der einheimischen Gesellschaft. Und alles lassen sie sich von den *Amahs* machen, den Kindermädchen, man darf selbst keinen Finger rühren. Außerdem – warum soll sie hier alles aufgeben?"

Kerrin konnte Fritzis Situation verstehen. Ohne Leo war es ihr wieder einmal bewusst geworden, wie weit sie sich von ihrer Familie entfernt hatte.

„Und Johanna?"

„Ist anscheinend Feuer und Flamme. Sie soll dort auf eine internationale Schule gehen."

Johanna, Fritzis älteste Tochter, hatte selbst die Idee gehabt, ihren Vater zu begleiten, wenn die übrige Familie in Deutschland bleiben sollte. Fritzi hatte Marianne angedeutet, dass Johanna sich in dem Alter befände, wo Töchter sich besonders auf ihren Vater fixieren.

„Sie haben das wohl auch mit ihrer Therapeutin beredet und sind zu dem Schluss gekommen, dass es besser für Johanna ist, weil sie sowieso unter seiner ständigen Abwesenheit gelitten hat. Allerdings hat Fritzi sich eine Probezeit ausgebeten. Nach sechs Monaten spätestens wollen sie sehen, wie es geht."

„Wenn du mich fragst, dann wird es jetzt nicht viel anders sein als vorher. Ob Hajo drei oder vier Tage die Woche in Frankfurt arbeitet, oder die ganze Woche in Hongkong … Am Wochenende gab es doch sowieso nur Stress."

„Jedenfalls kommt Fritzi mit den beiden Kleinen in den Herbstferien. Das wird ihr guttun. Da können wir mit ihr reden."

„Sei vorsichtig, Ose. Sie wird sehr …", Kerrin suchte nach dem richtigen Wort, „verletzlich sein."

„Natürlich. Bin ich das etwa nicht immer?"

Kerrin verbiss sich die Antwort.

Die Schwestern legten auf. Ose in dem wohligen Gefühl, dass sie an diesem Tag allerhand erreicht hatte. Kerrin jedoch war bedrückt. Sie zündete sich eine zweite Zigarette an, obwohl sie doch versuchte, vor Mittag nicht zu rauchen. Dann zog sie ihr Briefpapier heran.

„Liebe Fritzi", schrieb sie und stockte.

# WILLEM

## I

„Ein Problem in meiner Familie ist“, sagte ich und schaute mich langsam im Raum um, „dass keiner einen Sinn für Zeit hat. Genauer gesagt, für Daten.“

Obwohl es ein Montagnachmittag war, war das Café mit der angeschlossenen Töpferei und dem kleinen Museum im oberen Stockwerk gut besetzt, und wir hatten in dem Zimmer, in dem der Kachelofen stand, nur einen Tisch gefunden, weil eine Familie, die Willa kannte, gerade aufstand. Es war ein stürmischer, kühler Tag Anfang Oktober, und das Feuer, das munter im Kachelofen brannte, war uns sehr willkommen. Bertha weilte nun schon seit zwei Wochen auf der Insel, und wie üblich hatte sie uns zu einer Inselrundfahrt mit einem Cafébesuch eingeladen. Willa hatte „Stellys Hüüs“ in Oldsum vorgeschlagen, weil der Bus direkt vorm Haus hielt und man nicht zu weit laufen musste. Normalerweise bestieg Willa auf unseren Ausflügen den Bus an der Haltestelle vor dem Museum, während Bertha und ich am Südstrand zustiegen. Allerdings hatte sich Ose im letzten Moment eingeklinkt, da es ihr freier Nachmittag war, und weil Willa gesagt hatte, eine „Lagebesprechung“ wäre an der Zeit.

Ose hatte angeboten, uns alle in ihrem kleinen, roten Lieferauto nach Oldsum zu fahren, aber Bertha und ich hatten hastig abgelehnt. Oses Auto hat nur zwei Sitze, und weder Bertha noch ich hatten Lust, in der kajütenartigen Ladefläche transportiert zu werden. Die Fahrt im Bus gab uns Gelegenheit, Änderungen entlang der Dorfstraßen zu kommentieren und Häuser, die wir aus unserer Kindheit kannten, zu identifizieren. Wenn Leute an den Haltestellen zustiegen, guckte Bertha gespannt, in der Hoffnung, ein bekanntes Gesicht zu entdecken. Als der Bus uns absetzte, war Ose gerade auf den Parkplatz eingebogen.

„Wie immer habt ihr mal wieder alles durcheinanderbekommen", sagte ich und grub meine Gabel in den Napfkuchen – hierzulande Puffer genannt. Hoch und perfekt gewellt hatte er in der Glasvitrine gestanden und mich an Mutters Kuchen erinnert. Sie hatte den Puffer immer in einer großen Steingutform gebacken.

„Was wohl mit Mutters Form passiert ist?", überlegte ich laut.

Wahrscheinlich hatte Willa sie in einem Anfall von Ungeschicklichkeit fallen lassen.

Willa und Ose hatten Käsekuchen bestellt und Bertha einen warmen Apfelkuchen mit Vanillesoße.

„Wovon sprichst du, Ruth?", fragte Willa gereizt.

„Erinnerst du dich nicht, dass Mutter einen Puffer backte, den sie einpackte und Willem mitgab, weil es doch sein Lieblingskuchen war? Damals, als er abreiste, um das Schiff in Bremerhaven zu besteigen? Mit Korinthen und Sukkade, weil er das so gern mochte. Die Form bewahrte sie immer auf dem Regal über dem Kellerabgang auf."

Niemand sonst aß gern Sukkade. Aber nur Vater wagte, sie an den Rand zu schieben.

„Und was hat das mit irgendwelchen Daten zu tun?"

Ich rückte mein Brillenetui gerade. Beim Essen brauche ich meine Brille nicht. „Damit", sagte ich dann, „dass Amalie Brodersen zu Jahrmarkt verschwunden ist, im Herbst – und nicht im Frühjahr wie Bertha behauptete."

Ose und Willa hatten nun immerhin den Anstand, peinlich berührt auszusehen. Bertha löffelte weiter, als ob ein paar Monate hier oder da gar nichts ausmachten.

„Woher weißt du das?“ Ose sprach mit vollem Mund und hob verspätet ihre Serviette.

„Zufälligerweise deckt sich ihr Verschwinden beinahe mit der Abfahrt Willems nach Australien. Als ich das Datum für Kerrin raussuchte, da fand ich den Eintrag über Amalie. Sie verschwand im Oktober 1954 – zu Jahrmarkt!“

Die Kellnerin kam. Sie brachte Willas Pharisäer, Cappuccino für Ose und Tee für Bertha und mich. Willa brauchte den Pharisäer, um ihre Nerven nach der Autofahrt mit Ose zu beruhigen. Und Bertha und mir war ein wenig schwummerig nach der Schaukelei im Bus.

„Du glaubst doch nicht, dass Amalie und …“, begann Ose, aber Willa kam ihr zuvor.

„Sehr gut, Ruth“, lobte sie mich. „Wenn wir diesen Fall lösen wollen, hilft es nicht, wenn wir zur falschen Zeit ansetzen.“

Sie stopfte ein großes Stück Käsekuchen mit Schlagsahne in ihren Mund und griff nach ihrer Tasche. Sie holte ein liniertes Schreibheft heraus, schob ihren Teller ein wenig zur Seite und schlug das Heft auf.

„Ose, gib mir mal einen Stift“, kommandierte sie. Noch einmal nahm sie sich Kuchen, dann sah sie uns nacheinander mit erhobenem Kugelschreiber an. „Also, bevor wir weitermachen, sollten wir einmal notieren, was wir schon wissen.“

Sie setzte an, merkte, dass sie ihre Brille nicht trug und griff nach meinem Etui. *Amalies Verschwinden: Oktober 1954. Jahrmarkt*, schrieb sie und sah uns erwartungsvoll an.

„Und nicht im Frühjahr“, nickte ich.

Bertha schnäuzte in ihr Spitzentüchlein.

Ose biss auf ihren Daumen. „Also – ich glaub immer noch, dass es der Alte war. Dass er ihr etwas angetan hat.“

Willa schrieb *Mord – Rulf* mit einem Fragezeichen in ihr Heft. „Beweise?“, fragte sie geschäftsmäßig.

Ose runzelte die Stirn. Sie zählte an den Fingern ab: „Amalie ist verschwunden. Ihre Ehe war nicht gut. Er war eifersüchtig und hat sie nie unter die Leute gelassen.“ Sie tippte nachdenklich mit ihrem Löffel gegen ihre Kaffeetasse. „Als ihr Mann hatte er die beste Gelegenheit. Er kannte ihren Tagesablauf. Und …“, sie wartete bis Willa fertig geschrieben hatte, „… der Hof liegt einsam. Er konnte ihre Leiche unbeachtet irgendwo verstecken.“

„Wo?“, fragte Bertha, als ob es darum ging, wo er die Osterglocken gepflanzt hatte.

„Was weiß ich? Im Brunnen – ich nehme an, sie haben einen Brunnen auf so einem Bauernhof. Unterm Kartoffelacker? Nein – halt: ich hab's! Erinnerst du dich, was der Neffe sagte, Willa? Er hat sich diesen Käsekeller selbst gebaut. Und woran erinnert der dich? Genau. An ein Hünengrab. Er hat seine Frau vergraben, und dann konnte er nicht aufhören – als er die Erde über sie geschaufelt hat, hat er einen richtigen Grabhügel daraus gemacht! Oder wie nennt man diese Dinger? Ein Mausoleum!“ Ose, von ihren eigenen Folgerungen beeindruckt, lehnte sich seufzend in ihren Stuhl zurück. Sie starrte uns rundäugig an.

Bertha räusperte sich. „Im Oktober wird auf den Feldern rundherum gearbeitet. Da wäre es jemandem aufgefallen, wenn einer so was Ungewöhnliches baut.“

Willa nickte nachdenklich. Sie tauschte ihren Stift gegen die Kuchengabel ein und widmete sich ihrem Kuchen. Wir folgten schweigend ihrem Beispiel.

Am Nebentisch saß eine Familie mit zahlreichen Kindern. Sie hatten ihre Windjacken nicht an der Garderobe aufgehängt, sie bedeckten die Rückenlehnen der Stühle wie aufgeplusterte Luftballons. Darüber wogten die zerzausten Schöpfe der Kinder, die sich mal hier, mal dahin wandten.

Willa musste ihre Stimme heben, als sie uns Punkt für Punkt vorlas, was sie bisher notiert hatte.

„Es spricht einiges für Oses Theorie", sagte sie zusammenfassend. „Amalie war auf der Insel nicht gut bekannt, keiner sonst hätte sie tot sehen wollen. Trotzdem … irgendwie kommt Rulf mir nicht wie ein Mörder vor. Und er hat nie gestanden."

„Wenn er die Leiche so gut versteckt hat, wäre er ja auch schön blöd", murmelte Ose.

„Im Krieg ist mal eine ins Wasser gegangen." Berthas blassblaue Augen blitzten. „Die hatte rausgefunden, dass ihr Verlobter mit einer anderen ging."

Ich nickte. „Das würde mich nicht wundern. Amalie guckte einen immer so komisch an."

Willa sah mich erstaunt an. „Wo hast du denn je Amalie Brodersen gesehen? Und was heißt ‚komisch'?"

Wo hatte ich sie gesehen? Es ist seltsam, wie einem auf einmal eine Erinnerung in den Kopf weht. Aus einer Tür war sie getreten, aus einem schummerigen Flur. Auf einer Treppe waren wir aufeinandergestoßen. Ein dunkles Kopftuch hatte sie umgehabt, die Haare, die vorn herausschauten, waren nass. Auch am Tuch klebten Regentropfen. Eine Einkaufstasche trug sie in ihrer Hand. Obendrauf lag ein Brief mit einer fremden Marke.

„Ich erinnere mich an die Marke, weil doch Helmut Briefmarken sammelte, und ich wollte sie fragen, ob ich sie für Helmut haben könnte. Ich weiß: aus der Apotheke kam sie – in der Großen Straße. Wisst ihr noch? Man ging diese geschwungene Treppe hinauf und kam in einen Eingang. Links war dann die Tür in die Apotheke. Dort schien es immer ein bisschen düster wegen der ganzen Holzregale, die da aufgereiht standen. Wie in einer Bibliothek. Und da drauf all diese braunen Flaschen. Und es roch nach etwas – Möbelpolitur, Lakritze …?"

„Hustensaft“, nickte Bertha.

„Ruth – worum geht es?“ Willa wurde ungeduldig. „Was hat die Ausstattung der alten Apotheke in der Großen Straße hiermit zu tun?“ Sie klopfte auf ihr Heft.

Wie sollte ich das erklären? Dass diese dunkle Abgeschiedenheit, diese geordnete Stille, die einen mahnte, im Chaos des Lebens nicht den Sinn aus den Augen zu verlieren, zu Amalie passte? Ich versuchte es nicht. Stattdessen sagte ich: „Sie erschrak, als sie mich sah. Sie schien mich zu erkennen. Und dann sah sie mich so an, als ob sie etwas sagen wollte.“

„Und?“

„Im nächsten Moment flog die Tür auf, und der Apotheker, der alte Herr Dr. Wisser, der stand da mit einem Fläschchen in der Hand. ‚Frau Brodersen‘, rief er, ‚Sie haben das hier vergessen.‘“

„Das beweist gar nichts“, beschied Willa. „Wie viele Brodersens gibt es auf der Insel?“

„Das stimmt. Nur drehte sie sich so schnell um, auf dem Treppenabsatz, dass sie ins Schwanken kam. Und die Tasche war wohl auch ziemlich schwer – jedenfalls rutschten da ein paar Päckchen raus. Und der Brief, der obenauf gelegen hatte. Mit der fremden Marke.“

„Ich hatte mich schon gewundert, wann du auf diesen Brief zurückkommst“, sagte Willa und sah zur niedrigen Decke hoch.

„Ich hab ja nur wegen Helmut so genau hingeguckt – weil der doch Briefmarken sammelte. Und da sah ich die Adresse – *Amalie Brodersen* stand da drauf.“

„Und was war in dem Fläschchen?“, fragte Bertha.

„Schlaftabletten“, sagte Ose hoffnungsvoll.

„Nein. Es sah eher aus wie eine Tinktur.“

„Für ihre Hühner. Das pinselt man auf ihre Schnäbel, wenn sie diese Krankheit haben, wo sie so krustige Auswüchse bekommen. Hab ich selbst auch schon machen müssen." Bertha wusste Bescheid über die Hühnerzucht.

Willa starrte Bertha mit offenem Mund an. Dann meinte sie, dass weder eine Tinktur für Hühnerschnäbel noch ein „komischer" Blick von irgendeiner Bedeutung seien.

„Aber was, wenn sie schwermütig war?", warf Ose ein, die an dieser neuen Theorie Gefallen gefunden hatte. „Als Kuno mich verließ ..." Sie ließ die Worte bedeutsam in der Luft hängen.

„Wie?", fragte Willa. „Du warst viel zu vernünftig, um auch nur an solchen Quatsch zu denken."

Ose schmollte. „Ihr habt beschrieben, wie eklig dieser Rulf war. Wenn sie so unglücklich war in ihrer Ehe, dann kann ich gut verstehen, dass sie ihr Leben beenden wollte ... und das Meer ist nicht weit."

Ungnädig schrieb Willa: *A. – Selbstmord?* auf ihr Blatt. Dann legte sie Oses Stift nieder und setzte sich auf. Ich sah ihrem Gesicht an, dass sie etwas auf Lager hatte.

„Soweit also eure Theorien", sagte sie. „Nun, ich habe euch auch etwas zu erzählen." Sie machte eine geheimnisvolle Pause. Erst, als wir sie alle erwartungsvoll ansahen, fuhr sie fort: „Ich bin nicht untätig gewesen. Ich habe mich mit Herrn Knudsen unterhalten!"

„Na", sagten Bertha und ich gleichzeitig, während Ose fragte, wer denn um Himmels willen Herr Knudsen sei.

„Der war jahrelang unser Wachtmeister", sagte ich. „So viel passierte in Wyk ja nicht. Die meiste Zeit reichte ein Polizist. Nur in der Saison bekam er Hilfe vom Festland. Genau wie sie es ja jetzt auch noch machen."

„Oh", rief Ose fröhlich. „Ich erinnere mich an Herrn Knudsen. Der hat mich mal angehalten, morgens früh, da haben sie ab und zu Fahrradkontrollen gemacht. Im Winter muss es gewesen sein, jedenfalls war es noch dunkel. Ich war spät dran, und meine Fahrradlampe ging nicht. Aber der Herr Knudsen, der war total nett, hat am Dynamo gerüttelt, bis er wieder ging, und hat mich weitergeschickt."

„Ich bin auch ein paarmal angehalten worden", sagte Willa. „Die Fahrradlampen waren damals nicht so zuverlässig wie heute."

„Und ohne den Dynamo kam man eben schneller voran", fügte ich hinzu.

Genau wie Ose war Willa meist auf der letzten Minute unterwegs.

„Georg hat immer gesagt, man müsse seinen Schülern mit gutem Beispiel vorangehen", sagte Bertha. „Er hielt sein Fahrrad stets in gutem Stand."

Aber Willa wischte ihren Einwand zur Seite. „Ich habe von Herrn Knudsen allerhand erfahren", sagte sie gewichtig.

In diesem Moment hatte eines der Kinder am Nebentisch ein Malheur mit seinem Kakaobecher. Der Becher kippte um, und Kakao ergoss sich übers Tischtuch und tropfte zu Boden. Der genervte Vater schimpfte, die Mutter sprang auf, die Kinder beschuldigten einander lauthals. Mit glühenden Wangen und schmierigen Fingern fuchtelten sie herum. Das Allerkleinste patschte begeistert mit seinen Händchen in der Pfütze, während die Mutter versuchte, den Strom, der auf den Boden floss, aufzuhalten. Endlich kam die Kellnerin und stellte die Ordnung wieder her. Frischer Kakao wurde bestellt. Eines der Kinder drehte sich auf seinem Stuhl um und starrte uns über die Rückenlehne hinweg an. Es musste knien, um sein Kinn auf die gefalteten Arme zu legen. Dunkle Haare klebten auf einer breiten Stirn. Unverwandt starrte es, bis wir uns beschämt abwandten, als wären wir diejenigen, die für Furore gesorgt hatten.

Ich überlegte, wie Willa wohl an Herrn Knudsen gekommen war. „Bist du einfach dort hingegangen, hast geklingelt und ihn gefragt?", wollte ich wissen. Ich könnte meiner Schwester so viel Stirn zutrauen.

Willa reagierte entrüstet. „Natürlich nicht. Immerhin obliegt doch auch ein pensionierter Polizist der Schweigepflicht. Mord verjährt nicht, weißt du? Nein, ich habe ihn bei den Buhls angetroffen. Momme Buhl hat sein fünfzigjähriges Jubiläum als Mitglied des Gesangsvereins gefeiert. Und Herr Knudsen ist im selben Verein. Außerdem hat er gesagt, alles, was er mir erzählt, ist auf Föhr eh bekannt, oder man kann es in den Zeitungen nachlesen."

„Die Zeitungen!", rief Ose aus. „Natürlich – man kann ins Archiv gehen!"

„Das wird kaum nötig sein", sagte Willa. „Ich habe die Information aus erster Hand."

„Aber du bist doch nicht im Männergesangsverein", beharrte ich. „Wieso warst du denn eingeladen?"

„Der ganze Krocket-Club war eingeladen." Willa fixierte mich über die Brillenränder. „Also: Herr Knudsen sagte, eine Weile wurde tatsächlich befürchtet, dass Amalie Selbstmord begangen hatte."

„Siehst du …", rief Ose.

„Aber irgendwann treibt eine Wasserleiche irgendwo an. Und das ist trotz all der Jahre nicht geschehen. Außerdem hinterlassen Selbstmörder einen letzten Brief. Oder man findet ihre Kleider gebündelt am Wasser liegen. Und bevor du mich wieder unterbrichst, sie haben den Hof abgesucht und nicht die geringste Spur eines Verbrechens gefunden."

„Das bedeutet gar nichts. Georgs Urgroßvater – oder war es sein Ur-Urgroßvater? – hat im dänisch-preußischen Krieg eine Urne mit Goldstücken auf seinem Hof vergraben. Die haben sie bis heute nicht gefunden." Bertha nestelte an ihrem Dutt. Eine Haarklammer hatte sich gelöst.

„Ich habe Vertrauen in unsere Polizei", sagte Willa. „Es ist wohl ein Unterschied, ob ein Haufen von Bauernlümmeln ein paar Goldstücke aufspüren will oder ein erfahrener Polizist nach Spuren sucht."

Bertha nahm ihr die „Bauernlümmel" nicht übel. Sie hielt nicht sehr viel von Georgs Verwandten. Keiner von ihnen hatte Georgs Stand erreicht.

„Also hast du auch nichts Neues aufgedeckt?", fragte Ose enttäuscht.

Das Café begann sich zu leeren. Der graue Nachmittag ging in einen trüben Abend über. Durch die niedrigen Fensterscheiben blinkten schon die Hoflampen. Willa winkte der Kellnerin und bestellte eine Runde Pharisäer. Sie wartete, bis die Kellnerin abgedeckt hatte, bevor sie fortfuhr. „Nichts Neues? Doch. Herr Knudsen hat mir sehr interessante Sachen erzählt. Zum Beispiel über die stummen Zeugen."

„Stumme Zeugen?", fragten Bertha und Ose wie aus einem Mund.

„Genau. Er sagte, die waren bei jeder Untersuchung am wichtigsten. Kleinigkeiten, leicht zu übersehen, wenn man nicht wusste, worauf man achten musste. Die stummen Zeugen sind die Spuren, die hinterlassen werden, wenn ein Kapitalverbrechen begangen wird."

„Aha, jetzt sprichst du also doch von einem Kapitalverbrechen! Ich sage doch die ganze Zeit, es handelte sich um einen Mord!" Rote Flecken brannten in Oses Gesicht, als sie sich aufgeregt vorlehnte.

Willa lächelte mitleidig. „Du übersiehst, dass die stummen Zeugen, wie Herr Knudsen sie nannte, auch etwas ganz anderes beweisen können: nämlich dass kein Verbrechen stattgefunden hat."

Ose stieß enttäuscht den Atem aus.

„Und eben das beobachtete er auf dem Hof des Marschbauern. Das müsst ihr doch einsehen: Wenn jemand Amalie Brodersen umgebracht hätte, dann hätte man Blutspuren oder eine Mordwaffe entdeckt. Vielleicht die Spuren eines Kampfes."

„Er könnte sie ja vergiftet haben“, sagte Bertha nachdenklich.

„Und dann – was hätte er dann gemacht?“

„Sie vergraben“, nickte Bertha in die Runde.

„Eben. Und auch das hätte Spuren hinterlassen. Aufgeworfene Erde, zertrampeltes Gras. Amalie war eine große Frau. Er hätte sie schleifen müssen oder in der Schubkarre wegfahren. Aber all das ließ sich nicht erkennen. Kein Blut, kein Grab, kein Gift – nichts.“

Ich erinnerte mich an etwas. „War da nicht ein Knecht? Hattest du mir damals nicht erzählt, dass der eine Weile verdächtigt wurde?“

Willa schüttelte den Kopf. „Das war ein Gerücht, das im Dorf umging. Ich hab Herrn Knudsen gefragt. ‚Quatsch‘, hat er gesagt. Der Knecht, der war doch nicht ganz richtig im Kopf. Der kam nicht infrage. Der tat seine Arbeit und stellte keine Fragen. Der war sich nicht mal sicher, wann er die Bäuerin das letzte Mal gesehen hatte. Aber noch etwas – auch wenn die stummen Zeugen nicht auf ein Verbrechen deuteten, dann konnten sie etwas anderes beweisen.“

Willa sah uns gespannt an. Jetzt war sie wieder die Lehrerin, die geduldig wartete, ob eines der Kinder die richtige Antwort wusste. Wir sahen uns hilflos an.

„Denkt doch mal, wenn sie nicht getötet wurde und sich nicht selbst das Leben nahm … Was ist dann passiert?“

„Jemand hat sie entführt?“, fragte Bertha, die reichlich Fantasie in punkto Kriminalfälle zu entwickeln schien.

„Warum?“, fragte Willa ungeduldig. „Rulf hätte doch kein Lösegeld zahlen können. Nein, sie ist weggelaufen. Und dafür gab es Zeugen – der stummen Art! Ihre besten Kleider waren weg. Und Schuhe – sowohl ihre Alltagsschuhe als auch ihre guten Schuhe fehlten. Und nun sagt mir mal, dass sie zu ihrem Mörder sagt: ‚Halt! Einen Moment, ich ziehe mich mal schnell um!‘ Oder ihre Sonntagsschuhe mitnimmt, um ins Wasser zu gehen. Eine Brosche, die sie von ihrer Mutter hatte, fehlte. Aber Schmuckstücke, die Rulf ihr geschenkt hatte, die hatte sie zurückgelassen. Was auch beweist, dass es kein Raubmord war. Übrigens war das ganze Haus sauber und ordentlich. Nichts war zerwühlt oder durcheinander. Das schließt auch eine Entführung aus."

Willa warf Bertha einen Blick zu.

„Einige Leute werden aus ihren Betten weg entführt", sagte Bertha trotzig. „Im Schlaf sozusagen."

Die Pharisäer trafen ein und ersparten Willa eine Antwort. Weiße Sahnehauben glitzerten über den Rändern der Becher. Darunter schwamm heiß der Kaffee, mit einem guten Schuss Rum verstärkt. „Die nordfriesische Version des Irischen Kaffees", sagte Ose. Wir hoben unsere Tassen.

„Und noch etwas", fuhr Willa nach einem Schlückchen fort. Ein Sahnebart schmückte ihre Lippen. „Der alte Brodersen war Quartalstrinker! Er betrank sich drei-, viermal im Jahr. Und damals, als Amalie verschwand, da hat er sich auch auf so einer Sauftour befunden. Für mindestens drei Tage konnte er keine Rechenschaft ablegen. Als er dann endlich nüchtern genug war, um sich an seinen Hof zu erinnern, da musste er erst mal seinen Suff ausschlafen. Deshalb hat er auch nicht sofort gemerkt, dass Amalie weg war." Sie sah uns triumphierend an. „Das bedeutet, niemand konnte mit Gewissheit sagen, wann genau sie verschwand!"

Bertha zupfte an ihrer Perlenkette, Ose strich ihr Haar zurück, und ich schnappte mein Brillenetui auf und zu. Wir hatten alle genug Krimis gelesen und im Fernsehen verfolgt, um uns über die Wichtigkeit der genauen Tatzeit im Klaren zu sein. Das war doch immer das, was zuerst festgestellt wurde – wann war es passiert?

„Natürlich kann er in diesen drei Tagen irgendwann zu Hause gewesen sein." Ose machte eine Handbewegung, die ein Abwürgen andeuten sollte. „Schwupps, die Frau ist hin, und er sitzt wieder in der Kneipe."

Willa schüttelte den Kopf. „Herr Knudsen sprach damals mit den Wirten in Wyk. So viel waren es ja nicht. Die haben das bestätigt – der hat sich drei Tage lang besoffen."

„Und die Hühner? Was war mit denen?"

„Also wirklich, Tante Bertha! Willst du behaupten, die Hühner waren verantwortlich? Wie in diesem alten Hitchcock Film – ‚Die Vögel'?" Ose gluckste.

„Sie meint wohl: Wie haben die Hühner überlebt?", bot ich an.

Bertha nickte. „Ohne Wasser und Futter …"

„Genau", fuhr Willa fort. „Das ist es ja. Die Hühner haben überlebt. Jemand hatte ihnen reichlich Futter dagelassen und ihr Tor stand auf. Trinken konnten sie am Tümpel und auch nach Würmern scharren. Und der Hofhund war los. Falls also ein Marder oder sonst was gekommen ist, hat der Hund ihn weggejagt." Sie holte tief Atem. „Seht ihr nicht, was das bedeutet? Amalie hat ihr Verschwinden *geplant*!"

Von der Tür her rief jemand Willa einen Abschied zu. Mit Willa irgendwo hinzugehen, ist immer eine anstrengende Sache. Sie hat so viele Bekannte – Leute, die sie aus dem Turnverein, dem Tennisklub, dem Landfrauenverein und diversen anderen Organisationen kennt; ehemalige Schüler oder deren Eltern, die sie zu einem Plausch anhalten, Bekannte ihrer Freunde.

„Das waren Ocke Johannsen und seine Frau. Ihr wisst doch – Kapitän Johannsen? Der Junge fährt jetzt auch zur See", erklärte Willa und beobachtete den Abgang des Ehepaares. „Tina hat auch schon die zweite Hüftoperation hinter sich …"

Ose setzte sich aufgeregt auf. „Mir fällt grad was ein: Wenn Amalie zu Jahrmarkt verschwand, dann fügt sich doch alles zusammen."

Wir blickten sie fragend an.

„Als wir Kinder waren, da kamen doch die ganzen Landleute in die Stadt. Um die Schießbuden standen sie rum, Prügeleien gab es, und wenn man schließlich nach Hause ging, dann ging's in den Kneipen hoch her. Wenn dieser Rulf ein Quartalstrinker war, dann ist er zum Jahrmarkt nach Wyk gekommen."

„Ja-a", sagte Willa. Das bestreiten wir ja auch nicht, deutete ihr Ton an.

„Wenn Amalie vorhatte, wegzulaufen, dann zu welch besserer Zeit als zum Jahrmarkt? Ihren Alten kann sie für ein paar Tage abschreiben. Und die Stadt ist wie leer gefegt, alle befinden sich auf dem Jahrmarkt. Gedränge und Menschen überall. Gar nicht schwer, unbemerkt aufs Schiff zu schlüpfen und aufs Festland zu entkommen."

„Ein ständiges Kommen und Gehen", nickte Bertha. „Vielleicht ist sie mit einem von den Jahrmarktsleuten davongelaufen? Wer sich dem Gesindel anschließt … Georg musste der Jugend immer eine Standpauke halten, wenn der Jahrmarkt zu uns kam. Für einige war das der Duft der großen, weiten Welt."

„Herr Knudsen hat gesagt, die Möglichkeit haben sie nicht außer Acht gelassen. Keiner hat Amalie auf dem Schiff bemerkt. Nein, Ose, wenn sie aufs Schiff gestiegen wäre, hätte jemand sie gesehen."

„Aber es ist leicht, sich mit jemandem zu treffen. Ganz Wyk drängt sich da doch zwischen den Buden und den Karussells."

Ose und Willa tauschten einen Blick aus.

„Sie können sie in einem der Jahrmarktswagen rausgeschmuggelt haben", beharrte Bertha düster.

Willa schüttelte den Kopf. „Das war naheliegend. Sogar Rulf hat sie wohl beschuldigt, dass sie mit jemandem weggerannt ist. Aber sie haben die Jahrmarktsleute gefunden und befragt. Herr Knudsen ist sogar selbst dabei gewesen. Er meinte, die hätten nichts von Amalie gewusst."

Trotzdem schrieb Willa *Jahrmarktsleute* mit einem Ausrufungszeichen in ihr Heft.

„Wenn Amalie weggelaufen ist", sagte ich, „dann müsst ihr euch doch fragen: wohin? Und dann würd ich mal sagen: nach Hause! Wohin sonst würde eine junge Frau gehen?"

„Auch das ist untersucht worden. Ihre Familie hat nie wieder was von ihr gehört. Herr Knudsen sagte, die Eltern haben sich vor Kummer verzehrt. Sind beide früh gestorben. Bis dahin haben sie sich regelmäßig bei ihm gemeldet – mindestens einmal im Jahr." Willa klang müde. Sie klappte ihr Heft zu. Sie nahm meine Brille ab und ließ sie achtlos fallen.

Als die Kellnerin vorbeikam, bat Bertha um die Rechnung. Mehrere Scheine mit einem großzügigen Trinkgeld wechselten ihren Besitzer. Bertha zog ein Etui aus ihrem Handtäschchen, dem sie ihren zartrosa Lippenstift entnahm. Mit der Hilfe eines kleinen Spiegels zog sie vorsichtig ihre Lippen nach. Das dunkelhaarige Kind am Nebentisch stieß seinen Nachbarn an, und jetzt verfolgten zwei Kinder interessiert das Manöver.

„Wo hast du das her?", fragte das eine Kind.

„Ich habe es in einer Parfümerie gekauft", teilte Bertha freundlich mit. Sie schloss ihr Täschchen.

„Zum Jahrmarkt kommen nicht nur die Wyker", sagte Ose langsam. „Auch die Landleute …"

„Und Amrumer und Halligleute …", zählte Bertha auf.

„Genau. Willa, erinnerst du dich, als ihr zuerst von Amalie erzähltet, da sagtest du, eine Midlumerin hatte ihr ein Bett angeboten, damals, nach dem Handballturnier."

„Mm, und?"

„Und am nächsten Tag hat jemand von der Hallig sie mitgenommen."

Willa sah unsicher aus, dann hellte ihr Gesicht sich auf.

Ose ereiferte sich. „Was, wenn sie nicht mit dem Schiff von der Insel weggekommen ist, aber mit einem der Halligboote?"

Willa schlug so hart mit der Hand auf den Tisch, dass die Kinder am Nebentisch verstummten und der Vater den Kopf schüttelte.

„Du meine Güte, Ose ... Moment mal!"

Willa tat etwas, was man trotz ihrer ungelenken Knochen nur als „aufspringen" bezeichnen konnte. Sie sprang auf und entfernte sich aus dem Zimmer.

„Was ist denn jetzt los?", wunderte Ose sich und zog eine Grimasse in Richtung des dunkelhaarigen Kindes.

„Sie wird jemanden fragen", sagte Bertha ungerührt. Sie begann in ihrem Täschchen nach ihrer Busfahrkarte zu suchen. „Ich hoffe, es dauert nicht zu lang. Unser Bus kommt bald."

Aber Willa war schnell zurück. Sie setzte sich nicht hin. „Ich sah Marret Thomsen, als wir reinkamen. Ich hab doch letzten Winter den Vollwertkochkurs bei ihr gemacht, den die Landfrauen anboten. Sie war damals auch im Handballverein, und sie erinnerte sich an die Midlumerin, die damals Amalie bei sich untergebracht hat. Enken Arfsten war das. Und stellt euch vor, Enken ist nach Amerika ausgewandert! Dass ich da nicht von gehört habe – ich muss mal Fräulein Söhnlein fragen, was da los war. Jedenfalls, Marret meint, sie kann die Adresse von Enken für mich ausfindig machen. Ose, reich mir mal meine Tasche und mein Heft, man kann sich hier ja vor lauter Kindern nicht bewegen."

Tatsächlich hatte die Familie am Nebentisch sich entschlossen, jetzt aufzubrechen, und es wimmelte und wuselte von Kindern, die in Anoraks gezwängt wurden. Die Mutter kroch unter dem Tisch herum, um abgestreifte Gummistiefel hervorzuangeln, und der Vater bemühte sich, mit befehlshaberischen Tönen Ordnung in seine Bande zu bringen.

Wir waren froh, unsere Jacken an der Garderobe abzuholen und an die frische Luft zu treten.

„Also", sagte Willa, als wir im Schutz der Bushaltestelle standen. „Wir werden folgendermaßen vorgehen: Sobald ich Enkens Adresse habe, schreibe ich ihr. Vielleicht, und ich betone *vielleicht*, weiß sie etwas, was uns weiterhilft in Bezug auf Amalie und diese Verbindung zur Hallig. Inzwischen sollten wir die anderen Möglichkeiten nicht aus den Augen verlieren. Das heißt, den alten Brodersen weiterhin im Auge behalten. Ose, vielleicht könntest du dich dem Neffen anschließen?"

Oses Protest, dass sie mit dem Neffen nun wirklich gar nichts am Hut hätte und der Alte ihr unheimlich wäre, konterte Willa mit einem schnöden: „Willst du helfen oder nicht?"

„Wir müssen herausfinden, mit wem Amalie befreundet war – vielleicht hat sie irgendwas zu irgendjemandem gesagt, wenn das denen zu dem Zeitpunkt auch nicht wichtig erschien. Fräulein Söhnlein könnte da helfen. Bertha, du kannst das übernehmen. Ich werde mich noch mal mit Herrn Knudsen treffen. Die Verbindung zur Hallig – ob das denen bekannt war?"

„Du kannst ja mal rüberfahren und die Lage auskundschaften", sagte Ose pikiert. Immerhin war sie es ja gewesen, die sich an die Hallig erinnert hatte.

„Und auf welcher Hallig wollt ihr anfangen?", fragte ich. „Immerhin kommen mindestens drei Halligen infrage. Langeneß, Hooge und Oland liegen unserer Insel direkt gegenüber."

„Ich finde, ihr dürft die Briefmarke nicht vergessen", sagte Bertha, und zog fröstelnd den pelzverbrämten Kragen ihrer Jacke etwas höher. Kunstpelz, hatte sie uns erklärt.

„Wie?“, Willa warf unserer Cousine einen Blick zu, als zweifelte sie an deren Zurechnungsfähigkeit.

„Die Briefmarke“, sagte Bertha und grub in ihren Taschen nach ihrer Busfahrkarte. „Ruth hat uns doch erzählt, dass Amalie einen Brief mit einer ausländischen Marke hatte. Woher kam der Brief?“

„Also wirklich. Sollen wir jetzt auch noch jeden Brief verfolgen, den irgendjemand in dem Jahr, als Amalie verschwand, bekam?“, hob Willa ärgerlich an. Sie wandte sich an mich. „Wirklich, Ruth, wie kannst du so sicher sein, dass es eine *ausländische* Marke war? So kurz nach der Währungsreform sahen alle Marken ungewöhnlich aus. Und wenn es wirklich Amalie war, die du da einmal gesehen hast, wie willst du dir so sicher sein, dass es zur Zeit ihres Verschwindens war?“ Ärgerlich stieß sie ein paarmal mit ihrem Stock auf den Bürgersteig.

Ich blickte die Dorfstraße auf und ab, während ich überlegte. Ich war mir sicher wegen der Briefmarke, denn mein Wunsch, Helmut eine Freude zu bereiten, war damals sehr stark gewesen. Unser Bruder war ein Spätheimkehrer. Jahre, nachdem wir ihn tot geglaubt hatten, war er aus Russland zurückgekehrt. Einer dieser bärtigen, hageren Gestalten, deren Augen so viel Schrecken aufgesogen hatten, dass sie nichts anderes mehr wahrnahmen. Ich hätte alles gegeben, um seine Erinnerungen auszuwischen. Später nahm Marianne sich seiner an. Sie pflegte und umsorgte ihn und schirmte ihn ab von der restlichen Welt.

An der Dorfstraße standen strohgedeckte Häuser, von denen die Blitzableiter sich in den grauen Himmel reckten. Friesenwälle, auf denen jetzt im Herbst verwelkte Heckenrosen standen. An der Straßenecke wies ein Pfeil zu der Galerie ‚Art und Weise‘ und ein anderer zum ‚Hofladen‘. Eine alte Frau kam aus einem Haus und trat an ihre Pforte. Sie spähte die Straße auf und ab. Sie trug eine Version der Friesentracht, die früher täglich getragen wurde. Ein langer, schwarzer Wollrock und eine schwarze Wolljacke. Um ihren Kopf hatte sie ein Tuch gewunden. Und da erinnerte ich mich. Amalie trug wollene Strümpfe – ich sah das, weil ich ja die Treppe hochkam. Ihre Einkaufstasche war voll, es muss also ein Einkaufstag gewesen sein. Am Donnerstag oder Freitag kamen die Landfrauen in die Stadt. Trockene Blätter wehten die Straße entlang, genau wie heute. Es war Herbst.

„Erinnerst du dich, wie Mutter an einer Lungenentzündung erkrankte?", fragte ich Willa. „Der Arzt kam, Doktor Schulze, und hat ihr etwas verschrieben. Eigentlich wollte er, dass sie ins Krankenhaus käme, aber Mutter hat gebettelt, dass wir sie genauso gut pflegen könnten. Und dann hat Vater mich zur Apotheke geschickt. Anfang Oktober war das. Kurz vorm Jahrmarkt. Ich weiß noch, dass Vater sagte: ‚Bis Jahrmarkt bist du wieder gesund.'"

Willa lehnte sich auf ihren Stock, Bertha stützte sich auf ihren Regenschirm. Nur Ose wippte unruhig auf und ab. Trotz ihrer dicken Filzjacke und des violetten Schals, den sie mehrere Male um ihren Hals gewickelt hatte, schien sie zu frieren.

Willa nickte ungeduldig. „Ja ja, ich erinnere mich. Wieso kommst du auf einmal darauf, Ruth?"

„Es war in dem Jahr, als Willem uns verließ. Erinnerst du dich nicht? Mutters Krankheit war dann doch noch ein Grund, warum ich nicht mitfuhr."

Ich las etwas in Willas Augen, das wie Mitleid aussah. Aber Willa und ich, wir haben unsere Geheimnisse so lange gehütet, ich wusste, ich konnte mich darauf verlassen, dass sie nichts sagen würde. Stattdessen ließ sie sich jetzt auf die Wartebank fallen. Ihre Haltung drückte aus, dass sie sich von uns keine Hilfe erhoffte. Wenn sie herausfinden wollte, was damals mit Amalie Brodersen geschehen war, musste sie es allein machen.

Bertha hatte ihre Busfahrkarte in ihrem Handschuh gefunden. Zufrieden lächelnd steckte sie sie in ein kleines Etui, das Nähnadeln in verschiedener Größe, Faden in diversen Farben, eine winzige Schere und sogar einen Nadeleinfädler enthielt.

„Dann dürft ihr auch nicht vergessen, dass Amalie Ruth so seltsam ansah", sagte Bertha, während sie das Etui in einen Seidenschal wickelte und in ihrer Handtasche verstaute. Dann überlegte sie es sich, kramte den Seidenschal wieder hervor und legte ihn um ihren Hals.

Laute Kinderstimmen kündigten die Ankunft der kinderreichen Familie an. Anscheinend hatten sie noch das Geschäft „Malink" besucht und wollten nun auch den Bus nach Wyk nehmen. Die Kinder fingen sofort an, auf der Bank herumzuklettern. Willa raffte ihr Cape an sich und ließ sich von Ose hochhelfen. Andere Gäste aus dem Café gesellten sich zu uns. Es wurde eng in der Bushaltestelle. Ose meinte, sie würde auch gern in das Geschäft sehen, weil es dort so hübsche Geschenk- und Bastelartikel gebe.

Wir schüttelten einander ernsthaft die Hände. Willa erinnerte uns, dass sie an Enken in Amerika schreiben würde, und dann bewegten Ose und Willa sich auf das Geschäft zu, und Bertha stellte sich an den Rand des Bürgersteigs, um ihre Absicht, als Erste den Bus zu besteigen, zu signalisieren.

Es hatte angefangen zu nieseln. Die Fenster beschlugen sich, und es roch nach nassen Anoraks und feuchtem Schmutz, der von den Einsteigenden hineingetragen wurde.

Bertha und ich hatten gute Plätze in der Nähe des Ausgangs erwischt. Die Familie hatte ihre Kinder rund um uns verteilt. Bertha fing ein Gespräch mit der Mutter an. Die zählte die Alter der Kinder ab und beschrieb ihre Leistungen im Kindergarten und der Schule. Bertha erkundigte sich nach überstandenen Kinderkrankheiten, von denen ihr ein hohes Maß bekannt waren, obwohl sie selbst keine Kinder hatte.

Das dunkelhaarige Kind mit der breiten Stirn kniete im Sitz vor uns und starrte meine Cousine über den Rücksitz hinweg an. Ich hoffte nur, keinem der Kinder würde auf der Fahrt schlecht werden.

„Setz dich richtig hin", unterbrach die Mutter ihr Gespräch über Windpocken.

„Warum?", fragte das Kind.

Ich lehnte mich zurück und ließ die Stimmen um mich schwirren.

# II

Das Büro war mit dunklen Möbeln eingerichtet. Ein Bücherschrank, ein fast schwarzer Schreibtisch, der mich an die Vitrine in Mutters guter Stube erinnerte. Mahagoni, sagte Mutter stolz und rieb mit dem Staublappen über das glänzende Holz.

Einmal im Jahr öffnete sie die Glastüren der Vitrine und entnahm ihr das gute Porzellan, die geschliffenen Gläser und trug sie in die Küche. Dort wurde alles nacheinander vorsichtig in Seifenlauge versenkt, um jeden Schimmer von Staub zu entfernen. Während Willa und ich mit angehaltenem Atem abwuschen – niemals würde Mutter ein zerbrochenes Teil vergeben –, rieb sie die Glasregale ab. Hinterher kehrte jedes Teil auf seinen Platz zurück, und Mutter fing an, das Silberbesteck zu reinigen, das in den Schubladen zwischen grünen Filztüchern ruhte.

Der Bücherschrank in dem Büro war aus dem gleichen Holz. Die Türen standen offen, und ein seltsam süßlicher Geruch breitete sich im Zimmer aus. Ich hatte diesen Geruch schon vorher gerochen. Auf dem Amt, wo Willem und ich Reisepässe beantragten. Auch dort gab es einen Schrank, in dem sich Akten stapelten, und einen ähnlich aufdringlichen Geruch. Es musste etwas mit altem Papier zu tun haben. Oder vielleicht war es die Tinte.

Der Beamte saß in einem bedeutungsvoll aussehenden Stuhl mit Armlehnen, dessen Sitz rotierte. Der Mann drehte seinen Stuhl mehrere Male, während wir uns in seinem Büro aufhielten, um uns seine wichtige Stellung zu vermitteln. Willem und ich waren zu harten Stühlen mit geraden Rückenlehnen genickt worden. Bis jetzt hatte der Mann es noch nicht für nötig befunden, uns anzusehen. Er hatte nicht einmal abgewartet, ob wir uns auch richtig hinsetzten, bevor er eine Akte öffnete, die er von einem Stapel nahm, der sich zu seiner linken Hand türmte. Stirnrunzelnd vertiefte er sich in die Angaben. Sie schienen ihm Sorge zu bereiten.

Ich maß die Höhe des Stapels und sah Willem an. Wenn so viele Leute nach Australien auswandern wollten, versuchte ich ihm meine Gedanken zu vermitteln, was für eine Chance hatten wir dann?

Willem verstand wohl, denn er legte beruhigend seine Hand auf mein Knie. Eine rötliche Hand, die Willem ausgiebig geschrubbt hatte, um jegliche Spur Maschinenöls auszuwaschen. Nicht verbergen konnte er die Schwielen, die feinen Risse und verblassten Narben, die er sich zugezogen hatte, wenn er an seinen Motoren bastelte.

Der Mann, der hinter dem Schreibtisch saß, hatte andere Hände. Feingliedrig, wie man sie sich von Klavierspielern vorstellte, und blass. Ich konnte mir nicht denken, dass er sie am Abend mit grüner Seife bedeckte, und, nachdem seine Frau ihm die Ärmel hochgekrempelt hatte, die Seife gründlich in die Haut einrieb. Dass die Arme bis zu den Ellbogen mit einem grauen Film bedeckt waren. Dieser seltsame Tanz der Hände, den ich schon bei Vater so gern beobachtet hatte. Wie er tauchte Willem seine Unterarme nacheinander in das Emaillebecken, das er erst mit kaltem, dann mit einem Schuss heißem Wasser aus dem dampfenden Kessel gefüllt hatte. Er lehnte sich erst auf den einen, dann auf den anderen Ellbogen, während er sorgfältig den Schaum abspülte, der in den Härchen an seinen Armen hängenbleiben wollte. Dann griff er zur Nagelbürste und rubbelte an dem Schmutz, der unter seinen Fingernägeln saß. Nach einem letzten Spülen empfing er das saubere Leinentuch und trocknete die Nässe mit Sorgfalt. Für Vater und für Willem läutete dieses Ritual die Mittagstunde ein, später dann den Feierabend.

Den Schreibtischmann, den Aktenleser, konnte man sich nicht mit schmutzigen Fingernägeln vorstellen. Höchstens ein flüchtiges Händewaschen kam bei ihm infrage. Sicher ärgerte es ihn, dass er bald genötigt sein würde, einen der Stempel von dem Ständer zu ziehen, aus Angst, seine eleganten Hände zu verschmutzen. Die Stempel schwangen leise und gewichtig in ihren Ausbuchtungen, wohl wissend, dass sie unser Schicksal entscheiden würden.

Jetzt klingelte das schwarze Telefon, das in der rechten, oberen Ecke des Schreibtisches seinen Platz einnahm. Der Mann griff lesend nach dem Hörer und meldete sich.

Obwohl ich mir Mühe gab, konnte ich seinen Namen nicht verstehen. In meiner Aufregung hatte ich ihn sofort vergessen, als eine Empfangsdame uns in das Büro gewiesen hatte. „Mister … wird Sie jetzt sprechen“, hatte sie gesagt, ohne zu lächeln.

Und sofort kam ich mir ländlich und ungeschickt vor, in dem Mantel, den Mutter mir geliehen hatte, weil er besser erhalten war als meiner. In dem Kleid, das Willem und ich am Vortag gekauft hatten und auf das ich so stolz gewesen war, als ich aus der Ankleidekabine trat. Es hatte einen tiefen Ausschnitt und war über der Brust schräg gerafft, sodass es in kleinen Falten dahinlief, wo ein Gürtel, im selben Stoff wie das Kleid, meine Taille betonte. Ein enger Rock bedeckte knapp meine Knie. Moosgrün war das Kleid – wie meine Augen, hatte Willem gesagt. Ich hatte ihn gefragt, ob das Kleid meine Brüste nicht etwas zu sehr betonte, aber Willem hatte gelacht und gesagt, ich sollte mal stolz sein auf das, was ich hätte. Doch nun, vor den gelangweilten Augen der dauergewellten Frau, fühlte ich mich wie eine Hochstaplerin – jemand, den sie nie und nimmer erwägen würden für dieses Land, das wunderbar und glänzend am

Rande unseres Horizontes lag. Jemand, der unberechtigt die Zeit ihres beschäftigten Chefs in Anspruch nahm.

Der hatte uns seinen Rücken zugewandt und sprach in einem Englisch, dem ich nicht folgen konnte, über Grillen. Ich wunderte mich, dass er hier, in diesem überheizten Büro, mit den fest verschlossenen Fenstern, in dem Anzug, dessen Nadelstreifentuch sich über seinem breiten Rücken spannte, ausgerechnet über Insekten sprach, die man doch wohl nur im Sommer sah. Ich versuchte ihn mir vorzustellen, wie er mit einem Marmeladenglas in der Hand durchs Gras kreuchte, um Grillen zu fangen.

„The Tale of Jiminy Cricket" war einer der wenigen Texte, die der Lehrerin, die uns Englisch lehren sollte, zur Verfügung standen. Das war im Krieg, als die meisten Lehrer eingezogen waren und das Lehrmaterial nicht mehr erneuert wurde.

Auch schien der australische Beamte sehr unter dem Anblick von Blut zu leiden. Immer wieder sprach er davon. *Bloody.* Ich wunderte mich darüber, denn nun, seitdem der Krieg vorüber war, sah man doch eigentlich weniger Verwundungen.

„See ya at Cricket on Sundee. Better bloody play well", beendete er das Gespräch. Ein Lächeln hing auf seinem Gesicht, als er sich wieder umwandte. Er musterte uns verwundert, als ob er keine Ahnung hatte, wie wir ausgerechnet in seinen Stühlen gelandet waren, und dann nahm er wieder den strengen Gesichtsausdruck an und hob die Akte, die er so ausführlich studiert hatte. „Mister und Misses Petersen", sagte er dann, nur dass er unseren Namen Pie-ter-zon aussprach. Vielleicht hatte die Vorzimmerdame unsere Namen nicht richtig notiert, oder vielleicht wollte er uns zeigen, was uns in dem neuen Land erwartete.

In einem Land, in dem dein Name nicht richtig ausgesprochen wird – da geht dir deine alte Identität verloren. Als ob du ankerlos in dieser neuen Welt treibst, so hatte Kerrin ihren ersten Eindruck von Australien beschrieben.

Willem beugte sich vor und streckte seine Hand aus. Dabei sagte er schnell etwas auf Englisch, und sogar ich hörte, dass sein Akzent nach den amerikanischen Soldaten klang, die ja auch bei uns auf der Insel stationiert gewesen waren. Der nadelgestreifte Mann verzog schmerzhaft das Gesicht, empfing aber immerhin die dargebotene Hand. Als ich nun auch meine Hand ausstreckte, fuhr er erschrocken zurück. Offenbar hatte ich gegen eine Regel verstoßen, denn von nun an sprach er nur an Willem gewandt, auch wenn es sich nicht vermeiden ließ, mir eine Frage zu stellen. Später erklärte Willem mir, dass in Australien nur die Männer einander die Hand schüttelten, während die Frauen sich diskret im Hintergrund hielten und abwarteten, bis sie angesprochen wurden.

Ich erzählte Kerrin von meiner Erfahrung, als sie sich entschloss, ihrer Liebe zu folgen und nach Australien zu reisen. Erst glaubte sie mir nicht. „Das mag früher mal gewesen sein, Ruth", sagte sie. „Australien ist ein modernes Land."

Aber schon in ihrem ersten Brief schrieb sie, ihr Name würde Kä-ren ausgespochen, mit einem englischen, flachen R, und dass eingebrockte Australier immer noch zurückschreckten, wenn eine Frau ihnen ihre Hand reichte.

Es war Willems Unruhe gewesen, die uns damals in dieses Büro geführt hatte, in dem die Heizung dampfte, obwohl es doch schon April war.

Willem war nach dem Krieg zuerst nach Flensburg zurückgekehrt, wo er herstammte. Aber er schaffte es nicht, lange an irgendeiner Stelle zu verharren, obwohl er als Maschinenschlosser überall gern gesehen wurde. Schon bald fing er an, sich hierhin und dahin treiben zu lassen. Eine Weile arbeitete er in Hamburg auf den Werften, verdingte sich dann bei den Jahrmarktsleuten, zog mit ihnen vom

Dom zur Kirmes, hatte genug und heuerte bei der Eisenbahn an. Irgendwann traf er einen, der für die Wyker Reederei arbeitete, und so tauchte er auf der Insel auf. Vielleicht erweckten die kurzen Fahrten zwischen Wyk und Dagebüll in ihm den Wunsch, einmal auf große Fahrt zu gehen, oder vielleicht spornte Vaters Geselle ihn an, der wie so viele Föhrer nach dem Krieg nach Amerika auswanderte. Da hatte Willem seine Arbeit auf den Schiffen schon aufgegeben, war erst bei den Bauern rumgezogen, hatte Traktoren und Generatoren geflickt und hatte dann bei Vater in der Werkstatt Unterschlupf gefunden. Arbeit hatte Vater genug, auch als Helmut zurückkam, und Willem war geschickt und lernte schnell. Aber er beobachtete die jungen Männer, die fast mit der gleichen Aufregung, mit der die ersten Soldaten in den Krieg gezogen waren, die Schiffe bestiegen, um in den Vereinigten Staaten ihr Glück zu suchen. Ich hatte gehofft, Willems Ruhelosigkeit würde sich legen, wenn wir erst mal verheiratet waren. Vielleicht wäre es besser gewesen, wenn wir unsere eigene Wohnung gefunden hätten, anstatt die Zimmer zu beziehen, in der meine Großmutter, Vaters Mutter, ihren Lebensabend verbracht hatte. Immerhin hatten wir unsere eigene Küche, wo wir uns auch wuschen, und ein eigenes Klo, das man damals von draußen beging. Wir mussten immer die Treppe hinunterlaufen, heraus aus unserer Haustür und um die Ecke, bis wir zu einer grünen Tür mit einem herzförmigen Ausschnitt kamen. Mutters und Vaters Toilette lag direkt daneben, sodass wir uns manchmal schon frühmorgens trafen. Allerdings hatte ihre Toilette Wasserspülung, während bei uns noch ein Eimer unter dem Sitz hockte. Auch Helmut und Marianne mussten dieses Örtchen benutzen. Damals hatte das Häuschen neben der Werkstatt noch kein eigenes Bad. Vielleicht war es die ständige Tuchfühlung mit der Familie, die in Willem den Wunsch, fortzuziehen, entfachte. Damals hatte Vater die Tür im oberen Flur, die zu unseren Zimmern führte, noch nicht mit einer Wand verkleidet. Nichts trennte die Räume, die Willems und meine Wohnung darstellten, von dem Osterzimmer, wo Mutter und Vater schliefen, und dem grünen Zimmer, in dem Willa jetzt allein wohnte. So kam es schon vor, dass Mutter frühmorgens bei uns „reinschaute", um Kaffeesahne zu leihen, oder Vater spätabends den Wunsch verspürte, mit seinem Schwiegersohn irgendeinen Auftrag zu besprechen. Dass Willem Marianne oder Willa in der Küche vorfand, wenn er von der Arbeit hochkam. Und so fing er an, des Nachts, wenn wir nebeneinander lagen in unseren zerwühlten Bettlaken, wenn nur sein Zigarettenende rot glühte, von seinen Träumen zu sprechen.

„Nicht in die Staaten, Ruthchen", sagte er und saugte den Rauch in seine Lungen, „Kalifornien, Florida … da gehen alle hin. Das ist schon überfüllt. Nach Australien …" Die Matratze schwankte, als er sich auf die Seite legte und seine Stimme dichter an mein Ohr rückte. „Wir gehen nach Australien. Da gibt es noch Land, das niemand je gesehen hat. Da sind die Farmen größer als diese ganze Insel. Da ist der Krieg doch gar nicht hingekommen: keine Ruinen, nichts zerstört. Da schätzen sie einen Mann noch für die Arbeit, die er verrichten kann. Religion, Politik, aus was für einer Familie du kommst, das ist alles nicht wichtig. Da wollen sie Leute, die fest anpacken können …"

Manchmal schlief ich ein, während Willem so sprach. Wachte in den frühen Morgenstunden auf, sein Arm war unter meinen Nacken geschlüpft, er hielt mich wie ein Kind, streichelte meine Haare, meine Wangen. Wenn er merkte, dass ich wach war, lachten seine Augen, und weiter spann er seine Geschichte, als ob er die ganze Nacht nur abgewartet hätte, bis ich wieder zuhören würde. Er schlief wenig, der Willem. Beschrieb das Haus, das Häuschen – *erst wird es klein sein, Ruthchen* – das uns gehören würde.

„Möbel kann ich selber zimmern, das hab ich mir von deinem Vater abgeguckt. Oder wir ziehen aufs Land. Möchtest du auf einer Farm leben, Ruthchen? So groß, dass du rundum nur die Weite siehst? Und die Schafherden? Riesige Schafherden haben sie in Australien."

Ich sagte, das Meer würde ich schon vermissen.

„Dann ziehen wir eben in die Stadt", sagte Willem großzügig. „Nach Sydney oder nach Melbourne. Ich hab nachgeguckt, beide Städte liegen an Buchten. Da gibt es Schiffsbau, da legen Passagierschiffe an, die Handelsmarine schippert hin und her, da finde ich Arbeit. Und du brauchst nicht mehr in den Dienst, du wirst eine Verkäuferin in einem feinen Laden. Das werden die sehen, jemand mit Geschmack, der weiß, wie die Damen in Europa sich kleiden."

Ich wandte nicht ein, dass ich ja rein gar nichts vom Verkaufen wusste, und über Mode nur das, was ich in den Zeitschriften sah, die die Gäste bei Frau Jantzen manchmal liegen ließen. Ich ließ mich mitreißen von Willems Träumen. Bis ich mich selber sah, mit einem Zentimetermaß um meinen Hals, auf Hackenschuhen hinter einen Vorhang tretend, wo ich einer Dame bei der Anprobe eines Kleides oder einer Bluse half. Ich vergaß, dass ich es liebte, aus unserem Küchenfenster zu schauen und unten Vater in der Werkstatt arbeiten zu sehen. Wie er sich über die Hobelbank lehnte, um etwas den letzten Schliff zu geben. Die Kreissäge kreischen zu hören, die Ausrufe der Männer, wenn sie den Handwagen beluden, mit dem Vater seine Lieferungen anstellte. Ich teilte doch Mutters Hoffnung, dass Marianne und Helmut, frisch verheiratet wie wir, demnächst einen Kinderwagen vor die Tür stellen würden.

„Und pass nur auf, wenn wir da sind, dann geht das im Nu. Eines Morgens wachst du auf und merkst, du sprichst nur noch Englisch."

Willem hatte mich etwas gefragt. Der Australier sah ihn mit hochgezogenen Augenbrauen an. Ich merkte, dass ich geträumt hatte. Etwas, was mir neuerdings öfter passierte. Auch war mir etwas schwindlig, was aber auch kein Wunder war in dem heißen Zimmer mit dem wirklich ekelerregenden Geruch nach süßlichem Papier.

„Du sollst ihm dein Geburtsdatum und deinen vollen Namen nennen", zischte Willem.

Brav sagte ich auf, was Willem mit mir geübt hatte, im Zug nach Altona, in der Wohnung der Freunde, wo wir übernachteten, und im Bus zum australischen Konsulat. Ich hatte ein bisschen Schwierigkeiten mit dem „th", aber der Mann nickte zustimmend. Anscheinend stimmte mein Geburtsdatum mit dem in der Akte überein.

„Ruth Katharina Petersen", sagte ich dann.

Der Mann sagte schnell etwas zu Willem. Ein Austausch folgte, der anscheinend beide frustrierte und in dem mein Name immer wieder wiederholt wurde.

„My name is Ruth Katharina Petersen. My husband", ich war stolz, dass ich mich an das Wort für Ehemann erinnerte, „his name is also Petersen."

Die schlanke Hand griff unruhig nach einem der Stempel. Dem schmalsten, unscheinbarsten – der, auf dem „abgelehnt" stand. Der Schweiß brach auf meiner Stirn aus und lief zwischen meinen Schulterblättern hinunter. Nun würde er uns die Einwanderung verwehren, weil es ihm nicht geheuer schien, dass jemand den gleichen Mädchen- und Ehenamen haben konnte.

Ich fummelte nervös in meiner Tasche und zog endlich sowohl unsere Geburtsurkunden wie auch unsere Heiratsurkunde hervor.

*Ruth Katharina Petersen heiratete Wilhelm Johannes Petersen am 5. Mai 1952.* Ich schob die Papiere über die dunkle Holzplatte, vorbei an dem Löscher, dem Bleistiftanspitzer und dem hübschen Holzständer, auf dem zwei Tintenfässer, eins für blaue, eins für schwarze Tinte, standen. „See, please", sagte ich. Er akzeptierte die Urkunden ungnädig und studierte sie lange. Dann sagte er plötzlich in perfektem Deutsch, dass mein Mädchenname und mein Ehename also dieselben seien. Dabei sah er Willem an.

Da er nun jegliches Interesse an mir verloren hatte, wühlte ich in meiner Tasche, bis ich das colognegetränkte Taschentuch fand, auf das Mutter bestanden hatte. Ich weiß nicht warum, aber Mutter war der Ansicht, dass jemand, der nach Hamburg reiste, um bei einem Konsulat vorzusprechen, unbedingt ein Taschentuch mit Kölnischwasser bei sich tragen musste. Jetzt war ich ihr dankbar, denn mir war plötzlich so schwindlig und übel, dass ich mich nur mit Mühe aufrechthalten konnte. Später erzählte Willem mir, dass der Beamte noch nach den Gründen unseres Auswanderungswunsches gefragt hatte. Willem musste ihm die Höhe unserer Ersparnisse nennen, erklären, wie und wo er den Krieg verbracht hatte, und wie er unseren Unterhalt in Australien zu verdienen gedenke. Er sah sich auch unsere neuen Reisepässe an. Schließlich erklärte er Willem, wo wir uns zu melden hatten, um ein Gesundheitsattest zu bekommen, und fragte misstrauisch, ob ich wohl Tuberkulose gehabt hätte.

„Ich habe ihm erklärt, du warst vor Aufregung ein bisschen blass."

Zwei Tage später besuchten wir das Gesundheitsamt, wo ein strapazierter Arzt ein Wartezimmer voller Leute, die alle ein Gesundheitsattest verlangten, zu leeren versuchte. Es schien, dass, kaum hatte er eine Bresche in den Patientenstrom geschlagen, neue Leute von der Straße hineingedrängt wurden. Er untersuchte uns flüchtig, verordnete die nötigen Bluttests und Röntgenbilder und teilte uns mit, dass ich wegen der Schwangerschaft wohl auf ein altes Röntgenbild zurückgreifen könnte. Ungeduldig sprach er die Worte und wurde gereizt, als wir seine Nachricht mit Unglauben empfingen. Er schien die Tatsache, dass wir ein Baby erwarteten, für eine Zumutung unsererseits zu halten, die ihn zu dem Ausfüllen von weiteren Formularen zwang.

Am Abend feierten wir mit Willems Freunden in der Wohnung, die sie in Altona bewohnten. Zwei Zimmer hatten sie an Untermieter vermietet, wir schliefen im Wohnzimmer auf der Couch. Hinrich war ein Mann, mit dem Willem auf der Werft gearbeitet hatte. Seine Frau Paula hatte krause Haare und ein spitzes Gesicht. Ihre braunen Augen blitzten vor Humor und Schlagfertigkeit, und sie freute sich von Herzen, als ich ihr erzählte, warum ich mich so müde fühlte und in ihrem Essen stocherte, weil mich der Geruch von allem Gekochten abstieß. Sie nahm mich fest in die Arme und kochte mir einen schwarzen Tee.

„Das kenn ich von Mutter", sagte sie. „Der ging's in den ersten Monaten auch immer so. Da half nur schwarzer Tee, stark und ohne Zucker. Kannenweise."

Dann lief sie los, um etwas Besonderes zum Abendessen zu holen. „Zubrot" nannte sie es, nicht Aufschnitt, und Hinrich schenkte Willem ein Gläschen Portwein ein, und sie tranken auf unser Glück.

Mit keinem Wort erwähnten sie, dass sie selber keine Kinder bekommen konnten, weil Paula da schon an der fressenden Krankheit litt, die sie sich im Krieg zugezogen hatte und die bald ihr Leben hinwegraffen würde. Sie waren herzensgute Menschen, die einem ihr letztes Hemd gegeben hätten. Bevor wir nach Hause fuhren, schenkte Paula mir eine kleine Puppe mit wilden Haaren und einem spitzen Gesichtchen, das mich an sie erinnerte. „Für euer Baby", flüsterte sie, als sie das Püppchen in meine Tasche steckte.

Zu Hause erzählten wir nicht gleich von meiner Schwangerschaft. Ich wollte etwas abwarten, diese Freude noch ein bisschen für mich behalten und erst ganz sicher sein, wenn ich es Mutter erzählte. Auch war ich ein bisschen besorgt, wie Marianne die Neuigkeit akzeptieren würde. Da sie mit meinem älteren Bruder verheiratet war, hätte sie das Anrecht auf das erste Enkelkind in der Familie gehabt. Natürlich waren wir uns auch nicht sicher, ob unser Kind die Auswanderung verhindern würde, aber nur zwei Monate nach dem Besuch im Konsulat erhielten wir die Genehmigung.

„Nun wird unser Kind ein Australier", sagte Willem strahlend.

Ich nahm die Nachricht mit gemischten Gefühlen entgegen, und Mutter, die inzwischen Bescheid wusste, verließ ganz leise das Zimmer.

„Warum?", fragte das Kind mit den dunklen Haaren und der breiten Stirn. „Warum hast du Tierfell an deiner Jacke?"

Der Bus ruckelte und bremste. Die Türen öffneten sich mit einem Schnaufer, und ein kühler Luftzug drang hinein. Ich öffnete die Augen und sah, dass wir bei der Nieblumer Kirche angekommen waren. Bertha erklärte dem Kind, dass der Pelzkragen sie warmhalte.

„Von welchem Tier kommt der?", wollte es wissen.

„Es sieht nur aus wie Tierfell. Es ist künstlich", antwortete Bertha geduldig.

„Warum?", kam die Frage.

„Warum?", hatte auch Kerrin gefragt. „Warum bist du damals nicht mit deinem Mann nach Australien gereist?"

Die Übelkeit suchte mich immer am Abend heim, sodass es mir schwerfiel, das Abendbrot vorzubereiten. Der Aufschnitt, das Scheibchen Leberwurst, die Brühe, die Willem gern trank – alles erzeugte in mir das Würgen. Ich schaffte es nur mit einer großen Kanne schwarzen Tees, das Essen zu richten. Und manchmal musste ich doch vom Tisch aufspringen, um mich zu übergeben.

Und da sah ich es. Auf unserem kalten Klo mit dem Betonboden und dem Herzchen in der Tür. Blut. Nicht viel, ein paar Tröpfchen nur im Zwickel meiner Unterhose, dunkel und krustig.

Mutter sagte, das wäre ganz normal. Viele Frauen hätten eine Blutung in den ersten Monaten der Schwangerschaft. Das bedeutete gar nichts.

„Wahrscheinlich hast du zu viel gemacht. All die Aufregung und das ganze Hin- und Hergereise nach Hamburg." Wir waren noch einmal nach Hamburg gefahren, um uns nach Schifffahrtslinien zu erkundigen. „Ruh dich aus, und leg die Beine hoch bis morgen früh."

Aber sie hatte Marianne geholt, die Krankenschwester war, und ich hörte sie in der Küche tuscheln. Die Angst war betäubend. Sie schloss mich von allem aus. Ich wagte nicht zu denken, und ich scheute mich davor, auch nur die geringste Bewegung zu machen. Eine furchtbare Kälte hüllte mich ein, nicht mal mein heftig pochendes Herz konnte mich wärmen. Irgendwann musste ich wohl eingeschlafen sein. Ich wachte auf von einem Schmerz, der mir den Atem raubte. Immer wieder kam er, in Wellen, in regelmäßigen Abständen. Ich klammerte mich an die Laken und biss ins Kopfkissen. Wenn ich es aushalten kann, dachte ich, dann wird nichts passieren. Willem war nicht da. Sie mussten ihm wohl gesagt haben, dass er mich allein lassen sollte. Es war mir nur recht so.

Irgendwann ebbten die Schmerzen ab. Die Erlösung war erstaunlich. Ermattet schlief ich wieder ein, wachte erst auf, als Mutter mit einer dampfenden Hühnersuppe eintrat.

Zwei Tage lang wog ich mich in Sicherheit. Kein Blut verschmutzte meine Unterwäsche, ich fühlte mich ruhig und sicher. Das Kindlein war da. Es wuchs. Verspätet feierten Willem und ich das Eintreffen des Konsulatsbescheids. Willem hatte eine Flasche Sekt gekauft, und tapfer stießen

Mutter und Vater, Helmut und Marianne mit uns an. Mutter fiel es schwer, Vater akzeptierte unsere Entscheidung, Helmut war abwesend wie immer, seitdem er abgehärmt und geistig zerrüttet aus russischer Gefangenschaft entlassen worden war. Heimlich war Marianne vielleicht ganz froh, dass unser Baby in der Ferne geboren würde.

Ich wachte morgens jetzt meist früh auf, weil es mich drängte, zur Toilette zu gehen. Und da geschah es. Ich fühlte, wie das Kind mich verließ. Ein blutiger Klumpen, der mir entrann, bevor ich wusste, was mir geschah. Bevor ich es hätte zurückhalten können.

Willem fand mich dort. In unserem kalten, stinkenden Klo. Er holte Marianne.

Sie brachten mich ins Krankenhaus. Aber der Arzt bestätigte nur, was ich schon in Mariannes Augen gesehen hatte, in mir selbst spürte. Unser Kind, dieses kleine Wesen, das mir anvertraut worden war, das ich in meinem Leib hatte schützen sollen, bis es stark genug war, um für sich selbst zu atmen – war nicht mehr.

Jetzt teilte ich Willems schlaflose Nächte. War dankbar, dass er neben mir lag, wenn ich ruhelos wachte. Wir sprachen nicht. Was hätten wir sagen können? Es stimmt nicht, dass geteilter Schmerz halber Schmerz ist. Wir litten – jeder hilflos und für sich allein. Eine gemeine Pein, die uns den Atem nahm. Ich konnte die Unfassbarkeit nicht begreifen. Und ich wütete gegen diesen Gott, an den ich seit dem Krieg sowieso nicht mehr richtig glaubte. Wie hatte er uns dieses Kind schenken können, nur um es dann wieder wegzunehmen? Ich lag dort, Stunde um Stunde, war dankbar, wenn Willems Feuerzeug aufflammte, der Rauch zur Decke stieg, weil es mich für einen Moment ablenkte.

Das Schlimmste war, dass alle so taten, als ob gar nichts gewesen sei. Eine Fehlgeburt war nicht etwas, worüber man sprach.

Mutter murmelte, dass die Natur vorsorgte, wenn etwas nicht hatte sein sollen. Ihr Schweigen war nicht Unverständnis. Im Krieg hatte sie geübt, ihre Trauer zu verbergen. Als Helmut als vermisst gemeldet wurde und wir ihn schließlich tot glaubten, hatte sie gelernt, ihren Kummer tief in sich zu vergraben. Alle hatten wir getan, als ob wir an den „Heldentod" glaubten, den sie uns weismachen wollten. Ich merkte jetzt, dass am Tod nichts heldenhaft war.

Willa brach in Tränen aus, als Willem ihr erzählte, dass ich das Kind verloren hatte. Aber dann sog der Wirbel ihrer Aktivitäten sie auf – sie lief damals vom Tennis zum Handball, zum Turnverein und überhaupt jeglichem Sport, der sich ihr anbot. Ständig war irgendeine Vereinsfeier, eine Besprechung oder ein Turnier.

Einmal, als Marianne und ich Fliederbeeren rebbelten, fragte ich sie, wann sie und Helmut denn eine Familie gründen wollten. Sie sah mich kurz und abschätzend an und sagte dann, das würde wohl noch dauern. Helmut sei noch „zu kaputt". Seine Seele müsste heilen, bevor er die Rolle des Vaters spielen könne. Da schämte ich mich, sie gefragt zu haben. Ich hatte in meiner Wunde wühlen wollen, Mitleid geheischt. Ich wollte jemanden hassen, warum nicht Marianne, die gesund und kräftig war und bestimmt ein gesundes Kind gebären konnte. Langsam merkte ich, dass Willem und ich trotz unseres Verlustes vielleicht schon mehr gehabt hatten als sie. Und wirklich – später, als Marianne dann ihre vier Mädchen gebar, da waren es *ihre* Kinder. Helmut wusste nie viel mit ihnen anzufangen.

Immerhin brachte das Gespräch mit Marianne, das ich voll unterdrücktem Ärger begonnen hatte, eine Wende. Willem und ich begannen des Nachts zu sprechen. Behutsam lenkte er meine Gedanken in die Zukunft. Nach Melbourne würden wir gehen, das stand jetzt fest. Er sprach von dem Häuschen, in dem wir wohnen würden. In dem Platz war für ein Kinderzimmer. In Gedanken richteten wir uns ein, planten, was wir mitnehmen würden. Keine Möbel, die konnte er selber zimmern, das hatte er ja gelernt. Aber Geschirr, Bettwäsche, Kochgeräte …

Wir erfuhren das Datum unserer Abreise, und Vater zimmerte uns eine große Truhe. Obwohl ich immer noch schnell ermüdete, begann ich mit dem Packen. Es war schwerer, als ich dachte. Fast alles, was wir besaßen, waren Stücke aus meiner Aussteuer oder Geschenke, die wir zur Verlobung und Hochzeit erhalten hatten.

„Pack nur das, was wirklich nützlich ist", sagte Willem. Manchmal entschied ich mich am Morgen für ein Teil, nur um es am Abend aus der Truhe zu ziehen und beiseitezulegen. Alles, was ich packte, schien mich anzuklagen, dass ich es aus seiner gewohnten Umgebung riss. Die Sachen, die ich aussortierte, erinnerten mich an alles andere, was ich zurücklassen würde. Mutter gab mir einen Packen Fotos – *damit du uns nicht vergisst.* Tagsüber haderte ich mit mir, weil ich meine Familie verlassen wollte; des Nachts, in Willems Armen, wusste ich, dass ich ihm folgen musste, egal, wohin. In dieses Land, wo wir eine Familie gründen würden, wo alles gut sein würde.

Zum Schluss machten meine widersprüchlichen Gefühle mich krank. Ich fing an zu fiebern. Mein Unterleib schwoll an, sodass ich schon voller Hoffnung dachte, ich wäre wieder schwanger. Es war eine Infektion. Wieder musste ich ins Krankenhaus. Als ich aufwachte, nach der Operation, teilte der Arzt mir mit, dass wir nie Kinder haben würden. Es dauerte lange, bis ich mich erholte.

Der Arzt war gegen die lange Schiffsreise. „Schieben Sie es auf", sagte er zu Willem. „Oder lassen Sie Ihre Frau nachkommen. Suchen Sie eine Unterkunft, eine gute Arbeit und verschonen Sie Ihre Frau von den ersten harten Monaten. Sonst kann ich für nichts garantieren."

Es klang wie ein vernünftiger Plan. Als Mutter dann auch noch an Lungenentzündung erkrankte, schien das Schicksal die Entscheidung für uns getroffen zu haben.

„Du wirst dir nie vergeben, wenn du jetzt gehst und Mutter stirbt", sagte Willa.

„*Du* musst dich entscheiden, Kind", sagte Vater. Aber ich las die Sorge in seinen Augen.

„Geh mit deinem Mann", keuchte Mutter.

Es war zu spät, um den Abreisetermin aufzuschieben, Willem hatte für die Überfahrt bezahlt. Die Truhe war schon auf ihrem Weg nach Bremerhaven.

„Du brauchst doch nur eine Abreise überschlagen", sagte Marianne, die Praktische. „Du hilfst uns, deine Mutter zu pflegen, und gleichzeitig wirst du selbst auch stärker. Und der Willem, der macht alles schön für deine Ankunft."

So ließ ich ihn allein abreisen. „Wart nur, bis du kommst", versprach er mir. „Alles wird bereit sein." Und umarmte mich wild. Seine Augen leuchteten vor Aufregung, weil nun auch er dieses Abenteuer antrat, um das er so viele andere beneidet hatte.

Bevor er den wackligen Laufsteg betrat, der ihn aufs Schiff führen würde, drehte er sich noch einmal um. „Ich hol dich nach, Ruthchen", versprach er. Ein Duft nach nasser Wolle und Pfeifenrauch wehte zu mir hinüber. Für die Seereise, die er nun antreten sollte, hatte Willem sich eine Pfeife gekauft. Später, wenn ich mich an ihn zu erinnern versuchte, erschien er mir wie ein Junge, der in diese oder jene Rolle schlüpfte.

So war das nach dem Krieg, als sie uns unsere Männer zurückschickten. Einige, wie Helmut, waren Gefangene ihrer abgestorbenen Gefühle, andere irrten ruhelos, um etwas zu finden, was sie vergessen ließ. Viele trieb es zum Alkohol. Willem suchte sich in der Ferne. Langsam lief ich nach Hause. Der treibende Regen hatte das Schiff verschluckt, noch bevor es um den Preester gedreht hatte. Das war im Oktober 1954. Drei Tage nach Jahrmarkt. In Bremerhaven sollte Willem das Schiff besteigen, das ihn ins neue Land tragen würde. Aber für mich war er schon verschwunden, in dem Moment, als die Hilligenlei, das Fährschiff, nicht mehr zu sehen war.

„Ich hätte nur gern gewusst, ob es ein Junge oder ein Mädchen war", sagte ich laut.

„Warum?", fragte das Kind mit den eindringlichen Augen.

Bertha und die junge Mutter unterbrachen ihr Gespräch und sahen mich merkwürdig an.

Ich zuckte mit den Schultern. Warum auch.

# III

„Oh Gott … schnell, versteck mich“, zischte Ose und griff Fritzi hart am Arm.

Fritzi fühlte sich vorwärts gedrängt, während Ose hinter ihr Deckung nahm. „Ose – was ist los mit dir?“ Sie sah sich ärgerlich nach ihrer jüngeren Schwester um. „Ose …“

Britta und Fritzi sahen erstaunt zu, wie Ose sich den kleinen Finn griff und kopflos zwischen die Autoscooter rannte, die gerade eine Runde beendeten. Wie ein Wirbelwind in Rot, Schwarz und Kanariengelb – Letzteres ein Schal, der ihre Haut fahl wirken ließ – lief sie über die Bahn. Sie drängte sich an zwei Jungen vorbei, die auf ein Auto zuhielten, dessen Passagiere ausstiegen.

„Heh!“, riefen die Jungen.

Aber Ose hatte Finn schon in den Wagen geschwungen und kletterte selbst dazu. „Wir waren zuerst da. Haut ab!“, befahl sie den Jungen.

„Mama, warum darf Finn jetzt auf einmal Autoscooter fahren, wenn du grad gesagt hast, heute Abend gibt es keine Fahrten mehr?“

Natürlich war Britta zu Recht empört. Fritzi hatte selbst keine Ahnung, was in Ose gefahren war. Ratlos stand sie im Lichterkranz der Buden und Karussells und suchte in der wogenden Masse, die die ganze Insel zu repräsentieren schien, nach etwas, vor dem Ose sich hatte verstecken wollen. Wie in jedem Oktober war Jahrmarkt in Wyk. Um sie herum dudelte die Musik, wurden Lose und Zuckerstangen, Lebkuchenherzen und gebrannte Mandeln verkauft. Die Kinder waren am Nachmittag schon mit Willa über den Markt gegangen, und sie hatte es sich nicht nehmen lassen, alles mit ihnen auszuprobieren. Fritzi schauderte bei dem Gedanken, dass Willa sich mit den Kindern in den Street Fighter gesetzt hatte, einem roboterähnlichen Ding mit Fangarmen, das die Passagiere nicht nur in die Lüfte hob, sondern sie auch noch um sie selbst wirbelte. Aber Willa hatte die Fahrt sowohl wie die Tour mit dem Breakdancer, ohne Schaden zu nehmen, überstanden, hatte auch die Geisterbahn mit den Kindern besucht, die Finn „ein bisschen gruselig" gefunden hatte und ihn sowohl im Helikopter als auch im Feuerwehrauto des Kinderkarussells fahren lassen.

„Zweimal Kinderkarussell, nur weil er sich nicht entscheiden konnte, ob er Pilot oder Feuerwehrmann sein wollte", hatte Britta vorwurfsvoll berichtet.

„Dafür warst du doch in diesem Mexicana Hut, und zweimal an der Wurfbude", sagte Willa beruhigend.

„Und wir haben S-speck gegessen", lispelte Finn zufrieden, und Fritzi sah die Spuren von dem klebrigen Zuckerzeug in seinem Gesicht.

Willa hatte sie vollgestopft mit süßen Naschereien, aber Fritzi erinnerte sich, wie Willa früher sie und ihre Schwestern auf den Jahrmarkt eingeladen hatte. Ihre Tante fieberte damals genau wie die Kinder dem Jahrmarkt entgegen und juchzte und schrie vor Begeisterung, wenn die Karussells, die Achterbahn und die Schiffsschaukel ihre Drehungen begingen. Wieviel zahmer die Fahrten waren, dachte Fritzi, als die Buden noch in der Hafenstraße aufgereiht standen, und doch war der Magenkitzel der gleiche gewesen wie heute. Und irgendwie hatten sie immer am meisten Spaß gehabt, wenn sie mit Willa auf den Markt gingen. Mit Helmut und Marianne war alles viel gesitteter zugegangen. Da hatten sie ordentlich angestanden, bis sie dran waren. Willa rempelte schon mal jemanden aus dem Weg, belegte einen Sitz in der Achterbahn, wenn es schier unmöglich schien und Marianne schon aufgeben wollte, und ergatterte Zuckerwatte, auch wenn sich zwanzig Hände einem Stäbchen entgegenstreckten. Nur wenn Helmut an die Schießbude trat, war Fritzi richtig stolz auf ihren Vater gewesen. Eins nach dem anderen hatte er die kleinen Tonröhrchen zerschossen, bis er Marianne mit einer kleinen Verbeugung einen Strauß knallbunter Plastikblumen überreichen konnte.

An diesem Samstagnachmittag – in ihrer zweiten Ferienwoche auf Föhr – hatte Fritzi beiden Kindern ein Ruhestündchen aufgezwungen, als Willa sie wieder abgeliefert hatte. „Sonst können wir heute Abend nicht noch mal gehen. Und ihr wolltet doch Würstchen und Kartoffelsalat an der Bude essen, oder?"

Britta warf ihrer Mutter einen Blick zu und führte Finn dann mit einem übertriebenen Seufzer in das Schlafzimmer mit den bunten Bettbezügen. „Komm, Finn, wir gehen. Mama wird sonst wieder *komisch*."

*Komisch* war eine Bezeichnung, die Britta neuerdings öfter für ihre Mutter benutzte. Die Betonung, die sie dem Wort gab, drückte Geringschätzung, fehlendes Vertrauen und unterschwellige Vorwürfe aus.

„Sie klagt mich an, als ob es einzig meine Schuld wäre, dass Hajo umgezogen ist", hatte Fritzi zu Ane gesagt. Und sie hatte nicht einmal verständnisvoll lächeln können, als sie es Ane erzählte. Sie, die sich so viel Mühe gab, ihre Kinder zu verstehen, sie immer hatte auffangen können, egal, was das Problem war.

Fritzi war über Kiel gefahren, auf ihrem Weg, die Herbstferien in Willas neu eingerichtetem Ferienhäuschen auf Föhr anzutreten. Die Kinder fanden es toll, dass sie bei Ane übernachten sollten. Denn Ane, in ihren zwei Zimmern über den ehemaligen Ställen, die ihre Dienstwohnung auf dem Gut darstellten, hatte etwas, was sonst niemand in der Familie besaß – ein richtiges Himmelbett. Es war so hoch, dass Ane einen Hocker vor das Bett stellen musste, um Finn den Einstieg zu ermöglichen. Und sie erlaubte ihnen, das Netz, das über dem Bett hing, aufzuknoten, sodass sie wie in einem weißen Kokon schliefen. Fritzi und Ane wollten mit der Schlafcouch im Wohnzimmer vorliebnehmen.

„Ich nehme an, ihr wollt sowieso länger aufbleiben und miteinander quatschen", hatte Britta nachsichtig im Ton einer geduldigen Gouvernante geäußert.

„So redet sie neuerdings die ganze Zeit", sagte Fritzi. Sie sah auf die Tür, die Ane friesischblau gestrichen hatte. „Sie gibt mir ständig das Gefühl, dass sie die Vernünftige ist, von der die Opfer verlangt werden."

Seitdem Hajo abgefahren war, um seine neue Stelle im fernen Hongkong anzutreten, und Johanna entschieden hatte, ihren Vater zu begleiten, hatte Fritzi Veränderungen an ihrer zweiten Tochter beobachtet. Früher hatte Britta wenig Interesse an ihrem kleinen Bruder gehabt. Sie hatte in ihrer eigenen Welt gelebt, die sich hauptsächlich um ihr Interesse an Tieren drehte. Britta hatte als Einzige in der Familie noch nicht die Hoffnung aufgegeben, dass Olmi, diese seltsame Mischung aus Dackel und allerhand anderem, sich doch noch zu einem gehorsamen Wachhund erziehen lassen würde. Sie hatten Olmi auf Brittas Drängen aus einem Tierheim gerettet, und er glich mehr einem vietnamesischen Hängebauchschweinchen als einem Hund, sowohl in seiner unaufhaltsamen Fresssucht als auch seiner Fast-Haarlosigkeit und seinem Starrsinn.

Genau wie Olmi liebte Britta ihren Hasen Kruse, einen Mümmelmann mit großen Schlappohren, der regelmäßig seinem Käfig entwischte, um im Garten oder im Haus Unfug anzurichten. Im Garten grub er Löcher oder tunnelte sich unter dem Zaun der Nachbarn hindurch, um dort genüsslich in Herrn Hamanns Gemüsebeet zu schlemmen. Im Haus nagte er die Fußleisten an.

Wenn sie auf Föhr waren, stellte Britta Gudruns Kater Herbert nach, der sich tagsüber nur in Ruths Zimmern aufhielt, und der eine tiefe Missgunst allen Menschen gegenüber hegte, nur Willa innig ergeben war. Es tat Fritzi weh, mit wie viel Zuneigung Britta sich um den Kater bemühte, der zwar ihre kleinen essbaren Gaben gnädig annahm, sonst aber keine Annäherung duldete.

„Es ist seitdem wir Hajo und Johanna mitsamt ihrem Gepäck zum Flughafen gebracht haben", sagte Fritzi zu Ane. „Irgendwie war es das Gepäck – nicht nur ein Köfferchen und die Computertasche, wie es bei Hajo normal war, wenn er auf Geschäftsreise fuhr –, dass Britta es auf einmal aufging, dass sie wirklich für eine lange Zeit fort sein würden." Sie nahm dankbar den Kräutertee an, den Ane mithilfe der Eieruhr genau acht Minuten hatte ziehen lassen. „Dabei haben Hajo und ich den Kindern doch genau erklärt, worum es ging. Dass Hajo da eine neue Stelle übernimmt. Dass er und Johanna in eine Wohnung ziehen, dass sie wahrscheinlich eine Haushälterin oder so was engagieren. Auch wenn Johanna in die Ganztagsschule geht, kann Hajo ja nicht jeden Abend pünktlich zu Hause sein. Aber irgendwie hat Britta das ausgeklammert, hat sich vorgemacht, sie sind in ein paar Wochen wieder da."

Ane hörte ruhig zu. Fritzi war froh, dass sie diesen Abstecher gemacht hatte, bevor sie nach Föhr kamen. „Und jetzt legt sie eine mütterliche Zärtlichkeit für Finn an den Tag, die wir früher nie erlebt haben. Sie hatte den Kopf doch immer voll von ihren Tieren. War eher burschikos. Ich dachte immer, die Britta, die wird mit allem fertig."

Jetzt hatte sie die Verantwortung für Finn übernommen, schien ihn von Fritzi abzuschirmen. Nach dem Mittagessen nahm sie Finn mit in ihr Zimmer, „damit Mama ausruhen kann". Am Nachmittag überlegte sie sich langwierige Spiele, die Finn einspannten, oder verkündete, sie würden mit

Olmi in den Wald gehen. Wenn Fritzi anbot, mitzukommen, teilte eines der Kinder ihr mit, dass sie eine heimliche Höhle bauen wollten, einen heimlichen Pfad gefunden hatten oder eine Überraschung vorbereiteten. Wenn sie dann mit Herbstblättern, Bucheckern oder Tannenzapfen zurückkehrten, bastelten sie etwas daraus – für Brittas Sportlehrerin, für Finns Kindergärtnerin oder für Oma Marianne. Immer öfter fühlte Fritzi sich ausgeschlossen. Nicht nur von ihrem Mann und ihrer ältesten Tochter. Auch ihre beiden jüngeren Kinder mieden sie.

„Sicher, früher brauchte sie sich um nichts anderes zu kümmern, weil Johanna da war. Ich nehme an, die Älteste übernimmt die Rolle des Anführers für die anderen Geschwister." Fritzi sah Ane hilflos an.

„Du als Älteste von vier Schwestern müsstest das doch wohl wissen", dachte Ane. „Du meinst, dass Britta fühlt, jetzt wo Johanna weg ist, muss sie ihre Aufgaben übernehmen?", fragte sie.

„Ja, das stimmt ..." Fritzi beobachtete Ane, die die karierten Vorhänge zuzog. Der Sturm, der sich angekündigt hatte, als sie das Dorf in der Heide verließen, sodass Fritzi froh war, als sie den Wald hinter sich gelassen und sich auf die Autobahn eingefädelt hatten, fing an tüchtig zu toben.

„Aber glaubst du, es ist richtig, dass Britta Finn ihren Freunden vorzieht? Und das tut sie. Sie haben doch im Sommer mit Willa den Zirkus besucht, und seitdem trainiert Britta mit den Tieren. Nur jetzt hilft Finn, wenn Kruse einen Trick lernen soll – sie lädt kaum mal eine Freundin ein nach der Schule. Stell dir vor, der Hase hat gelernt, auf einer Planke zu balancieren und hinten im Korb von Finns kleinem Rad zu sitzen, während er Runden in der ‚Manege' dreht, die sie im Garten gebaut haben."

Sie hatten den Kaninchenkäfig in den Garagen unter Anes Wohnung abgestellt. Britta hatte ihn mit einer alten

Wolldecke verhüllt, damit Kruse nicht frieren musste. Zögernd hatte Ane Olmi erlaubt, in die Wohnung zu kommen. Sie beobachtete ihn, um einem etwaigen Beinheben an einem ihrer Möbelstücke zuvorzukommen. Aber Olmi benahm sich mustergültig. Er hatte nicht vor, in die ungemütliche Garage verbannt zu werden. Er lag auf dem Rücken, alle vier Beine in die Luft gestreckt und schnarchte.

Nach dem Abendessen – Leberwurststullen, Schmierkäse und hartgekochte Eier hatte Ane serviert – hatte Britta Finn sofort mit sich gezogen. Hatte darauf bestanden, ihm beim Waschen zu helfen und ihm vorzulesen.

Zu Hause kam es vor, dass Fritzi, wenn sie allein an dem Tisch saß, an dem nun nur noch drei Plätze gedeckt waren, die Tränen kamen – sie fühlte sich im Stich gelassen. Von Hajo. Von Johanna. Von ihren beiden Jüngsten.

„Grad wollte ich dir zeigen, wie schön Finn sich die Zähne geputzt hat, aber es ist wohl besser, wenn ich dich nicht störe."

War das wirklich Britta, die da so streng gesprochen hatte? Die die Tür sanft, aber betont hinter sich zuzog.

„Aber es ist nicht nur, dass sie die verantwortungsvolle große Schwester spielt, manchmal denke ich, sie ist böse mit mir. Richtig wütend ...", sagte Fritzi.

„Denkt sie, du hast ihr den Vater genommen?", fragte Ane vorsichtig.

Keiner in der Familie wusste genau, was es mit Hajos Umzug zu tun hatte.

Fritzi nickte. „Und es ist nicht nur Britta, die so denkt." Ihre Stimme klang bitter. „Das ganze Dorf benimmt sich so. Wir hatten nicht gedacht, dass wir denen eine Erklärung schuldig sind. Natürlich haben wir es mit unseren Freunden besprochen, dass Hajo diese neue Stelle übernehmen sollte, und dass ich nicht mitwollte. Hongkong – ich möchte einfach nicht noch einmal in Asien leben. Aber für ihn ist es halt eine einmalige Chance. Im Übrigen haben wir unsere Entscheidung nicht allgemein bekannt gegeben. Und jetzt glauben viele, wir hätten uns getrennt, und ich hätte meine Kinder aufgeteilt."

„Kannst du ihnen denn nicht sagen, dass es wegen Hajos Job ist und für Johanna eine Art Austausch?" Ane versuchte, ihren Fuß unter Olmi herauszuziehen.

„Wie denn? Die fragen mich ja nicht gerade heraus. Das geht alles hinter meinem Rücken ab. Ich sehe das an ihren Blicken. Höre es, wenn es erst ganz leise wird, wenn ich irgendwo reinkomme und wie sie dann anfangen zu tuscheln, wenn sie meinen, ich merk das nicht."

„Aber du lebst doch schon seit zehn Jahren auf dem Dorf! Du hast doch Freunde da, Leute, die du gut kennst!"

„Ach, Ane, du hast ja keine Ahnung! Gerüchte sind eines Dorfes schönstes Fressen! Und alles ändert sich, wenn man als Frau allein dasteht. Vorher, als Hajo drei Tage die Woche weg war, akzeptierten alle das. Und am Wochenende war er ja zu Hause, und dann waren wir eben auch Familie, gingen spazieren, machten Fahrradtouren, trafen uns mit Freunden. Aber eine Frau allein mit zwei Kindern wird nicht eingeladen. Und wenn wir eine Fahrradtour machen oder uns bei der Gärtnerei Pflanzen holen, dann sind wir die ohne Vater. Ganz besonders schlimm ist Frau Neuntze. Weißt du, die, mit der wir die Fahrgemeinschaft teilen. Ach, Frau Eschmann, sagt sie jetzt immer und dehnt dabei das Frau. Früher, da hat ihr Mann mir öfter mal eine Kiste Most mitgebracht, wenn er für seine Familie welchen geholt hat, oder er hat mir in der Woche ein bisschen Holz gehackt, wenn das knapp wurde und Hajo erst am Wochenende kam. Aber jetzt lässt sie ihn nicht mal mehr mit mir sprechen, ohne dass sie sich dazwischenschiebt, wenn ich die Kinder bringe oder Finn mit Carlotta spielt. Und immer wieder sagt sie: ‚Es ist zu schade, dass Johanna bei Ihrem

Mann lebt, ich kann sie in der Flötengruppe gar nicht ersetzen. So ein liebes Mädel!'"

Fritzi griff nach ihrem Beutel und zog heftig ihr Strickzeug hervor. Ärgerlich begann sie, blau melierte Maschen abzustricken. „Damit will sie andeuten, dass Britta kein liebes Mädel ist, die hat sich glatt geweigert, in ihrer Flötengruppe weiter mitzuspielen. Und Finn ist kein lieber Kerl, weil er sich neuerdings ständig mit Carlotta streitet. Die Kindergärtnerin hat sie auch aufgehetzt. Die hat letztens zu mir gesagt, sie könnte es ja verstehen, dass Finn Zeit brauche, um die Trennung zu verarbeiten, aber sie könnte mir eine gute Kindertherapeutin nennen!" Die Nadeln klapperten, der Sturm rüttelte an den Fenstern. „Ich guck mal schnell nach den Kindern. Dieser Sturm … hoffentlich wird es morgen besser, sonst wird es eine wilde Überfahrt nach Föhr." Fritzi legte ihr Strickzeug unter ein Sofakissen. Olmi konnte Tiefschlaf heucheln, nur um in einem Moment der Unaufmerksamkeit das Wollknäuel oder das Gestrickte mit seinen kleinen, scharfen Zähnen anzufallen.

Ane wartete, bis Fritzi zurückkam. „Ist Finn im Kindergarten denn irgendwie auffällig geworden?", fragte sie.

„Eben nicht", antwortete Fritzi, vielleicht ein bisschen zu schnell. „Frau Neuntze sagt, er hat Carlotta gehauen, und dass er sie im Auto kneift und knufft. Aber Britta hat mir erzählt, Carlotta hänselt ihn. Dass er nur ein kleines Fahrrad hat. Und keine Inliner. Und dass sein Papa *nicht* da ist, um ihm schwimmen zu lehren. Na ja, da wird er halt wütend und reagiert." Sie erzählte nicht, dass Finn oft weinerlich war und wieder angefangen hatte, an seinem Daumen zu lutschen.

„Musst du die Kinder denn mit dieser alten Zicke fahren lassen?"

„Nein. Ich habe ihr gesagt, dass ich meine Arbeitstage nach den Herbstferien umlege und die Kinder selbst abhole.

Natürlich will ich nicht, dass die Kinder ihre Freunde verlieren, also habe ich angeboten, ihre zwei trotzdem immer mitzunehmen. Und ich glaube, Britta mag Sven Neuntze auch ganz gern. Jetzt, wo Johanna aus dem Weg ist …" Zum ersten Mal lächelte Fritzi. „Und durch die Neuntzes ist Britta ja auch auf den Kleintierverein gekommen, und ich möchte, dass sie das behält. Das ist immerhin etwas, was sie außerhalb der Familie macht."

Ane spielte mit ihrem Zopf. Schon seitdem sie ein Teenager war, hatte sie ihr naturkrauses Haar lang wachsen lassen und flocht es jeden Morgen in einen Zopf, der hoch auf ihrem Kopf begann und lang ihren Rücken hinunterhing. „Und was ist mit der anderen Frau in eurer Fahrgemeinschaft? Moni …?"

„Moni Kleine." Fritzi seufzte. „Sie hat sich neuerdings mit einem aus dem Dorf zusammengetan. Auch eine Ehescheidung. Er hat aber keine Kinder. Die haben das gut geheim gehalten. Ich hab nicht mal geahnt, dass sich da was anbahnte zwischen den beiden! Na ja, die waren beide halt schon gebrannte Kinder und wussten, wie das läuft. Demnächst werden sie zusammenziehen. In sein Haus, weil das neu ist, also das Haus ist nicht neu – das ist ein tolles, altes Bauernhaus, das er renoviert, seitdem er aufs Dorf gezogen ist –, aber es war halt nicht sein Familienheim. Moni meint, es ist besser, den Start zu machen in einem Haus, das nicht mit Erinnerungen an einen anderen Partner belastet ist." Fritzi begann für den Halsausschnitt abzuheben. Ane sah, dass es ein Pullover für eines der Mädchen wurde.

„Für Johanna, wenn sie zu Weihnachten nach Hause kommt", nickte Fritzi. „Ich dachte, wenn ich etwas für sie stricke, dann sehen Finn und Britta, dass ich sie zurückerwarte. Wir haben uns ganz bewusst entschlossen, dass die beiden erst mal bis Dezember in Hongkong bleiben, damit sie eine Eingewöhnungsstrecke haben. Drei Monate." Sie seufzte. „Wir haben auch einen Kalender, in dem wir die Tage abstreichen. Und ich habe ein Journal gekauft, jeden Tag schreib ich rein, was wir gemacht haben. Ich habe Britta vorgeschlagen, dass sie auch hineinschreibt, damit Hajo und Johanna nachlesen können, wie es bei uns war. Finn malt immerhin schon mal was rein, aber Britta will nicht. Sie lehnt es einfach ab. Und jetzt, wo Marie Kleine von ihrem neuen Haus schwärmt, in das sie bald einziehen wird, und Moni so offensichtlich verliebt ist – Mann, die ziehen Hand in Hand durchs Dorf, die Kinder an den freien Händen! –, da guckt Britta mich immer so komisch an. Da kann ich immer wieder sagen, Papa arbeitet in Hongkong – sie glaubt mir einfach nicht. Dabei war Hajo früher doch auch fast nur am Wochenende zu Hause. Was ist jetzt so anders?"

Ane sah ihre Schwester ruhig an. „Du hast es doch eigentlich schon selbst gesagt. Brittas Aufgabe waren immer nur die Tiere. Sie brauchte sich nicht um euch zu kümmern, weil dieser Teil ihres Lebens in seiner eingefahrenen Bahn lief. Bis Hajo und Johanna ihre Koffer packten und ihr sie zum Flughafen gefahren habt. Das erschreckte sie – und dann beobachtet sie im Dorf, wie diese Moni und ein neuer Mann sich zusammentun … na ja, und jetzt wartet sie ab, was du vorhast. Vor allem, wenn sie die blöden Gerüchte gehört hat, die im Dorf rumschwirren." Ane verstummte.

Olmi grunzte im Schlaf und rollte sich auf die andere Seite. Der Sturm drückte gegen die Fensterscheiben.

„Du meine Güte, ich hoffe nur, da kommt kein Baum runter heute Nacht. Der Gärtner meinte erst letztens, die alte Ulme würd's nicht mehr so lang aushalten. Ich muss nachher mal schnell rübergehen. Es kann sein, dass die mich brauchen. Die Kinder sind leicht unruhig, wenn es so stürmt." Auch wenn Ane nicht im Dienst war, fühlte sie sich als Heimleiterin verantwortlich.

„Ich dachte, das Heim ist leer für die Herbstferien?"

„Beinahe. Ein paar Kinder werden erst morgen abgeholt, und eine kleine Gruppe fährt mit zwei Betreuern in den Harz. Die, die eine Erholung genehmigt bekommen haben."

Ane hatte sich gleich nach dem Abitur für Sozialpädagogik entschieden. Vielleicht hatte sie die Lust am Pflegeberuf von Marianne geerbt, obwohl sie Marianne nie in ihrem Beruf als Krankenschwester hatte arbeiten sehen. Sie hatte ihr Wissen und ihre Kraft meist nur für Helmut eingesetzt. Ane musste gut sein in ihrem Beruf, immerhin war sie sehr schnell zur Heimleiterin avanciert.

„Die Kinder freuen sich schon darauf, dir morgen beim Aufräumen zu helfen", sagte Fritzi.

Ane machte meist am Anfang der Ferien eine Art Inventur, zählte Scheren und Maltöpfe durch, sah nach, welche Farben, Papier und Pappe nachbestellt werden mussten, und räumte die Gesellschaftsspiele auf. Britta unterstützte sie gern dabei, und Finn war jetzt auch schon alt genug, um zu helfen. Fritzi hatte sich angeboten, Fallobst einzukochen, von dem der Garten des alten Guts noch allerhand produzierte.

Ane nahm ihren braunen Anorak vom Haken bei der Haustür und schlüpfte in Gummistiefel. „Ich denke gerade", sagte sie, die Hand schon am Türgriff, „dass du Britta vorschlagen könntest, kleine Andenken zu sammeln, die sie dann in euer Journal klebt. Das könnte so was sein wie das Programm von etwas, das ihr im Fernsehen geguckt habt. Das schneidet sie aus und klebt es rein. Oder jetzt im Herbst ein Herbstblatt. Eine Serviette aus der Pizzeria – Willa geht doch bestimmt mit ihnen Pizza essen. Oder das Papier, in dem die Zuckerwürfelchen auf der Fähre eingepackt sind. Die Fahrkarten. Vielleicht macht ihr das mehr Spaß als das Schreiben."

Fritzi sah ihre Schwester erstaunt an. „Mann, Ane, das ist nicht schlecht. Wo kriegst du deine Ideen her?"

„Na ja, so was Ähnliches wollte ich machen, wenn ich jetzt in Oses Galerie den Ferienkurs gebe. Weißt du, viele Kinder malen schon genug, zu Hause, in der Schule, im Kindergarten … Da ist es lustig, sie mal ihren Tag mit Objekten darstellen zu lassen, mit denen sie in Berührung kommen. Natürlich machen wir auch anderes – Ton, Holzarbeiten, Mosaik und so. Das müssen wir morgen auch machen, mein Auto vollladen! Gut, dass ihr auch fahrt, da kann ich bei euch noch einiges verstauen." Ane öffnete die Tür, und der Wind blies trockene Blätter in den winzigen Flur. „Puh, jetzt fängt's auch noch an zu regnen", rief sie und stemmte sich gegen die Tür. Mit Mühe schloss sie sich.

Fritzi überlegte schuldbewusst, dass sie gar nicht gewusst hatte, dass Ane sich ein Ferienprogramm für Oses Galerie ausgedacht hatte. Obwohl Ose sich in ihrem ersten Sommer als Geschäftsfrau auf der Insel gut behauptet hatte, stand ihr jetzt die lange Nebensaison bevor. Da hatten sie und Ane anscheinend schon im Sommer einen Plan ausgeheckt. In den Herbstferien wollten sie gemeinsam ein Kunst- und Bastelprogramm anbieten. Ane sollte sich auf die Kinder konzentrieren, Ose auf die Eltern. Weil sie sich noch nicht ganz sicher waren, was am besten ankommen würde, hatten sie ein buntes Kinderprogramm entwickelt und für die Erwachsenen einen Kurs im Aquarellmalen und dazu etwas, was Ose sich auf ihren Streiftouren über die Insel ausgedacht hatte: Sie wollte Maltreffpunkte anbieten.

„Ich gebe einen Ort an, z. B. im Dorf oder an der Godelmündung oder vielleicht vor der Oldsumer Mühle. Ich bin bereit mit Staffeleien, Leinwänden und Pinseln und zeige den Leuten, wie sie das, was sie vor sich sehen, malerisch umsetzen können. Nach einer Weile können wir das mit Fahrradtouren verbinden. ‚Mit dem Skizzenblock auf dem Fahrrad' oder so werde ich das nennen", hatte sie Fritzi erzählt. „Natürlich bedeutet das auch wieder eine Auslage – erst mal all das Zeug, das Ane für die Kinderkurse braucht, dann die Staffeleien, Leinwände und so … Na ja, ich hoffe, das schnell wieder reinzuholen. Aber vielleicht muss ich mir deine Kinder ausleihen, nur damit es so aussieht, als wären die Kurse sehr gefragt."

Fritzi hatte hastig zugestimmt, dass Finn und Britta bestimmt gern teilnehmen würden. Vor allem, wenn Ose sie in ihrem kleinen, roten Lieferwagen zur Galerie mitnehmen würde.

Nun, nach zwei Wochen auf der Insel, dachte Fritzi, Ose hätte keine Angst haben müssen. Ane hatte jeden Tag genügend Kinder um sich geschart, um die Unkosten reinzuholen und einen kleinen Profit zu machen, und Oses Maltreffs waren auch gut angekommen. Viele Gäste freuten sich, dass auf dem kleinen Dorf nun auch etwas für ihre Kinder angeboten wurde. Und Oses Maltreffs waren so beliebt, dass Fritzi manchmal die Galerie übernommen hatte, wenn Ose unterwegs war.

Die Musik am Autoscooter dudelte ihrem Ende entgegen, und nach einer kurzen Beratung kletterte Finn aus dem Auto und stolperte zu Fritzi und Britta, die am Rand standen.

„Britta, Ose hat gesagt, sie will auch noch mal mit dir fahren." Britta sah aus, als ob sie die Einladung abweisen wollte. Aber Ose hatte das wohl vorausgesehen, denn Finn fügte hinzu: „Sie sagt, du musst steuern. Ihr ist zu schwindlig."

Britta rang mit sich, konnte aber dem Angebot nicht widerstehen. Sie hüpfte los. Finn schmiegte sich an Fritzi, und sein Daumen schlüpfte in seinen Mund.

Finn hatte das Daumenlutschen eigentlich vor einem Jahr aufgegeben, nur in letzter Zeit geschah es schon ab und zu, dass er vergaß, wie groß er eigentlich war. Seine freie Hand zwirbelte einen der großen, orangefarbenen Knöpfe, die Fritzis neuen, blauen Mantel schmückten. Er war kurz und glockig und wich ein bisschen von ihrer normalerweise praktischen Garderobe ab. Aber sie hatte das Bedürfnis gehabt, mal einen anderen Stil auszuprobieren.

Olmi streckte sich zwischen Losen und Zuckerwattestäbchen aus. Er hatte zuvor einen Pappteller entdeckt, mit Resten von Kartoffelsalat, den er gründlich leer geschleckt hatte. Jetzt gab er sich mit einem zufriedenen Schnaufen einem Schlummer hin.

Alle waren sehr rücksichtsvoll gewesen, dachte Fritzi. Willa und Ruth freuten sich natürlich immer, wenn die Kinder kamen. Aber wenn sie gemerkt hatten, dass Finn quengeliger war als gewöhnlich, seinen Daumen öfter in den Mund steckte, so hatten sie sich das nicht anmerken lassen. Sie hatten Brittas Bockigkeit übersehen und nichts gesagt, wenn sie Fritzi motzig antwortete. Und sie hatten über Hajos und Johannas Abwesenheit gesprochen, als ob es ganz normal wäre, dass Leute in Hongkong zur Arbeit und zur Schule gingen. Willa hatte sie sogar alle zu einem chinesischen Essen eingeladen, weil Hajo und Johanna das ja in Hongkong den ganzen Tag lang essen mussten und sie wirklich wissen wollte, wie so ein Zeug denn schmeckte. Sie hatten alle mit Stäbchen gegessen.

Am Abend nach dem Restaurantbesuch, als Fritzi ins dunkle Kinderzimmer ging, in dem nur eine Nachtlampe sanftes Licht verbreitete, sah sie, dass Finn noch wach war.

„Warum schläfst du denn noch nicht?", flüsterte sie leise.

„Er hat Angst, dass Papa und Johanna kein Wort Deutsch mehr verstehen können, wenn sie zurückkommen", erklang Brittas sachliche Stimme.

„Aber, Finn, warum das denn?" Fritzi strich ihrem Jüngsten über die Stirn, aber er schlug ihre Hand fort.

„Weil du sie nach *Hon-Kon* geschickt hast, und da sprechen sie nur Chinesisch", lispelte er ärgerlich. „Nun kann ich gar nicht mehr mit Papa reden, und mit Johanna auch nicht!" Wütend strampelte er seine Bettdecke von sich.

Britta richtete sich auf und sah interessiert zu. Siehst du, drückte ihre Haltung aus.

„Und ich wollte Papa doch fragen, ob ich den Schraubenschlüssel aus seinem Werkzeugkasten brauchen darf", schimpfte Finn. „Und Jo … Johanna, ob ich mal ihre große Schere ausleihen kann." Seine Stimme brach.

„Finn, natürlich kannst du sie fragen", sagte Fritzi. „Guck mal, Leo und Kerrin, die wohnen doch in Australien, und dort müssen sie mit allen Leuten Englisch sprechen, und trotzdem sprechen sie Deutsch mit uns. Papa und Johanna werden es genauso machen."

„Er will eben nicht, dass Papa und Johanna so weit weg sind", sagte Britta deutlich. „Außerdem hat Johanna am Telefon gesagt, dass sie mit ihren Freunden von der Schule Englisch spricht."

„Britta", sagte Fritzi müde, „es ist für uns alle schwer, dass wir voneinander entfernt leben. Deshalb haben wir uns doch weiter lieb."

Finns Augen füllten sich mit Tränen, und plötzlich warf er sich schluchzend in Fritzis Arme. Er weinte, bis seine Bäckchen heiß und feurig glühten. Fritzi musste ihn ins Bad tragen, weil er sie nicht loslassen wollte. Sie wischte ihm sein Gesicht mit einem kühlen Lappen ab. Er beobachtete sie im Spiegel.

„Mama weint auch", stellte er fest.

„Klar, Finn. Ich bin doch auch traurig, dass Papa und Johanna so weit weg sind."

Er sah sie durch seine verschwollenen Augen an und rieb dann an den Tränenspuren, die über Fritzis Gesicht rannen. Sie drückte ihn fest an sich und trug ihn zurück ins

Kinderzimmer. Britta lehnte in ihren Kissen, sie hatte ihre Nachttischlampe angeknipst und ihre Augen fest auf ihr Buch geheftet.

Mit Finn auf ihrem Arm sah Fritzi ihre Tochter eine Weile an. Entschlossen sagte sie dann: „Wisst ihr was? Ich bin heute Abend einsam und habe Heimweh nach Papa und Johanna."

„Heimweh kann man nicht nach Leuten haben, nur nach einem Land oder einem Haus", stellte Britta fest.

„Das ist es ja eben. Das, was weh tut, fühlt sich an wie Heimweh, weil zwei Leute aus unserem Heim fehlen. Ich weiß nicht, wie ich es nennen soll."

Britta zog gelangweilt die Schultern hoch.

„Ich hab Papa-weh", sagte Finn und zog geräuschvoll die Nase hoch. „Und ein biss-chen Johanna-weh – aber nicht so doll."

„Du bist ein Baby", sagte Britta verächtlich.

Fritzi zögerte. „Ich könnte heute Abend gut ein bisschen Gesellschaft brauchen. Glaubt ihr, ihr hättet Lust, oben bei mir im großen Bett zu übernachten?"

„Papa mag es nicht, wenn wir im Elternbett schlafen. Er sagt, wir sind zu groß." Britta benutzte wieder ihre Gouvernantenstimme.

„Ich möchte wetten, er fände es jetzt gerade auch ganz toll, uns alle in seinem Bett vorzufinden."

„So viele Leute passen gar nicht", sagte Finn und kicherte.

„Und außerdem möchte ich mal wieder ein Mitternachtspicknick machen", sagte Fritzi mit so viel Entschlossenheit, wie sie mustern konnte.

„Und was soll das darstellen?"

Fritzi holte tief Atem. Britta gab keinen Zentimeter nach. „Wir haben das manchmal gemacht, wenn Helmut und Marianne abends weg waren und Willa auf uns aufpassen sollte. Wir sind in Omas Küche geschlichen und haben geguckt, ob wir irgendwelche leckeren Naschereien dort finden konnten. Damit haben wir uns so ein kleines Picknick gepackt. Und dann sind wir wieder ins Bett geschlüpft und haben alles aufgefuttert. Und dann haben wir vorgelesen bis lange nach Schlafenszeit."

„Du lässt uns ja keine Naschsachen essen", sagte Britta und senkte ihre Augen wieder aufs Buch. „Du hast ja gar nichts im Haus."

„Na ja, eigentlich nicht, aber ihr wisst doch, wie gern Willa Süßes isst. Ich dachte, vielleicht können wir bei ihr einen kleinen Überfall machen. Sie ist heute Abend bei ihrem Club ..."

„Mama, du willst bei Willa stehlen!" Aber Fritzi las einen Funken Interesse in Brittas Augen.

„Wir können ja so einen kleinen Zettel hinlegen, dass die Heinzelmännchen das brauchten", schlug Finn vor. Ruth hatte ihm das Heinzelmännchenbuch schon mehrere Male vorgelesen.

Es war nicht schwer gewesen, bei Willa ein Körbchen mit Süßigkeiten zu füllen. Fritzi hatte die Kinder nur in Anoraks und Gummistiefel gesteckt, und zusammen waren sie über den Hof gelaufen. Hinterher hatten sie sich dankbar alle drei in Fritzis großes Bett gekuschelt. Finn war schnell eingeschlafen, Britta las in ihrem Buch. Sie lutschte auf einem Himbeerdrops, der Fritzi Gewissensbisse ihrer Zähne wegen bereitete. Auch nachdem sie das Licht gelöscht hatten, lag Britta lange wach. Steif und unnahbar. Fritzi wagte nicht, sie zu berühren und wusste auch nicht, das Schweigen zu brechen. Erst als Brittas Atemzüge tief und gleichmäßig kamen, streckte sie die Hand aus und streichelte ihrer Tochter sanft und rhythmisch den Nacken.

„Denk daran", hatte Ane in jener stürmischen Nacht in Kiel gesagt, „Tiere sind verlässlich. Stur vielleicht – aber man kann ihnen vertrauen. Vielleicht musst du Brittas Vertrauen ganz aufs Neue gewinnen.“

Auf dem abendlichen Jahrmarkt fühlte Fritzi die Kälte ihre Beine hochkrabbeln. Sie seufzte. Britta umklammerte das Steuer des Autoscooters. Ihr Gesicht drückte angestrengte Konzentration aus. Nicht wie Ose, die wild drauflosgefahren war, andere Wagen gerammt und einmal einen kleinen Stau verursacht hatte. Britta drehte Kreise wie eine Achtzigjährige auf dem Sonntagsausflug. Ose rekelte sich in ihrem Sitz und gab allen Anschein, dass sie die gemütliche Fahrt genoss. Immer wenn sie an Finn und Fritzi vorbeikamen, winkte Ose mit ihrem gelben Schal. Endlich war die Fahrt vorbei, und Tante und Nichte schritten Hand in Hand über die Fahrfläche.

„Was wollen wir jetzt machen?“, fragte Ose und sah sich unruhig um.

„Die Wurfbude“, rief Britta, und Finn nickte. „Und danach suchen wir Ane. Wir wollen mit ihr Lose kaufen. Sie hat immer so viel Glück. Und da ist so ’ne große Giraffe, die würd ich echt gern gewinnen.“

Ane hatte bei einem Erkundungsrundgang auf dem Jahrmarkt eine Gruppe von Schulfreunden im Punschzelt entdeckt und sich zu ihnen gesellt.

Während sie warteten, bis die Kinder dran waren, fragte Fritzi Ose, vor wem sie sich denn vorhin versteckt hätte.

„Oh, hast du nicht gesehen“, fragte Ose, „wir wären fast in diesen Jan Brodersen reingelaufen.“ Fritzis Unverständnis registrierend, fügte sie hinzu: „Das ist der Neffe von der Amalie Brodersen, die vom Marschhof verschwand.“

Und dann erzählte sie Fritzi noch einmal die ganze Geschichte. Denn Fritzi, eingesponnen in ihr eigenes Drama, hatte nur unaufmerksam verfolgt, was ihre Tanten und Ose seit mehreren Wochen beschäftigte.

Im Punschzelt spendierte Ose den Kindern Fliederbeerpunsch, der sie schläfrig machte, sodass Fritzi sagte, es sei an der Zeit, nach Hause zu gehen. Sie könnten morgen noch einmal mit Ane Lose einkaufen.

„Kommst du mit, Ose? Oder willst du noch ein bisschen bleiben?", fragte Fritzi.

Ose warf einen Blick ums Zelt und meinte dann, ein Augenblick könnte wohl nicht schaden. Sie gesellte sich zu Ane und den Freunden, an die sie sich noch aus der Schulzeit erinnerte. Sie hatte sich ihren kanariengelben Schal um den Kopf gewunden.

Als Fritzi sich umdrehte, um ihren Schwestern noch einmal zuzuwinken, bemerkte sie einen hochgewachsenen jungen Mann, der an der Theke hinter Ose lehnte. Er trug eine dieser karierten Jacken, wie sie unter den Bauern beliebt waren, und eine kakifarbene Kappe. Aber er sah nicht ganz aus wie ein Einheimischer. Rötliche Haare lugten unter seiner Kappe hervor, als er entschlossen sein Bier niederstellte und einen Schritt auf Ose zu machte.

„Kommst du, Mama, oder kommst du nicht?", fragte Britta.

# IV

Es war einer dieser besonderen Oktobertage, wenn die Sonne die verfärbten Blätter der Bäume sanft streichelt, das Gras wärmt und die Welt in ein ruhiges, goldenes Licht taucht.

Momme Buhls Rasen leuchtete grün und saftig. Die Grashälmchen, genährt und akkurat rasiert, waren zu einem dichten Teppich gewachsen, den kein Perser besser hätte knüpfen können. Fast war es zu schade, diese Augenweide zu betreten, und Willa hatte auf dem Weg zu dem Hause der Buhls allen, nicht nur den Kindern, noch einmal eingeschärft, dass unnötiges Betreten dieser Grasebene oder gar Rumgerenne und Gehopse streng untersagt waren. „Keine Bälle, Fahrräder, Gartenstühle, Picknickkörbe oder Sonstiges duldet Herr Buhl auf seinem Rasen. Das müssen wir respektieren, sonst werden wir nie wieder eingeladen."

„Keine Bälle?", fragte Britta. „Wie können wir denn dann Krocket spielen?" Aber nur Fritzi hörte sie.

Momme Buhl hatte das Spielfeld einem Bauern abgekauft. Es war einmal eine Weide gewesen, die hinten an das Land der Buhls grenzte und Ponys und zwei Ziegen beherbergt hatte. Britta konnte sich noch an die Tiere erinnern, die sie hatten streicheln und füttern dürfen. Herr Buhl hatte die Weide planieren lassen, bis sie einer spiegelglatten Tanzfläche glitt. Vom Deutschen Krocket Bund hatte er sich beraten lassen bezüglich der besten Zusammenstellung des Untergrundes, einer Mischung aus Muttererde, Torf und Sand, über die er nur in Andeutungen sprach. Genauso wenig gab er die exakte Mischung der Grassaat frei und äußerte nur bedeutungsvoll, dass das Geheimnis der Farbe und Dichte des Grases auf die Saat und die Abwechslung der Düngemittel zurückzuführen sei. Auf dem rechteckigen Feld hatte Herr Buhl schon die sechs Tore aufgebaut. Vier der Tore formten ein Rechteck innerhalb des großen Spielfelds. Die anderen beiden Tore standen auf der langen Mittellinie des Rechtecks auf beiden Seiten des Stabes, der genau in der Mitte steckte und das Ziel darstellte, das die Bälle nach ihrer zweimaligen Reise durch die Tore erreichen sollten.

Sie spielten zwei Doppel gleichzeitig. Britta, weil sie das Geburtstagskind und Finn, weil er der Jüngste war, hatten die Teams bestimmen und die Farben ihrer Krocketbälle auswählen dürfen. Britta hatte sich nach einem abschätzenden Blick in die Runde der Spieler für Willa entschieden und für die Farben Schwarz und Blau. Sie spielten gegen Herrn Buhl und Fritzi. Finn wählte Ane zur Partnerin.

Schon auf dem Weg zu dem Hause der Buhls war er aufgeregt neben Ane hergehüpft. Jetzt hielt er eine kurze Beratung mit seiner jüngsten Tante und entschied sich für die Farben Rosa und Weiß. Ose, in einem lilafarbenen Rock mit einer kurzen, roten Jacke, sollte mit Frau Buhl spielen. Für die erste Runde spielten die beiden Mannschaften in gegensätzlichen Richtungen.

„Also", sagte Herr Buhl, und alle wandten sich ihm zu. „Es geht bei jedem Tor darum, wem es gelingt, seinen Ball als Erster durch das Tor zu schießen. Erst spielen wir außen herum, dann durch die Mitte. Alle vier spielen um dasselbe Tor, aber sowie ein Spieler seinen Ball durchgeschossen hat, ist das Tor ‚tot'. Das bedeutet, der Spieler hat einen Punkt gewonnen. Dann spielen wir um das nächste Tor."

Britta hibbelte ungeduldig, sie hatte schon eifrig mit Willa geübt. Finn machte kleine Probeschläge am Rand des Feldes.

„Du hältst den Schläger falsch rum, Finn", rief Britta. „Du musst mit der Stirnseite schlagen." Sie demonstrierte es.

„Ja, ja", rief Finn fröhlich und klopfte weiter seinen kleinen, rosafarbigen Ball mit der Breitseite seines Schlägers vorwärts.

Britta stöhnte. Herr Buhl maß noch genau die Abschlaglinien ab – eine Schlägerkopflänge –, und dann ging es los. Oses erster Ball schoss weit übers Ziel hinaus. Anstatt vor dem ersten Tor liegen zu bleiben, rollte er fröhlich weit über die Mitte des Spielfeldes.

„Aus!“, schrie Ane laut, und Ose musste an den Start zurückkehren.

Frau Buhls brauner Ball landete günstiger, kurz vor dem Tor, wurde aber von Ane übertrumpft, der gleich beim ersten Mal ein Tor gelang.

„Reines Glück!“, brummelte Ose und schielte zum anderen Ende des Feldes, wo ein verbissener Wettkampf stattfand.

Britta erwies sich als ausgezeichnete Spielerin, sodass Momme Buhl, der heimlich entschlossen hatte, Britta ihres Geburtstags wegen auf jeden Fall gewinnen zu lassen, anfing, ernsthaft zu spielen. Schlag um Schlag kämpften Britta, Willa und Momme Buhl um jedes Tor. Nur Fritzi hinkte hinterher. Einmal rollte ihr roter Ball einen halben Zentimeter am Tor vorbei, und Britta verlangte streng einen Strafpunkt für ihre Mutter. Ein anderes Mal hatte sie die Reihenfolge der Farben, in der gespielt wurde, nicht eingehalten. Dann, als das Spiel schon fünf zu vier stand, behauptete Britta, Fritzi hätte ihren Ball ‚gequetscht‘.

„Gilt nicht“, kreischte sie laut. „Ich habe genau gesehen, dass du gequetscht hast. Dein Schläger hat das Tor und den Ball gleichzeitig berührt.“ Mit feuerroten Wangen und blitzenden Augen funkelte sie Fritzi an, bis ihre Mutter nachgab und ihren Ball traurig aufhob.

An der hausnahen Stirnseite des Spielfeldes floss der Rasen nahtlos in eine Terrasse über, und von dort erreichte man über einen Plattenweg eine großzügige Laube. Auf drei Seiten geschlossen, öffnete die Laube sich zum Spielfeld hin. Da Tilli Buhl sich anfangs nicht so sicher gewesen war, dass das Krocket ein fester Bestandteil ihres Ruhestandes werden würde, hatte sie auf einer vielseitigen Benutzungsmöglichkeit dieser Laube bestanden. Die drei festen Wände waren isoliert, die Vorderseite ließ sich durch faltbare Glastüren öffnen oder verschließen – je nach Wetterlage. Dies und die Größe der Laube hatten ihr den Namen ‚Buhls Mehrzweckhalle' gegeben, was aber weder die Kinder der Buhls noch die verschiedenen Clubs, denen das Ehepaar angehörte, davon abhielt, eifrig Gebrauch von den Räumlichkeiten zu machen, wenn es darum ging, Geburtstage oder Jubiläen zu feiern, oder wenn eine Vereinstagung oder sonstige Feier anstand.

Heute standen wetterfeste Gartensessel in einem Halbkreis vor den geöffneten Türen. Dort saß Cousine Bertha, die, obwohl ihrem Georg der Sport sehr am Herzen gelegen hatte, sich selbst zur Nichtspielerin erklärt hatte. Frau Buhl hatte vorsorglich eine leichte Wolldecke über Berthas Knie gelegt, und so verfolgte sie das Spiel in Bequemlichkeit.

Im Hintergrund warteten ein Gartentisch mit erfrischenden Getränken und ein Grill, groß genug, um mehrere Dutzend Würstchen und ein paar Kilogramm Kotelett gleichzeitig zu rösten.

Olmi, dem das Betreten des Rasens unter Drohung von Essensentzug verboten war, hatte sich hoffnungsvoll in die Nähe des Grills geschlagen. Da ihm das lustvolle Rollen auf dem weichen Grün, die Freude, in der krümeligen Erde zu graben, und das Erfolgserlebnis, mit einem wohlplatzierten Häufchen zu der Rasendüngung beizutragen, versagt waren, suchte er Trost in dem Wissen, dass die Buhls der Bewirtung von Hund und Mensch stets großzügig gedachten. Bis jetzt drangen allerdings noch keine Düfte gebratenen Fleisches zu ihm herunter. Nur eine gewisse Wärme, die er als verheißungsvoll empfand, entstrahlte dem Grill. Seufzend entschloss sich Olmi, die Wartezeit mit einem Nickerchen zu überbrücken.

Es war ein paar Tage nach dem Jahrmarkt und der letzte Ferientag. Die Familie hatte sich versammelt, um Brittas Geburtstag mit einem Krocketspiel auf Momme Buhls „heiligem Feld“ zu feiern, wie Ose den Rasen respektlos getauft hatte.

Willa war mit den Buhls befreundet, seit sie alle zusammen in die Schule gegangen waren. Als Erwachsene hatten sie manche Turniere im Tennisclub ausgefochten, zusammen mit Willas Kollegen, dem Lehrerehepaar Zollmann, im Club die Zöllner genannt. Auch Fräulein Söhnlein, Willas engste Verbündete, gehörte zu den Tennisspielern, die dann eines Tages ihre Schläger aufgehängt hatten. Willa wegen ihrer Knie, Momme, weil er einen erhöhten Blutdruck hatte, die Zollmanns, weil sie abdanken wollten, solange der Pokal der letzten Clubmeisterschaften noch auf ihrem Bücherregal glänzte.

Willa hatte die Idee mit dem Krocket gehabt und Fräulein Söhnlein mit ihrem Eifer angesteckt. Die anderen waren schulterzuckend gefolgt. Inzwischen waren sie ernsthafte Spieler geworden. Und Momme Buhls giftgrüner Rasen, den er sommers wie winters hegt und der vor Düngemitteln strotzt, wird in Wyk belächelt wie beneidet. Eigentlich stellt der Club seine Spielsaison im September ein, aber seit Willa den Kindern ihre eigenen Schläger geschenkt hat, dürfen sie einmal in den Ferien auf dem „richtigen“ Krocketrasen spielen.

Sie hatten sich am Morgen bei den Buhls getroffen, weil Britta sich etwas Kräftiges gewünscht hatte anstatt der üblichen Kaffeetafel. Herr Buhl stellte gern seinen Grill zur Verfügung, Frau Buhl ihren beliebten Kartoffelsalat. Fritzi hatte sich bei Ane beklagt, dass das wieder ein Beweis sei, dass Britta sie strafen wollte. Fritzi richtete die Geburtstagstafeln für ihre Kinder immer mit viel Liebe, Selbstgebackenem und hübschen Basteleien aus.

„Ich habe aber einen Geburtstagskuchen gebacken", sagte sie trotzig. „Den essen wir nachher bei Ruth, ganz und gar lasse ich mir den Tag nicht verderben."

Ane sah dem Geburtstagskuchen mit gemischten Gefühlen entgegen. Fritzi hatte einen Kürbiskuchen gebacken, und sie hatte ihrer Schwester geholfen, den Kürbis dafür auszuhöhlen.

„Den Kürbis können wir dann gleich noch für Halloween benutzen", hatte Fritzi gesagt. „Und dieses Rezept habe ich schon lange ausprobieren wollen. Eine Mischung aus Reis- und Maismehl. Minimale Fettzugabe, und gesüßt ist er mit Rübenmus."

Ane hatte Willa von dem Kuchen erzählt. Die war erbleicht und hatte sofort mit zitternden Händen zum Telefon gegriffen, um bei Bäcker Hansen eine „richtige Schlemmertorte" zu bestellen. „Für die Kinder", hatte sie beim Wählen gemurmelt und dann ihren Auftrag durchgesagt. „Reichlich Sahne, Creme zwischen den Böden, Marzipan wäre nicht schlecht. Und obendrauf einen Schriftzug aus Zuckerguss, das Kind wird immerhin zehn Jahre alt."

Die Spieler, nichtsahnend der Gefahr, vor der Willa sie verschont hatte, waren mehr oder weniger konzentriert bei der Sache. Auch in der zweiten Runde lagen Britta und Willa Kopf an Kopf mit Herrn Buhl und Fritzi. Die andere Mannschaft hatte sich nach einem Gewinn Anes im ersten Spiel zur Ruhe gesetzt. Frau Buhl war ins Haus gegangen, um ihren Kartoffelsalat abzuschmecken. Finn hatte seine Steinsammlung aus dem Korb an Willas Elektromobil geholt und baute sie für Herrn Buhl auf.

Bei einer Expedition zum Gotinger Strand hatten Fritzi und die Kinder an einer naturkundlichen Wanderung an der Mündung der Godel, Föhrs einzigem Fluss, teilgenommen. Dort, wo man im Watt auch die großen Findlinge fand, die aus der Eiszeit stammten, hatten sie Steine gesammelt und gelernt, sie zu identifizieren. Finn schleppte seine Steinsammlung überall mit hin und baute sie mit großer Hingabe auf, wenn er Gelegenheit hatte, eine Besichtigung zu arrangieren.

„Herr Buhl will sich meine Ausstellung ansehen", lispelte Finn und legte einen Kreis von gesprenkelten Steinen um den rosafarbigen Krocketball. „Hübsch sieht das aus, nicht, Tante Bertha? Guck mal, Ane. Glaubst du, das Glänzende ist echtes Silber? Nee – das ist Qua... Quar..."

„Quarz?", fragte Ane. Finn nickte. Er summte leise, während er die Steine hierhin und dorthin schob und sie der Größe nach arrangierte.

Ane fiel in einen Stuhl neben Cousine Bertha. „Das Krocketspielen hat Spaß gemacht", sagte sie zufrieden und runzelte die Stirn, als Fritzi schon wieder einen Missschlag notieren musste. „Britta ist sehr streng mit Fritzi."

„Es ist eine Reaktion", nickte Bertha. „Das hat Georg auch immer gesagt. Kinder sind sehr feinfühlig, sie reagieren auf die kleinsten Veränderungen." Bertha streckte ihren Rücken. „Und du fährst also mit deinen Kindern auf die Hallig?"

„Na ja, zuerst fahre ich mal mit einer Kollegin. Wir wollen uns alles ansehen und die Klassenreise vorbereiten. Wenn alles gutgeht, fahren wir nächstes Jahr mit den Kindern rüber."

„Dann kannst du dich doch ein bisschen umhören", sagte Bertha. „Von wegen Amalie Brodersen." Ane betrachtete Cousine Bertha, die ihren Urlaub verlängert hatte – „weil es nun ja in dieser Sache grad interessant wird."

„Ein bisschen umhören?", wiederholte Ane. „Und wie soll ich das machen? An die Türen klopfen und sagen: ‚Entschuldigen Sie, wissen Sie, ob vor über fünfzig Jahren hier mal eine junge Frau von Föhr rübergekommen ist?'"

„Nein, nein", Berthas knittrige Wangen erröteten sich vor Eifer. „Du musst das geschickt anfangen. Auf der Hallig fällt eine Fremde auf. Deshalb kannst du die Leute nicht direkt ausfragen. Jeder weiß alles, das ist wie bei uns auf dem Dorf. Aber das bedeutet nicht, dass sie dir freiwillig etwas erzählen. Du musst die Information aus den Leuten rauskitzeln."

Ane stöhnte. Aber Bertha, mit ihren Perlen und der Handtasche, die sie auf ihren Schoß gesetzt hatte, redete weiter. „Du glaubst gar nicht, wie es war, als Georg mich auf sein Dorf holte. Jahre dauerte es, bis sie mich akzeptierten. Die Friesen sind Dickschädel. Natürlich gehörte ich selbst zum gleichen Schlag." Bertha wiegte ihre Handtasche. Ein Lächeln spielte um ihre zartrosa Lippen, das andeutete: Bertha hatte sich nicht kleinkriegen lassen.

„Tante Bertha, weißt du, wie viele Leute auf Hallig Langeneß wohnen? Ungefähr hundertzwanzig. Da kann man nicht mal so schnell herumhorchen. Und diese Freundin von Willa, die aus Amerika geschrieben hat, die kann sich doch nicht mal an den Namen erinnern von der Frau, die Amalie damals mitgenommen haben soll."

„Nein, aber Enken Arfsten – das war eine ganz Schlaue. Immer eine der Ersten in der Schule. Soll in Amerika auch vorangekommen sein. Eine Geschäftsfrau. Und wenn sie sagt, das war eine von Langeneß, dann stimmt das auch."

„Jumpshot!", jubelte Britta vom Spielfeld. Sie hatte es geschafft, Momme Buhls Ball, der ihr im Wege lag, mit einem geschickten Schlag zu überspringen. Bertha und Ane klatschten pflichtbewusst.

„Mich wundert nur, wieso Fräulein Söhnlein nichts weiß. Die kann doch sonst immer Auskunft geben", sagte Ane säuerlich.

„Das beweist es doch gerade!", rief Bertha triumphierend.

„Was?" Ane warf einen Blick auf das Gläschen, das zu Berthas rechter Hand stand. Herr Buhl hatte den Damen zur Ankunft einen Sherry angeboten. Hatte Bertha vielleicht dem Sherry zugesagt, während die anderen spielten?

„Na, dass es mit Amalies Verschwinden etwas auf sich hat. Dass da etwas nicht mit rechten Dingen zugegangen ist."

Ane starrte Cousine Bertha an. Langsam leuchteten Berthas Worte ihr ein. Nichts entging dem feinen Gespür Fräulein Söhnleins. Ihr Radarfeld zog sich über die Insel wie ein gigantisches Spinnennetz. Und doch war jemand ihm entschlüpft. Jemand, der dieses Verschwinden mit viel Überlegung inszeniert haben musste.

„Ich dachte, Ose sollte den Neffen von diesem Rulf aushorchen."

Bertha zuckte mit den Schultern, und da Tilli Buhl sich in diesem Moment zu ihnen gesellte, stand Ane auf und ging zu Ose. Diese stocherte mit ihrem Krocketschläger in Momme Buhls Rhododendronrabatten herum. Sie suchte ihren grünen Ball, den sie ins Aus geschlagen hatte.

„Wenn nicht einmal Fräulein Söhnlein herausfinden kann, was mit dieser Frau passiert ist, dann beweist das doch nur, dass dieser Rulf sie ermordet und die Leiche so gut versteckt hat, dass niemand sie findet", sagte Ane. „Wo ist Fräulein Söhnlein eigentlich? Ich dachte, sie sollte heute auch kommen?"

„Sie hat Dienst im Krankenhaus. Blumen auswechseln, Essen ausgeben, Patienten was vorlesen, was weiß ich. Sie kommt zum Kaffeetrinken. Ane …"

Ose stockte. Ein seltsamer Ausdruck spielte auf ihrem Gesicht.

„Was?", fragte Ane misstrauisch.

Ose druckste ein bisschen herum. Mit ihrem Schläger schob sie halbherzig das Efeu auseinander. „Wie kann man in diesem Unterholz einen grünen Ball wiederfinden", murmelte sie. Dann gab sie sich einen Ruck. „Erinnerst du dich, wie du mich beim Jahrmarkt im Punschzelt so schnöde hast stehen lassen, um mit deinen Freunden auf diesem Ding, dem Street Fighter, zu fahren? Na ja, da hab ich noch ziemlich lange mit dem Jan gesprochen.“ Ose tippelte von einem Fuß auf den anderen. Das feuchte Gras hatte ihre spitzen Wildlederschuhe angegriffen. „Er ist überzeugt, dass sein Onkel unschuldig ist. Er sagt, er ist einfach nicht die Sorte Mensch, die jemanden umlegt. Vielleicht ein bisschen jähzornig, aber nie handgreiflich. Und schon gar nicht brutal. Deshalb züchtet er Mutterschafe für Schafkäse anstatt Böcke für Lammbraten.“

„Aber im Alkoholrausch – da kann sich die Persönlichkeit doch ganz und gar ändern.“

„Jan sagt, sein Onkel wird eher redselig. Oder weinerlich. Und das hat auch dieser Polizist, der Bekannte von Willa, gesagt.“ Sie sah, dass sie Ane nicht überzeugte. „Und Herr Knudsen hat noch gesagt, dass sie das mit der Hallig, dass Amalie dort jemand kannte, nicht gewusst haben. Das hätten sie nie untersucht!“

„Ach komm, Ose, nur weil ihr da einen Verdacht habt, dass Amalie mit dem Halligboot entwischt ist … was kann man da noch rausfinden, nach so vielen Jahren? Dann ist es doch viel wahrscheinlicher, dass sie sich umgebracht hat. Ihr habt mir doch selbst erzählt, der Polizist hat zugestimmt, manche Leichen werden nie gefunden.“

Ane steckte ihre Hände in die Taschen ihres braunen Anoraks. Es war kühl im Schatten der Bäume.

„Da ist noch was anderes. Wir haben noch niemandem davon erzählt – na ja, ich hab es Kerrin erzählt. Aber sonst niemandem. Schon gar nicht Ruth.“ Ose sah sich vorsichtig um. Dann zog sie ihre Schwester hinter die dunklen Rhododendren.

„Da ist noch was passiert, als Willa und ich zu dem Hof des Marschbauern gefahren sind. Am Tag, nachdem ich das Gespenst gesehen hatte. Nur, es war natürlich der alte Rulf, der da aus dem Hünengrab kam. Na ja, und das war kein

Hünengrab, sondern ein Käsekeller, den der Alte sich gebaut hat." Ose erzählte Ane von der seltsamen Konfrontation, die stattfand, als Rulf Brodersen sie und Willa in seiner Küche überraschte.

„Und dann sagte er, wenn Willa wissen wolle, was mit Amalie geschehen wäre, dann solle sie Ruth fragen!"

„Ruth? Was hat Ruth damit zu tun?"

„Nicht Ruth, sondern ihr Willem. Er sagte, er hätte ihn und Amalie zusammen auf dem Jahrmarkt gesehen. Damals, kurz bevor seine Frau verschwand."

„Komm, Ose. Was bedeutet das schon? In fünfzig Jahren kann ich deinen Enkelkindern berichten, dass du auf dem Jahrmarkt mit diesem Neffen, dem schicken Jan, gesprochen hast!"

Ose errötete leicht. „Quatsch doch nicht. Der ist gar nicht schick. Überhaupt nicht mein Typ. Viel zu dünn. Du bringst mich ganz vom Thema ab. Willst du nun wissen, was passiert ist oder nicht?"

Ane betrachtete ihre Schwester interessiert. Viel zu heftig hatte Ose protestiert. Das konnte ja nett werden. Einlenkend sagte sie: „Ist ja gut. Sag schon."

„Also, es war Willas Reaktion. Anstatt dem Alten ihre Meinung zu sagen oder ihn zu fragen, was er meinte, konnte sie auf einmal nicht schnell genug wegkommen. Leichenblass sah sie aus. Zerrte mich raus. Im ersten Moment dachte ich, er hätte ihr Angst gemacht."

„Willa hat vor nichts und niemandem Angst", sagte Ane trocken.

„Eben. Das fiel mir nachher auch ein. Da hab ich sie mir noch mal vorgeknöpft. Und da hat sie's mir gestanden."

Ose sah sich vergewissernd um. Bertha saß in der Laube mit Tilli Buhl. Fritzi half Finn beim Polieren seiner Steine. Willa hatte vergessen, dass es sich um ein Kinderspiel handelte, und kämpfte fieberhaft um jedes Tor. Trotzdem zog

Ose ihre Schwester noch etwas weiter fort von den Spielern unter die Äste einer Eberesche, an der noch dicke Beeren hingen.

„Erst wollte sie nicht heraus damit. Bis ich es ihr auf den Kopf zugesagt habe. ‚Das stimmt, was der Alte gesagt hat', hab ich gesagt. ‚Du wusstest das von Willem und Amalie!' Ganz schön nervös ist sie geworden, wollte sich herausreden. ‚Wir schulden es Ruth, dass sie erfährt, was mit ihrem Willem passiert ist', hab ich gesagt. ‚Und wenn er was mit Amalies Verschwinden zu tun hatte, dann schulden wir es auch den anderen Menschen, die betroffen waren.' Na ja, da hat sie es dann erzählt. Sie sagt, sie hätte es ganz vergessen. Ruth ging es anscheinend zu der Zeit nicht so gut. Kränkelte oder so. Deshalb hatten sie entschieden, Willem erst mal allein fahren zu lassen. Und dann wurde Oma krank. Lungenentzündung. Das war damals noch echt gefährlich. Und die Krise kam wohl grad so um die Jahrmarktzeit. Ruth und Willa mussten abwechselnd bei ihr sitzen. Und dann, am Sonnabendnachmittag, da konnte Willa es nicht mehr aushalten. Sie hatten Nordwind, und der trieb das Gejubel vom Jahrmarkt herüber. Du kannst dir doch vorstellen, wie das gewesen sein muss. Sie hatte sich das ganze Jahr auf den Jahrmarkt gefreut, vorher ihr Taschengeld gespart – und dann durfte sie nicht gehen! Ganz Wyk strömte am Gartentor vorbei, und Willa musste am Krankenbett verharren. Na, da ist sie halt rausgeschlüpft. Sie ist nicht Karussell gefahren oder so was. Sie wollte nur mal gucken. Den Trubel sehen, den Geruch nach gebrannten Mandeln und Zuckerwatte einatmen. Sie musste vorsichtig sein, natürlich wollte sie ja nicht erwischt werden von irgendwelchen alten Tratschtanten, die es Opa gepetzt hätten, dass sie sich auf dem Jahrmarkt tummelte, wenn ihre Mutter womöglich im Sterben lag. Ja, und da hat sie dann Willem und Amalie gesehen."

Auch sie hatten nicht gesehen werden wollen. Hinter der Bude mit den Lebkuchenherzen hatten sie gestanden. Nicht gerade in einer Umarmung, aber doch nah genug. Getuschelt hatten sie miteinander. Nicht wie Bekannte, die sich zufällig getroffen hatten und ein paar Worte miteinander wechselten, eher intim hatte das ausgesehen – außerdem: *Zufällig* hätte Willem Amalie Brodersen nicht kennen können. Keiner kannte sie, sie ging doch nie aus. Amalie hatte auf Willem eingeredet, das hatte Willa erkannt. Sie war genauso groß wie er, und sie hatte ihre Hände auf seine Schultern gelegt und eindringlich – *eindringlich* – auf Willem eingeredet. Keiner von beiden hatte Willa bemerkt, die stocksteif stehen geblieben war.

„Hübsch war sie ja, die Amalie", hatte Willa zu Ose gesagt. „Wenn sie auch nur einfache Bauernkleidung trug und ein blaues Kopftuch um die Haare. Aber da war was in ihrem Gesicht, das sie von anderen Leuten unterschied. Und wie sie den Willem anguckte, mit diesen großen, grauen Augen! In dem Moment war ich so wütend … wie konnte er Ruth so hintergehen!"

„Ich hab Willa noch nie weinen sehen", sagte Ose nachdenklich zu Ane. „Aber als sie mir das erzählte, da hatte sie Tränen in den Augen. Sie deutete an, dass Ruth vielleicht, na ja, ihre ehelichen Pflichten nicht unterhalten hatte. Und nur *der* Gedanke hatte sie zurückgehalten, sich auf die beiden zu stürzen. Sie hatte sich geschämt – für Ruth. Als sie sich abwandte, den Geschmack für den Jahrmarkt hatte sie wohl verloren, da sah sie noch, wie Willem Amalies Hände in seine nahm und zustimmend nickte."

„Aber ich hatte die Szene vergessen", hatte Willa Ose erzählt. „Mutters Krise kam noch in der Nacht, erst gegen Morgen brach das Fieber, und der Arzt meinte, vielleicht würde sie es schaffen. An Jahrmarkt war da nicht mehr zu denken. Und in der Woche darauf reiste Willem ab, und Ruth war noch niedergeschlagener als zuvor. Und als das mit Amalie passierte, als wir hörten, dass sie verschwunden war, da war ich direkt froh. Froh, dass Willem aus dem Weg war, und froh, dass die Ruth jetzt nichts mehr anhaben konnte. Und irgendwann habe ich dann diesen Moment ganz vergessen, wo ich die beiden zusammen gesehen habe. Dann ging es Mutter besser, und Ruth fing wieder mit der Arbeit bei Frau Jantzen an, und wir warteten auf die erste Nachricht von Willem. Ja, ganz vergessen hatte ich dieses heimliche Treffen – bis der alte Rulf mich daran erinnerte."

Ane überlegte. „Na gut. Ich verstehe aber immer noch nicht, warum ihr auf einmal so versessen darauf seid, Amalie mit der Hallig zu verbinden."

„Überleg doch mal, Ane", sagte Ose ungeduldig. „Willa sah Amalie und Willem am Sonnabend. Am zweiten Tag vom Jahrmarkt war sie auf jeden Fall noch am Leben. Wenn – und ich sage *wenn* – Rulf sie nicht umgebracht hat und sie nicht Selbstmord begangen hat – dann muss sie doch irgendwo hingegangen sein."

„Du meinst mit Ruths Mann? Dass die zusammen weggelaufen sind?"

Ose kniff ihre Augen zusammen. „Ich hoffe, wir können das Gegenteil beweisen. Denk doch mal. Vielleicht war da was zwischen Amalie und Willem. Und sie wusste, dass er nur noch ein paar Tage auf der Insel sein würde. Vielleicht hat sie um ein letztes Rendezvous gebeten. Bewiesen ist, dass Willem allein im Zug nach Hamburg saß. Freunde von Willa haben mit ihm im gleichen Abteil gesessen. Und Willa sagt, Ruth und Willem, die haben sich geliebt. Dass er ihr bestimmt treu war. Wenn er Amalie verfallen war, dann nur wegen dem Sex."

„Ose!"

„Na komm, so anders waren die damals auch nicht. Also, die haben ihr letztes Stelldichein, und Amalie verschwindet. Zu ihrem Alten will sie nicht zurück. Vielleicht schämt sie sich, nach Hause zurückzukehren. Was macht sie? Sie sucht Zuflucht, wo ihr schon einmal geholfen worden ist!"

„Auf der Hallig?"

Ose starrte Ane triumphierend an.

„Ose … ihr meint doch nicht … dass Amalie auf der Hallig lebt?"

„Warum nicht?", erwiderte Ose herausfordernd. „Wo besser könnte sie sich verstecken? Wie oft fährt ein Föhrer schon mal auf die Hallig? Hm? Und wenn die Ausflugsboote von Föhr kommen, dann hält sie sich eben im Hintergrund. Ein paar Jahre, alle werden älter, Amalie auch … schon hat man vergessen, wie sie eigentlich ausgesehen hat. Und niemand hat je daran gedacht, auf der Hallig nachzuforschen."

Die Idee war genial. Aber hätte eine einfache Frau so einen Plan ausgeheckt?

„Also, mal ehrlich, Ose … selbst wenn es so wäre … Dann wäre Amalie inzwischen doch auch so an die achtzig. Meinst du, ich fahre nach Langeneß und frage jede Achtzigjährige, die mir über den Weg läuft, ob sie vielleicht Amalie Brodersen ist? Vielleicht ist sie schon lange tot."

„Das macht es doch einfach. Wie groß kann der Friedhof dort schon sein? Und überhaupt – wie viele Achtzigjährige kann es dort geben? Die paar hast du doch schnell abgeklappert, dann hast du immer noch genug Zeit, die Vogelnester auszukundschaften oder was immer es ist, was du da mit den Kindern machen willst."

„Die Biosphäre untersuchen … Ach Ose, das bringt doch alles nichts. Wenn die Frau wirklich auf die Hallig geflohen ist, dann soll sie doch ruhig ihren Lebensabend dort verbringen."

„Und was ist mit Ruth? Dummerweise haben Willa und ich diese Sache aufgerührt. Der alte Rulf – der hat die ganzen Jahre wie ein Einsiedler gelebt, der hat nie ein Wörtchen darüber verloren, dass er Ruths Mann mit seiner Frau gesehen hat. Aber jetzt ist er nicht mehr allein. Jetzt lebt sein Neffe bei ihm. Der will was aus dem Hof machen. Der will nicht mit der Schande leben. Was, wenn der Alte oder der Neffe auf einmal anfangen zu reden? Nee, Ane, wir müssen herausfinden, was wirklich passiert ist."

„Du vergisst dabei, dass ihr es wart, du und Willa, wie du ganz richtig gesagt hast, die angefangen haben. Und jetzt habt ihr Bertha und Fräulein Söhnlein und sogar jemanden in Amerika eingespannt. Ich nehme an, Frau Buhl mischt auch mit und die Zollmanns?"

„Nicht die Zöllner. Willa hat gesagt, Gertrude hat überhaupt kein Gespür für so was, und ihr Mann ist nur daran interessiert, die nächste Reise zu planen. Mexiko – da sind sie jetzt. Sie besichtigen die Ruinen irgendwelcher Urstämme."

„Eben – weise Leute. Sie halten es mit handfesten Sachen. Und genau das gedenke ich auch zu tun. Außerdem finde ich, ihr tut Frau Zollmann unrecht. Ich erinnere mich, dass sie euch einen sehr wichtigen Hinweis lieferte, als ihr diese andere alte Dame suchtet, diese Tante Emmi."

„Zufall", winkte Ose ab. „Wir bitten dich ja auch nur, es dir zu überlegen. Es wäre so viel einfacher, wenn du die Amalie auf der Hallig entdeckst. Dann braucht Ruth nie von der Sache mit Willem zu hören. Guck mal, Willa und Britta haben wieder gewonnen, und Herr Buhl schmeißt die Würste aufs Feuer. Ich glaube, das Spiel ist vorbei. Komm, ich hab einen Riesenhunger. Lass uns zur Laube gehen, bevor die uns alles wegfuttern."

Ihr Krocketschläger schwang auf und ab im Rhythmus ihres Rockes, als Ose zur Terrasse schritt. Den grünen Ball hatte sie vergessen.

# V

Ane öffnete leise die Haustür und stockte. Feuchter Wind schlug ihr ins Gesicht. Vor ihr streckte sich das fahlgrüne Marschland aus – nicht glatt und eben war es, sondern es hob und senkte sich, geformt von zahllosen Fluten, die es überschwemmt, geprellt und zerrissen hatten. Zehn Kilometer in der Länge, aber lediglich einen Kilometer breit schwamm die Hallig Langeneß nur ein wenig über dem Meeresspiegel. Eine Salzwiese, unterbrochen von dem schmalen, grauen Teerstreifen, der sich von Gehöft zu Gehöft wand, und einem Netzwerk von Kanälen und Drahtzäunen, die von einer steinigen Befestigung umrandet waren.

Ane erinnerte sich, wie sie als Kinder auf Föhr im Winter den Deich hinuntergerodelt waren. Ähnlich einem Deich hob das Land nicht weit von der Türschwelle an, fiel ab und glättete sich dann und breitete sich aus bis dahin, wo es fast saumlos aufs Meer traf. Auf Langeneß gab es keinen schützenden Deich. Aufgrund von Sturmfluten konnte die ganze Hallig landunter sein. Die Häuser ruhten in Mulden auf den Warften, die sich aus der kargen Landschaft erhoben, solide und vertrauenserweckend. Ane wusste, dass diese Erdhügel von den Menschen aufgeworfen worden waren. Nur so konnten die Einwohner sich vor dem eigenwilligen Meer schützen, das ansteigen und die ganze Hallig überfluten konnte, wann immer es ihm gefiel. Und doch schienen diese Hügel hierher zu gehören. Als ob der liebe Gott ein paarmal gerülpst hätte, als er diese Landschaft schuf. Sie war erstaunt, wie groß die Gebäude waren. Es waren richtige Höfe. Sie hatte kleine, gedrungene Katen erwartet, ähnlich den Fischerhütten, die man noch in Angeln fand. Keine imposanten, teilweise zweistöckigen Backsteingebäude mit hohen Reetdächern, die trotzig dem Meer ihren Widerstand ankündigten. Lose gegliedert hockten sie auf den Warften, in ihren schmucken Gärten, teilweise von niedrigen, weißen Zäunen umrandet. Sie hatte Enge erwartet – als Kinder hatten sie gehört, dass meist mehrere Familien auf einem dieser Kleihügel lebten, hatte sich Gedränge vorgestellt. Oft, wenn sie von Ruths Veranda aus die Halligen am Horizont betrachtete, hatten sie ihr leidgetan, diese Menschen, die da so dicht beieinanderlebten, immer gefährdet, deren Blick ohne Ablenkung übers Grün strich, bis er in die See fiel.

Aber als Ane sich jetzt auf der Hallig Langeneß umsah, wusste sie, dass man auf Langeneß „Warf" sagte, das „t" verschluckte, dass von Drängeln keine Rede war, und von Enge schon gar nicht. Hier gab es eine Weite, die großzügig und einladend wirkte. Die Freiheit versprach, wenn man bereit war, sich nicht schrecken zu lassen – vom Meer, das im trüben Morgenlicht grau und unendlich wogte; vom Himmel, der gleichzeitig näher und höher schien, als Ane es je erlebt hatte; vom Wind, der stetig blies. Ein Verlangen überkam sie, sich auf dem Rücken in das salzgetränkte Gras zu legen, auf diesen rissigen Boden, der hart und holprig wirkte, und in den Himmel zu schauen. Staunend hatte sie die riesigen Wolkenbilder beobachtet, als sie am Spätnachmittag des Vortages eingetroffen waren.

Sie war noch nie von Schlüttsiel abgefahren. Sie hatte sich den Halligen immer nur von der Westseite, von Föhr her genähert. Sie hatte immer gedacht, sie kenne die Nordsee, und dann merkte sie auf einmal, da gab es noch ganz andere Fahrrinnen. Und auf einer Hallig übernachtet hatte sie auch noch nie. Tagesausflüge hatten sie gemacht, einmal mit Willa auf die Hallig Oland und einmal mit der Schule nach Hooge. Für den Heimatkundeunterricht. Da war es angebracht, Langeweile vorzutäuschen. Gähnend trabten sie durch den Königspesel, wo wohl einmal der dänische König übernachtet hatte. Wie hatte sich ein König nur herablassen können, in einem Schrankbett zu schlafen, hatten sie gefragt. Und kaum zugehört, als die Lehrerin die Abhängigkeit der Halligbewohner vom Regenwasser erklärte, das in Zisternen aufgefangen wurde, und das ihr Trinkwasser darstellte. Inzwischen gab es auch auf den Halligen Leitungswasser, das vom Festland herübergepumpt wurde. Und die Fethinge, die künstlichen Teiche mitten auf den Warften, wo sie das Trinkwasser für die Tiere gesammelt hatten, standen unter Denkmalschutz.

Nur die kleine Kirche mit dem Friedhof hatte die vierzehnjährige Ane seltsam berührt. Vielleicht war es auch der Gedanke, wie tief es so eine kleine Gemeinschaft treffen musste, wenn einer von ihnen starb, der Ane erschrocken hatte. Damals hatten sie eine Frau überrascht, als eine Gruppe ihrer Klassenkameraden lachend um die Ecke kam. Mit einer kleinen Hacke stand sie über eines der Gräber gebeugt. Sie hatte aufgesehen, Ane erinnerte sich jetzt noch daran. Eindringliche blaue Augen hatten die Schüler ernüchtert. Und sie, Ane, hatte sich geschämt, weil sie die Leute und ihre Lebensart ausgelacht, die bedrohte Schönheit, die Einzigartigkeit dieser Welt nicht gewürdigt hatten. Als die anderen Möwennester zerstören wollten und vorschlugen, die Aalreusen zu leeren, hatte Ane sich abgesetzt. Sie war auf einen Heuhaufen geklettert, hatte eine Mulde gewühlt und sich dort hineingelegt. Bis es Zeit war, zu dem kleinen Hafen zurückzukehren, hatte sie in den Himmel gestarrt. Und obwohl es irgendwann anfing zu nieseln und ihre Klassenkameraden grölend ins Halligcafé gestrebt waren, hatte sie sich nur tiefer ins Heu gedrängt, hatte die Feuchtigkeit auf ihren Wangen gespürt, wie Tränen auf ihren Augenlidern, und hatte sich gefühlt wie Generationen von Frauen vor ihr. Einsam, aber vollkommen.

Nur wenige Passagiere hatten an der Überfahrt von Schlüttsiel teilgenommen. Die Touristen stachen peinlich von den Einheimischen ab, wie Papageien, die sich in einen Schwarm von Seevögeln verirrt hatten. Nicht so sehr durch ihre Kleidung fielen sie auf – obwohl eine Berliner Familie in nagelneuen Friesennerzen schon ein Schmunzeln hervorrief – es war etwas Undefinierbares, was die Halligbewohner von den Feriengästen unterschied, schon bevor irgendjemand den Mund aufmachte und sich durch seine Mundart verriet. Ane dachte, dass sie genauso verächtlich an den Touris vorbeigestreift war, wenn sie die Fähre nach Föhr bestieg, mit einem kaum bemerkbaren Kopfnicken bekannte Mitglieder der Mannschaft begrüßte, zielsicher auf die windgeschützte Seite des Oberdecks zustrebte, wusste, dass man geduldig auf den Kellner warten musste, sich nicht an der Theke etwas abholen konnte. Wie alle Einheimischen lauschte sie darauf, dass die Motoren auf halbe Kraft schalteten, denn das bedeutete, die Fähre näherte sich der Hafeneinfahrt, und nun musste man aufstehen und nach unten gehen, um beim Aussteigen einer der Ersten zu sein.

Ähnliche Mimik wies die Halligbewohner aus. Aber mehr als alles andere stachen sie von den Gästen ab durch diese heimliche Freude, die nur ein Heimkehrender spüren konnte, der nach einer kurzen oder längeren Abwesenheit in der Fremde Heimatboden vor sich sah. Ane beobachtete noch etwas – sogar mehr als die Föhrer schienen die Halligleute sich miteinander zu identifizieren. Eine Ruhe umfing sie, die Ane manchmal bei taubstummen Kindern beobachtete, die sich durch Blicke und Gesten verständigen konnten, ohne lärmenden Wortschwall auskamen. Wenn sie die kleine Gruppe beobachtete, die selbstverständlich zueinander gefunden hatte, dann meinte sie zu sehen, dass sie ineinander eine besondere Qualität erkannten – jeder

Einzelne konnte seinen Mann stehen. Oder seine Frau. Verlässlichkeit.

Flüchtig dachte sie an Amalie Brodersen. Nach dem, was sie von ihr gehört hatte, hätte sie bestimmt gut hierher gepasst. Dann verbannte sie den Gedanken. Sie war aus ganz anderen Gründen hier, geschäftlich sozusagen, und hatte nicht die Absicht, sich auf Oses und Willas Hirngespinste einzulassen.

„Ich habe überhaupt nicht vor, hinter dieser Frau herzuspionieren", hatte Ane zu Ose am Telefon gesagt, bevor sie mit ihrer Kollegin das Auto bestieg, um an die Nordseeküste zu fahren. Jetzt, in der Haustür des Hallighauses stehend, wo sich vor ihr das verwobene Gestänge der Kletterbohnen erhob und ein Austernfischer wachsam vorbeiglitt, bestätigte Ane sich noch einmal ihr Versprechen.

Sie war früh aufgewacht an jenem ersten Morgen auf der Warf. Das einzige Geräusch, das aus dem schlafenden Haus drang, war das Ticken einer alten Standuhr, die im Flur stand. Flüchtig dachte Ane an das Haus ihrer Großeltern in Bordelum. Mariannes Eltern, die sie als Kinder selten besucht hatten und die ihnen immer ein wenig fremd geblieben waren. Auch sie hatten eine Standuhr besessen.

Ane zog leise die Tür hinter sich zu. Es war eine grüne Tür, mit weißem Rahmen um die gekästelten Fenster, deren dickes Glas sich bog. Die wenigen Bäume, die auf der Warf wuchsen, streckten ihre nackten Äste in die Luft, winzige Tautröpfchen klebten an der glatten Rinde. Als sie aus dem Schutz der Häuser trat, ergriff sie der Wind, und da sie sich unbeobachtet fühlte, streckte sie die Arme aus und fühlte, wie sie eins wurde mit dem Rauschen des Meeres, dem säuselnden Wind, den kreischenden Möwen. Bald würde sie merken, dass die Ruhe, die Stille, die Kennzeichen der Hallig waren. Der Wind und das Meer trugen alle Geräusche davon und erlaubten Besuchern wie Bewohnern das Gefühl, ganz für sich zu sein.

„Wir haben jetzt das Jahr hindurch Gäste", hatte ihre Wirtin, Frau Jacobsen, stolz gesagt, als sie ihnen die Zimmer gezeigt hatte. „Die Leute merken, dass die Hallig nicht nur im Sommer was zu bieten hat. Wir sind nicht mehr nur auf die Tagesausflügler angewiesen."

„Touristenboom auf der Hallig", hatte ihre Kollegin Birte geflüstert, als Frau Jacobsen sie allein gelassen hatte. Aber als sie ihre Reisetaschen ausgepackt hatten und sich auf einen Erkundungsgang begaben, waren ihnen andere Fremde aufgefallen, die zu der Gastwirtschaft oder dem Kaufmann strebten, einen Abendspaziergang machten oder mit Staffelei oder Fotoapparat in ihre Unterkünfte zurückkehrten. Kaum ein Haus, das sich nicht als Pension, Ferienwohnung oder mit „Zimmer frei" anbot.

Birte war eine neue Kollegin. Sie hatte den Platz Rainers eingenommen, Anes Stellvertreter, der angeboten hatte, sie mitzunehmen in das Behindertenheim im Mecklenburgischen, wo der Trägerverein gern ein Ehepaar einstellen wollte. Ane war sich nicht sicher, ob sie die richtige Entscheidung getroffen hatte, als sie Rainer abgewiesen hatte. Sie telefonierte noch manchmal mit ihm, hatte auch einen Besuch versprochen, aber die Anrufe wurden seltener, der Besuch immer weiter aufgeschoben.

Fröstelnd nestelte Ane am Reißverschluss ihres braunen Anoraks. Dann griff sie ihren dunkelblonden Zopf und zog daran, bis er über ihre Kapuze hing. Obwohl es für November ungewöhnlich mild war, war sie froh, dass sie ihren dicken Shetlandpullover mitgenommen hatte. Zwar wies der immer noch die Farbspuren auf, die er sich zu Ostern zugezogen hatte, als sie Ose beim Streichen ihres Häuschens geholfen hatte, aber sie hatte sich nicht von diesem kuscheligen Stück trennen können. Leichtfüßig lief sie den Abhang hinab und richtete ihre Schritte gen Meer.

„Ich schlafe aus", hatte Birte, das Stadtkind, verkündet, als sie ihr Bett unter der abgeschrägten Wand bestiegen hatte. „Wie lange kann es schon dauern, so eine Hallig zu besichtigen? Wir müssen eh zwei ganze Tage ausfüllen, und bevor ich vor Langeweile sterbe, schlaf ich ein paar Runden mehr. Wann komme ich im Heim schon mal dazu?"

Ane hatte drei Tage vorgesehen, um mit ihrer Kollegin die Klassenfahrt zur Hallig vorzubereiten, die sie für das nächste Jahr planten. Wenn man mit behinderten Kindern reiste, musste alles bis ins kleinste Detail festgelegt werden. Die Unterkünfte mussten stimmen, der Ausflug, den sie im Fischkutter vornehmen wollten und die Expeditionen ins Wattenmeer wollten ausprobiert und organisiert sein. Aus Erfahrung wusste Ane, dass es leicht genug zu tun gab, ohne auch noch an Willas Auftrag zu denken. Sie wollte mit dem Lehrer der kleinen Halligschule einen Besuch arrangieren. Sie würden das Halligmuseum und die historische Bockwindmühle auf der Ketelswarf aufsuchen und das Wattenmeerhaus auf der Peterswarf. Die Kinder, die mit Supermärkten aufgewachsen waren, würden Spaß haben, im Kaufmannsladen einzukaufen. Sie wollten auch die Vogelwelt beobachten und womöglich zu Fuß übers Watt nach Hallig Oland marschieren … Nein, es gab genug zu tun.

Natürlich, sie mussten auch die Halligkirche besuchen, und es konnte ja nicht schaden, einmal einen Blick auf die Grabsteine zu werfen. Obwohl Amalie bestimmt ihren Namen geändert oder zumindest auf ihren Mädchennamen zurückgegriffen hatte, als sie auf die Hallig gezogen war. *Wenn* sie auf die Hallig gezogen war.

Ane beschleunigte ihre Schritte. In der Entfernung sah sie einen kleinen Streifen Sand. Das musste die Badebucht sein, die Frau Jacobsen erwähnt hatte.

Der Sturm peitschte die Wellen an den Strand, und die Bäume bogen sich und ächzten tüchtig, als die Wirtin das Tablett mit dem Tee brachte. Sie entzündete die Kerze im Stövchen, und Ane sah auf ihre Uhr. Sie achtete gern darauf, dass der Tee für die vorbestimmte Zeit zog. Es war gemütlich im Halligcafé, und Ane hatte sich angewöhnt, am Nachmittag gegen halb vier hereinzuschauen. Die Wirtin grüßte freundlich, erkannte sie, ließ sie aber ungestört. Ane hatte das in der letzten Woche gemerkt. Man sah sich, nickte einander zu, aber ein Gespräch ergab sich nur, wenn sie es wünschte. Seitdem Birte abgefahren war, war Ane in einen Rhythmus gefallen, den nur sie bestimmte. Sie stand immer noch früh auf und begann den Morgen mit einem Spaziergang. Sie sah die Halligbewohner aus der Entfernung, mit dem Vieh, an ihren Häusern, auf dem Weg zum Anleger. Sie nickten ihr zu, kamen ihr aber nicht nah. Trotzdem hatte sie nie das Gefühl, ein Eindringling oder gar unwillkommen zu sein. Und so hatte Ane – fast zum ersten Mal in ihrem Leben – das Gefühl, dass niemand sie brauchte und niemand etwas von ihr erwartete. Bei der Arbeit im Heim musste sie sich immer in die Kinder hineinfühlen, auf ihre besonderen Bedürfnisse eingehen. Und seitdem sie Heimleiterin geworden war, kamen nicht nur die Kinder, sondern auch die Mitarbeiter, die Eltern, die Behörden zu ihr. Ane überlegte, dass es in ihrer Kindheit auch ähnlich gewesen war. Kerrin hatte mal zu ihr gesagt: „Du hattest so ein Glück: die Jüngste von uns allen! Marianne hatte schon längst ihre verschiedenen Erziehungsmodelle an uns ausprobiert. Du durftest dich frei entfalten und alles machen, was du wolltest." Und etwas neidisch hatte sie hinzugefügt: „Wir haben dich alle geliebt!"

Ane hatte ihre Schwester nachdenklich angesehen. „Das meinst du. Gerade, weil ihr alle so wart, war es schwierig für mich. Ihr hattet solche Erwartungen. Ich hatte ständig

Angst, euch zu enttäuschen, wenn ich nicht eurem Bild von der süßen, kleinen Schwester entsprach."

In dem Augenblick, da sie sich entschieden hatte, auf der Hallig zu bleiben – für ein paar Extratage, Überstunden hatte sie sich reichlich gespart –, hatte eine tiefe Ausgeglichenheit sie ergriffen.

Birte war fröhlich abgereist. „Lieber du als ich", hatte sie gerufen, und Ane vom Schiff zugewunken. Sie trug Anes Autoschlüssel in ihrer Tasche. „Mach dir keine Gedanken. Einige Tage schaffen wir es ohne dich!"

Auf dem Rückweg von der Anlegestelle war Ane zur Hunnenswarf geradelt und hatte sich beim Kaufmann einen Skizzenblock gekauft und das Buch einer Autorin, die historische Krimis über das Halligleben schrieb. Gleich am ersten Tag hatten sie sich Fahrräder ausgeliehen, denn wie Ane erwartet hatte, gab es viel anzusehen, und sie hatten die Hallig von Nord nach Süd mehrere Male abgefahren.

Amalie Brodersen hatte sie auf dem Friedhof nicht gefunden. Auch der Pfarrer, den sie zufällig in der Kirche getroffen hatte, als ein Regenschauer sie hineintrieb, konnte sich nicht an eine Föhrerin erinnern.

„Natürlich komme ich nicht von hier", sagte er. „Und 1954? Da war ich mal grad vier Jahre alt! Aber man hört als Pastor ja schon dies und das. Jedenfalls habe ich niemand beerdigt, der zu Ihrer Beschreibung passt."

Er hatte angeboten, in die Kirchenbücher zu schauen und hier und da eine vorsichtige Frage unter seinen Gemeindemitgliedern zu stellen. So was brauchte Zeit. Ane dachte an Bertha und was sie gesagt hatte. Es war schwer, an die Halligbewohner heranzukommen. Die, die sie direkt fragte, den Kaufmann, Frau Jacobsen, ihre Wirtin und die Frau, die sie durchs Museum führte, sahen sie an und schüttelten die Köpfe. Ane schenkte Tee ein und ließ den Kandis in die Tasse fallen. Sie lehnte sich zurück und betrachtete durchs

Fenster den Sturm, der wütend an den Strohdächern zerrte. Er konnte ihnen nichts anhaben. Die Halligleute hatten zu viele Stürme erlebt, um diesem leichtsinnig Opfer in den Weg zu räumen.

„Ostwind", sagte eine alte Stimme. Ane hatte den alten Schiffer, der auf einer Bank nahe dem Ofen saß, gar nicht bemerkt. Er trug einen dunkelblauen Pullover mit Reißverschluss, leicht ausgestellte Hosen aus einem dicken Wollstoff und auf dem Kopf eine jener Mützen, weiß mit einem schwarzen Schirm, die auch ihr Opa getragen hatte. Er sah Ane nicht an. Aber da niemand sonst im Café saß, musste er wohl mit ihr gesprochen haben.

Ane strich die windzerzausten Härchen, die sich aus ihrem Zopf gelöst hatten, zurück und beschäftigte sich mit ihrer Teetasse. Sie konnte auch wortkarg sein.

Der Sturm warf sich mit Macht gegen die Fenster, und die Balken im Dach seufzten und knackten.

„Niedrigwasser", sagte der Alte mit Genugtuung. „Der Ostwind treibt das Wasser raus."

Ane wagte einen kurzen Blick auf das wettergegerbte Gesicht. Lederne Haut, buschige, weiße Augenbrauen. Blasse Augen, die plötzlich auf ihre trafen.

Die Kellnerin trat aus der Küche und brachte Ane das Schinkenbrot, das sie sich bestellt hatte. Sie beschloss, sich einen Halligschinken und Halligbutter, leicht gesalzen und gelb, mitzunehmen, wenn sie nach Kiel zurückfuhr.

Sie nahm einen Bissen und lehnte sich wohlig zurück. Als sie wieder aufschaute, sah sie, dass der alte Mann sie lächelnd beobachtete. Es gefiel ihm wohl, dass ihr das einheimische Essen schmeckte. Es wurde wieder still in dem kleinen Café. In der Küche klapperte jemand mit Geschirr. Ein Radio spielte leise. Ab und zu wurde die Musik durch Seefunkdurchsagen und Sturmwarnungen unterbrochen.

„Ich kannte mal einen Föhrer."

Ane verschluckte sich. Eine Wolke von Pfeifenrauch wehte in ihre Richtung.

„Der kam mit seinem Ruderboot. Noch vorm Krieg war das. Hatte seinen Jung dabei. Hat einer Frau auf Norderhörn die Fenster repariert."

Ane sog den Atem ein. Ihr Vater und ihr Opa? Sie wusste, dass Helmut vor dem Krieg ein Ruderboot besessen hatte. Dass er sich nichts dabei gedacht hatte, nach Amrum oder zu den Halligen zu rudern. Willa besaß noch den hölzernen Brotkasten, Klop genannt, den sie damals anstatt eines Picknickkorbes mitgenommen hatten. Ab und zu war Helmut sogar nach Dagebüll gerudert, um seinen Vater abzuholen, wenn der das Schiff verpasst hatte.

Es war schwer, sich Helmut jung und sportlich vorzustellen. Mit seinen Töchtern war er selten an den Strand gegangen. Hatte nie eine Neigung zur See gezeigt. Selten taute er mal auf, fing an zu erzählen. Lustige Sachen aus dem Krieg, die Marianne ungemütlich auf dem Stuhl rumrutschen ließen. Ane hatte sich damals über ihre Mutter geärgert, die den Vater unterbrechen, ablenken wollte. Erst viel später hatte Ane verstanden, dass Helmut mit seinen Geschichten von Kameradschaft und Abenteuern an einer Oberfläche kratzte, die aufzubrechen drohte, um Erinnerungen wie Eiter herausquellen zu lassen. War es nach solchen Abenden, dass Helmut sich zurückzog, drei, vier Tage lang im verdunkelten Zimmer lag, von Kopfschmerzen gequält, die ihn laut stöhnen ließen? Sie konnte sich nicht erinnern.

„Aber die andere, diese junge Deern, die ist nur das eine Mal von Föhr hier rübergekommen. Und das war lange vor der Hollandflut." Er sprach bedächtig und langsam. Bemühte sich, im Hochdeutschen zu bleiben. Ane wusste von der Hollandflut. Sie hatte im Museum darüber gelesen. 1953 war das Wasser 3,02 Meter über Normal gestiegen. Es hatte die schutzlose Hallig überflutet.

„Und ’54, da kriegten wir den Strom vom Festland. War allerhand los hier auf der Hallig. Aber eine junge Frau …“ Er schüttelte bedauernd den Kopf.

Bevor sie mehr fragen konnte, kam die Wirtin. Sie sah den Alten scharf an. „Was quasselst du denn fürn verworrenes Tüch, Hinne?“, fragte sie. „Die Frau will nich von sonner ollen Flut hörn. Oder vom Stromkabel.“ Ärgerlich entfernte sie seine Tasse und servierte gleichzeitig bei Ane ab. Freundlich, aber bestimmt legte sie die Abrechnung auf den Tisch. Ane zog ihren Geldbeutel heraus. Sie war froh, dass sie das richtige Kleingeld hatte. Während sie es auf den Tisch zählte, schlurfte der Alte auf Filzpantoffeln hinaus. Sie war sich sicher, dass sie ihn nicht wiedersehen würde. Ganz offensichtlich hatte er gegen die Halligschweigepflicht verstoßen. Aber er hatte ihr eine wichtige Information gegeben.

Amalie Brodersen war nicht auf die Hallig zurückgekehrt. Als sie sich gegen den Sturm lehnte und den Weg zur Warf einschlug, war sie sich sicher, dass er die Wahrheit gesprochen hatte. Am Morgen würde sie ihren Rucksack packen und mit dem Mittagsschiff aufs Festland fahren. Es war Zeit, auf festen Boden zurückzukehren.

Am nächsten Morgen wachte Ane spät auf. Sie frühstückte jetzt immer bei Frau Jacobsen in der Küche, um dieser den Weg mit dem Tablett nach oben zu sparen.

Heute lag die Küche sauber und still im grauen Morgenlicht. An einer kleinen Vase, die mit Hallignelken gefüllt war, lehnte eine Notiz.

*Das Schiff fährt heute nicht. Kein Wasser. Ich habe Sie für eine weitere Nacht eingetragen. Es sei denn, Sie wollen eine Lore bestellen.*

*E. Jacobsen*

Kurz und bündig. Ane hatte gehört, dass der Westwind das Wasser so in den Hafen drängen konnte, dass das Anlegen für die Schiffe unmöglich wurde, während der Ostwind ein Schiff zum Auflaufen bringen konnte. Nachdenklich schenkte sie sich Kräutertee aus der Thermoskanne ein und zerschnitt ihr Brötchen. Sie nahm das Ei aus der Serviette und klopfte die Schale auf.

Sie könnte mit der Lore über den Damm zu der kleinen Hallig Oland und von da aufs Festland fahren. Von Dagebüll fuhr der Zug nach Niebüll und Kiel. Oder sie könnte einen weiteren Tag auf der Hallig verbringen. Der Sturm hatte sich etwas gelegt. Sie könnte den Tag nutzen, noch einmal all die Stätten, die sie liebgewonnen hatte, zu besuchen. Sie könnte ein letztes Mal im Gasthof Hilligenlei zu Abend essen. Zum Abschied eine der Fisch- oder Lammspezialitäten. Sie könnte sich beim Pfarrer bedanken. Sicherlich hatte er den Alten bewogen, mit ihr zu sprechen. Sie hoffte nur, dass Frau Jacobsens knappe Worte nicht bedeuteten, dass sie ihre Gastgeberin verärgert hatte.

Als Ane ihre zweite Tasse Kräutertee trank, strich ein Sonnenstrahl über den Tisch. Die Teetasse in der Hand, trat sie ans Fenster und schob die weiße Gardine mit der gehäkelten Spitzenbordüre zur Seite. Tatsächlich – der Sturm hatte sich beruhigt. Die Hallig lag still im milden Sonnenlicht. Sie räumte schnell ihr Frühstücksgeschirr in die Spülmaschine, faltete ihr Set und fegte die Krümel von ihrem Brötchen in den Hühnereimer. Dann schrieb sie *Danke – ich bleibe noch eine Nacht* auf Frau Jacobsens Zettel, griff sich Anorak und Beutel und lief hinaus.

Die Tür schloss sie nicht ab.

# Amalie

## I

„Also entschloss ich mich, noch eine Nacht zu bleiben", sagte Ane und lehnte sich im Stuhl zurück. Ihr Blick kehrte träumerisch zurück zur Hallig Langeneß, die als Silhouette am Horizont lag. Sie hatte mir schon die Ketelswarf gezeigt, auf der sie gewohnt hatte.

„Ich habe Halligschinken und Halligkäse und Halligbutter mitgebracht", hatte sie verkündet, als sie in meine Veranda einbrach, wo Herbert und ich unseren Morgenbeschäftigungen nachgingen. Ich las Zeitung und trank eine Tasse Tee – Föhrer Wölkchen, ein Rotbuschtee mit Karamellgeschmack, der gut zum Herbst passte –, und Herbert beschäftigte sich mit einer Katerwäsche, die er aufgeschoben hatte, bis die Sonnenstrahlen endlich die Fensterbank erwärmten. Er hatte seinen Körper in einem unbequemen Winkel arrangiert. Halb seitlich lag er, die eine Vorderpfote senkrecht in die Luft gestreckt, während er die andere als eine Art Waschlappen benutzte, sie geduldig immer wieder mit der Zunge anfeuchtete, um seinen Kopf einer gründlichen Wäsche zu unterziehen.

Ane ließ ihre Schätze auf den Tisch fallen.

„Auf dem Weg vom Hafen habe ich Körnerbrot gekauft. Aber das ist für heute Abend. Ist Bertha noch da? Macht nichts, ich kann ja bei Willa schlafen. Und dann, du glaubst es nicht, hatte ich auf einmal einen unheimlichen Appetit auf Blutwurst – weißt du, die Sorte, die man in Scheiben schneidet und in der Pfanne brät. Und da hab ich beim Schlachter gleich welche mitgenommen. Ich dachte, wir machen uns das zum Mittagessen."

Überrumpelt stimmte ich zu. Ich hatte Blutwurst nicht gegessen, seit wir Kinder waren. Da hatte Mutter manchmal welche gemacht, unter Protest von uns Kindern, die es eklig fanden, Blut zu essen. Mutter hatte uns erlaubt, uns an Himmel und Erde satt zu essen – Apfel- und Kartoffelmus. Ane bot sich an, die Wurst zu braten, während ich den Kartoffelmus zubereitete. Dazu wollten wir Brokkoli essen, den Gudrun mir besorgt hatte.

„Senf brauchen wir natürlich auch. Du hast doch Senf, Tante Ruth?" Ich hatte.

Beim Kochen erzählte sie mir von dem Halligbesuch, den sie mit ihrer Kollegin unternommen hatte. Ane gibt sich wirklich viel Mühe, interessante Ausflüge für die ihr anvertrauten Kinder zu arrangieren. Ich sagte ihr das.

„Ja", sagte sie und rüttelte die Pfanne sachte. „Allerdings wissen wir nicht mal, ob wir die Fahrt noch machen werden. Die Heimleitung erwägt, das Gut zu verkaufen und die Kinder in ein neues, modernes Haus zu verlegen." Ane zog das Wort modern in die Länge. „Der alte Gutshof ist renovierungsbedürftig, sagen sie, und nicht mehr rentabel. Dabei hat er so eine warme, heimelige Ausstrahlung – wie viele alte Gebäude. Und die dicken Mauern ertragen den Lärm und die Fröhlichkeit der Kinder so geduldig. Beinahe, als ob sie sich freuen würden, dass das Haus wieder voll Leben und Betrieb ist. Und dann der Park rundherum … einfach herrlich. Die Kinder können auf den Wiesen und zwischen den Bäumen toben und richtig Natur erleben. Wenn du mich fragst, dann wollen sie es verkaufen, weil das Land so wertvoll ist. Wahrscheinlich kommt da dann so ein Fünf-Sterne-Hotel mit Golfplatz und Swimmingpool rein."

„Aber wie kannst du das ändern? Wenn die was beschließen, dann fragen sie doch nicht danach, was für die Kinder gut ist“, sagte ich und hob den Deckel von den Kartoffeln. Mit einer Stricknadel stach ich in eine hinein. Fast gar.

Ane zuckte mit den Schultern. Ich war überrascht, als sie sagte, sie sei sich gar nicht sicher, ob sie mit den Kindern umziehen würde. Als ich sie fragte, was sie denn stattdessen machen wollte, winkte sie mit einer vagen Handbewegung ab. Ane gab ihre Pläne immer erst preis, wenn sie gut durchdacht und voll gereift waren. „Ich bin mit der Lore über Hallig Oland nach Dagebüll gefahren“, lenkte sie von meiner Frage ab. „Das ist vielleicht lustig. Das müssen wir unbedingt auch mit den Kindern machen. Jetzt sind sie ja motorisiert, aber auf der Ketelswarf steht eine der alten Segelloren!“ Die Blutwurstscheiben zischten in der Pfanne, und das heiße Fett spritzte über den Rand. Ane wich ihm geschickt aus.

Ich beugte mich über die Schublade, um meinen Kartoffelstampfer zu suchen.

„Ich hatte überhaupt nicht vor, auf Langeneß irgendwelche Nachforschungen anzustellen“, sagte Ane, als wir gemeinsam am Tisch saßen. Sie schob sich ein Eckchen Blutwurst in den Mund und kaute bedächtig. Die Sonne hatte sich jetzt hinter einer dicken Wolkenbank versteckt. Über dem Meer trieben eilig weiße Wolkenberge in Richtung des Festlands.

„Du hattest recht – es hat nichts ergeben. Willa wird enttäuscht sein. Sie hatte es sich fest in den Kopf gesetzt, dass du Amalie dort findest. Übrigens kommen sie und Bertha heute Nachmittag zum Kaffeetrinken. Du wirst das alles noch einmal erzählen müssen. Willa und Bertha werden es von dir hören wollen.“

„Gut“, nickte Ane. „Dann kann ich mir den Rest der Geschichte bis heute Nachmittag aufsparen.“ Sie legte seufzend ihr Besteck ab. Sie hatte ihren Teller leer gegessen, nur ein kleiner Klacks Senf saß am Rand. Für einen Moment hatte ich das Gefühl, dass ein heimliches Lächeln um ihre Lippen spielte. Ich war drauf und dran, sie zu fragen, ob es denn noch mehr zu erzählen gäbe, aber da sagte sie, in einem ganz normalen Ton: „Ich krieg immer so einen Hunger, wenn ich mich ständig an der frischen Luft bewege. Soll ich uns noch einen Tee kochen? Ich hab auch eine Halligsorte mitgebracht."

Sie wühlte in ihrem Rucksack. Ane reiste stets mit einem Rucksack, während Ose immer von mehreren Koffern und Reisetaschen umgeben war. Und Fritzi musste jedes Mal ihr Auto mit auf die Insel bringen, und wenn sie die Türen und das Heck öffnete, dann quoll alles heraus, was ihr im letzten Moment noch hineinzupacken eingefallen war. Kerrin packte gezwungenermaßen ordentlicher. Wenn sie aus Australien angeflogen kam, war sie an eine Gewichtsgrenze gebunden. Aber auch sie brachte meist zu viel Gepäck.

„Ane hat halt einen magischen Rucksack", erklärte ich den Kindern manchmal und sah, dass Finn Anes braunen Ledersack mit einer Mischung aus Neugierde und Respekt betrachtete. „Je mehr sie da reinpackt, desto mehr passt auch hinein."

Ane brachte das Tablett mit dem Tee. Sie hatte das Stövchen schon angezündet und die Eieruhr auf vier Minuten gestellt. „Wollen wir heute Nachmittag Waffeln backen?", fragte sie. „Frau Jacobsen, meine Wirtin auf der Hallig, hat mir zum Abschied ein Glas Johannisbeergelee geschenkt, das passt gut dazu."

Die Eieruhr klingelte und weckte Herbert, der auf der Fensterbank eingeschlafen war. Er meldete laut seinen Ärger über diese Störung und stolzierte dann mitten über den Tisch und sprang auf den Stuhl, wo Willa saß, wenn sie uns besuchte. Dort rollte er sich grollend zusammen. Herbert war stets darauf bedacht, für sein eigenes Wohlbefinden zu sorgen und konnte nicht verstehen, warum die Menschheit ihm in seinen Bemühungen nicht ein wenig entgegenkommen konnte.

Ane schenkte Tee ein, und wir tranken schweigend. Die Föhrer Zeitung lag noch auf dem Tisch, und sie blätterte sie lächelnd auf. „Mal sehen, was los ist", sagte sie und stützte die Ellbogen auf den Tisch.

Alle vier unserer Nichten verfolgen eifrig die Föhrer Nachrichten. Willa schickt die Seiten sogar oft zu Kerrin nach Australien.

„Hast du das gelesen, Tante Ruth? ‚Gehorsamstraining, Fährtensuche und Hundesport' wird hier geboten. Das wär doch was für Olmi!" Ane lachte laut.

Ich stellte mir Olmis Unbehagen vor und war froh, dass er sich dem nicht aussetzen musste.

„Laternelaufen – schade, dass die Kinder nicht hier sind. Geht Willa wieder zum Martinsgans-Schmaus?"

Ich sagte, dass sie mit ihrem Club schon einen Tisch bestellt hatte.

Ane faltete die Zeitung zusammen und meinte, sie wolle einen langen Verdauungsspaziergang machen, und sie würde um halb vier pünktlich zurück sein, um das Waffeleisen anzuschmeißen.

Herbert und ich zogen uns zu einem Mittagsschlaf auf mein Tagesbett zurück. Ich unter der Wolldecke, Herbert auf meinen Füßen.

„Und du bist ganz sicher?", fragte Willa. „Der Alte war zuverlässig? Du hättest noch ein paar mehr Leute fragen sollen."

Der Stapel Waffeln, der ähnlich dem Turm von Pisa auf einem hübschen Kuchenteller thronte, der noch aus Frau Jantzens Beständen stammte, wurde langsam, aber stetig kleiner. Ane war nach ihrem Spaziergang hungrig zurückgekehrt. Willa war auf ihrem Mobil angekommen, und Bertha und ich waren vom Mittagsschlaf erfrischt zur Kaffeetafel geschritten. Ose, die erfahren hatte, dass Ane von der Hallig zurückgekehrt war, hatte es sich nicht nehmen lassen, auch zu uns zu stoßen. Die Betreuung der Galerie hatte sie kurzerhand Sanne, der Schwester ihres Vermieters, überlassen.

Bertha, in einem babyblauen Twinset, musterte Ane. Dann sagte sie: „Ich denke mal, Ane hat mehr erreicht, als man hätte erwarten können. Es ist schwer, als Fremde irgendwo hineinzuschneien und die Leute auszuhorchen."

Willa schnaufte. „Wenn die 1954 auf der Hallig die Stromkabel vom Festland verlegten, dann ist da in dem Jahr doch ein Kommen und Gehen gewesen. Da schlüpft eine junge Person doch schnell durchs Netz."

„Das mag sein." Bertha legte eine kleine Pause ein, bevor sie ihren Trumpf ausspielte. „Aber du hast doch die Theorie vertreten, dass Amalie dageblieben ist. Das kannst du doch nicht mit durchs Netz schlüpfen vergleichen." Sie schüttelte den Kopf und griff geziert nach dem Topf Johannisbeergelee.

„Aber Ane", sagte ich schnell, bemüht, meine Schwester und Cousine abzulenken, „wenn du eigentlich noch einen Tag länger auf der Hallig bleiben wolltest, wieso …"

„Bist du dann hier?", fiel Ose mir prompt ins Wort.

„Also", begann Ane, „eigentlich wollte ich an meinem letzten Tag mit dem Fahrrad zum Leuchtturm auf die alte Peterswarf fahren, an der südlichsten Spitze von Langeneß. Aber dann hatte ich mir ja auch vorgenommen, nachzusehen, ob der Pfarrer da war. Also bin ich erst zur Kirchwarf geradelt."

Etwas an Anes Ton ließ mich aufschauen. Auch Willa, die sich gerade Schlagsahne auffüllte, hielt inne und blickte unsere Nichte an. Ose, in einer lilafarbenen Bluse mit gerüschten Ärmeln und einer Schaffellweste, fixierte ihre Schwester. Nur Bertha bestrich ungerührt ihre Waffel mit Gelee, säuberlich bis an die Ränder.

Ane begann zu erzählen.

Der Friedhof lag einsam und still. Die Toten schlummerten unter ihren blanken Steinen, bewacht vom hölzernen Glockenturm und der steinernen Skulptur namens Rufer zu Gott. Ane betrat die kleine Kirche.

Sie besuchte selten einen Gottesdienst. Aber manchmal setzte sie sich in eine leere Kirche. Ihr war dann, als ob sie eintauchen könne in die Gedanken all der Leute, die hier gesessen hatten mit ihren Wünschen, Hoffnungen, Bitten. Sie schämte sich ihrer Neugierde und fragte sich, ob sie irgendwo wünschte, den Glauben zu teilen, der Menschen vor eine hölzerne Figur trieb. Vielleicht suchten sie eine ähnliche Ruhe wie sie, eine Gewissheit in ihren unruhigen Leben. Das schienen ihr auch die bittenden Hände der hölzernen Skulptur, die an der Südwand des Altarraumes angebracht war, auszudrücken. Der leicht geneigte, kahle Kopf, die groben Hände berührten Ane besonders. Gern hätte sie das raue Holz gestreichelt. So bat jemand, der alle Hoffnung verloren hatte. Man hatte die Figur im Watt vor Langeneß gefunden, hatte der Pastor ihr erzählt.

Die Tür knarrte. Ohne sich umzudrehen, wusste Ane, dass jemand eingetreten war. Der Leichtigkeit der Fußschritte nach war es eine Frau. Wahrscheinlich jemand, der sich die Deckengemälde ansehen wollte. Ane hing ihren Gedanken nach, die sich jetzt, vielleicht in der mahnenden Anwesenheit des Altars, Rainer zugewendet hatten. Rainer, der sie hatte heiraten wollen.

Sie spürte eine leichte Bewegung zu ihrer Linken und setzte sich ärgerlich auf. Warum, wenn jede Bank in der kleinen Kirche frei war, wollte sich jemand in die eine Reihe setzen, die schon eine andere sich ausgesucht hatte? Sie warf einen kurzen Blick zur Seite und dachte: ein Feriengast. Anorak, Jeans, feste Schuhe, dieselbe Ausrüstung wie alle Halligbesucher. Um den Kopf trug die Frau ein rotes Stirnband. Ane hatte sie schon ein paarmal gesehen. Auf Spaziergängen. Im Friesenpesel. Im Café.

Jetzt legte die Frau ihre Hände auf die Rückenlehne der Vorderreihe, als ob sie beten wollte.

„Ich habe Sie letztens gesehen", sagte sie zu Ane. Dabei hielt sie ihren Blick starr nach vorn. „Sie haben sich das Grab meiner Tante angesehen."

Ane sagte, sie hätte sich alle Grabsteine angesehen. Auf dem Friedhof könnte man doch praktisch die Geschichte der Hallig nachvollziehen.

Die Frau nickte bedächtig.

„Ich hatte gehofft, den Pastor anzutreffen", fügte Ane hinzu. Sie wusste nicht, warum eine Erklärung plötzlich notwendig schien.

„Der ist heute auf Gröde", sagte die Frau.

„Dann werd ich ihn wohl nicht mehr sehen. Morgen fahre ich ab. Ich bin nur wegen des Niedrigwassers noch hier."

„Ich weiß", sagte die Frau.

Erstaunt sah Ane sie an. Und nun bemerkte sie Kleinigkeiten, die ihr vorher nicht aufgefallen waren. Die Jeans der Frau waren alt und ausgebeult. Bequem, aber nicht unbedingt welche, die man auf einen Urlaub mitnehmen würde. Die Frau hatte nichts bei sich, keine Tasche, keinen Fotoapparat, kein Fernglas – nichts, was sie als Feriengast auswies. Auch ihr Parka war abgetragen. Ihre Haut trug die Spuren einer Bräune, die tiefer ging als nur ein paar Tage Wind und Wetter. Ihr Haar war an den Wurzeln von einem Grau durchsetzt, das bezeugte, dass ein Friseurbesuch lange überfällig war. Und sie hatte vom Grab ihrer Tante gesprochen.

„Leben Sie hier?“, fragte Ane vorsichtig.

Es dauerte eine Weile, bis die Frau antwortete. „Mehr oder weniger“, sagte sie endlich. „Ich habe immer noch ein Haus auf dem Festland. Aber jedes Mal, wenn ich hierherkomme, schiebe ich die Rückreise etwas länger auf. Heute Morgen habe ich mich entschlossen, einen Bekannten auf der Bank anzurufen. Ich werde mein Haus in Husum verkaufen.“ Den letzten Satz äußerte sie mit großer Entschlossenheit. „Von jetzt an werde ich nur noch auf der Hallig leben.“ Sie wandte ihr Gesicht Ane zu, und diese bemerkte zum ersten Mal die straffe Haut, die sich über den vollen Wangen spannte. Nur um den Mund saßen diese fein-rissigen Fältchen, die auf ein falsches Gebiss hinwiesen. Die Frau war mindestens sechzig. Ein breitflächiges Gesicht mit hellblauen, eindringlichen Augen.

„Es fühlt sich bestimmt gut an, wenn man eine Entscheidung getroffen hat“, sagte Ane hastig.

Die hellen Augen musterten sie. Es fiel schwer, ihnen nicht auszuweichen. „Und Sie? Warum sind Sie wirklich hier?“

Ane holte Atem. „Ich habe nach dem Grab einer Frau gesucht, die vor etwa fünfzig Jahren eventuell hierhergekommen ist. Sie hieß Amalie Brodersen, und 1954 ist sie spurlos verschwunden. Sie war verheiratet – auf Föhr –, und eines Morgens hat sie ihren Hof verlassen, und niemand weiß, was geschehen ist. Allerdings ist sie einmal zuvor hier herübergefahren – mit einem Halligmädchen, das sie bei einem Handballspiel kennengelernt hat. Wir dachten, vielleicht hat sie es noch einmal gemacht.“

„Und was geht Sie das an, was eine Frau vor so langer Zeit gemacht hat?“

Ane zögerte. „Eigentlich ja nichts ...“, gab sie zu. „Nur ... es betrifft auch meine Tante, wissen Sie. Es sieht nämlich nun so aus, als ob diese Amalie vielleicht mit dem Mann meiner Tante ausgerissen ist. Und wir würden so gern beweisen, dass das nicht so war."

Die Frau seufzte und lehnte sich zurück. Es war, als ob Ane mit ihrer Antwort nur bestätigt hatte, was sie sowieso schon wusste.

„Und warum glauben Sie, dass die Frau gestorben ist und hier begraben liegt?"

Ane griff nach ihrem Zopf. „Ich dachte nur … etwa achtzig müsste sie jetzt sein, vielleicht lebt sie nicht mehr. Und ich habe hier niemanden gesehen, der sie sein könnte … Wenn Sie hier leben, dann kennen Sie doch sicher alle Bewohner."

Ane schwebte ein Bild einer alten Frau vor, die irgendwo in einer Stube, hinter einer Gardine versteckt, ihr, Anes, Kommen und Gehen beobachtete, gewarnt von den Halligbewohnern, dass mal wieder jemand von Föhr hier sei und unangenehme Fragen stellte.

„Meinen Sie, wir halten Ihre Amalie versteckt?" Zum ersten Mal lachte die Frau.

„Na ja, jedes Mal, wenn ich jemanden hier frage, kommt so eine merkwürdige Reaktion. Und ein alter Seemann, der mir Information gab, wurde von der Wirtin richtig abgekanzelt."

Die Frau schwieg. „Kommen Sie", sagte sie abrupt. „Ich würde Ihnen gern was zeigen."

Schon war sie aus der Bank geschlüpft. Die schwere Tür knarrte und erlaubte einem Windzug den Eintritt. Überrascht folgte Ane ihr. Sie fand die Frau auf dem Friedhof.

„Gerda Hansen, das war meine Tante", sagte die und deutete auf das Grab, auf das jemand ein Tannengesteck gelegt hatte. „Als Kind habe ich sie oft besucht. Na ja, eigentlich habe ich meine Oma besucht. Gerda war da noch so jung, dass sie gar nicht wie eine Tante wirkte. Sie war die jüngste Schwester meiner Mutter. Meine Mutter hatte aufs

Festland geheiratet, aber mein Vater starb früh, und deshalb musste Mutter immer arbeiten, und ich wurde in den Ferien zur Oma geschickt. Als ich klein war, bin ich gern hergefahren. Später fand ich es dann schon ein bisschen zu weit ab von allem. Ich wollte bei meinen Freunden sein, ins Kino gehen und in die Eisdiele." Die Frau wandte sich vom Grab ab. „Ich war etwa zehn Jahre alt, als ich zum letzten Mal die Herbstferien hier verbrachte. Um der Kleinen etwas Abwechslung zu bereiten, hatte die Oma gesagt, dürfe meine Tante mit mir nach Föhr zum Jahrmarkt fahren. Das war natürlich aufregend. Erst die Fahrt hinüber, ewig erschien mir die. Ich hatte Angst, alles zu verpassen, während wir die Sandbänke umkurvten. Schon am Hafen hörte man die Musik, roch diese Mischung aus Maschinenöl, Menschen und gebrannten Mandeln. Und dann das Getriebe! Es schienen noch mehr Menschen zu sein als in Husum zum Markttag."

Sie bedeutete Ane, ihr zu folgen, und trat auf einen Pfad, der sich nur durch niedergetretenes Gras als solcher zu erkennen gab. Sie entfernten sich von der Kirchwarf, und Ane warf einen besorgten Blick zurück. Sie hatte ihr Fahrrad gegen die hölzerne Struktur gelehnt, die den Kirchturm bildete – vier schräg zulaufende Pfähle, die ein Spitzdach trugen, unter dem die schwere Glocke hing.

„Machen Sie sich man keine Sorgen um Ihr Rad – das steht da noch, wenn wir zurückkommen. Ja, es ist seltsam, wie einige Tage einem in Erinnerung bleiben, nicht wahr? Erinnern Sie sich an das letzte Weihnachten, als der Zauber noch wirkte und Sie an den Weihnachtsmann glaubten? So war dieser Jahrmarktstag für mich. Ich denke, er bedeutete für mich das Ende meiner Kindheit. Bestimmt hatte meine Tante Gerda nicht viel Geld mitbekommen, Halligleute hatten wenig Bargeld. Vielleicht hatte sie ihre paar Pfennige Taschengeld, die sie verdiente, indem sie Kurgäste übers

Watt führte, gespart. Und doch schien mir dieser Tag wie ein endloser Wirbel von Karussellfahrten. An jeder Bude hielten wir an – um Lose zu kaufen, mit Bällen oder Ringen zu werfen, den Jungs beim Schießen zuzuschauen oder eine Zuckerstange zu kaufen. Mittags gingen wir sogar in einen Gasthof und aßen da – an richtig feinen Tischen mit Silberbesteck und von Kellnern bedient. Ich glaube, es war danach, dass diese Frau meine Tante ansprach. Ich hatte aufs Klo gemusst, und das war in einem Hinterhof, stinkig und nicht so fein wie alles andere in der Gaststätte. Na, da war ja auch mehr Betrieb als normal. Und Gerda hatte gesagt, wir könnten gleich vom Hof aus auf den Jahrmarkt zurückkehren, wir bräuchten nicht noch mal durchs ganze Haus zu gehen. Da gab es so einen kleinen Gang, der wieder in die Hafenstraße führte. Seltsam war es schon, wie diese Frau, mit ihrem Kopftuch tief in die Stirn gezogen, auf einmal hinter einer Häuserecke hervortrat. Aber erst habe ich mich nicht gewundert, meine Tante schien sie zu kennen. Sie sprachen auch gar nicht lange. Ich war ungeduldig, in den Trubel zurückzukehren. Und wie schnell vergeht die Zeit. Nur irgendwann merkte ich dann doch, dass es schon ganz dunkel war, dass zwischen den Buden schwarze Schatten lauerten und man den Himmel wegen der vielen bunten Lichter gar nicht sehen konnte. Da fragte ich die Tante, ob wir denn nicht zurück müssten. Ein bisschen unheimlich war mir der Gedanke, über das düstere Meer zurückzufahren. Und da sagte die Tante, wir hätten so viel Spaß gehabt, dass wir das normale Halligboot verpasst hätten. Aber das machte nichts, denn da war einer, der würde uns rüberrudern. Ich war am Meer aufgewachsen und oft genug auf der Hallig gewesen, um nicht mit den Gefahren von Strömungen, plötzlichen Nebeln oder Wetterwechsel vertraut zu sein. Ich hatte von Booten gehört, die in der Nacht von großen Dampfern gerammt wurden, und die Halligkinder hatten mir erzählt, dass es des Nachts auf dem Watt spukte. Da gab es doch die versunkenen Dörfer, deren Einwohner zu gewissen Zeiten übers Watt wanderten, um ihre Gehöfte wiederzufinden. Oder die Geister derer, die ins Wasser gegangen waren und verdammt wurden, ihrer Sünde wegen für immer und ewig ruhelos umherzuirren. Schlagartig war es vorbei mit dem gedankenlosen Spaß und der kindischen Freude. Ich fing an zu denken wie ein Erwachsener. Wir hätten auf die Zeit achten sollen. Wenn wir nur rechtzeitig zum Hafen gegangen wären, dann wären wir mit den anderen zurückgefahren. Ich hatte meine Tante lieb, aber auf einmal wurde mir ihre Jugend schmerzhaft bewusst. Ich war ihr anvertraut worden, aber sie handelte nicht wie jemand, der diese Verantwortung rechtfertigte. Sie wirkte gehetzt und aufgeregt, zerrte mich mit sich, ohne auf meine Einwürfe zu hören. Und wir gingen nicht zum Hafen, sondern zur Mittelbrücke. Und da, im Schatten der großen Pfähle, da wartete schon eine verhüllte Figur auf uns. Im ersten Moment dachte ich wirklich, es wäre eine dieser rastlosen Wattleichen. Ich erschrak tüchtig und fing an zu weinen. Aber meine Tante drückte ihre Hand fest auf meinen Mund und zischte in mein Ohr, wir müssten ganz leise sein. Der Frau dort gehe es nicht so gut. Deshalb müssten wir sie begleiten, das sei abgemacht. Als sie merkte, wie stark ich zitterte, fügte sie hinzu, die anderen Halligleute hätten sie, Gerda, extra gebeten, auf diese Frau zu warten. Es sei eine Sonderfahrt, die wir machen würden, und ich hätte schon Glück, dass ich da mitdürfe. Dann hörte ich, wie meine Tante und die Frau flüsterten. Was mit dem Kind sei, wollte die Frau wissen. Ob ich sie verraten würde? Schließlich sagte meine Tante, ich sei schon alt genug, um ein Geheimnis zu wahren. Das stimmt doch, sagte sie zu mir. Und da in ihrer Stimme eine Drohung mitschwang und mir schlecht vor Angst wurde, nickte ich schnell und heftig. Dann glitt ein Boot heran, ohne Lichter, fast geräuschlos, und Gerda schaute sich vorsichtig um. Als sie ganz sicher war, dass niemand in der Nähe war, scheuchte sie die Frau ins Boot. Ich wurde hinterhergehoben. Ich konnte den Mann, der ruderte, nicht erkennen, und er sprach auch die ganze Zeit kein Wort. Die andere Frau, die ihr Tuch so gebunden hatte, dass ihr Gesicht ganz verborgen war, hatte eine Tasche zu ihren Füßen stehen. Die ganze Fahrt hielt sie die Griffe in ihren verkrampften Händen. Ich glaubte nicht, dass die Frau krank war. Sie sah nicht schwach oder gebrechlich aus. Aber ich überlegte mir, dass die ganze Geheimnistuerei, das unbeleuchtete Boot, die heimliche Abfahrt, etwas mit dieser Tasche zu tun hatten. Ich stellte mir vor, dass etwas Kostbares darin versteckt war, das die Frau unter allen Umständen auf die Hallig bringen musste. Ich fing an, mich ebenfalls um die Sicherheit der Tasche zu sorgen und vergaß darüber die anderen Gefahren, die über dem glitzernden Meer und den fahlen Sandbänken, die aus dem Wasser ragten, und dem schlickigen Watt lauerten. Alles ging gut. Wir erreichten die Hallig und legten in dieser kleinen Bucht an."

Sie hatten den Rand der Hallig erreicht. Die Frau sah sich um, als suchte sie nach den Spuren des Bootes, das hier vor vielen Jahren angelegt hatte.

„Kaum waren wir ausgestiegen, hievte die Frau auch schon die schwere Tasche ans Ufer und duckte sich an die Abbruchkante, die als einzige Schutz vor neugierigen Augen bot. Sofort wendete der Ruderer sein Boot und verschwand wieder auf dem Meer. Gerda flüsterte jetzt mit der Frau, und dann nahm sie mich ganz fest in die Arme und redete eindringlich mit mir. ‚Ute', sagte sie. ‚Du bist doch ein großes, vernünftiges Mädchen, nicht wahr? Dann verstehst du doch auch, dass man, wenn man etwas verspricht, das Versprechen nie und nimmer brechen darf.' Ich sagte, dass verstünde ich. Und nun erklärte sie mir, dass es ganz furchtbar wichtig sei, dass ich niemals irgendeinem Menschen sagen dürfte, dass wir heute Abend jemanden mitgebracht hätten. Das musste ich versprechen. ‚Ist das wegen der ihrer Tasche?', fragte ich. Und Gerda sagte erleichtert, ja, genau, es sei wegen der Tasche. Und wie klug von mir, dass ich das erkannt habe. Da sei was drin, was die Frau ganz heimlich hatte auf die Hallig bringen müssen. Und keiner durfte das wissen. Aber nun war alles gut, und wir könnten alle nach Hause gehen und uns ausschlafen, und am Morgen sei alles vergessen. Und ich versprach, niemanden, auch nicht der Oma, auch nicht der Mutter, etwas zu verraten. Dann gingen wir nach Hause. Der Trampelpfad besteht noch immer."

Das seichte Wasser schwappte gegen die Böschung. Die Möwen kreischten.

„Hier war es, wo wir damals anlegten. Oma war gar nicht erstaunt, dass wir so spät nach Hause kamen. Anscheinend hatte Gerda ihr wirklich eine Nachricht zukommen lassen, dass wir mit einem Sonderboot zurückkommen würden. So gab es keine unangenehmen Fragen. Oma hatte Bratkartoffeln vorbereitet, die schmorten auf dem Herd. Aber ich wollte weder Bratkartoffeln noch die warme Milch, die sie mir anbot. Auf einmal war ich so müde, dass ich fast im Stehen einschlief. Das Letzte was ich hörte, war die Tante, die sagte, sie würde das Kind sofort ins Bett bringen. Sie selbst sei so müde, sie wolle auch nur noch schlafen. Also gingen wir nach oben."

Ane hielt inne, um einen Schluck Tee zu trinken.

„Hab ich mir's doch gedacht", sagte Willa leise. „Die Amalie ist ausgebüxt."

Als ob ein unsichtbarer Kapellmeister das Zeichen gegeben hatte, erwachten wir aus dem Bann, in den Anes Erzählung uns versetzt hatte. Gleichzeitig beugten wir uns vor, um erneut jede eine Waffel vom Teller zu heben. Bertha erreichte die Kuchenplatte als Erste. Sie nahm sich ein Zitronenscheibchen und quetschte ein paar Tropfen Saft auf die Waffel. Dann nahm sie das Teesieb, gab einen Löffel Streuzucker hinein und klopfte mit ihrem Teelöffel gegen das Sieb, sodass der Zucker wie eine feine Wolke über ihre Waffel rieselte. Als sie fertig war, ließ sie das Schüsselchen mit dem Sieb kreisen. Willa, der auf einmal das Gewicht des orangefarbenen Katers auf ihrem Schoß bewusst geworden war, schob ihn auf das Sofakissen. Sie zögerte einen Moment, entschied sich dann doch und kleckste reichlich Schlagsahne auf ihre Waffel. Ose schenkte frischen Tee und Kaffee ein.

Kauend fragte Willa: „Aber was ist dann mit ihr passiert? Ist sie nun dageblieben oder nicht?" Sie stippte ihren Zeigefinger in die Sahne und bot Herbert davon an. Der leckte schnurrend seinen Anteil auf.

Für Willa stand fest, dass die geheimnisvolle Frau im Boot Amalie gewesen war. Ich bemerkte, dass die Beobachtungen eines Kindes ja eigentlich nichts bewiesen. Und diese Ute hatte ja wohl auch keinen Namen erwähnt.

„War es Amalie?", fragte Bertha freundlich und sah Ane eindringlich an. Genau in dem Ton, den ihr Georg benutzt hatte, wenn er einen seinen Schüler zur Ehrlichkeit ermutigen wollte. Ihre linke Hand spielte mit ihrer Perlenkette.

„Das habe ich auch gefragt", sagte Ane. „Du hast recht, Tante Ruth. Die Frau war sich sicher, dass sie damals nie einen Namen vernommen hat. Und ihre Tante hat die Geschichte auch nie wieder erwähnt. Kurz nach diesem Abenteuer war es für die Kleine Zeit, nach Hause zu fahren. Im nächsten Jahr hatte sie Windpocken und konnte nicht zur Oma fahren. Und dann war sie zwölf und wollte nicht mehr."

Willa sank enttäuscht in ihren Stuhl zurück. „Dann wissen wir immer noch nicht mehr", sagte sie.

„Allerdings haben wir nie in Erwägung gezogen, dass Amalie mit einem Ruderboot aufs Festland gelangt ist. Denkt doch an Helmut. Wenn der es bis Dagebüll geschafft hat, dann haben es andere auch getan“, sagte ich.

„Amalie bestimmt nicht“, sagte Willa abwertend. „Und Geld, um jemanden zu bestechen, hatte sie auch nicht. Der alte Rulf war doch knauserig bis zum Geht-nicht-mehr.“

„Einige Männer tun so was auch für was anderes als für Geld“, sagte Bertha bedeutsam und errötete dann. Willa starrte sie vernichtend, Ose grinsend an, aber bevor sie etwas sagen konnten, griff Ane ein. „Ich hab ja noch nicht fertig erzählt“, sagte sie bedeutungsvoll. „Tante Ruth, kann ich das Fenster mal einen Spalt öffnen?“

Tatsächlich war die Luft im Zimmer verbraucht, und nicht nur Bertha hatte einen roten Kopf. Kaum wehte allerdings eine sanfte Meeresbrise herein, als auch schon Bertha und Willa anfingen, ihre Stühle zu rücken – um dem Zug auszuweichen, sagte Willa – und Bertha ihren Seidenschal schützend über ihre empfindliche Schulter zog. Auch Herbert hielt es für nötig, sich neu zu arrangieren. Er sprang auf das Bücherregal, spazierte wie ein Seiltänzer die Kante entlang und quetschte sich schließlich in eine Lücke, wo ich vor ein paar Abenden einen dicken Band mit den gesammelten Werken Theodor Storms herausgezogen hatte. Ose, die immer fröstelte, schlang sich einen Wollschal um ihren Hals. Ane wartete unbeirrt ab. Dann erinnerte sie uns, dass in ihrer Erzählung die Tante die kleine Ute ins Bett gebracht hatte.

„Auch ihre Tante, Müdigkeit vorschützend, war ins Bett gestiegen. Mitten in der Nacht wurde Ute wach. Sie hatte ja kein Abendbrot gegessen und hatte plötzlich Hunger. Auch musste sie aufs Klo. Leise rief sie nach ihrer Tante. Die schlief aber wohl so fest, dass sie nichts hörte. Der Mond schien durch einen Spalt im Vorhang, und sie verrichtete ihr

Geschäft in dessen Schein auf dem Nachttopf, der unter dem Bett stand. Nun war sie allerdings richtig wach – und sehr hungrig. Also schlich sie allein hinunter in die Küche. Da fand sie schnell einen dicken Kanten Schwarzbrot, den sie mit Butter bestrich und auffutterte. Die Bratkartoffeln hatte die Oma weggestellt, aber sie fand noch eine kalte Pellkartoffel, die wohl vom Mittag übriggeblieben war, und dann stieg sie die Treppe wieder hoch. Als sie ins Schlafzimmer kam, hatten ihre Augen sich an die Dunkelheit gewöhnt. Da sah sie, dass die Bettdecke vom Bett der Tante zwar aufgeplustert, das Bett aber leer war. Sie fand das schon komisch. Ihre Tante war zu Bett gegangen – doch jetzt war sie nicht mehr da. Andererseits war die Tante eine Erwachsene – Erwachsene gingen normalerweise viel später ins Bett als Kinder. Wahrscheinlich saß sie in der Stube und las im Schein der neuen elektrischen Lampe, die die Oma so selten wie möglich anstellte. Und dann schwebte die Erinnerung an das gegebene Versprechen in ihr Bewusstsein. Ute entschloss sich, diese Abwesenheit – dies leere Bett – ebenfalls geheim zu halten. Und am Morgen, als sie aufwachte, war die Tante wieder da. Sie schnarchte tief und fest unter ihrem Federbett. Auf dem Boden lagen ihre Kleider, Hosen und ein dicker Wollpullover in einem unordentlichen Haufen. Ute hob die Kleider auf und faltete sie ordentlich. Da merkte sie, dass die Hosenbeine nass und mit Schlamm verklebt waren. Später am Morgen sah sie sie an der Wäscheleine flattern. Und die Pantinen der Tante standen in der Sonne zum Trocknen."

Wir warteten stumm.

„Seht ihr: Gerda muss die Frau übers Watt zum Festland geführt haben! Ich hab's mir alles noch mal überlegt, als ich mit der Lore übers Watt gefahren bin. Das ist doch die einzige Möglichkeit!"

Wir schwiegen, während wir uns durch den Kopf gehen ließen, was Ane gerade gesagt hatte. Das einzige Geräusch, das man im Zimmer hörte, war das unserer Kuchengabeln, die rhythmisch gegen unsere Teller schlugen.

Dann sagte Bertha: „Ja. Georg kannte jemanden, der wusste im Watt so gut Bescheid, der hätte auch in der Nacht den richtigen Weg gefunden."

„Wenn der Mond schien", bestätigte Willa.

„Und diese Ute erzählte, dass ihre Tante Kurgäste ins Watt führte?", fragte Ose.

Ane nickte. „Und die Tante ist immerzu mit ihr ins Watt gegangen. Um Aalreusen zu prüfen oder Muscheln zu sammeln. Oder nach Funden von untergegangenen Warften zu suchen."

„Trotzdem, die nassen Hosenbeine – das konnte doch auch früher passiert sein. Zum Beispiel, als sie aus dem Boot stiegen", meinte Willa.

„Und das Kind hat diese Frau, die im Boot von Föhr kam, nicht wiedergesehen? Mit ihrer Tasche?", fragte Bertha, die die Tasche nicht vergessen hatte.

Ane schüttelte den Kopf.

„Dennoch", sagte ich, irritiert, dass alle das Wichtigste vergaßen. „Wir können niemals mit Sicherheit wissen, dass es Amalie war, die damals von Föhr rüberkam. Ob die Frau nun übers Watt geführt wurde oder nicht."

Die Enttäuschung fiel über uns alle wie eine Nebelwand.

„Genau", sagte Ane. „Das habe ich auch gesagt."

Da waren sie schon wieder an der Kirchwarf angelangt und lehnten am Tor unterhalb der Warf. Vor ihnen schwappte Wasser in einem der vielen Kanäle, die die Hallig durchquerten. Blaugrünes Gras wuchs üppig an der Böschung. Die Frau hatte lange auf ihre Hände gestarrt, da im Schatten der Halligkirche, die so viele Sturmfluten und Bedrängnisse überlebt hatte.

„Wissen Sie", sagte sie endlich. „Eigentlich hatte ich diese ganze Episode mehr oder weniger vergessen. Ich bin ja auch viele Jahre gar nicht mehr hierhergekommen. Meine Tante heiratete irgendwann, und sie und ihr Mann übernahmen den Hof. Für die Oma bauten sie einen Altenteil. Der Onkel starb vor ein paar Jahren, meine Tante kürzlich. Kinder hatten sie keine, und der Hof fiel an mich. Ich fing an, öfter zu kommen. Erst am Wochenende und dann, wenn ich es einrichten konnte, unter der Woche. Ich versuchte zu entscheiden, ob ich das Anwesen verkaufen oder hierher zurückziehen sollte. So viele Leute gehen von der Hallig weg. Wenn die Jungen nicht zurückkommen, was passiert dann mit den Halligen? Niemand sonst hat Interesse, das hier zu übernehmen. Aber was erzähl ich Ihnen da. Sie sind doch an dieser Frau interessiert, nicht wahr, dieser Amalie. Deshalb sind Sie hergekommen. Ja …", sie nickte, „… so was spricht sich natürlich rum. Wenn jemand sich hier erkundigt. So viel ist ja auf der Hallig nun auch nicht los. Und es weiß wirklich keiner was von ihr, glauben Sie mir. Aber als ich hörte, was Sie suchten, da fiel mir auf einmal diese alte Sache ein. Und an das Jahr, in dem ich das letzte Mal als Kind hier war, an das erinnere ich mich gut, weil die Leute hier doch so stolz darauf waren, dass sie nun endlich Strom hatten. 1954 war das. Und dann hab ich überlegt, dass die Frau im Boot die gewesen sein könnte, die Sie suchen. Nur, wie Sie sagen, das beweist nichts."

Sie hob einen spitzen Stein auf und begann, Lehm von ihrem Stiefel zu kratzen. Dann ließ sie den Stein in den Kanal plumpsen. „Ich habe bei meinen letzten Besuchen angefangen, die Sachen meiner Tante auszusortieren. Die Schränke und Schubladen durchzugehen. Und da fiel mir ein, dass sie in ihrer guten Stube eine Truhe hatte, wo sie immer ihre wichtigen Papiere aufbewahrte. Und ihre Briefe. Sie schrieb gern Briefe, freute sich, wenn man ihr antwortete. Ich habe regelmäßig Post von ihr erhalten. So ist auch meine Verbindung zur Hallig nie eingeschlafen."

Ane hielt den Atem an. Die Frau seufzte. Dann steckte sie eine Hand in die Tasche ihres Anoraks. Sie zog etwas heraus, was sie vorsorglich in eine Plastiktüte gesteckt hatte.

„Wegen der Feuchtigkeit", erklärte sie. „Ich weiß nicht, ob es richtig ist, wenn ich Ihnen dies gebe. Oder ob Sie etwas damit anfangen können. Ich habe den Pfarrer um Rat gefragt. Der meinte, nach so vielen Jahren kann es keinen Schaden mehr anrichten, die Wahrheit zu wissen. Und vielleicht hilft es ja jemandem, der sonst nie erfahren würde, was mit ihr passiert ist. Ich hoffe …"

Sie sprach nicht weiter. Mit einer hilflosen Geste zuckte sie mit den Schultern. Dann schob sie den Brief, denn ein Brief war es, das konnte Ane sehen, in Anes Richtung. Sie zog ihre Hand erst weg, als Ane die ihre auf die Plastikhülle legte. Sie murmelte etwas von „in Ihren Händen" und „auf Ihre Verantwortung", und dann schritt sie schnell davon. Ihr rotes Stirnband leuchtete in der Entfernung, während der Rest ihrer Gestalt in der Landschaft verschmolz.

„Ja, und da hab ich mich dann entschieden, sofort abzufahren. Das Schiff fuhr ja nicht. Aber die Lore konnte ich bekommen." Ane griff in ihren Rucksack und zog einen vergilbten Briefumschlag heraus. Man konnte die Adresse noch gut lesen. *Fräulein Gerda Hansen*, stand da, *Hallig Langeneß*. Oben rechts in der Ecke klebte eine ausländische Briefmarke.

Ich hätte schwören können, dass sie derjenigen ähnelte, die auf dem Brief geklebt hatte, der damals oben auf Amalies Korb lag, als ich sie auf den Stufen der Apotheke traf.

„Ich hab ihn noch nicht gelesen. Ich war mir nicht sicher …" Ane hielt inne.

Ose hatte solche Bedenken nicht. Noch vor Willa griff sie nach dem Umschlag. „Der Brief kommt aus Amsterdam", verkündete sie erstaunt und riss den Briefbogen raus. Sie überflog die Worte. Dann drehte sie den Umschlag um.

„Anstatt eines Absenders steht hier nur: Bei Monsieur Claude Vatzé", sagte sie.

„Lies schon vor, Ose", drängte Ane ungeduldig.

Ose hob den Briefbogen und las die wenigen Zeilen laut vor.

„Und wer in Gottes Namen ist Türmel?", fragte sie.

# 11

„Ich dachte, ihr arbeitet am Sonntag", sagte Kerrin und klemmte das Telefon zwischen Ohr und Schulter, um die Bohnen zu bearbeiten. Sie hatte Leo Frikadellen mit gestobten Bohnen zum Abendessen versprochen.

Ellies Stimme klang schrill durch den Telefonhörer. Im Hintergrund sorgten aufgeregte Stimmen, das kreischende Piepsen eines Faxgerätes und Finger, die schnell und präzise auf ein Keyboard tippten, für Untermalung.

„Du scheinst ja jetzt auch noch im Büro zu sein", fügte Kerrin hinzu und angelte nach einem Kochtopf.

„Eben", antwortete Ellie. „Morris meint, wenn wir in der Woche etwas länger dableiben, dann brauchen wir am Wochenende weniger Besatzung."

„Aha – und was hat diese Änderung in Mister Business-comes-first hervorgerufen?"

„Kerrin", rief Ellie, und ihre Empörung klang durch. „Willst du es lassen? Morris hat eingesehen, dass man Zeit mit der Familie verbringen muss."

„Morris hat keine Familie", erinnerte Kerrin sie. „Oder besucht er seine Mutter?"

„Morris mag keine Familie haben – und seine Mutter hat keine Zeit für ihn, aber er sieht, dass Billie Zuwendung braucht." Ellie hörte sich an, als zitierte sie einen Handzettel der Familienberatung. „Und da Billie keinen Vater hat und ich keinen Mann, hat er uns sozusagen adoptiert."

„Die Ersatzfamilie", murmelte Kerrin, aber da ihr in diesem Moment eine schwere Bratpfanne aus den Händen schlüpfte und mit viel Getöse auf die Steinfliesen fiel, konnte Ellie sie nicht hören.

„Deshalb möchte er euch am Sonntag zum Essen einladen.“ Ellie brachte ihre Einladung mit einer triumphierenden Note zu Ende.

„Will er uns auch adoptieren?“, fragte Kerrin und überlegte kurz, wie viel Morris wohl wert sei.

„Oh, Kerrin.“ Ellie stöhnte. Dann senkte sie ihre Stimme zu einem hastigen Flüstern. „Meine Klienten sind da. Sonntag um zwölf. Bring eine Flasche Rotwein mit. Was Anständiges, nicht so einen billigen Italiener.“

„Billigen Italiener“, murmelte Kerrin und schaltete das Licht an. Dabei hatte Ellie sie doch auf den italienischen Großhandel in der Sydney Road aufmerksam gemacht, wo man, wenn man Glück hatte, einen trinkbaren Merlot für nur 4,95 Dollar bekommen konnte.

„Mann, Ma, es ist eisig draußen.“ Leo brachte die Kälte mit rein. „Miss Lucy ist schon in ihr Ställchen gegangen. Können wir den Heizofen anmachen?“

Kerrin verzog das Gesicht. Der Heizofen brauchte so viel Strom, um den großen Raum mit dem alten Gemäuer anzuwärmen.

„Im November? In zwei Wochen fängt der Sommer an!“ Sie zog ihre dunkle Wolljacke fester um sich und band sich zum Braten die Schürze um.

„Es sind nur neun Grad – ich hab nachgeguckt. Und du hast deine Fellstiefel an!“

In diesem Moment knallte etwas gegen die Fensterscheiben, und gleich darauf prasselten Hagelkörner vom Himmel.

„Siehst du“, schrie Leo begeistert und rannte zur Verandatür. Gemeinsam beobachteten sie dieses Phänomen – Hagelkörner, groß wie Murmeln, in Melbourne im November – wenn man eigentlich draußen im Garten Abendessen wollte, in lauer Vorsommerwärme, umgeben von Frühlingsblumen und zartem Grün.

Die Kälte hielt an. Kerrin, die sonst versuchte, so wenig wie möglich über Ellies neuen Bekannten nachzudenken, überlegte, ob er nach typischer Art der australischen Männer ein Barbecue geplant hatte, und zog einen dicken Rollkragenpullover an. Sie war angenehm überrascht, als sie in ein warmes Wohnzimmer geführt wurden, wo im Kamin ein Feuer prasselte. Aus der Küche zog ein Duft von Braten, und Kerrin hatte im Vorübergehen ein kirschrot gestrichenes Esszimmer erspäht, in dem ein runder Tisch festlich mit Silber, kristallenen Weingläsern und feinem englischen Porzellan gedeckt war.

Ellie hatte ihr erzählt, dass Morris in Albert Park eines dieser viktorianischen Terrassenhäuser bewohnte. Nicht erwähnt hatte sie die hohen, stuckverzierten Decken, von denen majestätische Kronleuchter schwangen, die dicken Teppiche – wahrscheinlich Perser –, die die Füße sanft empfingen, oder die Möbel, die sich nebeneinander drängten, sodass der Gang zum Sofa dem Pfad durch einen Irrgarten glich.

„Morris sammelt all das Zeug." Ellies Arm schwang mit einer ausholenden Geste durchs Zimmer. In einem orangefarbenen Seidenrock mit einer schwarzen Bluse und einer grün- und weißgestreiften Weste sah Ellie aus wie ein Teil dieser exotischen Ausstellung, die an ein französisches Boudoir zur Zeit der vorletzten Jahrhundertwende erinnerte.

„Wow", sagte Leo. Und auch Kerrin blinzelte staunend.

Vitrinen standen neben hohen Bücherschränken, Couchtischchen hockten neben einladenden Sesseln, die mit edlen Stoffen bezogen waren. Kerrin entdeckte einen Schreibtisch, der mehrere altmodische Schreibmaschinen vorwies, und einen hochbeinigen Tisch, dessen Tischplatte mit Fotografien in Silberrahmen bedeckt war. Die Vitrinen enthielten Kristall und Porzellanservice, die Bücherregale lederbezogene Bände. Nur einmal hatte Kerrin eine ähnliche Ausstattung gesehen – in dem Haus einer alten Bekannten Willas, der sie in Melbourne einen Höflichkeitsbesuch abgestattet hatte.

„Annie Jensen ist im Nachbarhaus aufgewachsen – sie ist etwas jünger als Ruth und ich – sie würde sich so freuen", hatte Willa sie beschworen. Kerrin hatte das Gefühl gehabt, ihr Besuch sei der Frau ebenso peinlich gewesen wie ihr, und sie war nicht lange geblieben. Außerdem war sie damals schwanger, und die verstaubte Muffigkeit hatte ihr Übelkeit bereitet. Bei Morris wirkte es nicht verstaubt. Sicher war jedes einzelne Stück wertvoll, jedoch hatte man den Eindruck, dass jedes liebevoll ausgewählt und platziert worden war. Und benutzt wurde.

Billie saß auf dem Boden vor einer der antiquierten Schreibmaschinen und suchte bedachtsam das Alphabet zu vervollständigen, das er begonnen hatte. Leo setzte sich interessiert neben ihn. Morris wuselte zwischen ihnen allen herum, schüttelte Sofakissen, richtete Sessel aus und bot Plätze an. Dann verschwand er in der Küche und kehrte gleich darauf mit einem riesigen Silbertablett zurück, auf dem er Karaffen mit Saft für die Jungen und einen leichten Cocktail für die Damen angerichtet hatte.

„In der Küche läuft alles nach Programm", versicherte er Kerrin. „Natürlich kann ich von Ellie keine Hilfe erwarten. Die schält Kartoffeln in rechteckige Streifen – ein Produkt der Generation, die glaubt, Essen wächst im Gefrierfach des Supermarkts und McDonald's hat die Kartoffeln erfunden."

„Ich dachte, ihr seid gemeinsam auf den Spuren der jüdischen Küche unterwegs?", konnte Kerrin es sich nicht verbeißen zu fragen. Sie hatte Ellie seit dem Sonntag auf dem Flohmarkt, wo sie zuerst von Morris gehört hatte, kaum gesehen.

„Alles nur Schau", winkte Morris ab. „Sowie sie mich am Haken hatte, hat sie jegliche Vortäuschung fallen lassen."

Er legte zärtlich einen plumpen Arm um Ellies Hüfte und stimmte in ihr herzhaftes Lachen ein. Kerrin entspannte sich. Irgendwo gefiel dieser Morris ihr. Sie begann sich genauer umzusehen. Als sie nach der Herkunft einer verschnörkelten Vitrine fragte, auf der ein silbernes Teeservice stand, erklärte er ihr eifrig, dass er schon seit seiner Jugend viktorianische Antiquitäten sammle.

„Meine Mutter fand mich merkwürdig, weil ich mich immer lieber in Auktionshäusern und bei Antiquitätenhändlern rumtrieb, als Kricket oder Fußball zu spielen. Aber ich konnte mir nicht helfen." Morris zog die Schultern hoch und bemühte sich um einen erbärmlichen Gesichtsausdruck.

„Sie hat sein Hobby geduldet, weil es ihr Zeit ließ, sich mit ihren Wohltätigkeitsvereinen zu beschäftigen. Nie war sie zu Hause, und Morris war auf sich selbst angewiesen", warf Ellie ein.

„Ja, und weil sie stets fort war, gelang es mir, immer mehr meiner Funde einzuschmuggeln. Sehen Sie ...", er unterbrach sich, „... darf ich du sagen? Siehst du, ich habe mir nämlich einfach einen Job besorgt", er nannte den Namen eines bekannten Antiquitätenhändlers, „und kam günstig an Stücke, die keiner wollte. In den Siebzigerjahren war Viktoriana ganz aus der Mode."

„Und eines Tages kam seine Mama nach Hause, sah sich um und merkte, Morris hatte ihr die Bude vollgerümpelt. Da hat sie ihn verheiratet."

„Das hat nicht lang gehalten. Meine Frau konnte meine Sammlerleidenschaft so wenig ab wie meine Mutter. Sie hat mich rausgeworfen, und ich kam wieder nach Hause."

„Da musste Morris' Mutter dann eines Tages selbst ausziehen", sagte Ellie trocken.

Morris klatschte Ellie aufs Knie, als hätte sie einen besonders guten Witz gemacht, schüttelte sich vor Lachen und wieselte in die Küche. Dort hörte man ihn zufrieden im Gleichklang mit dem Radio singen. Ellie und Kerrin hockten sich in die Nähe des Kamins und rauchten eine Zigarette, während sie Neuigkeiten austauschten.

Das Essen machte dem Haus Ehre. Eine pikante Krebssuppe machte den Auftritt.

Morris bot den Jungen an, die Suppe auszulassen. „Ich mochte als Junge auch keine Suppe“, verkündete er großzügig.

Aber Leo, angezogen von den aromatischen Düften, war Morris in die Küche gefolgt und hatte beim Auftragen geholfen. „Rate mal, was für Gewürze“, forderte er seine Mutter heraus und kostete vorsichtig. „Ein Hauch von Chili und frischem Koriander“, gab er gleich darauf das Geheimnis preis. „Ich durfte ihn pflücken. Morris hat all seine Gewürze draußen in Töpfen wachsen.“

Kerrin musste zugeben, dass es köstlich schmeckte.

Auf die Suppe folgte eine Lammkeule, deren Größe Kerrin erstaunte. Hatte Morris die Idee des Familienessens nicht vielleicht übertrieben? Diese Keule hätte mindestens vierzehn Personen gesättigt. Aber Billie und Leo aßen beide mit gutem Appetit, nahmen sich auch mehrmals von dem gebackenen Gemüse und den gerösteten Kartoffeln, und sie rissen die anderen mit.

„Kerrin, wie geht es mit deinen Nachforschungen voran?“, fragte Ellie mit vollem Mund. „Sie sucht nach einem Verwandten“, erklärte sie Morris. „Der ist vor fünfzig Jahren auf dem Weg hierher verschwunden. Spurlos. Sag mal, kam deine Familie nicht auch in den Fünfzigern hier an?“

Morris schüttelte den Kopf. „Gleich nach dem Krieg. Die erste Welle der Juden, die den Krieg in Europa überlebt hatten. Sie kamen als Assisted Migrants – das bedeutete, dass sie nur zehn Pfund für ihre Reise bezahlen mussten“, sagte er. „Leo, wenn du Soße möchtest, musst du auch Fleisch nehmen. Ich weiß, die Deutschen meinen, die Soße gehört auf die Kartoffeln, aber hier in Australien isst man sie mit dem Fleisch." Er wandte sich aufmunternd an Kerrin. „Und hast du ihn gefunden, deinen Verwandten?"

Kerrin spießte nachdenklich eine Erbse auf. „Es ist schwieriger, als ich dachte", sagte sie. „Ich fing im Einwanderungsmuseum an, ich dachte, da könnte ich Informationen finden."

„Das Einwanderungsmuseum? Ist das nicht das alte Zollhaus? In Flinders Street, gar nicht weit vom Bahnhof? Ein herrliches Gebäude aus der Kolonialzeit. Es hat eine Menge gekostet, es zu restaurieren, aber es war es wert."

„Genau – es ist sehr imposant. Mit riesigen Säulen und einer ausladenden Treppe und diesen herrlichen, schwarzweißen Fliesen auf den Fußböden", sagte Kerrin. „Ich war mit meiner Geschichtsklasse dort. Da habe ich mir die Listen der Schiffe angesehen. Ich hoffte, ich könnte das finden, mit dem der Mann meiner Tante ankommen sollte." Sie schnitt abwesend in eine zarte Scheibe Lammbraten, die Morris ihr vorsorglich auf den Teller bugsiert hatte.

„Ich bin auch mitgegangen", griff Leo ein. „Ich war an dem Tag krank – na ja, nicht so richtig, aber Mama meinte, es würde mir guttun, mal einen Tag mit ihr zu verbringen. Und ich war grad drei Wochen mit meinem Vater weg, da hatte sie Nachholbedürfnis."

„Leo!", rief Kerrin entrüstet.

Ungerührt fuhr der fort: „Außerdem bin ich ja auch ein Einwanderer."

Als Morris ihn fragend ansah, berichtete Leo stolz, dass seine Eltern ihn in Deutschland gezeugt hatten und er im Leib seiner Mutter eingewandert sei. „Wir sind aber nicht auf einem Schiff gekommen, sondern im Flugzeug", fügte er bedauernd hinzu. „Im zweiten Stock des Museums haben sie ein Passagierschiff nachgebaut. Krass ist das, wenn man da reingeht, dann schaukelt das ganz echt! Ein Mädchen ist seekrank geworden!“

„Das war wohl eher, weil sie sich auf dem Weg in der Straßenbahn schon mit Kartoffelchips und Cola vollgestopft hatte“, sagte Kerrin.

„Mag sein. Aber das Schiff war cool. Die kleinen Kabinen mit den engen Kojen. Und auf dem Oberdeck, da konnte man Spiele spielen und im Schwimmbad baden und so. Das Schwimmbad hatten sie aber nicht im Museum.“ Leo nahm dankend die Platte mit Gemüse entgegen, die Morris ihm reichte. Während er weitererzählte, schob er sich Kürbisscheiben, Süßkartoffeln und geröstete Paprika auf seinen Teller. „Und dann kann man sich auf einem Fernsehschirm ansehen, wie die damals Leute interviewten, die gern einwandern wollten. Das ist ganz schön spannend. Ganz viele Fragen mussten die beantworten. Und das ganze Interview auf Englisch, auch wenn sie aus China oder Rumänien kamen. Und dann soll man raten, welche wohl akzeptiert wurden. Einige, die antworten so gut, da denkt man, die werden garantiert akzeptiert, und bei anderen, die fallen durch – und dann kommt das doch ganz anders!“

Leo schüttete sich hausgemachte Minzsoße über sein Fleisch.

„Die Interviews fanden in den Fünfzigerjahren statt, als sogenannte weiße Nordeuropäer anderen Rassen vorgezogen wurden“, erklärte Kerrin.

„Und wir haben so ein Diktat für Einwanderer versucht – und keiner, keiner von uns hat es geschafft. Man musste ganz schnell mitschreiben, und da kamen ganz lange und unbekannte Worte drin vor! Mama sagte, das wurde Leuten vorgelegt, die die Regierung nicht so gern annehmen wollte, aber es denen nicht direkt sagen konnte.“

Kerrin sah ihren Sohn lächelnd an. Sie freute sich, dass er ohne Hemmungen erzählen konnte, und dass Ellie und

Morris interessiert zuhörten. Billie aß derweilen säuberlich und systematisch. Er hielt sein Fleisch peinlich getrennt von den verschiedenen Gemüsesorten. Diese hatte er den Farben nach geordnet und aß Happen davon gerecht der Reihe nach. Morris wusste anscheinend schon, dass Billie Soßen nicht ertragen konnte.

„Und hast du auch nach deinem Verwandten gesucht?", fragte Morris Leo.

Leo nickte mit vollem Mund und blickte Kerrin hilfesuchend an.

„Unten im Museum haben sie ein Einwanderungs-Entdecker-Zentrum. Da kann man allerhand nachschlagen und ernsthaft recherchieren", sagte Kerrin. „Und auch Internetseiten einsehen."

„Man kann alles über die Schiffe herausfinden", sagte Leo und schluckte. „Von der Zeit an, als die ersten Sträflinge hier angekommen sind – auf den Segelschiffen. Was für Schiffe das waren, wie lange sie im Dienst waren, wie viele Fahrten sie gemacht haben, aus welchen Ländern die meisten Einwanderer kamen und in welche Häfen sie gesegelt sind. Am spannendsten waren die Wracks, und wie viele Menschen ertrunken sind. Wir haben auch das Schiff gefunden, mit dem Ruths Mann kommen sollte. So ein schöner, weißer Passagierdampfer war das."

„Ja", griff Kerrin die Erzählung auf. „Wir haben es gefunden. Nur stimmte alles irgendwie nicht. Die Skaubryn, so hieß das Schiff. Aber sie lief weder an dem Datum, das meine Tante genannt hatte, noch aus Bremerhaven aus. Die Skaubryn legte erst gute zehn Tage später von Amsterdam ab. Und ein Wilhelm Petersen war nicht an Bord."

„Vielleicht hat deine Tante sich im Datum geirrt? Oder es war ein anderes Schiff", meinte Ellie. „Deine Tante wird doch bald achtzig, oder? Da kann sie sich nicht mehr so genau erinnern!"

„Ruth schon", sagte Leo. „Die hat diese Tagebücher. Sie hat sie mir mal gezeigt. Koffervoll. Sie hat alles, was wichtig war, aufgeschrieben."

Kerrin nickte. „Das stimmt. Ruth hat die Daten extra für mich nachgesehen. Und da war noch etwas – an Bord waren ein Herr Peeters und seine Frau. Peeters mit zwei ‚e' geschrieben. W. und R. Peeters. Die Initialen könnten für Willem und Ruth stehen."

„Aber du hast doch gesagt, deine Tante ist nicht mitgekommen", protestierte Ellie.

„Ja, das stimmt natürlich. Ich habe zu Hause dann weitergesucht. Ich habe alle Passagierlisten von Schiffen, die im November und Dezember 1954 angekommen sind, durchforstet. Vier bis fünf Wochen Fahrt musste man ja rechnen. Und Ende November und im Dezember sind die meisten Schiffe nach Freemantle in Westaustralien gesegelt, und meine Tante und mein Onkel wollten doch nach Melbourne. Trotzdem: Wilhelm Petersen war auf keinem der Schiffe als Passagier verzeichnet. Ich habe also nur diese Peeters auf der Skaubryn."

Morris runzelte die Stirn. „Peeters ist wahrscheinlich ein gewöhnlicher Name in Holland. Es ist doch kein Beweis, dass das dein Onkel war!"

„Aber die Initialen stimmen. Willem und Ruth. Es kann doch sein, dass sie sich beim Nachnamen verschrieben haben. Eben weil Peeters in Holland oft vorkommt. Und Ruth ist eingetragen worden, weil sie doch ursprünglich auch mit sollte."

„Und warum fährt er von Amsterdam ab? Wenn so viele Passagierschiffe aus Bremerhaven ausliefen? Meine Großeltern fuhren auch dort ab", sagte Morris.

„Also, Kerrin, das sind doch ein paar Zufälle zu viel", sagte Ellie. „Erst verschreiben sie sich beim Nachnamen – Peeters statt Petersen. Dann tragen sie den Namen deiner

Tante ein, auch wenn sie gar nicht da ist. Dann ist es auch noch das falsche Datum und der falsche Hafen! Es muss eine andere Erklärung geben. Kannst du einen Beweis finden, dass er jemals in Australien gelebt hat?"

„Die Leute beim Immigrationsmuseum, in diesem Entdecker-Zentrum, waren sehr nett. Sie rieten mir, wenn ich nicht weiterkomme, soll ich zum Nationalarchiv von Victoria gehen. Da werden irgendwann alle, die jemals etwas mit einem Amt zu tun haben, registriert. Ich sollte mal einfach nach seinem Namen suchen, sagten sie mir. Allerdings darf man die Akten erst nach dreißig Jahren einsehen. Nun, mit Ruths Mann war es ja schon länger her. Ich fand auch mehrere Petersens, der Name ist doch ziemlich häufig. Sogar W. Petersens und Wilhelms. Nur passte das Geburtsdatum nie, und die, die ich fand, sind auf anderen Schiffen gekommen, nicht auf dem, von dem Ruth sprach. Und das Ankunftsdatum stimmte auch nicht überein mit einer Abfahrt von Bremerhaven im Jahre 1954. Dann habe ich die Wahllisten durchgesehen, von 1954 bis 1960. Auch nichts."

„Aber da stehen doch nur Leute drin, die auch australische Staatsbürger geworden sind", warf Morris ein. „Meine Großeltern haben sich naturalisieren lassen, so nennt man das hier. Die durften dann auch wählen. Meine Mutter und ich wurden deshalb auch Aussies."

„Du bist aber keine Australierin, Ma, oder?", fragte Leo.

Kerrin schüttelte den Kopf. „Nein, ich habe mich nie entschließen können, meine deutsche Staatsbürgerschaft aufzugeben. Deshalb kann ich ja auch nicht wählen."

„Aber ich habe zwei Pässe", sagte Leo stolz. „Einen deutschen wegen Mama und einen australischen, weil ich hier geboren bin."

„Musst du dich dann eines Tages entscheiden, Leo, ob du Deutscher oder Australier sein willst?", fragte Ellie.

„Nein, er kann beide Pässe behalten", sagte Kerrin. „Ich hab mich extra erkundigt."

Billie sah Leo interessiert an. Ellie hatte ihren Ellbogen auf den Tisch gestützt und klopfte mit einem langen Fingernagel gegen ihre weißen Zähne.

„Aber es kann doch nicht sein, dass du nichts herausfinden kannst", sagte sie.

„Es müsste eben ein Einwohnermeldeamt geben wie in Deutschland", brummelte Morris. „Es ist doch zu lächerlich, dass die australische Bevölkerung sich heute noch weigert, durch Personalausweise registriert zu werden."

„Ja, das würde es leichter machen", sagte Kerrin. Ihre Augen schweiften in die Runde, etwas verschwommen hinter ihren Brillengläsern, in denen sich die Kerzenlichter spiegelten. „Ehrlich gesagt, weiß ich momentan nicht weiter. Vielleicht ist ihm etwas passiert, bevor er an Bord gehen konnte?"

„Ein Unfall!" rief Ellie. „Ein Verwandter von meiner Mutter, der ist auf der Reeperbahn erstochen worden. Das war ein Seemann", fügte sie entschuldigend hinzu, als alle sie entsetzt ansahen. „Dein Onkel könnte von einem Auto überfahren worden sein."

„Dann hätte die deutsche Polizei seine Frau benachrichtigt", sagte Morris trocken.

Kerrin spielte ratlos mit ihrer Serviette. Alle hatten aufgehört zu essen.

„Nehmt ihr noch was?", fragte Ellie. Sie deutete auf die Lammkeule, die jetzt nicht mehr so rosig und saftig aussah, und in deren Flanke ein großes Loch geschlagen war. Auch die Gemüseplatte hatte sich geleert. Nur ein paar Sträußchen Blumenkohl und ein schlapp aussehender Champignon lagen noch darauf. Die Schüssel mit den grünen Erbsen war leer. Als Ellie einladend die Gemüseplatte anhob, stöhnten alle. Sie begann, die Teller zusammenzustellen.

Kerrin und Ellie saßen auf dem Fußboden und wärmten sich ihre Zehen am Feuer. Der Zigarettenrauch kräuselte sich in der warmen Luft. Morris hatte vorgeschlagen, eine Weile mit dem Kaffee zu warten, und hatte die Jungs eingeladen, ihm zu folgen. Er hätte eine Überraschung für sie. Bevor sie das Esszimmer verließen, hatte er Ellie besorgt Anweisungen gegeben, wie sie das Geschirr stapeln sollte.

„Nur die Essensreste abspülen. Und du weißt ja, wie ich es gern stapel. Und Vorsicht mit dem Silberbesteck – leg es nicht aufeinander." Zweifelnd hatte er Ellie angesehen, bevor er das Zimmer verließ.

„Wäscht du wirklich nicht ab?", fragte Kerrin. Sie war froh, dass sie ein T-Shirt unter ihren Pullover gezogen hatte. Nach dem Essen war ihr heiß.

Ellie grinste. „Nein, Morris hat sein System. Und er macht es wirklich gern selbst. Außerdem hat er Angst, dass ich seine Kristallgläser zerdepper." Sie stapelte geschickt die Platten, Teller und Schüsseln. Die Küche, wie die anderen Räume auch, war vollgestopft mit Küchengeräten und Haushaltsgegenständen, die zum vorletzten Jahrhundert gehörten. Und sie zeichneten Morris als einen Liebhaber des Kochens aus. Kein Wunder, dass Leo ihm zur Hand gegangen war – alle erdenklichen Gewürze standen, säuberlich etikettiert, bereit. Und auf den Regalen drängten sich Kochbücher.

„Hat er denn keine Spülmaschine?", fragte Kerrin.

„Nein, dieses alte Geschirr – das ist handgemalt, das geht doch kaputt in der Maschine. Und sein Silberzeug und das Kristall täte er auch nicht rein."

Kerrin spürte die leichte Spannung, die sich hinter Ellies lockerem Ton verbarg. Sie war sich auch bewusst, dass ihre Freundin es vermied zu fragen: „Wie findest du Morris?" Und sie überraschte sich selbst, dass sie Morris eigentlich anziehend fand. Er war anders als andere Männer. Exzentrisch – sicher. Aber er war jemand, dem es schnuppe war, was andere über ihn dachten. Auch machte er nicht den Eindruck, dass er Leute bewertete. Er schien Ellie für ähnliche Gründe zu schätzen wie Kerrin selbst. Er war freundlich zu den Jungen, ohne sie beeindrucken zu wollen. Er war nett zu ihr gewesen – sie hatte keinerlei Vorbehalt gespürt.

Ganz spontan nahm Kerrin ihre Freundin in die Arme. „Ok – ich mag Morris. Soll er euch adoptieren. Gott weiß, Billie braucht jemand, der ihn vernünftig füttert. Und du … na ja, vielleicht macht er tatsächlich noch eine Hausfrau aus dir."

„Keine Gefahr", brummte Ellie, aber sie erwiderte dankbar den Druck von Kerrins Armen. Dann schmiss sie den Lappen in die Spüle und verkündete, sie wüsste, wo Morris seinen Likör aufbewahre.

Die Gläschen standen jetzt auf dem Kaminsims, und Kerrin fühlte eine angenehme Müdigkeit durch ihren Körper ziehen. Sie hörte schläfrig zu, wie Ellie versuchte, das Rätsel zu lösen, das sich um Ruths Willem spannte.

„Also, du sagst, deine Tante leidet nicht an Altersverwirrung. Bist du denn so sicher, dass diese Schiffslisten richtig sind? Viele Leute verlassen sich einfach zu sehr aufs Internet. Vielleicht ist dein Schiff, diese Skaubryn, richtig abgereist – mit deinem Onkel an Bord, nur ist sein Name einfach von der Liste gerutscht."

Kerrin spürte eine leise Hoffnung in sich aufsteigen.

„Aber all die Nachforschungen, die ich betrieben hatte, die Stunden, die ich vor dem Computer verbracht hatte – und die Lösung soll so einfach sein? Ein simples Übersehen? Irgendjemand hat einfach vergessen, seinen Namen einzutragen?"

„Solche Listen werden übertragen. Klar geht da mal das eine oder andere verloren."

„Und trotzdem kann ich ihn hier nicht finden. Ich habe doch jetzt alle Möglichkeiten ausgeschöpft", sagte Kerrin.

„Irgendwo muss er doch bei der Ankunft erfasst worden sein. Ich kann mich erinnern, als ich ganz klein war, dass da öfter mal eine Frau vorbeikam – von irgendeinem Amt oder der Wohlfahrt oder so. Meine Mutter wurde immer ganz nervös, wenn der Besuch anstand. Ich glaube, sie hatte Angst, wir könnten alle zurückgeschickt werden. Und meine Schwestern, die sagten jedes Mal zu mir: ‚Die kommt, um zu sehen, ob du auch brav warst.' Und wenn nicht, dann würde sie mich mitnehmen und in ein Kinderheim stecken. Ich habe mich zum Schluss immer versteckt, wenn sie mit ihren Fragebogen und Heften kam. Ich bin erst rausgekommen, wenn ich wusste, sie war ganz bestimmt weg. Und sogar dann haben meine Schwestern mich noch geärgert. Sie haben mir erzählt, die Frau hätte nach mir gefragt und wollte wissen, wie viel ich denn wiege und ob ich auch mein Essen aufessen täte. Weißt du, ich war ein mageres Kind, und meine Mutter sorgte sich immer, dass ich nicht genug aß. Erst jetzt habe ich herausgefunden, dass die Frau von der jüdischen Wohlfahrt kam. Sie hatte gar nichts mit der Regierung zu tun! Vielleicht war es sogar Morris' Mutter, die da kam. Wundern tät's mich nicht. Die gleiche herrische Art hatte sie."

Kerrin musterte ihre Freundin. Ellie war immer noch zu dünn – und auf einmal sah Kerrin hinter der aufmüpfigen Art, den fahrigen Gesten das verängstigte Kind, das sich zu behaupten versuchte.

„Ich mein nur, wenn es so was für die jüdischen Einwanderer gab, dann sind da bestimmt auch Vereine für die anderen Einwandergruppen."

„Der Deutsche Einwanderer-Verein. Die sind auch mal zu Leo und mir gekommen." Kerrin kicherte. „Die Frau war ziemlich schockiert. Die Waschmaschine war kaputt, und ich musste die Windeln in der Badewanne einweichen. Ich war total übernächtigt, weil Leo eine Kolik hatte und wir beide nicht zum Schlafen kamen. In der Küche stapelte sich das Geschirr – sie wollte wissen, wo denn mein Mann sei. Als ich ziemlich unhöflich sagte, sowas hätte ich nicht, war sie beleidigt und wusste nichts mit mir anzufangen. Sie meinte, sie würde sich erkundigen, wie mir geholfen werden könnte, aber ich habe sie nie wiedergesehen."

„Du Schlampe", murmelte Ellie und schüttelte scheinbar entrüstet den Kopf. „Glück hattest du, dass sie Leo nicht abgeholt haben. Aber mal ehrlich: Solche Leute wie die, die hatten eben keine Babys, die Kolik bekamen oder alle drei Stunden aufwachten oder behindert waren wie Billie … deren Kinder hätten das gar nicht gewagt. Schau dir Morris an – seine Mutter bekommt Auszeichnungen für ihre freiwillige Arbeit, und Morris hat sich praktisch selbst aufgezogen. Trotzdem – dieser Verein, der hat dich gefunden, und davor meine Familie. Ergo kriegen sie von irgendwoher Informationen über Einwanderer."

„Ja, es gibt diese Census Records – die Resultate der Volkszählungen, aber die sind für normale Leute geschlossen. Da kommt man nicht ran."

„Dann bleibt dir nur noch die Stammbaumforschung – einer bei uns im Büro, der macht das. Der hat seinen Stammbaum schon ein paar Jahrhunderte zurückverfolgt."

Ellie räkelte sich zufrieden. Aber Kerrin verzog den Mund bei dem Gedanken, wieder an den Computer zurückzukehren und stundenlang auf den Bildschirm zu starren.

„Übrigens hatte ich recht", fiel es Ellie ein. „Meine Familie kam nach ihrer Ankunft in so ein Auffanglager für Einwanderer. Bonegilla hieß das. Im Norden Victorias, am Murray River lag es. Warte mal, meine Mutter bekommt noch immer den Newsletter. Sie hat ihn mir mitgegeben." Sie angelte nach einem Stapel Maklerlektüre in einem Zeitungsstand. „Hier ist es.“ Sie schauderte, als sie Kerrin das Heftchen zeigte. „Guck dir das bloß mal an. Diese Wellblechhütten – kein Baum und kein Strauch. Da wurden Leute untergebracht, die aus Europa kamen, wo die Städte jahrhundertealt waren. Meine Mutter sagte, im Sommer war es brütend heiß, im Winter eisig kalt. Also, da könntest du auch noch mal versuchen, deinen Verwandten zu finden.“

Kerrin starrte Ellie erstaunt an. „Du warst bei deiner Mutter? Wegen mir?“

„Wegen dir, wegen Morris. Was macht's schon. Wir streiten und vertragen uns mit schöner Regelmäßigkeit. Und ich hatte das selbst alles vergessen – ich habe zu ihr gesagt: ‚Bevor du stirbst, muss ich wissen, wie das damals war. Damit ich es Billie erzählen kann.‘“

„Ellie.“ Kerrin war schockiert. Aber wahrscheinlich war Ellies Mutter an die Art ihrer Tochter gewöhnt. „Und was war das mit Morris?“, fragte sie.

„Ach … Morris wollte meine Mutter kennenlernen. Keine Ahnung, warum. Schließlich haben wir nicht vor, zu heiraten. Gebrannte Kinder sind wir ja beide. Und außerdem finde ich es albern, wenn erwachsene Menschen sich lächerlich machen. Na, nun kennt er sie, und wenn sie jetzt alle fünf Minuten vorbeikommt und in seinen Angelegenheiten schnüffelt, ist es seine eigene Schuld.“

Sie griff nach den Zigaretten und überlegte es sich dann anders. „Komm“, sagte sie und sprang auf. „Lass uns Morris und die Jungs suchen. Ich wette, ich weiß, wo sie sind.“

Kerrin stand langsam auf. Sie musste erst mal verdauen, was sie gerade gehört hatte.

Die Sache mit Morris schien ernst zu sein.

Morris hatte die Jungen durchs ganze Haus geführt. Ein Zimmer war als Arbeitszimmer eingerichtet. Bücherregale zogen sich die Wände entlang und reichten bis unter die Decke. In der Mitte des Raumes standen sich zwei Schreibtische gegenüber, allerdings beherbergten sie moderne Computer mit Druckern, Scannern, Faxmaschinen und Telefonen. Auf dem Fußboden lag eine angefangene Collage, wie Billie sie herzustellen pflegte. Anscheinend hatte Morris noch nicht ganz die Arbeit aus seiner Freizeit verbannt. Unter einem der Schreibtische lag ein Paar hochhackige Pumps. Ellie streifte gern ihre Schuhe ab, auch wenn sie Kerrin besuchte, tat sie es immer.

Hinter der Küche hatte Morris einen Innenhof angelegt.

„Früher war hier so ein kleiner Anbau, und jedes Mal, wenn man aufs Klo musste, musste man hier raus", erklärte Morris Leo. „Wir haben ihn abgerissen und neue Badezimmer eingebaut."

Er bückte sich und zupfte ein paar braune Blättchen von einem Topf mit Thymian. Dann winkte er den Jungen, ihm zur Garage zu folgen, die die Breite des Grundstücks hatte. Zu groß für nur zwei Autos, dachte Leo und vermutete eine Werkstatt. Aber als Morris eine schmale Tür öffnete und den Lichtschalter betätigte, sah er einen Tisch der die Dimensionen einer Tischtennisplatte hatte. Darauf war eine Modelleisenbahn aufgebaut, an der ihr Besitzer sicher viele Stunden gebastelt hatte. Ein kompliziertes System von Schienen umrundete und durchkreuzte die Tischplatte. Es gab Bahnhöfe, Tunnel, Eisenbahnbrücken und Bahnübergänge mit Schranken. Auf einem Berg stand ein Dorf mit einer Kirche und sogar einer Burg. Die Gleise wanden sich den Berg hinauf. Unten im Tal breitete sich eine Stadt aus, mit Fabriken, Hotels und Geschäften und einem Hauptbahnhof, der jeder Großstadt Ehre gemacht hätte. Es gab einen Umschlaghafen mit einem Güterbahnhof und sogar eine Outbacksiedlung mit einem Bergwerk, wo Miniaturkräne offene Waggons beluden. Billie klatschte fröhlich in die Hände und lief zum Schaltbrett. Sofort leuchteten winzige Straßenlampen auf, und an einem Bahnübergang blinkten die Warnsignale. Billie bewegte sich langsam um den Tisch, er hob die verschiedenen Loks und Waggons auf und trug sie nacheinander dorthin, wo alle Schienenstränge ausliefen.

„Wow“, sagte Leo zum zweiten Mal an diesem Tag.

„Da staunst du, was?“, sagte Morris glücklich. „Wollen wir Leo zeigen, wie alles funktioniert, Billie?“

Billie reihte konzentriert die Züge auf, er ließ sich nicht von Morris anstecken, der hippelig am Schaltbrett stand, ungeduldig drängend, dass Billie alles startbereit erklärte. Als Kerrin und Ellie eine Stunde später eintraten, dampften die Lokomotiven durch Tunnel und über Brücken, fuhren in die Bahnhöfe ein oder brausten an den Schranken vorbei.

„Guck, Ma – da ist mein Zug. Der, der gerade den Berg rauffährt. Stell die Weiche, Billie, schnell, sonst gibt’s einen Zusammenstoß …“

Alle drei spielten eifrig, und eine Weile schauten Kerrin und Ellie zu. Aber die Kälte des unfreundlichen Novembertages drang bald in ihre Knochen, und endlich erinnerte Ellie Morris ans Kaffeetrinken.

„Der Strudel von Morris war echt gut, nicht?“, fragte Leo, als sie in Kerrins rotem Lancia nach Hause fuhren. „Und das Haus ist cool. Ich wünschte, Jonathon wäre an Modelleisenbahnen interessiert. Dann könnten wir auch eine haben.“

Kerrin erinnerte ihren Sohn sanft, dass, sogar wenn in Jonathons Herzen ein verkappter Eisenbahner stecke, es wohl schwer sein würde, so etwas wie Morris’ Anlage aufzubauen. „Jonathon ist selten länger als ein Jahr an einem Ort. So eine Eisenbahn lässt sich doch nicht so leicht transportieren. Und wenn er sich in Amerika oder sonstwo aufhält, bringt es dir ja auch nichts. Du könntest nicht mal schnell vorbeigehen und damit spielen."

Sie blinkte, um in die Allee einzubiegen, die sich um den Albert Park See wand. Beide beobachteten sie die Segelboote, die trotz der Kälte auf dem See kreuzten. Die meisten waren kleine Ein-Mann-Jollen, die behände über das unruhige Wasser flitzten.

„Nächstes Jahr geht er wahrscheinlich nach Deutschland", sagte Leo.

Kerrin versuchte ihre Überraschung zu verbergen. Typisch Leo, dass er das so ganz nebenbei bemerkte. Er hatte nichts erwähnt, als sein Vater ihn von ihrer gemeinsamen Reise nach Hause gebracht hatte.

„Das hat er mir gar nicht erzählt", sagte sie.

„Morris hat mich gefragt, was denn mein Papa macht."

„Hast du es ihm erzählt?", fragte Kerrin. Bei Leo konnte man nie wissen.

„Mm. Er meinte, warum wir denn nicht mit ihm durch die Welt reisen – wir könnten doch alle zusammenwohnen."

Kerrin schob ihre Brille hoch und wartete ab.

„Ich habe gesagt, dass würde wohl nicht so gut gehen. Erstens, weil du deine Arbeit hast, und zweitens, weil Jonathon mit seinem Partner zusammenlebt, und da würd's dann doch ein bisschen eng. Da hat Morris gesagt, ich wär wohl ein kleiner Unfall, genau wie er, gewesen. Seine Mama hätte ihn wohl auch nicht geplant. Er hat seinen Vater gar nicht gekannt."

„Dann hast du doch Glück gehabt", sagte Kerrin ruhig. „Du weißt genau, wer dein Vater ist, und wir haben dich beide lieb."

Leo nickte.

„Das habe ich Morris auch gesagt. Und dann hab ich ihm erzählt, dass du immer sagst, ich war ein Zufall, kein Unfall."

Kerrin lachte. Sie streckte die Hand aus und legte sie in Leos warmen Nacken. „Mein kleiner Zufall“, sagte sie. „Mein kleiner, glücklicher Zufall.“

Für einen Moment erinnerte Kerrin sich an Jonathons Gesicht, als sie mitsamt ihrem Gepäck vor seiner Tür gelandet war. Damals, als sie die Schwangerschaft entdeckt hatte und sich Hals über Kopf in das Abenteuer Australien gestürzt hatte. Überzeugt, dass die Liebe zum gemeinsamen Kind eine Basis für eine Partnerschaft sei. Übernächtigt und aufgeregt nach dem langen Flug, hatte sie die Botschaft ihrer Schwangerschaft herausgesprudelt – das Resultat einer weinseligen Liebesnacht. Erst als sie Jonathons komisch-verzweifeltes Gesicht gesehen hatte, war es ihr wie Schuppen von den Augen gefallen.

Leo war wirklich ein Zufall.

Sie kamen an die Fitzroy Street, wo die Besitzer der Straßencafés ihre Gasheizer angezündet hatten. Die üblichen Sonntagsspaziergänger drängten sich zwischen den Tischen. Viele hatten Hunde mit. Leo nannte sie immer die Designerhunde – aufgeputzt und geschmückt mit glitzernden Halsbändern, Pullovern mit Pelzkragen oder T-Shirts mit zweideutigen Aufschriften. Oft war das Fell der Hunde im selben Ton gefärbt wie das Haar ihrer Besitzer. Sie hatten kaum noch Ähnlichkeit mit Haustieren, mit denen man im Garten tobte. Geziert hockten sie auf Stühlen und schleckten Wasser aus Schüsseln, die einer Cappuccinotasse glichen, und fraßen Hundekuchen, die Petit Fours Ehre machten.

Kerrin wartete an der Ampel.

„Weißt du, Ma, dass ich letztens einen Hund gesehen habe, der hatte eine Lederjacke an und so eine Lederkappe, wie die Piloten in diesen kleinen Kampfflugzeugen im Zweiten Weltkrieg sie trugen?“

Kerrin nickte. „Und ich einen, der trug eine Sonnenbrille!“

Sie kicherten. Die Ampel wurde grün, und sie fuhren weiter.

Vor ihrem Haus angekommen, gelang es Kerrin, sich in die letzte freie Parklücke zu quetschen. Millimeter trennten ihren alten Lancia von dem schnittigen BMW ihrer Nachbarn.

Sie hatte kaum die Haustür aufgeschlossen, als das Telefon klingelte.

„Kerrin", ertönte Ellies Stimme. „Morris hatte gerade eine Idee: Warum versuchst du es nicht mit alten Telefonbüchern?"

„Alte Telefonbücher?", fragte Kerrin verwirrt.

„Na – um den Mann deiner Tante zu finden. Schau doch einfach ins Telefonbuch! Ich habe zu Morris gesagt, dass du nichts Offizielles einsehen kannst, dass das alles versiegelt ist. Und wie blöd das ist, weil doch jeder, der hier lebt, irgendwann registriert wird. Für einen Führerschein oder weil er in die Krankenkasse eintritt oder in Rente geht. Und da hat Morris gesagt: ein Telefon! Jeder hat ein Telefon. Und im Telefonbuch stehen Adressen. Vielleicht hast du Glück und findest ihn. Sonst musst du auf die alten Jahrgänge zurückgreifen. Morris meint, im Public Records Office kann man ganz alte Telefonlisten einsehen. Sicher, vielleicht wohnt er nicht mehr da, aber es gibt Nachbarn, die sich erinnern. Probier das. Ich muss gehen, Morris und ich haben noch ein bisschen zu tun."

Kerrin ließ langsam den Hörer sinken. Sie dachte an das Arbeitszimmer in Morris' viktorianischem Haus. Da saßen sie einander nun an ihren Computern gegenüber, absorbiert von Haus- und Grundstückspreisen, während Billie auf dem Fußboden saß und schnitt und klebte. Und doch hatten sie auch an sie gedacht.

Kerrin kniff nachdenklich die Augen zu. Im Zeitalter der Handys und der gespeicherten Telefonnummern brauchte man kaum noch die Telefonbücher. Dann fiel ihr ein, dass sie die zwei dicken Bände als Fußstütze unter ihren Schreibtisch gelegt hatte. Sie ging in ihr Schlafzimmer, wo sich ihr Arbeitsplatz im Erkerfenster befand. Sie saß selten dort. Meistens zogen Leo und sie den großen Esstisch in der Küche vor. Sie bückte sich und zog den unteren Band hervor. L bis Z.

# III

Sie hatten sie gemeinsam zum Flughafen gebracht – Ane, Ose und die Kinder. Fritzi fühlte sich wie eine Ausgewiesene, an beiden Seiten flankiert von ihren Wachen, ohne die geringste Möglichkeit, in letzter Sekunde umzudrehen.

Auf dem Weg zum Flughafen hatte sie bedrückt in Anes Auto gesessen. Ein feiner Nieselregen beschlug die Windschutzscheibe und ließ die Stadt bläulich-braun erscheinen. Der Regen förderte nur Fritzis miserable Stimmung.

„Ich weiß wirklich nicht, warum ich wegfahren muss", hatte sie es ein letztes Mal versucht.

„Es wird dir guttun", sagte Ose vom Hintersitz, wo sie mit den Kindern saß. Eine Stimme, die keinen weiteren Einwand erlaubte.

Ane schaltete in den dritten Gang und beschleunigte, um einen Bus zu überholen, hinter dem sie schon eine Zeit lang hergeschaukelt waren und der nun endlich blinkte und in eine Haltestelle einbog.

Britta seufzte laut. Sie hielt ihre Augen fest auf ihr Buch geheftet und ließ sich auch nicht von Finns aufgeregtem Geplapper ablenken. Ane hatte ihr „Die Brüder Löwenherz" von Astrid Lindgren mitgebracht. Britta hatte das Buch mit einem Schulterzucken entgegengenommen und gefragt, ob nun von ihr erwartet würde, sich für ein Kinderbuch zu begeistern.

„Na ja, eine Mutter, die ihre Kinder allein erzieht, das ist ja immerhin passend", sagte sie nach einem kurzen Blick auf den Umschlag.

Aber das Buch hatte sie gefangen genommen. Als Fritzi spät in der Nacht noch einmal bei ihrer Tochter reinschaute, war Britta beim Lesen eingeschlafen. Sie lag auf dem Bauch. Ihr Gesicht, vom verwirrten Haar bedeckt, ins zerwühlte Kissen gedrückt. Ein Arm war über die Bettkante gefallen, und das Buch lag aufgeblättert am Boden.

„Meinst du, das ist die richtige Lektüre für Britta – gerade jetzt?“, hatte Ose gefragt. „Das handelt doch vom Tod und vom Sterben.“

„Genau“, sagte Ane. „Deshalb habe ich es ja mitgebracht. Britta hat doch fürchterliche Angst, dass Fritzi oder Hajo etwas passiert. Ihre Familie ist auseinandergebrochen, und sie macht sich Gedanken. Die Brüder Löwenherz zeigen doch, dass ein grimmiges Ende zu einem neuen Anfang führen kann.“

‚Grimmig‘ fand Fritzi ein bisschen übertrieben, auf ihre Situation bezogen. Aber sie hatte keine Lust zu argumentieren. Die ständigen Streitigkeiten mit Britta forderten schon ihre ganze Kraft. Immerhin gab das Buch Britta den gewünschten Vorwand, die Abreise ihrer Mutter weitgehend zu ignorieren. Erst im letzten Moment, als Fritzi sich in die Schlange einreihte, die sich zum Ausgang schob, hatte Britta sich ihr in die Arme geworfen und sie so fest an sich gedrückt, dass Fritzi an Anes Worte denken musste.

Inzwischen würden sie schon auf der Autobahn in Richtung Flensburg brausen. Finn hatte sich immerhin auf die Fahrt in Anes Auto gefreut.

„Ane flit-zt wie die Feuerwehr“, hatte er zu seiner Mutter gesagt. „Und wir dürfen in ihrem Auto keinen Krümel essen, das hat sie gesagt, keinen Krümel. Auch Olmi nicht. Ich habe Ane erzählt, dass Olmi gern einen Hundekuchen verzehrt, auf der Reise. Ane hat gesagt, nicht mal Olmi. Aber wir halten irgendwo an und machen ein Picknick.“

Gestern Abend war das gewesen. Finn hatte auf einem Stuhl neben ihr gestanden und den Teig für die Pizza angerührt. Er machte das ganz selbstständig, maß das Mehl aus und die Hefe, rührte Öl in das lauwarme Wasser. Knetete den Teig mit seinen kleinen Händen, bis zu den Ellbogen steckten seine Arme in der Schüssel. Er schnippelte auch die Champignons und schnitt die Paprika in Streifen, während er Fritzi die Zwiebeln überließ. Ihr kleiner mutiger Sohn. Der im Auto seine Furcht vor der bevorstehenden Trennung mit einem Redeschwall überspielt hatte. Ane hatte vorgeschlagen, dass sie die Fahrt in Schleswig unterbrechen sollten, um Haithabu, die Wikingersiedlung an der Schlei, zu besuchen. Sie hatte Finn ein Bilderbuch über die Wikinger mitgebracht.

Finn, der momentan alle liebte, die eine Art von Uniform trugen und auf irgendeine Weise Autorität ausübten, war begeistert von den Wikingern. „Schau, Ose", sagte er. „Das ist der Anführer. Der da vorn im Boot steht. Ane sagt, wir können uns ein richtiges Wikingerschiff ansehen. Drachenschiffe heißen sie." Finn holte tief Atem vor lauter Ehrfurcht. „Durch alle Meere sind sie gereist, hat Ane gesagt. Ganz viele Waffen hatten sie, weil es ja gefährlich war. Schwerter, Beile, Lanzen … Und runde Schilder." Fritzi wusste, dass sein Finger gegen die verschiedenen Objekte stupste. „Ose, du guckst ja nicht …"

Er babbelte weiter, während er Ose die Feinheiten des Wikingerlebens erläuterte. Das Bilderbuch lag auf dem Werkzeugkasten, in dem er seine Steinsammlung transportierte. Ane hatte ihm von den Runensteinen in Haithabu erzählt.

„Das da sind die Steine, Ose. Wie heißen die noch mal genau, Ane?"

„Jellingsteine."

„Ach ja, Jellingsteine, Ose", sagte er, als ob Ose schwerhörig sei. „So sieht das Haus aus. Ein Langhaus heißt das. Da haben sie alle zusammengewohnt. Guck mal, die haben ein Feuer in der Mitte. Darauf haben sie die wilden Tiere gebraten, die sie gejagt haben. Da, Ose, mit Pfeil und Bogen. In den wilden Wäldern. Gegenüber von Willas Haus ist ja auch ein Wald", sagte er nachdenklich. „Und hinter Ruths Haus auch … Ose, glaubst du, dass es da das eine oder andere wilde Tier gibt?"

Fritzi dachte, es geschah Ose recht, dass sie nun für mehrere Stunden lang über die Wikinger unterrichtet werden würde. Es war gemein, wie ihre Schwestern sie zu dieser Reise gedrängt hatten. Sie hatte sich auf die schulfreien Tage mit ihren Kindern gefreut. Hatte eine Vertretung im Bioladen organisiert und Finn im Kindergarten abgemeldet. Wahrscheinlich wäre sie sogar mit den Kindern nach Föhr gefahren. Da hätte sie diese Müdigkeit überwunden, die sie seit einiger Zeit gefangen hielt. Lange Spaziergänge an der Nordsee. Fahrradtouren durch die Wälder. Einen Besuch mit Finn in der Kerzenscheune. Er liebte es, dort Kerzen zu ziehen. Das wäre besser gewesen, als mit den Waffen der Wikinger zu liebäugeln und zu überlegen, ob es im Wald vor Willas Haus wilde Tiere zu erledigen gäbe.

Und dann hatten Ose und Ane sie regelrecht überfallen.

„Wir haben eine Kurzreise für dich organisiert", hatten sie strahlend verkündet und mit dem Flugticket gewedelt. „Britta und Finn kommen mit uns nach Föhr. Willa hat schon das grüne Zimmer vorbereitet und einen Schokoladenpudding gekocht. Und Ruth hat Gudrun losgeschickt, um neue Scheren und Filzer einzukaufen. Und Kleber und Transparentpapier und so … Sie meinte, die braucht ihr sicher, wenn ihr bei ihr mit den Adventsbasteleien anfangen wollt."

„Ich nicht. Ich mach sowas nicht mehr. Und es ist langweilig auf Föhr", hatte Britta behauptet.

„Schade." Ose klang unbesorgt. „Beim Ponyhof haben sie mir gesagt, sie hätten noch einen Platz frei. Hier, ich hab das Programm mitgebracht."

Britta hatte es nicht geschafft, ihr Interesse zu verbergen.

Im Flugzeug nahm Fritzi ihren Fensterplatz ein und befestigte den Sicherheitsgurt.

Überrumpelt hatten sie sie. Und dann so scheinheilig getan, als ob sie wirklich nur an sie dächten.

„Amsterdam ist eine wunderschöne Stadt für einen Kurzbesuch“, hatten sie geschwärmt.

„Für jemanden ganz allein?“, hatte Fritzi entgeistert ausgerufen. Was sollte sie dort tun? Wie würde sie sich am Morgen aus dem Bett raffen, wenn niemand da war, für den sie Frühstück vorbereiten musste?

„Da gibt es genug zu tun. Das Rijksmuseum, Rembrandt, van Gogh, das Anne-Frank-Haus, eine Fahrt auf den Grachten … Du wirst schon sehen.“ Und dann hatten sie ihr die Broschüre gezeigt. Eine süße, kleine Pension im Herzen der Altstadt. „Frühstück isst du im Haus. Zum Mittag- und Abendessen gehst du in ein Restaurant. Die Einladung ist von uns allen. Wir möchten dich mal verwöhnen.“ Ane drückte Fritzi einen dicken Umschlag in die Hand. „Damit kannst du dich im Flugzeug schon mal orientieren. Stadtplan, Sehenswürdigkeiten, Restaurants, Cafés, Galerien … Eintrittskarten für die wichtigsten Museen und die Grachtenfahrt. Wenn du in Schiphol ankommst, ist es ganz leicht. Der Zug in die Stadt geht direkt vom Flughafen ab. Du fährst zur Centraal Station, und schwupp, schon stehst du vor der Altstadt. Wenn du deinen Rollkoffer packst, brauchst du nicht mal ein Taxi, um zu deiner Pension zu kommen.“

Fritzi war auf einen Stuhl gefallen. Ose hatte den Umschlag geöffnet, und Britta und Finn fingen an, den Inhalt zu sortieren. Auf einem gesonderten Umschlag erkannte Fritzi Willas Schrift.

„Von Ruth und Willa – ein bisschen Reisegeld“, sagte Ose stolz. „Du wirst selbst keine Unkosten haben. Wir haben es als vorzeitiges Weihnachtsgeschenk gedacht.“

„Ein Geschenk kann man nicht verweigern“, sagte Britta streng und legte die Fahrscheine und Eintrittskarten aus wie eine Patience.

Und dann am Abend der Hammer, als die Kinder schon im Bett lagen und ein Fünkchen, ein winziges Fünkchen in Fritzi aufgeflammt war, das Vorfreude ankündigte. Sie saßen zu dritt im Wohnzimmer. Im Kamin prasselte ein Feuer, und das Zimmer roch nach Zimtsternen und Weihnachtstee, im Fenster leuchtete eine Reihe von roten Teelichten.

„Natürlich, wenn du alles gesehen hast ...“, fing Ane an.

„Und dir noch Zeit bleibt ...“, fiel Ose ein.

„Und da du ja sowieso in Amsterdam bist ...“

Da, erst da – war Fritzi aufgegangen, was wirklich hinter diesem Geschenk steckte. Sie hatten etwas über diese Amalie herausgefunden, und sie, Fritzi, sollte den Kontakt in Holland aufnehmen.

„Ich soll nach dieser Frau suchen?“

Ose und Ane hatten einen Blick getauscht.

„Und ihr habt nur eine Adresse auf einem alten Umschlag? Wisst nicht mal, wer den Brief geschrieben hat? Erinnert mich bitte: Wann genau wurde der Brief geschickt? 1955? Aber klar, das ist ja mal eben grad um die Ecke!“ Fritzi schnaufte. „Und ihr meint, da lebt noch jemand? Unter derselben Adresse? Und ich soll da hinmarschieren und sie wegen eines fünfzig Jahre alten Briefes zur Rede stellen?“ Fritzi, die selten ärgerlich wurde, war wütend.

„Olmi muss noch mal raus“, sagte sie kurz und griff den schlafenden Hund fest am Halsband. So rüde aus dem Schlaf gerissen, jaulte er laut und stemmte seine krummen Hinterbeine in den Teppich. Fritzi musste ihn auf dem Bauch hinausschleifen.

Ose zog eine Grimasse.

„Glaubst du, wir waren etwas voreilig?“, fragte Ane.

„Quatsch. Wir haben doch alle beschlossen, so geht es nicht weiter mit ihr. Sie muss raus, und sie muss mal an etwas anderes denken. Die paar Tage werden ihr guttun."

Ose verstummte, weil die Haustür zuschlug. Fritzi kehrte ins Zimmer zurück. Olmi verzog sich beleidigt unter die Couch. Fritzi griff nach ihrem Strickzeug und begann, ihr Muster auszuzählen. Ihre Hände zitterten leicht.

„Willa hat an die Adresse geschrieben", sagte Ane vorsichtig.

Fritzi hatte ihre Schwestern ungläubig angestarrt.

Wider Erwarten fing sie an, den Flug zu genießen. Die Maschine brummte leise. Sie war nicht voll besetzt, und Fritzi hatte eine Sesselreihe nur für sich. Eine blonde, kurzhaarige Flugbegleiterin mit holländischem Akzent bot Tee und Kaffee an. Fritzi dachte, dass die Holländer etwas flexibler in der Auswahl ihres Flugpersonals waren: groß, jung und schlank waren anscheinend nicht der Maßstab. Die Frau, die ihr einen Tee reichte, war klein, pummelig und etwas älter als Fritzi.

Sie trank ihren Tee und sah aus dem Fenster. Kurz nach Hamburg waren sie aus der Wolkendecke herausgeflogen und folgten dem Lauf der Elbe. Deutlich sah man die Gehöfte und die dichten Hecken, die die Äcker begrenzten. Wie ruhig und friedlich alles wirkte. Wenn Gott wirklich von oben herunterschaute, kein Wunder, dass er mit sich zufrieden war. Hier spürte man nichts von der Hetze des täglichen Lebens, von den Bedrängnissen und Nöten der Menschen. Fritzi stellte sich ihr Haus aus der Vogelperspektive vor. Ein rotes Haus mit einem spitzen Dach und dem Garten rundherum, den sie und Hajo liebevoll angelegt hatten. Umgeben von dunkelgrünen Wäldern. Mit der Schaukel und der Sandkiste, die entstanden waren, als die Kinder klein waren. Später war das Spielhäuschen dazugekommen, das besonders Johanna so oft benutzt hatte. In den Fenstern hingen die karierten Vorhänge, die Johanna selbst genäht hatte, schlapp in der feuchten Luft. Auf der kleinen Veranda standen die kindergerechten Gartenmöbel. Im vorletzten Sommer hatten sie das Biotop angelegt, und Britta hatte Kaulquappen ausgesetzt, die zu kecken Fröschen gediehen waren. Kruses Gehege hockte auf dem Rasen, damit der Hase regelmäßig frisches Gras genießen konnte. Auf der Terrasse standen aufgereiht die fünf Paar Gummistiefel, und niemand konnte erkennen, dass die großen von Hajo und die roten, die Johanna gehörten, schon seit ein paar Monaten nicht mehr benutzt wurden. In Hongkong brauchte man anscheinend keine Gummistiefel.

„Ich möchte diese Chance wahrnehmen", hatte Hajo gesagt. In dem betont freundlichen Sprechzimmer der Therapeutin, die Fritzi schon seit Anfang des Jahres besuchte. Komisch, wenn sie Frau Helms allein besuchte, erschien ihr das Zimmer immer einladend. Sanfte, helle Farben, ein dezenter Blumenstrauß in einer weißen Vase. Der Karton mit Papiertaschentüchern, der auf dem Tischchen neben der Couch stand. Der dicke Teppich, der unbeherrschte Stimmen auffing und schluckte, bevor sie ins Vorzimmer eilten, wo die diskrete Sekretärin ihre Finger über die Tastatur fliegen ließ. Aber an dem Tag, als sie gemeinsam Frau Helms aufsuchten, schienen Fritzi die zarten Töne eine unzutreffende Kulisse für die Gewalt ihrer Gefühle.

Frau Helms hatte vorgeschlagen, dass sie einander genau erzählen sollten, was in ihnen vorginge, wie sie sich fühlten, und wie sie jeder und für sich zu ihren getrennten Entscheidungen gelangt waren. „Ich bin zu keiner Entscheidung gelangt", schrie es in Fritzi.

„Bitte einander nicht unterbrechen", hatte Frau Helms gemahnt und Hajo aufgefordert, anzufangen.

„Manchmal erscheint mir unser Leben wie der Buchstabe X“, sagte Hajo. „Wir kamen aus ganz verschiedenen Richtungen, hatten verschiedene Hintergründe und stießen aufeinander.“

Fritzi öffnete den Mund, um zu sagen, dass „stoßen“ doch wohl der falsche Ausdruck sei, wenn zwei Leute einander trafen, sich verliebten, heirateten und für immer beisammenbleiben wollten. Aber Frau Helms hob warnend die Hand.

Hajo verzog das Gesicht. „Na ja, ich kann mich halt nicht so hübsch ausdrücken wie du, Fritzi. Ich meine schon, dass ich von dir unheimlich angezogen wurde. Als ich dich sah und nachdem ich dich kennengelernt hatte, gab's einfach keine andere für mich. Das war so eine Art Verschmelzen. Wir hatten die gleichen Ansichten, wollten dasselbe vom Leben. Wir mochten die gleichen Filme, mokierten uns über die gleiche Politik, wollten was Gemeinsames aufbauen. Ich fand das toll, dass Fritzi – dass du – genau wie ich Betriebswirtschaft studiertest. Ich dachte, da werde ich dich nie langweilen, wenn ich über Geschäftliches spreche, du hast die gleichen Interessen. Meine Mutter ist immer aus dem Zimmer gerannt, wenn mein Vater anfing, vom Geschäft zu sprechen. Die hatte nur die Kunst und die Literatur im Kopf.

Und erst war es doch auch super. Wir fanden Jobs bei derselben Firma, und als ich das Angebot bekam, nach Singapur zu gehen, da haben sie für dich doch auch was gefunden. Es wurde nicht von dir erwartet, dass du wie die anderen Ehefrauen zu Hause saßest. Gut, dein Job war langweilig – Daten in den Computer tippen. Die Frauen haben dich genervt, das Klima gelaugt – aber ich dachte immer, das hatte mehr damit zu tun, dass du schwanger warst. Und da waren wir ja beide echt überrascht, hatten keine Ahnung, wie das passiert war, wir hatten das ja nicht geplant. Natürlich solltest du die gleiche Chance haben, dich in der Firma zu etablieren wie ich. Aber gefreut haben wir uns doch nach der ersten Überraschung beide – ein Kind in die Welt setzen, das ist doch schon etwas Riesiges, eine Verantwortung."

Hajo verstummte und schaute auf seine Hände. Als ob er sich immer noch wunderte, wie sie wohl mit dieser Verantwortung fertig werden könnten. Frau Helms wartete geduldig, ein verständnisvolles Lächeln spielte um ihren Mund. Fritzi lehnte sich vor.

„Und dann als es dir so schlecht ging nach der Geburt … so müde warst du immer, und als das mit deinen Brüsten passierte …"

Die Brustwarzen gerissen, der kreischende Schmerz, wenn Johannas Mündchen sich nur näherte. Die schlaflosen Nächte, wenn immer wieder das quengelnde Jammern des Kindes sie aus dem Schlaf riss. Das Fieber, das anhielt, die quälende Angst, das Kind mit den Antibiotika zu vergiften. Marianne, die endlich kam, um ihr zu helfen.

„… da war es doch wirklich am besten, dass du deine Karriere für eine Weile auf Eis legtest. Du hast doch selbst gesagt, einer sollte für die Kinder da sein. Und ich war nun mal an so einem Punkt, wo ich nicht einfach auf halbtags umschalten konnte. Und dann, als es möglich gewesen wäre, da wolltest du nicht mehr. Konntest die Firma auf einmal nicht mehr ab. Last nur noch diese Bücher über sanfte Erziehung, fingst an, alle mit der Kinderseele vollzulabern, die unbedingt gefördert werden musste, sich entfalten sollte. Das war ja auch alles gut und schön, ich hab mir wirklich Mühe gegeben, das zu verstehen. Nur denke ich manchmal, du und ich, wir haben doch auch eine Seele, die muss auch manchmal berücksichtigt werden. Dann wolltest du raus aus der Stadt – aufs Land mit den Kindern, sagtest du. Da war Britta schon unterwegs. Und natürlich ist es schön für die Kinder, so in der Natur aufzuwachsen. Nur eben umständlich zur Arbeit zu kommen. Und als mir dann die Position in Frankfurt angeboten wurde, warst du doch auch dafür, obwohl das bedeutete, ich würde drei bis vier Tage in der Woche nicht da sein.

Aber Interesse hattest du ja an meiner Arbeit eh nicht mehr. Da war es schon besser, wenn ich mich in Frankfurt in die Arbeit kniete, um mich dann am Wochenende voll der Familie hinzugeben ... Nur wenn ich dann nach Hause kam, fühlte ich mich so ausgeklammert. Du warst die große Expertin in der Kindererziehung. Alle naselang liefst du zu diesen Fortbildungen und Seminaren – und ich konnte nun mal nichts anfangen mit dem Gerede. Mit diesen Ideen! Ich habe mich wie ein Störenfried gefühlt in eurer kleinen, heilen Welt. Du mit deiner gerunzelten Stirn, jedes Mal, wenn ich was sagte, hattest du doch Angst, dass ich gegen irgendeine Regel verstoße. Du hast die Kinder abgeschirmt vor mir. Schließlich wollte ich auch zu ihrer Erziehung beitragen, was zu sagen haben. Und dann hörte ich mich – genau so grätzig wie mein Vater. Der gleiche befehlshaberische Ton. Respekt wollte ich mir schaffen, weil ich dachte, du treibst das mit der Liebe, mit dem Verständnis nun doch ein bisschen zu weit. Nie hatte ich so werden wollen wie mein Vater – aber irgendwie schien das die einzige Rolle, die mir blieb. Deshalb war ich so erstaunt, dass Johanna mich wählte, mit mir gehen wollte, als ich das neue Angebot bekam. Und wirklich – ich hatte doch gar keine Wahl. Mit der Restrukturierung in Deutschland hätte ich einen schlechteren Arbeitsplatz akzeptieren müssen. Hongkong ist der Weg nach vorn. Am liebsten wäre es mir gewesen, wenn ihr alle mitgekommen wäret. Als du dich weigertest, fing ich an nachzudenken – einen Ausweg zu suchen. Da fielen mir dann all diese schrecklichen Wochenenden ein. Diese furchtbaren Fahrten nach Frankfurt am Dienstagmorgen, mit dem faulen Geschmack eines verkorksten Wochenendes im Mund. Dann auf halbem Wege anfangen, all das Familiäre zu verdrängen und vorauszudenken. Besprechungen zu planen, schwierige Klienten im Kopf zu beruhigen, Lösungen zu finden. Die ganze Woche über verhandelte ich die kompliziertesten Geschäfte, fuhr am Freitag nach Hause und dachte, so muss es mit euch auch gehen. Ich kann das – ruhig, souverän, geduldig sein. Nur klappte das eben nie. Was ich gemacht hätte, wenn ich allein nach Hongkong gezogen wäre, weiß ich nicht. Wahrscheinlich wäre ich wie einer der anderen Quasi-Junggesellen geworden, die jeden Abend in einer Bar rumhängen oder zu Geschäftsessen gehen. Aber Johannas Anwesenheit hat das alles geändert. Ich fühle mich, als ob ich zum ersten Mal ein richtiger Papa sein darf. Ich muss sie am Morgen aus dem Bett scheuchen, Frühstück machen, sie rechtzeitig zur Schule fahren. Ich habe zwei Spalten in meinem Terminkalender, eine für mich, eine für Johanna. Ich hätte nie gedacht, dass ein Mädchen so viele Sachen braucht. Aber es gefällt mir. Ich fühle mich erfüllt." Hajo schwieg. Er hatte seinen Fall dargelegt. Er sah Frau Helms an und nickte. „Das meinte ich eben mit diesem X – wir kamen einmal an dem gleichen Punkt an, aber anstatt da stehen zu bleiben oder zu wachsen, sind wir wieder auseinandergetrieben. Und momentan sehe ich nicht, wie ich das ändern kann. Ich bin nicht bereit, das, was ich geschaffen habe, und was uns ja auch einen schönen Lebensstil erlaubt, aufzugeben. Außerdem gefällt mir mein Beruf. Ich liebe die Herausforderung, die Verantwortung, die Entscheidungen, die ich treffen muss. Ich finde auch, dass ich immer ehrlich gewesen bin. Ich habe nicht auf einmal meine Richtung geändert. Ich hab genau das gemacht, was wir beide geplant hatten."

Hajo vermied es, Fritzi anzusehen. „Und ich möchte jetzt weitermachen. Deshalb gehe ich zurück nach Hongkong.

Ich habe ein schönes Appartement gefunden. Hell und luftig, in einer guten Gegend. Johanna fühlt sich wohl in ihrer neuen Schule. Und ich schaffe das, den Beruf und das Kind. Zum ersten Mal fühle ich mich als Vater richtig geschätzt. Ich bin stolz auf das, was ich erreicht habe."

Fritzi überlegte, ob sie Hajo fragen sollte, wie es wäre, wenn sie doch noch mitkommen würde nach Hongkong. Nur um ihn zu zwingen, vor Frau Helms zu sagen, was er ihr schon privat gesagt hatte. „Ich hätte Angst, dass wir in Hongkong genauso unglücklich wären, wie wir es hier sind. Dass alles wieder das Alte wird. Ich brauche eine Auszeit, Fritzi", hatte er gesagt. Das war vor zwei Wochen gewesen. Hajo war überraschend nach Hause gekommen. Ohne Johanna – sie war zu einer Geburtstagsfeier bei ihrer neuen besten Freundin eingeladen.

„Und du hast sie ganz allein in einer fremden Stadt zurückgelassen?", war Fritzi explodiert.

„Nicht allein, Fritzi – bei einem sehr netten Ehepaar. Der Mann arbeitet in unserer Firma, und sie leben schon lange im Ausland. Seine Frau ist sehr aktiv in der Unterstützung des Betriebsrats. Kathleen hat mir geholfen mit all dem, was Johanna für die Schule brauchte. Sie hat mir eine Reinigungsfrau besorgt und eine Musiklehrerin für Johanna gefunden." Fritzi konnte sich die Sorte Frau gut vorstellen. Eine Art allwissende Feldwebelin – die wusste, wo man Fieberzäpfchen bekam und was man dem Chef anbot, wenn der aus Deutschland zu Besuch kam. Die auf Cocktailpartys genauso zu Hause war wie bei jungen Ehefrauen, die vor Heimweh heulten. „Und ihre Tochter und Johanna verstehen sich ausgezeichnet. Johanna ist da gut aufgehoben, und sie hatte keine Lust, ein ganzes Wochenende im Flugzeug hin- und herzufliegen."

Und außerdem hatte er mal in Ruhe mit Fritzi sprechen wollen. Es sei ihm einiges aufgegangen, hatte er gesagt.

Nur – er wollte keinen weiteren Streit. Auf ein konstruktives Gespräch käme es ihm an. Frau Helms hatte ihnen einen Gefallen getan, sie am Wochenende zu treffen.

Fritzi sah Hajo an. Er hatte ruhig gesprochen. Manchmal hatte er wirklich traurig ausgesehen, als er erzählte, wie sie einander getroffen hatten. Sie hatte nicht gewusst, dass sie ihm so viel bedeutete. Hajo war immer der reservierte Hamburger gewesen. Und es stimmte, was er erzählt hatte. Sie hatte eine Geschäftsfrau sein wollen. In schicken Kostümen kühl zu agieren, das hatte ihr vorgeschwebt. Aber während Hajo die Zeit in Singapur als Sprungbrett gesehen hatte, das ihn in eine Führungsposition katapultieren würde, war ihr das Banale aufgefallen. Der Wettstreit der Egos, der sich am Materiellen fütterte. Die oberflächlichen Gespräche, die Partys, der hinterhältige Klatsch, der einen Kokon von Intrigen um das Geschäftsleben wob, ließ sie aufschrecken. Und in dieser scheinheiligen Welt, an deren Rand sie sich getrieben fühlte, da wurde dieses neue Leben in ihr gezeugt. Nicht nur die Schwangerschaft bereitete ihr Übelkeit, es war diese neue Erkenntnis, die ihr die Balance nahm. Und dann kam das Wunder der Geburt. Anstatt für Klienten, die kamen und gingen, war sie für ein winziges Menschenleben verantwortlich. Ein Menschlein, das ihre ganze Kraft, ihr ganzes Denken forderte. Das nicht duldete, dass sie sich Zeit für sich nahm. Johanna war wie ein gieriges Monster, das sie strafte, wenn sie sich verspätete, mit dem Bad, dem Füttern oder dem Windelwechsel trödelte, wenn sie nicht jede Sekunde des Tages so plante, dass sie jederzeit alles stehen- und liegenlassen konnte, um den Nöten des Babys zu gehorchen. Und doch liebte sie das kleine Wesen, beschützte es, verteidigte es gegen alles, was ihm Schaden zufügen konnte. Als Marianne kam, um ihr zu helfen, damals, als sie die Brustentzündung hatte, wusste sie plötzlich, was sie wollte. Eine bessere Mutter sein, als Marianne es je gewesen war. Marianne hatte ihren Mann gewählt, hatte den Vater den Töchtern vorgezogen. Fritzi würde nie so eine Mutter sein. Sie würde ihre Kinder zu heilen Menschen heranziehen, würde ihnen die besten Chancen geben, sich zu Menschen zu entwickeln, die die Welt bereichern würden. Sie stellte sich allen in den Weg, die ihre Kinder in diesem Ziel einschränken wollten. Wenn Hajo das nicht verstand, dann mussten die Kinder lernen, dass es auch andere Menschen gab, die nicht so verständnisvoll waren wie ihre Mutter. Den Schaden, den er am Wochenende anrichten konnte, würde sie die Woche hindurch gutmachen. Und irgendwann würde er sehen, was für eine Mammutarbeit sie geleistet hatte.

Hajo sagte, er sei ehrlich gewesen. Er sei dem Weg gefolgt, den er sich ausgewählt hatte. Fritzi dachte, wenn schon ein Buchstabe dienen musste, um ihren Weg zu beschreiben, dann wäre das K besser gewesen. Die aufrechte Linie, das war Hajo. Geradeaus und zielstrebig, nie abweichend von seinem Pfad. Die beiden Schrägen zeigten sie. An dem Punkt, wo sie Hajo getroffen hatte, wo sie sich vereint hatten und Johanna zeugten, da war ihr ein neuer Weg gezeigt worden. Und ja – der strebte von Hajo fort. Andererseits – machte Hajo jetzt nicht genau das Gleiche – probierte ein neues Leben aus? Also doch nicht das K.

Im Flugzeug kritzelte Fritzi probeweise einige Buchstaben auf die winzige, weiße Serviette, die ihr mit dem Tee gereicht worden war. Ein Y schien verheißungsvoll, dann doch nicht ganz richtig. Vielleicht die Nummer acht. Zwei Kreise, die sich berühren …

Aber war es nicht albern – so eine Analogie zu ziehen? Sie waren doch Lebewesen – sie konnten lernen, wachsen, sich ändern. Sie hatte auch Frau Helms diese Frage gestellt. Die hatte sie aufmunternd angesehen.

„Ich nehme an, das machst du jetzt, Hajo", sagte Fritzi endlich. „Du hast eine neue Seite an dir entdeckt, und die willst du eifersüchtig bewachen. Du hast Angst, wenn ich neben dir stehe, könnte dir das kaputtgehen. Du emanzipierst dich." Der Prozess, den Johannas Geburt bei ihr ausgelöst hatte, entwickelte sich nun in Hajo. In der fremden Stadt, wo er die alleinige Verantwortung für ihre Tochter trug. „Und dabei nimmst du mir mein Kind weg", fügte Fritzi hinzu. Sie fühlte sich niedergeschlagen wie von einer Riesenaxt. Hajos Augen glänzten aufmüpfig. Sie sah seine Antwort – ich tue nur, was du zwölf Jahre lang getan hast. „Und wie soll ich jetzt weitermachen? Du hast all dies Neue. Eine neue Stadt, ein neues Appartement, eine neue Welt …" Sie hörte, wie jämmerlich sie klang, und riss sich zusammen. Sie sprach nicht mehr aus, was sie dachte: Und ich bleibe hier stecken. Allein.

Fritzi seufzte und zerknüllte die Serviette. Fröstelnd zog sie ihren Rollkragen näher an ihr Kinn. Den Pullover hatte sie gerade noch fertiggestrickt – Blautöne mit etwas Rosa gemischt. Sie griff nach ihrem Beutel, um ihren Schal herauszuziehen, und der Umschlag rutschte heraus, den Ane auf Hallig Langeneß bekommen hatte.

„Nimm ihn mit", hatten sie gesagt. „Vielleicht hilft das der Frau, sich zu erinnern. Dieser Madame Vatzé. Sie schreibt, dass ihr Mann gestorben ist. Und die Adresse stimmt ja auch noch. Und vielleicht, vielleicht führt es uns zu Willem."

Fritzi versuchte, sich diesen Onkel vorzustellen, den sie nie gekannt hatte. Wie es wohl gewesen war für Ruth, dieses Warten auf Post? Auf eine Nachricht von ihm, die nie kam? Ruth, die so ruhig und zufrieden wirkte. Nicht wie eine, die von ihrem Mann verlassen wurde. Würde es für sie auch so sein, wenn sie alt war? Würden Leute sich mit Mühe an Hajos Gesicht erinnern, vergessen haben, dass auch sie, Fritzi, einmal verheiratet gewesen war? Natürlich, sie hatte die Kinder. Die Kinder ließen einen nicht vergessen. Ein zweiter Gedanke stahl sich in ihr Bewusstsein: Würde es eines Tages nicht mehr wehtun, dass Hajo sie verlassen hatte, um seine Auszeit zu erleben?

Die schwarze Tinte auf dem Briefumschlag deutete auf eine beherrschte Hand. Jeder Buchstabe sah aus wie gestochen. Dies war jemand, der mit Bedacht zur Feder gegriffen hatte. Bewusst seinen Namen weggelassen hatte. Nur eine Adresse angegeben hatte. Fritzi zog den Bogen Papier aus dem Umschlag. Die Nachricht war kurz und knapp.

*Liebe Gerda,*
*ich bin gut in Amsterdam angekommen.*
*Eine sehr schöne Stadt. Ich fühle mich willkommen und gut aufgehoben bei der Familie, in der ich untergekommen bin.*
*Die Reise verlief ohne Hindernisse. Vielen Dank für deine Ratschläge, du hast recht, ich spiele jetzt viel besser.*
*Alles Liebe,*
*Deine Türmel*

Fritzi schüttelte den Kopf. Nichts wies darauf hin, dass diese Nachricht von Amalie stammte. Es konnte irgendeine Sportsfreundin geschrieben haben.

Und doch hatte Willa auf ihren Brief eine Antwort bekommen. Vorsichtig hatte die Frau mit dem französisch klingenden Nachnamen sich ausgedrückt. Sie könnte vielleicht helfen. Natürlich sei es sehr lange her. Aber – ja, eine junge Deutsche sei zu ihnen gekommen. Ob es 1954 war, daran konnte die Frau sich nicht erinnern. Die junge Deutsche hatte die Familie kurz darauf verlassen. Ganz bestimmt sei sie aber allein gekommen. Und den Mann von Willas Schwester hatte sie nie erwähnt. Und trotzdem – auf Willas Drängen war eine Einladung ausgesprochen worden. Fritzi konnte sich bei bestem Willen nicht vorstellen, was noch dabei herauskommen sollte. Die Reise war reine Zeitverschwendung.

Das Flugzeug überquerte die Mündung des Nordostseekanals und hielt auf die Küste zu. Fritzi meinte, winzig die ostfriesischen Inseln zu erkennen. Die Flugbegleiterin sammelte die Tassen ein und erinnerte die Passagiere, ihre Rücklehnen hochzustellen.

Ane hatte recht gehabt. Schiphol war ein heller, freundlicher Flughafen, und es war gar nicht schwer, den Bahnsteig zu finden. Als der doppelstöckige Zug einfuhr, dachte Fritzi an Finn. Wenn er dabei gewesen wäre, hätte sie ihm die Wahl überlassen, die Stufen nach oben oder nach unten zu klettern. Sicher hätte er die obere Etage gewählt.

Fritzi fiel in den blauen Sessel, zog ihren Rollkoffer so nah wie möglich an den Sitz und ließ Holland an sich vorbeigleiten. Wie konnte ein Land, das an Deutschland grenzte, nur ein paar Hundert Kilometer südwestlich von Hamburg so anders aussehen? Grünes, flaches Land von Gräben und Kanälen durchzogen, die Häuser auf eine undefinierbare Weise anders, eben holländisch. Panik ergiff sie. Was machte sie hier? Wie sollte sie die kommenden Tage verbringen? Sie war am Mittwoch gelandet. Der Besuch bei der Fremden war für Sonnabend angesagt. Zwei ganze, gähnend leere Tage, die sie allein ausfüllen musste. Erst am Sonntagmorgen würde sie zurückfliegen. Mittags erwarteten sie sie auf Föhr.

Der Zug verlangsamte seine Fahrt und fuhr in den Hauptbahnhof ein. Fritzi ließ sich von den Mitreisenden hinausschieben und erlaubte dem Strom der Menschen, dem Wirbel der verschiedenen Sprachen, sie aufzufangen. Als sie sich plötzlich durch den Ausgang gedrängt fühlte, die ungewöhnlich milde Luft verspürte und den Lärm des Autoverkehrs hörte, war sie zufrieden, tatenlos am Straßenrand stehen zu bleiben. Busse fuhren an ihr vorüber und gliederten sich an den Haltestellen ein. Mehr Fahrräder, als sie jemals gleichzeitig wahrgenommen hatte, glitten an ihr vorbei. Gewiss mehr Fahrräder als Autos. Fritzis Blick fiel auf das Parkhochhaus – mindesten zwei Stockwerke waren nur mit Fahrrädern bestückt. Sie staunte. Und dann hielt der Verkehr, und vor ihr, durch die Schneise des Zebrastreifens, lag die Stadt.

Sie hatte alte Städte immer geliebt. Manchmal besuchte sie mit den Kindern die Speicherstadt in Hamburg, um der Vergangenheit nachzuspüren. Aber in Hamburg war so viel zerstört worden, dass erhaltene historische Häuserzeilen eher selten waren. Und die, die noch standen, waren behäbige, braune Gemäuer, in deren Fassaden die Fenster diskret verteilt waren. Hier sah sie vor sich eine fast vollständig erhaltene, mittelalterliche Stadt. Schmale, hohe Kaufmannshäuser, deren Dachgiebel stufenartig in die Höhe stiegen. Sie hätten dem Bild eines holländischen Meisters entsprungen sein können. In Blau, Rot, Schiefergrau, mit Weiß getrimmt, glichen sie einer Spielzeugstadt, einer dieser Fassaden, die man ausschneiden konnte. Und doch waren diese Häuser wirklich. Menschlich. Und so schön.

Fritzi lachte vor Staunen auf und schritt nun darauf zu.

# IV

Der November war ungewöhnlich mild und sonnig. Während ich auf Fritzi wartete, schaute ich, wie so oft, aufs Meer. Da lag es – ruhig und glatt, nur am Strand spielten kleine Schaumkronen im seichten Wasser. Hellgrün sah das Wasser aus, und sogar von hier oben konnte ich erkennen, dass es glasklar war. Vom Schiff würde man bis zum Grund hinunterschauen können. Es war sehr ruhig, nur das Krächzen einzelner Krähen drang aus dem Wald herüber und ab und zu der klagende Schrei einer Seemöwe. Die Halligen lagen im Dunst versteckt, ein ungeduldiger Maler, unzufrieden mit seinem Bild, schien sie überpinselt zu haben.

Unsere Cousine Bertha war länger als üblich auf Föhr geblieben. Nie zuvor hatte sie bis Ende November verweilt. Lange schon hatte sie ihre Kuren – die Schlammpackungen, Dampfbäder, Inhalationen und Unterwassermassagen – abgeschlossen, und doch hatte sie sich nicht entschließen können, die Heimreise anzutreten. Stattdessen hatte sie ihre Beziehung zu den alleinstehenden Damen gefestigt. Sie stimmte mit ihnen überein, dass das Haus am Meer durchaus angemessen sei, wenn jemand seinen Lebensabend in gepflegten Umständen und ohne die Sorge um ein eigenes Heim verbringen wollte. Sie sei auch versucht, es für sich selbst zu erwägen, wenn da nicht die leidige Familie ihres verstorbenen Mannes gewesen wäre, auf die ein Auge zu halten sie sich verpflichtet fühlte. Trotzdem hatte Bertha zu jeder der Damen eine besondere Freundschaft aufgebaut. So wurde sie regelmäßig zu Fräulein Mönkelmanns Kartennachmittagen eingeladen, die auf deren nach Westen liegender Veranda stattfanden. Die Einzige der Damen, die Besuch nicht nur empfing, sondern auch bewirtete – eigens dafür hatte sie sich mit einer Kaffeemaschine und einem Teekessel ausgerüstet. Auf eigene Kosten hatte sie ihre Veranda so isolieren lassen, dass sie sie das Jahr hindurch benutzen konnte. Aus ihrer Hausauflösung hatte sie einen schönen Eichentisch mit passenden Stühlen und ein Büfett mitgebracht. Geschmackvoll, lautete Berthas Urteil. Auch hatte Fräulein Mönkelmann eine glückliche Hand mit Blumen, und sogar Gudrun gab zu, dass sie ab und zu eine kränkelnde Topfpflanze zu Fräulein Mönkelmann auf Zimmer Nummer vier in Pflege gab, um sie dort hochpäppeln zu lassen. Manchmal lud das Fräulein uns auch ein, um einen besonders leuchtend blühenden Hibiskus, einen Oleander oder eine ihrer exotischen Orchideen zu bewundern.

Wir hatten an unserer Cousine eine Neigung entdeckt, die sie uns all die Jahre geschickt verheimlicht hatte: Bertha liebte anscheinend Krimiserien mit derselben Inbrunst wie Fräulein Mönkelmann. Diese besaß als Einzige im Haus ihren eigenen Fernseher, hatte sich sogar – um ihrer anderen Leidenschaft, dem Fußball, besser zu frönen und zum Anlass der bevorstehenden Weltmeisterschaft – einen neuen Fernseher, ein Plasmamodell mit besonders großem Bildschirm, installieren lassen. Bertha war kein Fußballfan – hingeworfene Bemerkungen der Mönkelmann, wie „Aber achten Sie mal auf auf Holstein Kiel. Da besteht Bundesliga-Potential!", registrierte sie mit blauäugigem Unverständnis. Auch hatte sie uns immer versichert, dass sie so gut wie nie fernsehe. Wenn Frau Siegesdorf die Nachrichten im Aufenthaltsraum schaute und Frau Heinke ab und zu einen Blick auf eine der Musiksendungen warf, kam Bertha zu mir nach oben. Und so hatte es eine Weile gedauert, bis wir herausfanden, warum Bertha sich an einigen Abenden hastiger verabschiedete, den Wunsch nach einem ruhigen Abend vortäuschend, verschwand. Da das Zimmer Nummer drei, das Bertha mietete, genau wie Fräulein Mönkelmanns vom Rest des Hauses durch einen gesonderten Flur mit eigener Tür abgegrenzt war, hatten wir nicht gewusst, dass sie an jenen Abenden bei dem kleinen Fräulein erwartet wurde, und die beiden sich bei einem Fläschchen Wein, auch den einen oder anderen Likör nicht verschmähend, gewissen Krimiserien hingaben. Als wir sie mit der Tatsache konfrontierten – Gudrun, die ja die Abfalleimer zur Straße fuhr und so wusste, was im Haus entsorgt wurde, hatte uns ihren Verdacht mitgeteilt –, errötete Bertha, gab es aber schließlich zu. Sie versuchte sich herauszureden, dass sie nur dem Fräulein Gesellschaft leistete, jetzt, wo die Abende länger wurden und sie sowieso nur die deutschen und vielleicht noch die englischen Serien sahen, die amerikanischen aber wegen „all diesem technischen Zeug und der modellartigen, perfekten Schönheit der Schauspieler" boykottierten. Trotzdem freuten wir uns doch, hinter Berthas Geheimnis gekommen zu sein.

Einmal in der Woche begleitete unsere Cousine, die schon zu Hause Friesisch gelernt hatte und es noch fließend sprach, Frau Siegesdorf auf ihren wöchentlichen Besuchen ins Friesische Institut in Alkersum. Allerdings weigerte Bertha sich, zu Fuß nach Alkersum zu marschieren, was Frau Siegesdorf als ehemalige Internatsschulleiterin für gesund und kräftigend hielt. Bertha zuliebe, die kleinere Spaziergänge vorzog, bestiegen sie den Bus. Bertha begleitete Frau Siegesdorf auch zu einigen der Veranstaltungen, die im November stattfanden. Willa, bemüht, nicht weniger kultiviert zu erscheinen, schloss sich ihnen an. Sie begründete diese Ausgänge, dass sie sonst unsere Cousine wohl gar nicht mehr zu sehen bekommen würde. So sahen sie sich gemeinsam den Diavortrag „Föhrer berichten" an und nahmen an einem abendlichen Fackelgang den Strand entlang teil, der „Geschichten, Mythen und Wahres über die Friesen, die Seefahrer und das Meer“ versprach. Ich hatte Willa gewarnt, dass das Gehen im feuchten Sand weder ihren Knien noch ihrem Rheuma zugutekommen würde – und tatsächlich musste Willa ihren Übermut mit zwei Tagen im Bett bezahlen. Aber sie wollte ja nicht hören.

Jeden Tag fand Bertha die Zeit zu einem Plauderstündchen mit Frau Heinke, der dritten unserer alleinstehenden Damen. Obwohl Bertha selbst nicht strickte, scheute sie sich nicht, kritisch Stellung zu nehmen, was die Muster und die Farbzusammenstellungen von Frau Heinkes zarten Wollschals betraf. Bertha war stolz, dass sie so Einfluss auf die Ware nahm, die Ose von Frau Heinke für ihre Galerie empfing. Auch diskutierten die beiden Damen oft und ausführlich den Stand von Frau Heinkes Enkelkindern, die im Weser Bergland, in Vorpommern und in Hohwacht an der Ostsee aufwuchsen. Kinderlos, fühlte Bertha sich dennoch durch den geistigen Nachlass ihres Georgs befugt, zu beraten. Sie wusste auch allerhand nützliche Anekdoten aus dem Klassenzimmer und dem Schulhof zu zitieren, die Frau Heinke dankbar quittierte.

Und doch – „schweren Herzens“ hatte Bertha sich nun entschlossen, demnächst die Heimreise anzutreten. Sie hatte schon den Gepäckdienst bestellt, der ihre großen Koffer abholen sollte, und wartete nur noch auf den Bericht Fritzis, sobald diese aus Amsterdam zurückkehrte. Wir alle wussten, wenn Fritzi in Amsterdam nichts herausfand, dann war unsere letzte Spur zu Amalie Brodersen im Sande verlaufen. Genau das hatte auch Willas Freundin Fräulein Söhnlein gesagt, als Willa sie von diesem „letzten, verzweifelten“ Versuch unterrichtete. Obwohl wir alle entschlossen hatten, diesen Fall nur innerhalb der Familie zu diskutieren, hatte Willa es unmöglich gefunden, unsere Untersuchungen, wie sie sie nannte, vor Fräulein Söhnlein zu verbergen. „Elsa ist meine älteste Bekannte, und ich habe keine Geheimnisse vor ihr.“

„Eben“, hatte Ose säuerlich geäußert. „Was man Fräulein Söhnlein erzählt, ist kein Geheimnis mehr. Wahrscheinlich erwartet ganz Wyk mit angehaltenem Atem Fritzis Rückkehr und die Veröffentlichung des nächsten Kapitels. Ich hoffe nur, dass Amalie, die damals so geschickt ihre Spuren verwischt hat, später nicht unvorsichtig geworden ist.“

Fritzi hatte etwas atemlos geklungen, als sie am Morgen von Fuhlsbüttel aus anrief, kurz nachdem ihre Maschine gelandet war. Willa und Bertha hatten Fritzis Wunsch, erst einmal mit mir allein zu reden, pikiert aufgenommen.

„Das bedeutet doch, dass sie etwas erfahren hat“, sagte Willa. „Wir haben ein Anrecht darauf, das zu hören. Schließlich war es Bertha, die uns als Erste an Amalies Verschwinden erinnert hat“, fügte sie großzügig hinzu. Meines Wissens war das das erste Mal, dass sie sich auf Berthas Seite schlug und ihr gar einen Pluspunkt einräumte. Es bedurfte allerhand Argumente von Anes und Oses Seite, bis Bertha, Willa und die Kinder missmutig loszogen, um den Tag außerhalb des Geschehens zu verbringen.

Auch Britta und Finn waren nicht begeistert, dass sie ihre Mutter nicht vom Hafen abholen durften. „Ich wollte Mama doch zeigen, wo ich die Mikroskopierstunde gemacht habe.“ Finn sprach das lange Wort langsam und vorsichtig aus. „Und ihr sagen, dass ich unbedingt auch ein Mikroskop brauche“, jammerte er.

„Und ich wollte ihr von der Igelstation erzählen, wo ich gestern mit Ane war. Immerhin ist das die Regel“, hatte Britta betont, „dass man Besucher vom Schiff abholt. Wenn ihr die auf einmal ändern wollt …“

Sie hatte die Worte bedeutungsvoll in der Luft hängen lassen. Natürlich wollte sie nicht zugeben, dass sie ihre Mutter vermisst hatte. Und doch hatten wir eine Lockerung in ihrem angespannten Gesichtchen bemerkt. Ein fröhliches Lachen, das manchmal aus ihr heraussprudelte, wenn sie nicht aufpasste. Wenn sie zum Mittagessen vom Ponyhof zurückkehrte und uns von „ihrem“ Pony erzählte, dass sie als „spitzbübisch“ und „sehr eigenwillig“ beschrieb. Sie war stolz, dass ihr als Einzige der Kinder dieses widerspenstige Biest anvertraut wurde. Sie nannte das Pferdchen heimlich Fjalar, ein Name, den sie in dem Buch gefunden hatte, das Ane ihr für die Reise geschenkt hatte und das sie stets im Rucksack mit sich trug – damit Finn es nicht in die Finger bekäme, der ihren Worten nach viel zu klein sei, um die Brüder Löwenherz zu verstehen. Sie hatte auch die Woche über Ose und Ane geholfen, letzten Schliff an die Adventsausstellung zu legen, die Ose in ihrer Galerie vorbereitete. Jeden Nachmittag war sie mit ihren Tanten im kleinen, roten Lieferwagen in Richtung Goting gebraust, und hatte sich dort in der Galerie wohl sehr nützlich gemacht. Am Abend brachte sie Willa und mir kleine Basteleien, die wir in unsere Fenster hängten oder aufstellten. Währenddessen hatte Finn sich mit einem Nachbarskind in seinem Alter befreundet. Zoe war ein Mädchen, das sich weder in der Frisur noch in der Kleidung sonderlich von Finn unterschied. Vom Temperament her war sie eher burschikos; Ane sagte abends oft: „Die Zoe, die ist kernig“, und Finn berichtete mit Ehrfurcht von Zoes Kletterkünsten, die sie sowohl in Willas Birnbaum wie auch im gegenüberliegenden Wald zur Schau stellte.

„Die Z-zoe“, sagte Finn und stotterte, „die kann sooo hoch klettern.“ Er streckte sich in die Höh und reckte seine Arme.

Finn vermisste Britta nicht, weil er und Zoe in Willas Garten ein Langhaus gebaut hatten und dort wie die Wikinger lebten. Sie hatten auch die Feuerstelle nicht vergessen, durften aber das Feuer zu ihrer großen Enttäuschung nur anzünden, wenn ein Erwachsener dabei war, nachdem Ose eines Mittags verräterischen Rauch bemerkt hatte.

Zoe unterstützte mit Enthusiasmus Finns Begeisterung für alles Wikingerische, und mehr als einmal hatte Willa „Waffen" konfiszieren müssen, mit denen die beiden auf Jagd hatten ziehen wollen. „Vaters kleines Beil hatten sie aus dem Schuppen stibitzt", erzählte Willa. „Und ich fand es nur heraus, weil Finn mich um einen Schleifstein bat!"

Ein anderes Mal hatte Zoe ein Jagdmesser ihres Vaters mitgebracht und wollte an Kruse demonstrieren, wie man einem Tier die Kehle durchschneidet. Glücklicherweise witterte der Hase die Gefahr und stürmte schneller aus seinem Ställchen, als Zoe ihn greifen konnte. Es bedurfte eines saftigen Salatkopfes, um ihn aus seinem Versteck und zurück in seinen Stall zu locken. Danach sprach Ane ein strenges Wort mit beiden Kindern. „Ich habe Kruse nicht in meinem schönen Auto hierhergekarrt, damit ihr ihn abschlachten könnt. Die Wikinger mussten ihr Essen erjagen, weil es damals keinen Schlachter gab und keinen Supermarkt, wo man bequem einkaufen konnte. Aber sie hatten auch Haustiere, die sie lieb hatten, und nie im Leben hätten sie denen was angetan."

Finn war nach dieser Rede sehr reumütig, weinte und versprach Kruse, ihm jeden Tag seines restlichen Lebens eine Wurzel zu spendieren. Er hielt sein Versprechen für mindestens zwei Tage. Ane gelang es dann, die Kinder an der Erschließung neuer Handelswege zu interessieren, die sie zu langen Waldwanderungen animierte, und sie durften Vaters Werkzeug und ein paar alte Holzlatten zum Bau eines Wikingerschiffes ausleihen. Dazu bastelten sie sich Rundschilder aus den Deckeln von Persiltrommeln, die Zoes Mutter beisteuerte. Weil Finn es mir zugeflüstert hatte, wusste ich auch, dass sie im Wald Schwerter und Lanzen versteckt hatten, die sie sich aus Zweigen gebastelt hatten.

Ane zeigte ihnen auch, wie sie Runen in Steine meißeln konnten, was sie beschäftigt hielt. Ganz hatte sie ihnen die

Idee des Jagens aber wohl doch nicht ausgeredet. Willas Gärtner klagte lange nach Finns Abreise über Schlingen, Stolperdrähte und Fallgruben, die in Willas teilweise unübersichtlichem Gebüsch auf ihn lauerten.

Finn hatte auf die Nachricht, dass seine Mutter erwartet wurde, er sie aber nicht sofort sehen würde, mit einem Wutanfall reagiert. Als der nicht den gewünschten Erfolg brachte, war er unters Bett gekrochen, wo Olmi, der schweinchenartige Hund, ihm solidarisch Gesellschaft leistete. Nicht einmal der Vorschlag, zum Mittagessen ins Pfannkuchenhaus zu gehen, hatte ihn dort herausgelockt. Finns genuschelte Antworten auf die Beschwörungen seiner Tanten und Schwester deuteten an, dass er Trost in seinem Daumen gefunden hatte. Schließlich bewegte das Verspechen, nach dem Mittagessen und dem Besuch der Adventsausstellung in Oses Galerie auch noch zum Kerzenziehen in die Kerzenscheune zu gehen, ihn, sein Versteck zu verlassen.

Als sie die Treppe hinunterstiegen, um sich zum Pfannkuchenhaus zu begeben, hörte ich Willa brummeln: „Wenn wir das gewusst hätten, dass wir zu Fritzis Ankunft fortgeschickt werden, hätten wir auch heute auf den Friedhof gehen können."

Wie jeder, der sich seiner Toten erinnerte, dekorierten wir zum Totensonntag die Gräber mit Tannenzweigen. Allerdings gingen wir meistens am Vortag, da wir sowieso nicht an dem Gottesdienst teilnahmen und Willa immer behauptete, am Totensonntag treibe sich ganz Wyk auf dem Friedhof herum. „Da kann man nicht mal in Ruhe verweilen", hatte sie gemeint, obwohl auch schon am Sonnabend genug Leute da waren und Willa eifrig um sich schaute, um ja kein bekanntes Gesicht zu verpassen. Neben Mutters und Vaters Grabstein stand ein einfaches Kreuz. Das hatte Vater damals gesetzt, als Helmut noch vermisst wurde. „Für die, die noch nicht heimgekehrt sind", hatte Willa gesagt, die Einzige, die an seine Rückkehr glaubte. „Außerdem steht es ja auch für Clara", fügte sie düster hinzu. Wir sprachen selten über Clara, Vaters Schwester, die im Krieg „abgeholt" worden war, und von der wir nie wieder gehört hatten. Später hatten wir vergessen, das Kreuz zu entfernen, in der Aufregung, als Helmut plötzlich zurückkehrte. Auch wollte wohl niemand das Schicksal herausfordern.

Dort legte ich ein Gesteck aus Islandmoos für Willem hin. Bertha und Willa beobachteten aus den Augenwinkeln, was ich tat, kommentierten es aber nicht. Was konnte man auch nach so vielen Jahren noch sagen? Willem war halt verschwunden, und keine von uns glaubte, dass er lebend zurückkehren könnte.

Ich war allein, als das Tuten der Fähre ertönte, die sich der Mole näherte. Fritzi würde bald eintreffen. Ich ging langsam in die Küche, um die Hühnersuppe zu erwärmen, die ich vorbereitet hatte. Nach dem frühen Flug und der Bahnfahrt hielt ich eine Suppe für ratsam. Fritzi hatte nie so einen starken Magen gehabt. Schon als Kind war sie vor Reisen aufgeregt, reagierte auf lange Autofahrten mit Übelkeit und flog als Erwachsene nur ungern. Der Tisch war gedeckt für uns zwei, und Herbert, wachsam, da er Olmis erneute Einkehr befürchtete, hatte sich auf einen Stapel Kinderpullover gehockt, die ich während Fritzis Abwesenheit gestopft hatte. Ausnahmsweise schlief er nicht. Mit runden Augen verfolgte er meine Vorbereitungen. Seine langen Barthaare zitterten leicht.

Und dann sah ich Fritzi. Sie musste ihren Koffer am Hafen gelassen haben, denn sie kam den Strand entlanggelaufen. Ganz unten am Wassersaum ging sie. Die Ebbe hatte eingesetzt, und ein feuchter, steiniger Streifen war freigespült. Fritzi setzte gemächlich einen Fuß vor den anderen. Die Hände hatte sie tief in ihrer langen Jacke vergraben.

Fritzis türkisblaues Stirnband hielt ihre Locken, und sie hatte den dazu passenden Wollschal fest um ihren Hals gewickelt. Als sie in Höhe meines Hauses angekommen war, drehte sie sich nicht gleich um. Sie verharrte dort unten, den Blick aufs Meer gerichtet, als ob sie sich erst mal entscheiden müsste. Immer hatte sie die Verantwortung, die auf ihren Schultern ruhte, sehr ernst genommen. Ich erinnerte mich an das Kind, das zu früh begriffen hatte, dass ihre Mutter sich vor allem um ihren Mann kümmern musste, und das es sich zur Pflicht gemacht hatte, sich um ihre jüngeren Schwestern zu kümmern.

„Komm nur, mein Kind", flüsterte ich. „So schlimm kann es doch nicht sein."

Als ob Fritzi mich gehört hätte, drehte sie sich um. Ihre Augen suchten meine Fenster, und sie hob ihre Hand, um zu winken.

# V

Fritzi hatte sich in die Stadt verliebt. Und die hatte sie großzügig aufgenommen und gab ihr die Zeit, die sie brauchte, um zu sich zu kommen.

Sie wachte morgens früh auf. Aber es störte sie nicht, seit Hajos letztem Besuch schlief sie nicht gut. Sie brühte sich in dem kleinen Kocher, den ihre Wirtin ihr hingestellt hatte, eine Schale Milchkaffee und lehnte sich im Bett in ihre Kissen zurück. Sie schrieb in das Heft, das Ose ihr geschenkt hatte, weil Kerrin es ihr damals geraten hatte, als sie von Kuno verlassen wurde. Ose hatte das Schreiben schwierig gefunden und sich dem Zeichnen zugewandt. Fritzi schrieb gewissenhaft drei Seiten – „nicht weniger, nicht mehr", hatte Kerrin gesagt. Zu Hause hatte sie meistens Hajo auf diesen Seiten adressiert, klagendes Lamentieren und Anschuldigungen flossen aus ihrem Füllfederhalter. Immer wieder bewies sie dem Papier und sich selbst, dass er im Unrecht war. Aber hier in dieser fremden Stadt, in diesen trüben Morgenstunden, änderten sich ihre Zeilen. Andere Gedanken drängten sich vor. Ihre Beobachtungen vom vergangenen Tag mischten sich mit lang vergessenen Erinnerungen. Sie begann, Parallelen zwischen ihrer Ehe und dem Verhalten ihrer Mutter gegenüber ihrem Vater zu entdecken. Hatte sie nicht ein bisschen das, was ihr im Elternhaus vorgespielt worden war, weitergeführt? Wie Marianne war sie die starke Mutterfigur geworden, die letzte Instanz in allem, was im Haus entschieden werden musste. Marianne hatte Helmut abgeschirmt. Hatte Fritzi vielleicht die Kinder von Hajo abgeschirmt? Ein unangenehmer Gedanke, den sie von sich schob.

Als die drei Seiten voll waren, schlüpfte sie in einen warmen Hausanzug, öffnete die Vorhänge und setzte sich mit ihrem Strickzeug ans Fenster. In der Morgendämmerung sah das Wasser der Gracht dunkel und geheimnisvoll aus. Wenn ein Kahn vorbeituckerte, schlugen Wellen gegen die Steindämme, und das Ruderboot, das gegenüber vertäut war, schlug dumpf und rhythmisch gegen die Mauer. Ihre Wirtin hatte ihr erzählt, dass in Holland Sinterklaas, Sankt Nikolaus, mit seinem Helfer, Pieten, im Boot ankam. „Früher hat kein Mensch vor dem fünften Dezember, vor Sinterklaas, Weihnachtsdekorationen aufgehängt", sagte sie und wischte ein paar Staubkörner vom Treppengeländer. „Leider sterben jetzt auch in Holland die alten Traditionen aus. Vor allem, wenn es ums Geschäft geht."

Fritzi liebte es, die Stadt erwachen zu sehen. Die einzelnen Menschen, die des Morgens über das holprige Pflaster eilten. Die Fahrräder, die über Nacht angekettet auf ihre Besitzer gewartet hatten, wurden befreit, bestiegen und surrend die Gassen entlanggefahren. Wenn sie die ersten Geräusche im Haus wahrnahm, besuchte sie das Bad und begab sich dann in den kleinen Frühstücksraum, wo die Tischchen sorgfältig gedeckt waren. Die anderen Gäste waren ein afrikanisches Ehepaar und zwei Japaner, die sich höflich verbeugten, ansonsten aber schwiegen. Fritzi brachte, wie die anderen Gäste auch, ihren Stadtführer mit an den Frühstückstisch und plante ihren Tag. Aber sowie sie vor die Tür trat, vergaß sie ihre wohlüberlegten Pläne. Immer wieder lockte eine der kleinen Brücken, sie zu überqueren, rief sie eine der engen Gassen, ihr zu folgen, verlangte eine Gracht, dass sie ihren Lauf entdeckte. So trieb sie durch die Stadt. Sie konnte sich nicht sattsehen an der Architektur der Häuser, den Bäumen, deren kahle Äste tief ins Wasser hingen, an den Boutiquen und Cafés und den Fahrrädern, die überall angelehnt standen. Auch die Coffeeshops, aus denen würzig pikante Düfte und die unterschiedlichsten Klänge strömten, störten sie nicht. Mittags setzte sie sich vor eins der vielen kleinen Cafés und genoss das Treiben und die wärmende Sonne. Entgegen Oses Vorhersagen zeichnete Amsterdam sich durch ungewöhnlich schönes Wetter aus. „Zwoel", nannte die Wirtin die lauen Tage und freute sich für ihre Gäste. Einmal, als sie an einem der langen Tische auf ihr Mittagessen wartete, kam sie mit einem jungen Holländer ins Gespräch. Er erklärte ihr, dass jeder Coffeeshop – diese Drogencafés, die in Holland erlaubt waren – eine ganz eigene Musikrichtung hätte, sodass man sich genau aussuchen konnte, zu welcher Art von Musik man sich berauschen wollte. „Die falsche Musik – ein schlechter Trip", hatte er ihr erklärt. Und weil er wohl meinte, ihr Interesse sei mehr als theoretisch, hatte er ihr auch nahegelegt, sich auf jeden Fall bei der Auswahl der Droge gut beraten zu lassen. „Für jemanden, der nicht Bescheid weiß, kann es sonst böse Folgen haben", sagte er und sah sie eindringlich an.

Sie hatte ihm versichert, dass sie ganz gewiss vorsichtig sein würde. Es hatte ihr Spaß gemacht, dass er sie als jemanden sah, der sich auf ein Drogenabenteuer einlassen könnte.

Erst am Spätnachmittag begab sie sich in die Museen. Wenn die Stadt in Zwielicht getaucht wurde und die Lichter der Straßenlampen sich auf dem feuchten Pflaster und dem Wasser, das das Leben der Amsterdamer bereicherte, widerspiegelten. Es störte sie nicht, wenn sie mit dem letzten Einlass die Hallen betrat. Sie sah sich lieber weniger Bilder an, als sich dem Zauber der Stadt zu entziehen, solange es noch Tag war. Auf dem Weg zurück zu ihrer Pension, nachdem sie irgendwo zum Abendessen eingekehrt war, kam sie oft an den erleuchteten Fenstern vorbei, in denen Frauen auf ihre Kunden warteten. Genau wie die Coffeeshops sie erstaunt hatten, faszinierten sie diese Fenster. Die Frauen wirkten so selbstbewusst, sie mussten sich nicht ihres Berufes schämen. Eine strickte, genau wie Fritzi, und nickte ihr immer freundlich zu, wenn sie vorbeiging. Und auch wenn die Gardinen vorgezogen waren, weil ein Kunde eingekehrt war, schien das, was hinter den verschlossenen Vorhängen stattfand, weniger beschämend, weniger abstoßend zu sein als das, was man hinter den vier Wänden manches normalen Bürgers vermutete. Hinterher erzählte Fritzi, wie wenig Betrunkene und noch weniger Drogensüchtige sie in den Straßen Amsterdams bemerkt hatte.

„Es scheint, dass, wenn man den Kiffern eine Zuflucht bietet, die Straßen ruhiger bleiben. Nicht einmal bin ich um Geld angebettelt worden. Nie hatte ich Angst, dass ich belästigt werden würde."

Ein paarmal ging Fritzi an dem Haus vorbei, dessen Adresse auf dem alten Umschlag gestanden hatte. Auch dieses Haus erhob sich hoch über eine Gracht. An der Vorderfront klebte eine schmale, hohe Treppe. Von zwei Seiten führten Treppenstufen zu einer doppelflügeligen Haustür, die immer verschlossen war. Die Gardinen regten sich nie, und Fritzi hatte nicht das Gefühl, dass das Haus oder seine Bewohner sie wahrnahmen, wenn sie vorbeischritt.

Im Untergeschoss befand sich ein Buchladen. „Verkoeper van antieke boeken" kringelte sich die Schrift über die Fensterscheiben. Auf den Stufen, die hinunter in den Laden führten, drängten sich Weidenkörbe, gefüllt mit Büchern in niederländischer und französischer Sprache. Und auch die Kellerfenster, die in Gehsteighöhe lagen, gaben den Blick auf Bücher preis. Fritzi sprach nicht Niederländisch und war sich ihres Französisch nicht sicher genug, um den Laden zu betreten.

Am Samstagnachmittag, zu der Zeit, zu der sie erwartet wurde, lehnten vier Fahrräder an dem Gitter, das die Fenster des Untergeschosses abgrenzte und sich dann den Treppenstufen folgend nach oben wand. Zögernd legte

Fritzi ihre Hand auf das kühle Geländer und erklomm die Steinstufen.

Die Frau, die ihr öffnete, war schlank und hochgewachsen. Ihre grauen Haare fielen offen und glatt auf ihre Schultern. Sie trug eine lose Seidenhose und eine kurze, gelbe Filzjacke mit Knebelknöpfen. Sie musste so alt wie Ruth und Willa sein, und doch sah sie höchstens aus wie Ende sechzig. Die Frau betrachtete Fritzi prüfend, trat dann zurück und lud sie mit einer sparsamen Geste ein, in ihre Wohnung zu treten. Sie sprach Deutsch mit einem unbestimmbaren Tonfall, der nicht unbedingt Holländisch klang. Sie hatte in ihrem Brief an Willa einen französischen Nachnamen angegeben. Sie hatte auch erwähnt, dass ihr Mann schon seit einigen Jahren nicht mehr lebte.

„Es ist wirklich sehr nett, dass Sie bereit sind, mich zu treffen, Frau … Madame Vatzé", murmelte Fritzi.

Die Frau nickte leicht. Sie standen in einem fein möblierten Wohnzimmer. Dunkle Möbelstücke, die Erbstücke sein mochten, ein Klavier und Bücherstapel füllten den Raum. Die Bücher drängten sich auf Regalen, lagen auf Tischen, auf dem Fußboden und auf den Fensterbänken. „Mein Mann war antiquarischer Buchhändler", lächelte die Frau. „Er konnte sich oft nicht von seinen Funden trennen. Jetzt leitet sein Neffe das Geschäft." Sie setzte wohl voraus, dass Fritzi den kleinen Laden unten entdeckt hatte. „Sie sind von sehr weit gekommen", sagte sie jetzt, und eine ihrer Hände ruhte leicht auf einem der Bücherstapel.

„Oh – meine Schwestern und meine Tanten haben mir die Reise geschenkt. Ein Kurzbesuch in Amsterdam – sie meinten, es würde mir guttun." Fritzi zupfte zögerlich an ihrer Jacke. Sie war sich nicht sicher, was von ihr erwartet wurde.

„Und?", fragte die Frau. Fritzi sah sie unsicher an. „Hat es Ihnen gutgetan?"

„Ja, oh ja." Sie streifte entschlossen ihren Rucksack ab. Immerhin hatte die Frau sie ja eingeladen. „Es ist wunderschön hier. Ich habe mich in die Stadt verliebt. Ich fürchte, ich bin kein sehr guter Tourist, ich streife erst gegen Abend durch die Museen, im Anne-Frank-Huis war ich noch gar nicht und auch nicht bei Rembrandt oder dem Palast. Auch bin ich nicht nach Delft gefahren. Ich scheine mich einfach immer in den Gassen zu verlieren. In der Spiegelstraat stöbere ich durch die Galerien und die Antiquitätenläden, die wären was für meine jüngste Schwester! Die sammelt Antiquitäten. Und ich liebe die Grachten. All das Wasser. Nur wenn ich auf den Dam komme und die ganzen Touristen sehe, dann fliehe ich. Und dann finde ich ganz zufällig etwas anderes. Wie heute Morgen den Markt."

Die Frau hatte Fritzi ihre Jacke abgenommen. „Ah ja, den Albert-Cuip-Markt", sagte sie. „Haben Sie zu Hause keinen Markt?"

„Doch, natürlich." Fritzi errötete leicht. „Da ist der Fischmarkt in Hamburg. Aber mit den Kindern, so früh am Morgen, da gehen wir selten hin. Außerdem wohnen wir auf dem Lande. Da ist ein kleiner Ort in der Nähe, Buxtehude, da gibt es einen hübschen, kleinen Markt am Sonnabendmorgen …" Ihr fiel ein, dass Buxtehude wie eine kleine Version einer holländischen Stadt aussah. Aber sie redete zu viel, was war nur in sie gefahren? „Es ist halt anders hier", sagte sie lahm. „Ohne die Kinder, ganz allein …"

Und endlich erlöste sie die Frau. Sie wies auf einen Sessel, der neben einem hohen Tischchen am Fenster stand. Fritzi bemerkte erst jetzt, dass das Tischchen zur Teestunde gedeckt war. Spritzgebäck lag in einer Schüssel aus feinstem Porzellan, die zu dem Teeservice mit zartem Rosenmuster passte. In einem Stövchen leuchtete ein Teelicht.

„Sie müssen mir von Ihren Kindern erzählen", sagte Madame Vatzé. „Aber erst koche ich das Wasser für unseren

Tee. Ich hoffe nur, Sie haben den weiten Weg nicht umsonst gemacht. Ich kann Ihnen nicht viel erzählen. Die Deutsche war nur kurze Zeit bei uns, und es ist sehr, sehr lange her."

Wieder hatte Fritzi das Gefühl, dass sie forschend angesehen wurde. Sie zuckte leicht mit den Schultern. „Es geht mehr um meinen Onkel", sagte sie. „Meine Tante hofft, dass, wenn wir herausfinden, was mit Amalie passiert ist, wir auch ihn finden."

Las sie etwas wie Überraschung in den grauen Augen der Frau, deren Alter sie nicht ganz deuten konnte? Aber anstatt zu antworten, entschuldigte die Frau sich nur leise und ging mit Fritzis Jacke hinaus. Der Stuhl mit der hohen Rückenlehne war wirklich sehr gemütlich. Fritzi rückte die Seidenkissen in ihrem Rücken zurecht und lehnte sich schläfrig zurück. Auf der anderen Seite des Tischchens stand ein zweiter Stuhl. Die Frau musste dort gesessen und auf sie gewartet haben. Ein Buch lag neben ihrem Teller und eine Lesebrille. Genau wie in der Pension, wo Fritzi übernachtete, konnte man hier gemütlich sitzen und die Straße und die Gracht vom Fenster aus beobachten.

Fritzi war fast eingeschlummert, als ein kleiner Aufschrei sie alarmierte. Sie sprang auf und trat in den dunklen Flur. Fahles Licht strömte aus einer angelehnten Tür. Fritzi schob die Tür auf und sah eine Küche. Blau-weiße Kacheln verzierten die Wände. Ein Kessel dampfte auf dem Herd. An einer Wand stand ein Bauernschrank, der geöffnet war. Auf den Regalen häufte sich blau-weißes Geschirr. Nicht mit dem holländischen Muster des Teeservices, das auf dem Tischchen in der guten Stube stand. Dieses Muster kannte Fritzi. Erst bei ihrem letzten Besuch auf Föhr hatte sie sowohl bei Ose wie auch bei Willa von solchem Geschirr gegessen. Friesisch Blau nannte es sich. Ose hatte es von ihrer Oma geerbt und ergänzte es regelmäßig. Besonders stolz aber war Ose auf die älteren Stücke wie die Suppenterrine.

„Die wird in dieser Form nicht mehr hergestellt. Sei bitte vorsichtig, wenn du sie abwäscht", hatte Ose gesagt.

Im Schrank dieser holländischen Küche stand genau die gleiche Terrine. Und die Teller mit dem gewellten Rand, der einige Jahre lang als altmodisch gegolten hatte und durch randlose Teller ersetzt worden war. An die Regale waren gehäkelte Bordüren geheftet.

„Eine Küche wie aus den Fünfzigerjahren", hatte Ose nach dem Besuch auf dem Hof des Marschbauern gesagt. „Er muss alles so gelassen haben, wie an dem Tag, als sie verschwand. Man konnte wirklich gut glauben, dass Amalie Brodersen eben erst diese Küche verlassen hatte. Vergilbte Häkelbordüren an den Regalen, Porzellankanister mit den Namen der Gewürze …"

Fritzis Augen streiften die Namen der Gewürze, die im obersten Regal aufgereiht standen. Kardamom, Kaneel, Vanillinzucker stand da Blau auf Weiß.

„Einige Sachen kann man schlecht aufgeben", erklang eine sanfte Stimme. „Ich habe immer gern gehäkelt. Und als Jean, mein Mann, diese Kanister und das Geschirr fand, als er eine Buchsammlung sichtete, da bettelte ich, bis er sie mir kaufte, obwohl wir es uns damals kaum leisten konnten. Aber das Geschirr erinnerte mich an meine Mutter."

Sie war leise eingetreten. In der Hand hielt sie ein Pflaster. „Würden Sie mir das aufkleben? Ich habe mir die Hand geschnitten, als ich die Teepackung aufschneiden wollte."

Ein scharfes Küchenmesser lag auf der Anrichte. Die Frau hielt Fritzi ihre Hand hin. Eine breite, gerötete Hand. Nicht unbedingt die einer Buchhändlerin. Eher konnte sie zu einer Bäuerin gehören.

„Es wird erzählt, dass Sie verschwanden auf dem Weg, die Hühner zu füttern", sagte Fritzi und sah die Frau nicht an.

„Daran erinnern sie sich? Mein Gott, wie lange ist das her?"

„1954. Es war Oktober, und in Wyk war Jahrmarkt."

Die Frau wandte sich ab. „Würden Sie den Tee bereiten?", fragte sie leise.

Fritzi schüttete Tee in den erwärmten Topf und goss heißes Wasser darüber. Dann folgte sie Amalie Brodersen ins Wohnzimmer.

Der Tee hatte die Farbe von dunklem Gold. Die Ränder der Tassen schimmerten wie Perlmutt. Keine der beiden Frauen nahm Milch. Amalie bot das Spritzgebäck an. „Für Spekulatius habe ich mich nie begeistern können", sagte sie, als ob sie Fritzis Gedanken hatte lesen können. Dann begann sie zu erzählen.

„Ich hatte meine Flucht lange geplant. Nicht einmal meine Eltern habe ich eingeweiht. Obwohl sie Rulf nicht mochten, hätten sie niemals eine Frau verstanden, die ihren Mann verließ. Vieles haben Sie sich ja schon selbst zusammengereimt. Ich bin erstaunt – nach so langer Zeit. Nicht mal die Polizei hat mich damals finden können. Es bleibt also nur, dass ich die Lücken fülle. Und versuche Ihnen zu erklären, warum – warum ich damals gehen musste. Nach dem, was Ihre Tante mir schrieb und was Sie gesagt haben, schulde ich Ihnen das wohl.

Ja, ich bin über die Hallig geflohen. Leicht war es nicht, das zu arrangieren. Die Gerda kannte ich flüchtig, sie war mal eine kurze Zeit auf Nordstrand im Dienst gewesen. Nicht lange, sie litt unter Heimweh – konnte ihre Hallig nicht lassen. Und dann hatte ich sie bei einem Handballturnier wiedergetroffen. Trotzdem war es nicht einfach für sie, nach Föhr zu kommen, und sie hat es dann geschickt eingefädelt, dass sie ihre Mutter überredete, das Kind zum Jahrmarkt nach Föhr rüberzubringen. Sonst hätte ich es nicht geschafft – wir mussten ja auch noch jemanden bestechen, uns zur Hallig überzusetzen. Bargeld hatten wir beide nicht – ich gab dem Mann Mutters goldene Brosche. Und dann der Gang übers Watt, mitten in der Nacht, der lange Weg zum Bahnhof ... Ich verdanke der Gerda allerhand und habe mich doch nie richtig bei ihr bedanken können. Geschrieben habe ich ihr – nur einmal, mehr wagte ich nicht. Wenn jemand Post bekommt auf so einer kleinen Hallig, das merkt doch jeder. Besonders, wenn das von auswärts kommt. Nicht mal meinen Namen habe ich auf den Brief geschrieben. Und unterschrieben habe ich nur mit meinem Spitznamen, Türmel. Der Name hat Ihnen zu denken gegeben? Den hab ich bekommen, als ich noch Handball spielte. Wissen Sie, als junges Mädchen da war ich groß und eckig. Und einmal, als unsere Mannschaft in Husum zu einem Spiel antrat, da sagte eine von der gegnerischen Mannschaft: ‚Na, ihr habt wohl den Turm von Pellworm mitgebracht?' Kennen Sie den Pellwormer Kirchturm? Bei sehr klarem Wetter kann man ihn von Föhr aus sehen. Ein hoher, viereckiger Turm. Na, da hatte ich also meinen Spitznamen weg. Nur die Mädels haben aus Turm dann Türmel gemacht. So wusste Gerda, dass ich es war, und ihrer Mutter konnte sie erzählen, eine Freundin vom Handball hätte ihr geschrieben.

Ich hätte den Rulf nie heiraten sollen – meine Mutter hatte mich gewarnt. Er ist so viel älter als du, sagte sie. Aber ich war stur. Was macht's, wen ich heirate, habe ich gedacht. Der, den ich geliebt hatte, für den ich ans Ende der Welt gegangen wäre, der war unerreichbar. Und Rulf war ein anständiger, aufrechter Mensch ... vielleicht hat er mich sogar geliebt, wenn er das auch nie in so viele Worte gefasst hätte. Als er mich fragte, sagte ich Ja. Der Altersunterschied störte mich nicht. Ich wollte ihm eine gute Frau sein. Auch treu. Nur – ich konnte ihn nicht lieben. Ich konnte den anderen nicht vergessen.

Meine Familie war unglücklich über unsere Heirat. Sie konnten nicht verstehen, dass ich nicht was Besseres aus mir machen wollte, mit der Erziehung, die ich genossen hatte. Und warum einen Föhrer? Einen Bauern hätte ich auch auf Nordstrand finden können. Wir hatten einen furchtbaren Streit, und meine Familie kam nicht zu meiner Hochzeit. Ich glaube auch, dass meine Mutter wohl ahnte, dass ich für den Rulf nichts empfand, spürte, dass das nicht gut ausgehen konnte, dass man einen stolzen Mann wie Rulf so nicht behandeln konnte. Sie hatte recht – unsere Ehe wurde nicht glücklich. Es war nicht Rulfs Schuld. Ich behandelte ihn spröde und abweisend. Er merkte, dass ich mich ihm entzog. Irgendwann bekam er die fixe Idee, dass ich einen Jüngeren hatte. Er beobachtete mich die ganze Zeit, ließ mich kaum mal aus dem Haus, ging selten mit mir aus. Er verdächtigte sogar den Knecht, diesen armen Trottel, der nicht ganz richtig im Kopf war. Ich fand, es geschah mir recht – ich konnte selbst nicht verstehen, warum ich so war. Heute hätte man meine Niedergeschlagenheit erkannt ... damals dachte man bei einer gesunden, jungen Frau nicht an Depression.

Vielleicht wäre ich tatsächlich ins Wasser gegangen – wie viele glaubten, als ich verschwand. Oder Rulf hätte mich umgebracht. Er hatte angefangen zu trinken. Nicht die ganze Zeit. Wochenlang, monatelang sogar hielt er es aus. Grollte stumm, hielt sich von mir fern, wütete mit dem Knecht oder mit den Tieren. Und wenn der Zorn ihn zu übermannen drohte, verschwand er für zwei, drei Tage. Er ertränkte seinen Kummer und seinen Schmerz. Aber manchmal machte seine brodelnde Wut mir schon Angst.

Während einer von Rulfs Abwesenheiten kam der Willem zu uns. Es hatte einen Sturm gegeben, und eines der Stalltore hatte sich losgerissen. Der Knecht konnte es nicht allein in Ordnung bringen, und da rief ich halt in Wyk den

Tischler an. Ich war zu stolz, um meinen Schwiegervater zu bitten, mir zu helfen, wenn mein Mann …

Ja, so traf ich den Wilhelm Petersen. Eigentlich wollte der alte Herr Petersen – Ihr Opa, nicht wahr? – kommen, aber im letzten Moment kam was dazwischen, und er schickte seinen Schwiegersohn. Als der mit der Arbeit fertig war, bot ich ihm eine Tasse Kaffee an. Wir kamen ins Gespräch. Immerhin gehörte Willem ja auch nicht hierher. Wie ich war er ein Zugezogener. Er erzählte mir von seiner Ruth und den Plänen, die sie hatten. Auswandern wollten sie. Ich hing an seinen Lippen. Dass so etwas möglich war … Ich versuchte es mir vorzustellen. Zu packen, fortzugehen, ein ganz neues Leben anzufangen. In den folgenden Wochen dachte ich immer wieder daran. Was gab es noch für mich und Rulf? Wenn ich blieb, würde ich vertrocknen wie ein Blatt im Herbst. Und eines Tages würde ein Windstoß kommen und mich fortwehen. Oft genug hatte ich schon dort gestanden, am Deich, vor mir das graue Meer, das nur wartete. Und welchen Nutzen hatte ich für Rulf? Schon jetzt vernachlässigte er wegen mir den Hof. Wenn ich blieb, würde es nur schlimmer werden. Ohne mich hatte er eine Chance, neu zu beginnen. Ich begann, mein Verschwinden zu planen.

Es ist wohl niemals leicht, wenn eine Frau ihren Mann verlassen will. Auch jetzt nicht. Stellen Sie sich vor, wie es in den Fünfzigerjahren war. Zu meinen Eltern zu gehen, wagte ich nicht. Eine Freundin hatte ich auf der Insel nicht. Nur einen einzigen Verbündeten – der Mann, der die Idee in mir gesät hatte. Auch er hatte den Wunsch, dem Alltag zu entfliehen. Ich steigerte mich in den Glauben hinein, dass auch ich ein Anrecht auf diese Freiheit hatte. Nicht nach Australien wollte ich, nur bis Hamburg. Da konnte ich Arbeit finden. In einer Großstadt, wo niemand mich kannte, da konnte ich ein neues Leben anfangen. So oft sprach ich das mit mir durch, dass ich eines Tages fast seine Frau, Ruth, angesprochen hätte. Ich stieß auf sie, ganz zufällig, vor der Apotheke, wo ich ein Rezept für meine Schwiegermutter abholen sollte. Im letzten Moment hielt mich etwas zurück. Im Nachhinein war ich froh, dass ich sie nicht angesprochen hatte. Als ich nämlich den Willem traf und ihm frei heraus meinen Plan unterbreitete. Ich hatte meinem Glück nicht trauen können – das Schicksal, das mich so lange gebrannt hatte, spielte mir auf einmal in die Hände. Gerda Hansen hatte ich zuerst getroffen. Bei einem Treffen der Landfrauen aus unserer Region war sie als Vertreterin der Halligfrauen gekommen. Sie war eine mutige, junge Frau – und sie heckte den Fluchtplan aus. Aufs Festland wollte sie mich schon bringen, und keiner würde wissen, wie ich es angestellt hatte. Von da aus sollte ich zusehen, wie ich weiterkam. Bis sie anfingen, mich auf der Insel zu suchen, wäre ich schon längst über alle Berge.

Gerda und ich hatten uns zum Jahrmarkt verabredet. Wir rechneten damit, dass jeder, der laufen konnte, hingehen würde. Da würde es nicht auffallen, wenn mich jemand sah. Und fernab von den Buden und den Karussells würde es dunkel und still sein. Da wollten wir uns treffen. Rulf – wie ich es gehofft hatte – zog es in die Stadt, und als er am ersten Abend nicht nach Hause kam, wusste ich, ich hatte zwei, vielleicht drei Nächte Ruhe. Und dann lief ich dem Wilhelm Petersen über den Weg. Von meiner Schwiegermutter wusste ich, dass er und Ruth in Kürze die Insel verlassen würden. Manches Mal hatte ich an die beiden gedacht, sie mir zum Vorbild gemacht – und plötzlich plauderte ich meinen Plan aus. Ich hatte mir so oft vorgestellt, dass Ruth und er mich verstehen würden, dass ich ihn bat, mich mitzunehmen. Ich wurde hysterisch, als er nicht gleich zustimmte. Er appellierte an meine Vernunft. Versuchte, mir den Plan auszureden, hatte Bedenken – nicht so sehr wegen Rulf, aber wegen Ruth und seinen Schwiegereltern.

Die kannten ja Rulfs Familie. Was würden die denken? Ich sagte ihm, die bräuchten doch nie zu erfahren, dass er mir geholfen hatte. Da erzählte er mir von Ruth und von der Krankheit ihrer Mutter. Es ging ihr nicht gut, und Ruth hatte sich entschieden, zu Hause zu bleiben und erst später nachzukommen. Mein Gott, wenn ich mich jetzt daran erinnere, dann denke ich, ich muss irrsinnig gewesen sein. Ich verschwendete keinen Gedanken an die todkranke Mutter, die Ruth pflegte, das Dilemma, in dem Willem sich befand – ich dachte nur an mich! Als Willem mir sagte, er würde allein reisen, ohne seine Frau – da sagte ich doch tatsächlich zu ihm: ‚Siehst du', wir duzten uns doch alle, ‚dann ist doch alles bestens. Ich begleite dich anstatt Ruth, und alle denken, ich bin deine Frau! Besser konnte es doch gar nicht kommen!' Ich schäme mich, wenn ich jetzt daran denke. Ich glaube, ich drohte ihm sogar. Ich würde mich umbringen, wenn ich noch eine Sekunde länger auf dem einsamen Hof sitzen müsse, die Frau des Marschbauern spielen sollte. Und da gab er dann nach. Es sei ja sowieso egal, meinte er, jetzt wo seine Ruth sich entschieden hatte, abzuwarten. Vielleicht wollte er mich auch einfach loswerden. Ich hatte ihn zwar in den Schatten hinter den Buden gezogen, war vorsichtig gewesen, dass niemand mich sah, aber jederzeit hätte jemand kommen können. Die Männer gingen oft mal hinter die Buden, um sich zu erleichtern. Und Liebespaare suchten die Dunkelheit, um ein paar verstohlene Küsse auszutauschen. Willem flüsterte mir hastig zu, wann sein Zug gehen würde, und wir verabredeten, wo ich zusteigen müsste. Zwei Zugfahrkarten hatte er, weil er bis zum letzten Moment gehofft hatte, Ruth würde ihn begleiten.

Ich verbrachte eine letzte, bange Nacht auf dem Hof, aber alles ging gut, und Rulf blieb fort. Am nächsten Morgen fütterte ich die Hühner zum letzten Mal und sagte dem Knecht, ich müsste zu meiner Schwiegermutter, die sei krank. Ich wüsste nicht, wann ich zurück sei. Ich ging den Deich entlang nach Wyk und trieb mich am Hafen herum, immer gut versteckt, bis ich das Halligboot eintreffen sah und Gerda entdeckte. Ich hatte fast nichts mitgenommen. Ich hatte Angst, dass Rulf nach Hause käme und meine Abwesenheit entdeckte. Ich wagte nicht einmal, Kleidung zum Wechseln mitzunehmen. Immerhin war es Sonntag, sodass es nicht auffiel, dass ich meine guten Sachen anhatte. Nur eine Tasche nahm ich mit, da hatte ich Proviant reingepackt. Ich hatte doch kein Geld, aber verhungern wollte ich schließlich nicht. Und meine guten Schuhe hatte ich da drin, ich wollte mein neues Leben nicht in meinen alten Tretern beginnen. Die wickelte ich in Zeitungspapier und warf sie in eine Abfalltonne, als wir in Hamburg ankamen."

Fritzi hatte diesem Bericht mit Staunen zugehört. Als die Frau, die sich schlecht mit dem Bild der flüchtenden Amalie vereinbaren ließ, innehielt, war es dunkel geworden im Zimmer. Nur das Teelicht im Stövchen verbreitete ein warmes Licht.

„Es ist dunkel geworden", sagte Amalie. „Zeit, die Vorhänge zuzuziehen. Schauen Sie, es hat angefangen zu regnen."

Fritzi sah, dass ein feiner Regen gegen die Scheiben trieb.

„Wenn Sie Lust haben, könnte ich uns ein Omelett zum Abendessen richten. Sonst müssen Sie sich ein Lokal suchen, und die sind so voll am Samstagabend." Sie begann, die Teetassen auf das Tablett zu stapeln. Dann sah sie Fritzi fragend an. „Oder möchten Sie jetzt lieber gehen? Haben Sie genug gehört?"

„Nein", antwortete Fritzi, ohne zu zögern. Sie war zu gefangen in der Geschichte der Vergangenheit. Sie konnte sich nicht vorstellen, jetzt auf die nasse Straße zu treten, in ein verräuchertes Lokal zu gehen, wo Leute um sie herum sprechen, lachen und essen würden. „Das heißt, wenn Sie niemand erwarten ..."

Amalie lachte leise. „Ich erwarte niemanden mehr. Seit mein Mann gestorben ist, kommen sehr selten Leute zu mir. Ich bin gern allein. Ich suche keine Freundschaften. Mein Neffe, der die Buchhandlung führt, der kommt manchmal vorbei. Wenn ich Gesellschaft suche, gehe ich hinaus. Diese Stadt ist eine freundliche Kameradin, wie Sie es ja selbst festgestellt haben in den letzten Tagen. Sie stellt keine vorlauten Fragen, erwartet keine Erläuterungen – sie lässt den Wanderer ein und bietet ihm Schutz, so lange, wie er diesen sucht."

Sie gingen in die Küche, und Fritzi saß am Tisch und sah zu, wie die Frau geschickt Eier in eine Schüssel schlug, Kräuter und Champignons hackte, Käse rieb. Während Amalie die Omelettes in der Pfanne briet, röstete Fritzi Toast und entkorkte die Flasche Weißwein, die Amalie ihr reichte.

Sie aßen schweigend. Jede hing ihren Gedanken nach. Die Omeletts waren wirklich gut. Fest, fast knusprig auf der Außenseite, weich und schaumig innen.

Fritzi lehnte sich zurück, das letzte Stückchen Toast zwischen ihren Fingern. „Das bedeutet also, dass Sie die Insel am Sonntag verließen", sagte sie nachdenklich. „Aber Willem fuhr doch erst ein paar Tage später los."

Amalie nickte. „Ich hatte nicht vor, heimlich die Insel zu verlassen, um mich dann in Dagebüll auf den Bahnhof zu stellen! Heute ist das wahrscheinlich schwer zu glauben, aber ich lief bis nach Bredstedt. Und sogar da musste ich noch vorsichtig sein. Es war ja nur ein kleiner Bahnhof, und ich hatte Angst, jemand im Zug würde mich erkennen. Den ersten Tag verschlief ich in einem Heuschober. Ich wagte es erst in der Dunkelheit, loszutrotten. Und dann wär die ganze Mühe beinahe umsonst gewesen. Willem hatte nämlich schon auf dem Schiff Bekannte getroffen, die auch nach Hamburg wollten, und die darauf bestanden, ihn nicht allein die Fahrt in die Ferne antreten zu lassen! Nur unter dem Vorwand, Tabak kaufen zu müssen, gelang es ihm, aus dem Zug zu schlüpfen und mich zu warnen, dass ich mich in einem anderen Abteil verstecken musste. Erst in Hamburg ließen sie ihn ziehen. Aber der Schrecken war mir ganz schön in die Knochen gefahren. Ganz knapp war ich der Entdeckung entronnen. Hamburg, merkte ich jetzt, war auch nicht sicher." Ein wehes Lächeln spielte um Amalies Lippen. Ihre Hände zupften an dem Pflaster, das Fritzi auf den Schnitt geklebt hatte. Die Wunde hatte aufgehört zu bluten. „Ich musste weiter weg als Hamburg."

Während Fritzi erzählte, hatte sie aus dem Fenster gesehen. Ein leichter Dunst stieg jetzt vom Meer auf. Am Abend würde es nebelig werden. Und doch lag der Strand immer noch im Sonnenschein. Der schlanke, rotweiße Leuchtturm von Amrum glänzte in seinem Licht.

Ich fühlte mich auf einmal sehr müde. Die Blicke, die Willa und Ose manchmal ausgetauscht hatten, seit sie auf dem Marschbauernhof gewesen waren, der vorsichtige Ton, der in ihre Stimmen gedrungen war, wenn sie von Amalie sprachen … auf einmal verstand ich. Sie hatten geahnt, dass Willem irgendwie mit Amalies Verschwinden verbunden war. Sie hatten es mir nicht sagen wollen.

Fritzi beugte sich herab und zog ihr Strickzeug aus ihrem Beutel.

Ich setzte zu sprechen an, war mir meiner Stimme nicht sicher. „Die ganze Zeit", sagte ich und hörte selbst mein raues Flüstern, „die ganze Zeit war es Amsterdam? Nicht Australien?"

Fritzi hatte ihre Wollknäule auf dem Tisch ausgebreitet und suchte nach dem richtigen Faden. „Genau das fragte ich auch – Amsterdam? Nicht Australien? Sag mal, Ruth", sie sah auf, „wo ist eigentlich dein Pass?"

„Mein Pass? Mein Reisepass?"

Fritzi nickte.

„Wo wir all unsere wichtigen Papiere aufbewahren. Im Geldschrank, unten in Gudruns Büro. Warum fragst du jetzt nach meinem Pass?“

„Hast du ihn mal erneuern lassen?“, fragte Fritzi leise.

Ich dachte nach. Ich war in meinem Leben nicht oft ins Ausland gefahren. Ein paarmal über die Grenze nach Dänemark, aber dafür reichte der Personalausweis. „Doch. Ich habe mir mal einen neuen machen lassen. Damals, als Willa Kerrin in Australien besuchte. Da meinte sie, ich solle auch gleich einen beantragen, falls ich mal nach Australien reisen wollte.“

Fritzi sah mich gespannt an. Die Stricknadel hielt sie in erhobener Hand. Herbert streckte von seinem Pulloverstapel vorsichtig eine Pfote aus und tapste gegen eines der Wollknäuel. Fritzi fing es auf, bevor es vom Tisch rollen konnte. „Aber du hattest doch einen Pass. Du musstest doch einen haben, wenn du nach Australien auswandern wolltest.“

„Kind, wie kann ich mich jetzt erinnern? Sicher, damals bekam ich einen. Was ist mit dem passiert? Ich nehme an, der war abgelaufen, und da haben wir einfach einen neuen beantragt. Was willst du auf einmal mit diesen Passgeschichten?“

Fritzi sah mich komisch an. Dann schlug sie Herbert auf die Pfote und stach in die erste Masche. „Weil ich Amalie dieselbe Frage stellte, wie du gerade jetzt. Warum Amsterdam?“ Fritzi begann, rasch die Maschen abzustricken. Zwei links, zwei rechts. Die Nadeln klapperten leise. Herbert verfolgte die Bewegungen beleidigt.

„Und warum sind Sie hierhergekommen? Warum sind Sie nicht weiter nach Australien gereist?“, fragte Fritzi, als sie in der holländischen Küche über den Tellern, die leer gekratzt vor ihnen standen, saßen. „Da hätten Sie doch noch besser untertauchen können.“

Amalie runzelte die Stirn. „Nach Australien? Wieso … oh, Sie meinen, ich und Willem?"

Fritzi nickte. Später einmal würde sie die Frau vielleicht hassen müssen, die Ruth den Mann gestohlen hatte – aber in diesem Moment konnte sie ihr den Verrat noch nicht übelnehmen. Es war etwas an der Frau, an diesem Haus, was das verhinderte. Vielleicht war es auch die Stadt, die sie wie in einem Zauber gefangen genommen hatte.

„Fritzi – ich darf doch Fritzi zu Ihnen sagen?" Fritzi nickte und beobachtete, wie ihre Gastgeberin vorsichtig Wein nachschenkte. „Sie meinen, ich sei mit dem Willem ausgerissen? Es stimmt, er kam mit mir. Aber nicht aus den Gründen, an die Sie jetzt denken. Ganz anders war das." Sie griff nach den Tellern und stellte sie aufeinander. Wie um Zeit zu gewinnen, griff sie das Besteck und trug alles zur Spüle. Dann kehrte sie die Krümel, die auf das Tischtuch gefallen waren, in ihre Hand. Sie öffnete das Küchenfenster einen Spalt und ließ die Krümelchen aus ihrer Hand fallen. „Für die Vögel", sagte sie und kehrte zum Tisch zurück. „Als wir in Hamburg angekommen waren, da verließ mich der Mut. Die Sache mit den Föhrern im Zug … Willem sah das natürlich. Wir standen an einem Kiosk in Altona, er hatte mir einen Kaffee spendiert. Sein Zug nach Bremerhaven sollte jeden Augenblick einfahren. Da sagte er plötzlich: ‚Komm doch mit. Du kannst genauso gut in Bremerhaven sitzen wie hier.' Ich war so dankbar, dass er mir die Entscheidung abnahm. Natürlich nahm ich sein Angebot an. Und dann passierte das Verrückteste von allem. Wir kamen in Bremerhaven an, nur um herauszufinden, dass die Skaubryn, das Schiff, auf dem Willem nach Australien reisen sollte, einen Schaden hatte und in Amsterdam auf dem Trockendock lag. Alle Passagiere sollten kostenlos dorthin überführt werden." Amalie lachte, und auf einmal entdeckte Fritzi die junge Frau in ihren Zügen. Die hatte in Bremerhaven am Dock gestanden, bereit, den einzigen Beschützer, den sie auf der Welt hatte, in die Ferne segeln zu sehen, nur um im allerletzten Moment eine Gnadenfrist eingeräumt zu bekommen.

„Natürlich bekamen nur Passagiere diese Möglichkeit, kostenlos über die Grenze zu reisen. Nach Amsterdam – raus aus Deutschland! Und wissen Sie, was wir da taten? Wir ertränkten Amalie Brodersen. In Fetzen fiel sie in die brodelnden Fluten. Nun schauen Sie nicht so erschreckt, Fritzi. Wir zerrissen einfach meine Papiere – die Geburtsurkunde, den Personalausweis, meinen Konfirmandenpass. Ließen die Stückchen ins Meer segeln. Es dauerte gar nicht lange, bis sie durchweichten, die Tinte zerrann, der Stempel zerfloss. Nur das Foto hielt sich etwas länger, wie Teilchen eines Puzzlespiels schwamm mein Gesicht auf dem Wasser. Endlich schäumte eine Welle auf, und weg war ich. Wissen Sie, manchmal träume ich heute noch, dass ich ins Wasser schaue und mein Bildnis von mir fortschwimmt. Dann greife ich mit meinen Händen an mein Gesicht, und da ist nichts." Unwillkürlich fuhren ihre Hände zu ihren Wangen. Sie lächelte entschuldigend und ließ die rechte Hand zu einem Anhänger hinuntergleiten, der an einem Silberband um ihren Hals hing. Ein Opal, sah Fritzi. „Willem hatte nämlich festgestellt, dass er mit seinen Reisedokumenten auch Ruths mitgenommen hatte. Sie hatten alles vor Ewigkeiten zusammengestellt, sorgsam in eine Mappe gelegt und dann in ihrer Aufregung ganz vergessen, Ruths wieder herauszuholen.

‚Macht nichts', sagte Willem. ‚Wir geben dich einfach als meine Frau aus. Wenn du dir das Kopftuch tief ins Gesicht ziehst, siehst du gar nicht so anders aus.' Und er bückte sich, nässte seine Hand in einer Pfütze, und schmierte das schmutzige Wasser über das neue Passfoto, sodass es nicht mehr ganz so klar aussah. ‚Wenn du über die Grenze gekommen bist, fragt keiner mehr nach Papieren.‘ Und so war es dann auch. Wir drängten uns einfach zwischen zwei Familien, als wir in den Bus stiegen. Und dann wieder an der Grenze. So fiel es gar nicht auf, dass ich kein eigenes Gepäck hatte. Und ich ging als Ruth Petersen über die Grenze. Ruth Petersen auf dem Weg nach Australien. Da keiner von uns in Holland bleiben sollte, prüften die Zollbeamten uns gar nicht so genau. Amalie Brodersen blieb in Deutschland zurück. Auf dem Hafengrund liegt sie für immer begraben.

Und es tut mir leid, wenn Sie mich falsch verstanden haben und meinten, ich hätte den Willem gekapert. Ganz anders war das. Aber warten Sie, ich erzähle Ihnen, was ich weiß. Das schulde ich Ruth. Sie erinnern sich, dass ich sagte, das Schicksal spielte auf einmal in meine Hände? Ich meinte damit nicht nur, dass ich Gerda traf und sie versprach, mir zu helfen. Dass ich von Willems und Ruths Plänen erfuhr. Dass Rulf uns half, indem er auf eine seiner Kneipentouren ging. Dass Willem mich mitnahm. Dass die Skaubryn einen Schaden hatte und in Amsterdam festlag. Nein, da war noch etwas anderes. Sehen Sie, da war doch noch der Brief.“

# Rahel

## I

In Australien fängt der Sommer offiziell am 1. Dezember an.

Die Sonne strahlte auf die Autodächer und blendete Kerrin, die sich in den unbekannten Straßen zurechtzufinden versuchte. Kerrin war erstaunt, wie sich Port Melbourne, das einstige Arbeiterviertel, Heim für Hafenarbeiter und Lagerschuppen, präsentierte. Viele der hölzernen Arbeiterhäuschen, die das Viertel so lange geschmückt hatten, waren verschwunden. Reihenweise hatten sie hier gestanden. Niedrig und schmal, aneinandergedrängt, mit handtuchgroßen Vorgärtchen und schmalen Fluren, die sich zu den zwei aneinandergereihten Zimmern öffneten, und Küchen, die flüchtig an die hinteren Außenwände angebaut waren. Im Hof die Klohäuschen, die sich behauptet hatten, lange nachdem der Rest von Melbourne schon an die Kanalisation angeschlossen war. Die Straßen, die sie suchend auf- und abgefahren war, wurden von modernen Glas- und Betonstrukturen dominiert. Mindestens zwei der ehemaligen Zwerggrundstücke besetzten sie, machten in Höhe wett, was ihnen an Breite fehlte.

Zwei, drei Stockwerke und ausläufige Dachterrassen brauchte man, um den Blick, den kostbaren, teuer bezahlten Blick auf die Bucht auszukosten. Ehemalige Lagerschuppen waren ähnlich verwandelt oder haderten unter Baugerüsten ihrer neuen Bestimmung entgegen. Wenn eines der alten Häuschen dem Trend, zu demolieren, entronnen war, dann nur, um von Grund auf renoviert zu werden. Die Fassaden glänzten unter dick aufgetragenen Schichten von Farbe. Die Fensterrahmen und Türen sorgfältig schattiert. Die Wellblechdächer, die zu einer Zeit entstanden waren, als Blech billiger als Dachpfannen war, waren stilvoll restauriert. Mosaikfliesen in Schwarz-Weiß oder Rostrot und Grau schmückten die Veranden mit ihren schmiedeeisernen und kunstvoll gebogenen Pfeilern, die gewölbte Vordächer trugen – diese wiederum verziert mit schmiedeeisernen Umrandungen, die an geklöppelte Spitze erinnerten. Japanisch anmutende Gartenarchitektur mit weißen Kieseln und Zwergenhecken verschönerte die Vorgärtchen. Kerrin sah auch, dass nur die Fassaden den Ansprüchen der neuen Bewohner widerstanden hatten. Die neuen Besitzer, die wahrscheinlich der Nähe zum Stadtzentrum wegen hierhergezogen waren, nutzten geschickt jeden Zentimeter ihrer kleinen Grundstücke. Wo früher feuchte Hinterhöfe dominiert hatten, standen nun klotzige, moderne Anbauten, die mit der Architektur der Gründerzeit nichts gemein hatten. Und auch hier waren die Bauherren in die Höhe gegangen, sodass die schmalen Fronten sich ängstlich zu ducken schienen unter den Höckern, die aus ihren Rücken wuchsen.

Zweimal hatte Kerrin die Einfahrt in die Straße, die auf dem Zettel stand, verpasst. Sie verfluchte die Einbahnstraßen, die offensichtlich kreiert worden waren, um den Ansiedlern etwas Verkehrsruhe zu erlauben. Sie hielt an einer roten Ampel und beobachtete die schicken Autos, die schickeren Passanten, die die Hauptstraße benutzten. Als sie sich ein paar Minuten später in den stockenden Verkehrsstrom einfädelte, reckte sie staunend den Kopf. Geschäftsgebäude, die zurzeit Königin Viktorias entstanden sein mussten, die früher mal Schlachter, Gemüsehändler und Kramlädchen beherbergt hatten, führten an ihren funkelnden Scheiben die Schriftzüge bekannter Modeschöpfer und Designer. Jedes zweite Geschäft schien ein gut besuchtes Café zu sein.

An der nächsten Ampel bog sie links ab, sah das erhoffte Straßenschild, und diesmal wurde ihr die Einfahrt gewährt. Es musste die letzte Straße in Port Melbourne sein, die noch nicht den Bauunternehmern und Immobilienmaklern in die Hände gefallen war, und sie war so schmal, dass Kerrin im Schritttempo fahren musste, um nicht eines der Autos zu rammen, die dicht an dicht an beiden Straßenseiten parkten. Wie durch ein Wunder fand sie eine Parklücke und schob sich dort hinein.

Es war wohl eine der wenigen Straßen, die noch von Leuten bewohnt wurde, die einst am Morgen auf die Docks und Werften geströmt waren, um ihren schweren Arbeitstag zu beginnen. Hier rostete das Wellblech. Petersilie und Geranien wuchsen in Blechkanistern. Gartentore hingen schief, und ausrangierte Sessel zierten die überdachten Veranden. Auf einigen saßen alte Leute und beobachteten interessiert, wie Kerrin ihre Sonnenbrille für ihre Brille tauschte und ihr Auto abschloss. Sie sah sich zweifelnd um. Das Haus, das sie suchte, hatte die Nummer 14.

Mühselig und frustrierend war die Suche gewesen, die Kerrin endlich zu der schmalen Straße im Hafenviertel Melbournes geführt hatte. Sie hatte das Amt besucht, wo die Archive aufbewahrt wurden. Morris hatte recht gehabt, man konnte sich die Telefonlisten jedes gewünschten Jahrganges ansehen. Sie hatte sich die Listen der Jahre 1955 und 1956 fotokopiert. Wenn Willem sich in Melbourne niedergelassen hatte, dann würde sie ihn finden, wenn er sich einen Telefonanschluss hatte legen lassen. Sie wischte ihre Zweifel beiseite. Er erwartete Ruth. Er würde allein für sie ein Telefon legen lassen.

Sie hatte die Namen Peeters und Petersen gefunden. Und Peters und Petersons und Pettersons. Auch die Initialen W. waren darunter. Kerrin wünschte, Ruths Willem hätte einen ungewöhnlicheren Nachnamen gehabt. Wie sollte sie mit all diesen Namen fertig werden? Und wie sicher konnte sie sein, dass ein australischer Beamte die richtige Schreibweise eines Namens notierte? Sie hatte oft selbst Post mit abenteuerlichen Versionen ihres Namens bekommen. Seufzend legte sie eine Liste an. Sie fing mit denen an, die ein W als Initiale hatten, und notierte sich die Adressen. Dann breitete sie den Stadtplan auf dem Fußboden aus.

„In Melbourne ziehen die Leute in der Regel spätestens alle vier Jahre um", hatte Morris gesagt. Ellie war gekommen, um Kerrin zu helfen und hatte Morris zur moralischen Unterstützung mitgeschleppt.

Er schien recht zu haben. Kerrin war dabei, die alten Adressen mit den Einträgen im gängigen Telefonbuch zu vergleichen. Es war zu frustrierend. Kein W. Peeters, Peters, Peterson, Petterson oder Petersen wohnte in derselben Straße wie vor einem halben Jahrhundert.

„Aber oft bewegen sie sich innerhalb ihres Stadtteils oder Vororts. Sie ziehen in eine bessere Straße, in ein größeres Haus oder näher an die Schule, in die ihre Kinder gehen. Im Alter verkleinern sie sich wieder. Wenn sie finanziell besser stehen, suchen sie sich was im nächsten Stadtteil. Oder sie gehen aufs Land", sagte Morris. „Oder ziehen nach Queensland. Das ist voll von Pensionären, die dem kalten Wetter Victorias entflohen sind. Natürlich ist Tasmanien bei den Anglern beliebt …"

Kerrin war versucht, ihre Kaffeetasse in Richtung seines kahlen Kopfes zu schleudern. Stattdessen beugte sie sich wieder über die Faltkarte, auf der Melbourne sich ausgebreitet hatte wie ein Lava spuckender Vulkan. So viele Stadtteile, so viele Vororte, irgendwo und überall konnte ein Mensch sich da verstecken. Billie saß neben ihr. Summend verfolgte er mit seinem Finger die verschiedenen Routen, die zu seiner Adresse führten. Kerrin war erstaunt, wie schnell Billie sich auf der riesigen Karte orientiert hatte. Immer weiter entfernt begann er und fand doch zielsicher den Weg zu seinem Heim.

„Hier ist ein W. Peeters. Der hat im April 1955 in Springvale gewohnt. 1956 immer noch, aber nun lebt er in der Flynn Street, nicht mehr in der Russell Street. Immerhin – die letzten vier Zahlen der Telefonnummer stimmen überein."

Längst war Melbournes Ortsnetz so gewachsen, dass jeder Stadtteil seine eigene Vorwahl hatte. Vor ein paar Jahren war auch noch eine Neun allen Nummern vorgestellt worden, sodass die Nummern auf acht Zahlen gewachsen waren.

„In Springvale war in den Fünfzigerjahren ein Auffanglager für Einwanderer", sagte Morris. „Für lange Zeit nannten wir Springvale Klein-Holland. So viele Holländer hatten sich da niedergelassen. Jetzt sind es hauptsächlich Vietnamesen, die dort leben. Die Italiener ließen sich in Carlton nieder, die Griechen in Prahran. Jede Gruppe baute sich ihre Gemeinschaft auf." Morris hatte sich hinter den Blättern der Tageszeitung verschanzt. Er nahm an der Suche nicht aktiv teil, er gab nur ab und zu seinen ungefragten Rat ab. Ellie rollte die Augen und sog an ihrer Zigarette.

„Wo siedelten die Deutschen sich an?", fragte Kerrin.

Die Zeitung raschelte. „Die deutschen Juden da, wo du sie heute auch noch findest. St. Kilda, Balaclava, Caulfield. Die Reicheren bauten sich ihre Villen in Toorak. Aber die anderen Deutschen ... schwer zu sagen. Einige zog es nach Heidelberg und Bayswater. Gewisse religiöse Gemeinschaften sind dort vertreten, die Lutheraner und die Templer. War dein Onkel religiös?" Morris' rundes Gesicht schaute über den Zeitungsrand.

Kerrin zuckte mit den Schultern. Was wusste sie schon von Willem? „Ich habe keine Ahnung“, sagte sie hoffnungslos. „Nur – Ruth geht eher selten in die Kirche. Also glaube ich nicht, dass er anders war.“

Morris sah sie forschend an. „Hast du nicht erwähnt, dass er Handwerker war? Und deine Tante kennenlernte, weil er auf einem Schiff angeheuert hatte? Ein Einwanderer im neuen Land, mit wenig Englischkenntnissen, fing meist als ungelernter Arbeiter an. Im Fall deines Onkels könnte es auch ein handwerklicher Beruf gewesen sein. Also konzentrier dich auf den westlichen Teil der Stadt – da lagen die Arbeiterviertel. Wenn er allerdings in den Schiffsbau gegangen ist, dann versuch mal Williamstown oder Port Melbourne.“ Der Kopf verzog sich wieder hinter die bedruckten Seiten der „Age“.

Kerrin seufzte und griff nach ihren Listen. Sie achtete nicht auf Ellie, die zur Konsternation Billies auf bestrumpften Füßen über die Stadtkarte stieg und unter dem Esstisch, wo es hingerutscht war, das Telefonbuch hervorzog. Konzentriert vertiefte sie sich darin. Etwa zehn Minuten später ließ sie den schweren Band zu Boden plumpsen. Die anderen blickten auf, auch Leo, der sich Morris’ PC ausgeliehen hatte und ein kompliziertes Computerspiel ausprobierte.

„Kerrin – wir machen das falsch“, bestimmte Ellie. „Wir müssen es direkter angehen. Wir müssen telefonieren. Wir rufen einfach all die, die infrage kommen, an und fragen sie, ob sie einen Verwandten namens Wilhelm, William oder Willem haben oder hatten. Wenn uns das nichts bringt, dann müssen wir die alten Adressen aufsuchen.“

Beim ersten Mal hatten sie kein Glück. Nach mehreren Stunden Telefonierens hatten sie zwar einige Wilhelms, Williams und Willems ausfindig gemacht, aber keine, die 1954 aus Deutschland gekommen waren. Kerrin versuchte es an den nächsten Abenden weiter.

Die mit der Initiale W hatte sie alle probiert. Keiner kam infrage. Jetzt wählte sie systematisch alle Leute an, deren Nachnamen Petersen oder ähnlich waren. Sie fing mit A an.

„Ma", sagte Leo eines Abends, als Kerrin mit gezücktem Rotstift über ihren Telefonlisten saß. „Erinnerst du dich noch, als wir im Immigration Museum waren und die Passagierliste fanden – da stand doch W. und R. Peeters. Vielleicht versuchst du gleich mal die Rs. Immerhin, Ruth und Willa sind doch ziemlich alt. Vielleicht ist der Willem inzwischen schon gestorben, aber wenn er mit jemandem kam, dessen Vorname mit R anfing, dann kannst du versuchen, den ausfindig zu machen."

„Aber Leo", Kerrin seufzte. „Wir wissen doch, dass Ruth gar nicht mitgekommen ist. Es muss ein Fehler gewesen sein. Genau wie sie seinen Nachnamen auf der Passagierliste falsch buchstabiert haben – wenn es überhaupt unser Willem war."

„Aber du kannst doch genauso gut mit den Rs weitermachen, anstatt sklavisch dem ABC zu folgen", argumentierte Leo hartnäckig, „wenn du dich eh durch alle durchtelefonierst, oder? Guck doch einfach mal, ob du unter R. Peeters oder Petersen was findest."

Gereizt wollte Kerrin Leos Logik widerlegen. Aber dann hielt sie sich zurück. Leo hatte so geduldig ihr besessenes Suchen ertragen. Hatte ihr Tee gebracht, Pizza gebacken, sogar ihren Aschenbecher ausgeleert.

Und so hatte sie sie gefunden. R. Petersen. In dem Stadtteil Port Melbourne.

Die Haustür war frisch gestrichen. Dunkelblau hob sie sich von der weißen Hauswand ab. In einem Tontopf drängten sich rote Petunien. Kerrin wischte sich den Schweiß von der Stirn. Es war wirklich sehr warm an diesem Nachmittag. Sie hob den Klopfer und ließ ihn vorsichtig wieder fallen. Er erzeugte kaum ein Geräusch. Beim zweiten Versuch hallte das Klopfen die kleine Straße auf und ab. Kerrin fühlte die neugierigen Blicke der Nachbarn in ihrem Nacken.

Nun hörte sie eilige Schritte, und die Tür flog auf. „Entschuldigen Sie“, rief die Frau und fummelte am Schloss der Sicherheitstür, die, mit feinem Draht bespannt, sowohl Ungeziefer als auch ungebetene Gäste fernhalten sollte. „Ich war beim Sprengen, die Blumen ließen so traurig ihre Köpfe hängen, als ich nach Hause kam. Furchtbar diese andauernde Trockenheit, nicht wahr? Ich arbeite zwei Tage in der Woche in der Bibliothek. Freiwillig natürlich. Pensioniert wurde ich vor fünf Jahren.“

Endlich gab das Schloss nach, und Kerrin trat zurück, damit die Tür aufschwingen konnte. Sie trat in einen schummrigen Flur, der angenehm kühl war. „Wenn ich die Türen und Fenster tagsüber geschlossen halte, bleibt es einigermaßen kühl“, sagte die Frau. Ihre schwarzen Haare waren sicher gefärbt. In einem krausen Lockenkranz hoben sie sich von ihrem zarten, gebräunten Gesicht ab. Ihre fast schwarzen, tief liegenden Augen musterten Kerrin aufmerksam. Leicht legte die Frau ihre Hand auf Kerrins Arm. Ihr Druck war kaum spürbar. „Kommen Sie. Ich dachte, wir sitzen draußen. Es ist jetzt angenehm dort.“

Sie wandte sich um und lief den Flur entlang. Kein Teppich lag auf den dunklen Holzbohlen, und doch schritt die Frau so leicht, dass man kaum etwas hörte. Kerrin warf rasch einen Blick in das Zimmer, das zu ihrer Linken und zur Straße hin lag. Es war das Schlafzimmer. Nur ein Bett stand dort, mit einem Nachtschrank und einer Kommode. In einem Kamin lagen verkohlte Holzreste. Auf dem Kaminsims standen einige Porzellanornamente. In Grün, Braun und Ocker waren sie mit englischen Landschaftsszenen verziert. Kerrin hatte ähnliche Stücke von der Porzellanmanufaktur Royal Doulton auf dem Flohmarkt gesehen.

Ein Badezimmer folgte. Es musste in den Achtzigerjahren eingebaut worden sein. Kerrin erkannte den Waschtisch aus Kiefer, der damals modern gewesen war, die braunen und orangefarbenen Kacheln. Der Flur führte zu einer Tür, die den Weg in das zweite Zimmer freigab. Es war klein, offensichtlich hatte man das Badezimmer von ihm abgetrennt. Aber es war gemütlich möbliert mit bequemen Sesseln, einem niedrigen Couchtisch und einem Fernseher. Regale an der Wand waren mit Büchern beladen. Sie standen nicht aufgereiht, sondern waren kunterbunt durcheinandergestapelt. Das winzige Zimmer öffnete sich in eine helle Wohnküche.

„Früher hörte das Haus hier auf, und die Küche und das Badezimmer waren in einem Anbau. Ich habe einfach den hinteren Teil des Hauses abreißen und neu aufbauen lassen. Dann haben wir die Wand zwischen dem Wohnzimmer und der Küche weggenommen, und ein Raum ist entstanden. Hübsch, nicht? Klein, aber mein“, sagte die Frau, ein stolzes Lächeln auf ihrem Gesicht.

Auch in der Wohnküche war nur Platz für das Nötigste. Ein rechteckiger Tisch mit zwei Stühlen erlaubte einem, gerade an der Theke, die die Küchenzeile begrenzte, vorbeizukommen und die Glastüren zu erreichen, die die hintere Wand bildeten. Ein Bambusvorhang hing vor der geöffneten Tür, und die Frau schlüpfte hindurch. „Kommen Sie nur“, rief sie und hielt den Vorhang zurück.

Kerrin trat in eine grüne Oase. Jeder Zentimeter des Hofes war bepflanzt. Wo noch ein Fleckchen frei war, standen Töpfe, aus denen es rankte und blühte. Ein Steinpfad schlängelte sich zu einer Mauer, an der eine Gartenbank lehnte. Ein Tablett mit einem Krug und zwei Gläsern stand auf der Bank, zu jeder Seite des Tabletts lud ein blaugemustertes Kissen zum Sitzen ein.

„Hier“, sagte die Frau und sank auf ein Kissen. „Ist Limonade Ihnen recht? Ich mache sie selbst. Fast jeder in der

Straße hat einen Zitronenbaum, ich brauche nie Zitronen zu kaufen." Sie schenkte ein und reichte Kerrin ein Glas. Es schmeckte erfrischend. „1957 bin ich hier eingezogen, aber trotzdem bin ich nicht die älteste Einwohnerin. Rundherum in den Straßen wird alles verkauft, abgerissen und neu aufgebaut. Aber wir halten aus!"

„1957", sagte Kerrin zögernd. Nur ein Jahrgang später, in den Archiven hatte sie bis 1956 geforscht.

„Ja, damals hatte ich ein bisschen Geld gespart." Die Frau, die von Kopf bis Fuß in Schwarz gehüllt war – ein weiter, schwarzer Rock, ein schwarzes T-Shirt – verzog das Gesicht. „Genug, um das Häuschen hier zu kaufen. Umgezogen bin ich nie. Warum sollte ich? Es ist groß genug für mich. Und inzwischen ist es sogar modern, in Port Melbourne zu leben. In der Bibliothek sehen wir ja die Leute kommen und gehen. Ein Telefon habe ich damals gleich bekommen, obwohl mich kaum jemand anruft. Die Nachbarn wissen, wo ich zu finden bin. Und die Bibliothek ist auch nur um die Ecke. Aber man zahlt die Gebühren halt automatisch. Und es kann ja immer mal was passieren." Sie zupfte eine Blüte von einer dunkelrosafarbigen Mandevilla, die an der Mauer hinter der Gartenbank hochrankte. „Alle kennen mich hier als Rosenbaum, Rahel Rosenbaum. Das ist mein Mädchenname. Aber irgendwas hat mich immer daran gehindert, den Namen im Telefonbuch zu ändern. Damals musste ich was vorzeigen, um mich bei der Telefongesellschaft anzumelden – einen Ausweis. Bei R. Petersen blieb es also. Erinnern Sie sich an die Fähnchen, die man früher bekam, wenn man an den Strand ging? Wir ließen sie im Sand stecken, wenn wir am Abend nach Hause gingen. Sie sind sicher zu jung, um sich an diese Papierfähnchen zu erinnern, so kleine Wimpel waren das, als Kinder bekamen wir sie ausgehändigt – irgendwelche Werbung war darauf gedruckt. Wir steckten sie in unsere Sandburgen. An die Nordsee hatten sie uns gefahren, der Luft wegen – mein Gott, wie lange ist das her? Ich war hier, wollten wir mit unseren Fähnchen sagen. Von unserem Stückchen Sand Besitz ergreifen. Und so war das auch mit dem Namen im Telefonbuch. Ich ließ ihn einfach stehen – wie die Fähnchen. Obwohl ich offiziell jetzt wieder meinen eigenen Namen trage. Und wenn man so lange unter derselben Adresse wohnt, dann fragt keiner mehr, was für ein Name im Telefonbuch steht." Sie blickte auf ihre Hände. Kein Ring steckte an ihren Fingern. „Ich dachte, irgendwann wird jemand kommen und fragen – nach Ruth Petersen."

Der Spruch, den Kerrin am Telefon benutzt hatte, war ihr so geläufig geworden, dass sie ihn, ohne nachzudenken, abgeleiert hatte. „Mein Name ist Kerrin Petersen", hatte sie auf Englisch gesagt. „Bitte entschuldigen Sie die Störung, aber ich mache ein bisschen Verwandtschaftsforschung und suche nach einem Onkel, der vor über fünfzig Jahren nach Australien ausgewandert ist. Er hieß Wilhelm …", hier fügte sie jeweilig den Nachnamen ein, den sie im Telefonbuch gefunden hatte, „und er kam aus Deutschland. Könnte es sein, dass Sie so einen Verwandten haben oder hatten?"

Und jedes Mal die gleiche Antwort. Die meisten Leute waren nett. Es tat ihnen leid. Sie wünschten ihr Glück bei ihrer Suche. Bis sie endlich, und nur um Leo zu beweisen, dass sie seinen Vorschlag akzeptierte, diese R. Petersen angerufen hatte. Der seltsame Laut, kaum dass sie ihren Namen genannt hatte, der stockende Atem. Das seltsame Schweigen. Und dann der Satz: „Endlich. Sie sind gekommen." Sie hatte sich geweigert, am Telefon mehr zu sagen, als dass sie Kerrin weiterhelfen konnte und sie vorbeikommen müsse.

„Ich habe Sie sofort erkannt", sagte die schwarzhaarige Frau und berührte mit der rosafarbenen Blüte, die sie gedankenlos abgezupft hatte, ihre Wange. Die Haut ihres Gesichts war wie handgemachtes Papier, bräunlich und von feinen Fältchen durchzogen. „Sie sehen Ihrer Tante ähnlich."

„Ruth?" Kerrins Herz pochte laut.

„Ja. Ihre Züge sind ähnlich, und Sie haben dieselben Augen. Willem hatte natürlich ein Foto von ihr. Warten Sie, ich hole es."

Die Frau sprang auf und lief ins Haus. Wenige Minuten später kam sie mit einem Schuhkarton unterm Arm zurück. Sie nahm den Deckel ab und wühlte durch die vielen Fotos, die dort lagen. Nur die wenigsten waren Farbaufnahmen, die meisten schwarz-weiß. Ganz unten lag eine braune Ledermappe. Die Frau öffnete sie und zog ein Foto in Postkartengröße hervor. Es zeigte eine sehr junge Ruth. Forschend und ohne zu lächeln schaute sie in die Kamera.

„Wie haben Sie das bekommen?", fragte Kerrin, fast feindselig. „Und wieso kennen Sie Willem? Warum steht Ruths Name im Telefonbuch?"

Die Frau hatte die braune Mappe auf ihren Schoß sinken lassen. Sie hatte sich geöffnet. Mit einem Ausruf griff Kerrin nach dem grauen, etwas speckigen Heft, das dort lag. „Und Ruths Pass? Woher haben Sie den?"

Die Frau, die gesagt hatte, sie würde Rahel Rosenbaum genannt, sah Kerrin unsicher an. „Ich dachte, Sie wussten das? Hat sie Sie nicht geschickt?" Sie deutete auf Ruths Foto.

Jetzt war Kerrin verwirrt. Sie schüttelte den Kopf. „Ich habe Sie im Telefonbuch entdeckt. Ruth weiß noch gar nicht, dass ich hier bin. Ich habe ihr nur erzählt, dass ich versuchen würde, ihren Willem zu finden. Leicht war das nicht. Ich habe mit den Schifffahrtslinien angefangen …" Langsam begann sie zu erzählen, wie sie ihre Suche angestellt hatte. „Und jetzt sind Sie dran", sagte sie, als sie fertig war. „Frau … wie heißen Sie denn nun?"

„Oh … Rosenbaum natürlich. Aber sagen Sie bitte Rahel.“ Sie vergrub ihre rechte Faust in dem leichten Stoff ihres schwarzen Rockes. „Ich hatte nie ein Anrecht auf den Namen Petersen. Ich habe ihn nur für eine Weile geborgt.“

„Geborgt?“

„Ja. Sehen Sie – ich lebte damals in Amsterdam, als ich Willem kennenlernte. Geboren bin ich in Deutschland. Aber da wurde es ungemütlich für uns Juden, als die Nazis an die Macht kamen. Meine Eltern hatten mich zu Verwandten geschickt, aufs Land. Die meinten, da wäre ich sicher. Natürlich waren wir nirgends sicher. Aber eines Tages kam eine Frau. Sie sagte, sie sei eine Verwandte meiner Mutter. Die holte mich da raus und brachte mich zu ihren Freunden. Die schmuggelten uns über die Grenze und brachten uns nach Amsterdam. Und wir fanden Zuflucht in einem Haus an einer Gracht. Die Frau, die mich geholt hatte, hieß Veronica. Sie lebte dort. Das Haus gehörte aber nicht ihr, sondern einem Buchhändler. Veronica besorgte mir Papiere, die mich als holländische Waisin ausgaben. Später kamen mehr Kinder. Juden waren wir alle. Es waren Kinder, die Veronica ausfindig machte und aufnahm. Lauter Waisen. Wir kamen aus allen Ecken angekrochen. Überall, wo die Nazis eingezogen waren. Als der Krieg vorbei war und die Welt langsam wieder in Ordnung kam, zogen die anderen aus. Einer nach dem anderen. Einige fanden ihre Familien wieder. Oder irgendein Verwandter kam und holte sie. Einige gingen nach Israel oder Amerika – die, die eine Adresse hatten. Oder Veronica fand jemanden, der sie aufnehmen wollte. Veronica war mit einem Belgier verheiratet, sie hätte sich nicht einzumischen brauchen. Die Familie ihres Mannes hätte sie nie verraten. Aber als die Deutschen ihren Mann kassiert hatten – Soldat war der –, da konnte sie nicht ruhig dasitzen und nichts tun. Ihr Jean, der hatte Glück, der kam in ein Lager in Dithmarschen. Er musste auf einem Gut arbeiten … der Jean! Dichter war er, wäre gern ein Schriftsteller geworden, und dann musste er als Landarbeiter arbeiten. Immerhin war er sicher. Natürlich wäre Veronica am liebsten dorthin marschiert und hätte ihren Jean befreit, aber das konnte man ihr ausreden. Da fing sie dann an, Kinder zu sammeln. Monsieur Claude hatte ein großes Haus. Er war ein Cousin ihres Schwiegervaters. Sie überredete ihn, sein Haus in Amsterdam als eine Art Kinderheim für uns Kriegswaisen benutzen zu dürfen."

In einem Baum im Nachbargarten erklang die glucksende Stimme einer Magpie, ein Vogel, der mit seinem schwarzweißen Gefieder einer überwachsenen Elster ähnelte.

„Haben Sie schon mal bemerkt, dass die Vögel hier nicht singen? Sie kreischen, piepsen, krächzen – die Kookaburras lachen –, aber keiner singt." Rahel schüttelte ihren Kopf. „Daran haben wir uns erst gewöhnen müssen, als wir kamen. Der Willem und ich. Ja, da wundern Sie sich, nicht wahr? Eines Tages kreuzte der Willem bei uns auf. In dem großen Haus – aber da war die Veronica schon tot. Oh, den Krieg hatte sie überlebt. Hatte noch die Freude gehabt, ihren Mann heil zurückkehren zu sehen. Der Jean hat den Kopf geschüttelt, als er von ihren Abenteuereien erfuhr. Der hatte nie den Helden gespielt. Ruhig hat er sich verhalten und abgewartet, bis der Irrsinn vorbei war. Als sie ihn aus dem Kriegsgefangenenlager entließen, haben sie ihn nach Belgien geschickt. Nur fand er da seine Frau nicht vor – also folgte er ihr und traf sie bei Monsieur Vatzé. Sie und etwa ein Dutzend Kinder. Ein schönes Wiedersehen war das, obwohl er sich das wohl nicht ganz so vorgestellt hatte. Veronica weigerte sich, nach Hause zurückzukehren. Erst musste sie für ihre Kinder neue Heime finden. Jean war's egal, solange er seine Frau hatte. Er fing dann an, dem alten Monsieur auszuhelfen, in seinem Laden. ‚Jetzt verkaufe ich Bücher anstatt sie zu schreiben', sagte er oft. Aber ich glaube, heimlich gefiel ihm das sogar besser, als selbst zu schreiben. Er liebte es, in alten Speichern zu stöbern, und manchmal hatten sie Glück, und es wurde ihnen eine ganze Bibliothek angeboten. Irgendwann war ich dann das letzte Kind. Keiner hatte mich abgeholt. Das war mir auch lieb so. Ich machte mich immer ganz klein und unsichtbar, wenn Veronica wieder mal eine Adresse hatte, wo einer hingeschickt werden sollte. Oft versteckte ich mich bei Monsieur Claude. Zwischen den staubigen Regalen und den Bücherstapeln, da fiel ein unscheinbares Kind gar nicht so auf. Ich fing an, die Bücher zu lieben.“

Sie griff unter die Gartenbank und zog eine Dose hervor. Als sie ihre Hand hineinsteckte, sah Kerrin, dass die Dose mit Vogelfutter gefüllt war. Mit einer leichten Geste warf sie die Körner in einem Bogen in Richtung eines gepflasterten Rondells, in dessen Mitte ein Rosenbäumchen stand. Mit lautem Gequietsche stürzten sich zwei Spatzen auf die Saat.

„Und dann, sieben Jahre nach dem Krieg, starb Veronica. Einer dieser unerklärlichen Todesfälle. Nicht weit von unserem Haus, nur ein paar Gassen weiter, brach sie zusammen – auf dem Weg zum Einkaufen. Der Arzt sagte, sie war sofort tot. Da hätte keiner was machen können. Einen Herzfehler hat sie gehabt – und niemand, nicht mal sie selbst – hatte davon gewusst. Wahrscheinlich hatten die Strapazen des Krieges sie überfordert. Schonen tat sie sich ja nie. Und so wurde sie vorzeitig hinweggerafft.“ Leise sagte sie: „Jetzt wurde es noch stiller im Haus. Monsieur hatte immer gebrummelt, dass er keine Ruhe mehr hätte, seit Veronica mit ihrer Bande eingezogen war. Jetzt irrten die beiden, der alte und der junge Mann, wie die Geister durch die leeren Stuben. Aufheitern konnte ich sie nicht, nur das Haus für sie halten – so gut es eben ging. Eine schlechte Hausfrau war ich. Sie hatten Glück, dass sie nicht an Lebensmittelvergiftung erkrankt sind, und dass sie keine Stauballergie hatten.

Die meiste Zeit lief ich mit der Nase in irgendeinem Buch rum." Sie grinste ein wenig entschuldigend. „Eines Tages entschloss Jean sich, dass es so nicht weiterging. Er fing an, aufzuräumen. Ich glaube, es tat ihm gut. Monsieur und ich schauten staunend zu, wie er Fenster aufriss, Teppiche ausklopfte und Spinnenweben zu Leibe rückte. Als er alles andere gemacht hatte, fing er mit Veronicas Schränken an. Er gab alles weg – ihre Kleider, ihre wenigen Schmuckstücke, die persönlichen Sachen. Da muss er dann sein Köfferchen gefunden haben. So ein schäbiges Pappding war das. Ich konnte mich noch erinnern, wie er damals mit dem Ding heimgekehrt war. Er tat ganz geheimnisvoll damit. Soviel ich sehen konnte, enthielt es nicht viel mehr als ein paar Bücher und haufenweise Fetzen Papier. Aber eines Abends überraschte ich ihn. Er saß in der Küche, an dem großen Tisch, und hatte all die Fetzchen vor sich ausgebreitet. Ich sah, dass sie eng bekritzelt waren. Da erzählte er mir von Amalie."

# 11

„Jean hatte ich im Pflichtjahr kennengelernt. Ich war auf ein Gut in Dithmarschen geschickt worden. Jean war so ziemlich das Exotischste, was ich jemals getroffen hatte.“ In der Küche des Hauses in Amsterdam, wo Fritzi und Amalie Brodersen saßen, war es schon lange dunkel geworden. Sie saßen im Schein der Hängelampe, nippten an ihrem Weißwein, und Amalie führte Fritzi zurück in eine Vergangenheit, die den Kreis schloss, der zu dem Haus an der Gracht mit dem antiquarischen Buchhandel im Untergeschoss geführt hatte.

„Jean war Belgier und Kriegsgefangener. Ich war siebzehn und zum ersten Mal fort von zu Hause. Nicht dass er sonderlich gut aussah, klein war er und drahtig. Mit dunklen Haaren und Augen. Er konnte nicht sehr viel Deutsch. Unsere Einsamkeit trieb uns zusammen. Die anderen Mädels auf dem Gut kamen aus der Stadt, die waren ganz anders als ich. Die wussten was von der Welt. Die kannten die Schliche und rückten des Nachts aus, um tanzen zu gehen. Die hatten die Bomben erlebt, und die waren geprägt von dieser ängstlichen Hetze, die damals so viele betraf – noch was zu erleben, bevor es zu spät war. Die wussten, wie man mit einem Mann flirtet und ihn betört, dass er einem Parfüm mitbrachte oder Schokolade. Die gingen schon mal mit einem ins Heu und lachten, wenn ich errötete. Ich war zu brav für sie. Und auch meinten sie, ich hielt mich für was Besseres, weil ich ihre groben Andeutungen nicht verstand und in meiner Freizeit las. Auch ärgerte es sie, dass ich aufs Gymnasium gegangen war. Nach Husum hatten die Eltern mich geschickt, hatten gehofft, ich würde mal ein Kinderfräulein werden. Die Familie, die zu uns aus Berlin in die Sommerfrische kam, die brachte ein Kinderfräulein mit, wenn sie im Sommer kam, und meine Mutter bewunderte das Fräulein sehr. Sie sparte eisern, um mir eine Schulbildung zu besorgen. Ich konnte etwas Französisch, und der Jean, der sprach mit diesem Akzent, den unsere Französischlehrerin uns immer hatte einschleifen wollen. Weil er doch kaum Deutsch konnte, und auch nicht viel von der Arbeit auf dem Hof verstand, wurde ich manchmal gerufen, wenn sie ihm was erklären wollten. Er war fast zehn Jahre älter als ich – und ein Außenseiter, genau wie ich. Wenn er mich mit einem Buch sah, kam so ein hungriger Blick in seine Augen – den verstand ich und versuchte, auch was für ihn zum Lesen zu finden. Das war natürlich nicht leicht – wo konnte man schon französische Bücher finden, mitten im Krieg? Aber seine Not machte mich erfinderisch. Wir fingen an, uns heimlich zu treffen. Ruhig war er und bedächtig. Er hielt nichts vom Krieg und hatte keine Illusionen – er war ganz froh, dass sie ihn frühzeitig geschnappt und in die relative Sicherheit auf das Gut geschickt hatten. Der war kein Held, und nicht ausgeschnitten, Soldat zu sein. Ein Schöngeist war er. Der hatte die Philosophen gelesen, träumte davon, selbst zu schreiben. Der wollte den ‚Scheißkrieg' überleben und nach Hause. Und er hatte Angst um seine Frau. Ja, da sehen Sie – ich bändelte nicht nur mit einem Feind an, nein, er war auch noch ein verheirateter Mann. Und bevor Sie sich da das Falsche denken: Der hat sich nur gefreut, dass er mit jemandem sprechen konnte. Obwohl ich lange nicht alles verstand. Aber ich hing einfach am schönen Klang seiner Worte und liebte seine dunkle Stimme, den Geruch seiner Pfeife, wenn er Glück gehabt hatte, und jemand ihm ein bisschen Tabak spendierte. Und ich verstand das mit seiner Frau, weil ihr Name immer wieder fiel und er ja auch einen Ring trug." Sie strich über den Opal, der an ihrem

Hals hing. Wieder fielen Fritzi ihre großen Hände auf. „Die Gutsfrau war streng. Die achtete schon auf die Mädels, die ihr anvertraut waren. Aber die Jugend ist erfinderisch. Es gelang uns oft genug, ihrem strengen Auge zu entwischen. Die anderen gingen aus mit den jungen Männern, die Heimaturlaub hatten. Ich traf Jean. Hinter einem Bootsschuppen, am Ufer des Sees, wo selten einer hinkam. Dort saßen wir nebeneinander, an den Stamm einer alten Buche gelehnt. Er las mir vor – Gedichte, die er für seine Frau schrieb, auf Fetzen von Papier, die ich für ihn fand und aufbewahrte. Und die Briefe seiner Frau las er mir vor. Die hütete er wie Heiligtümer und faltete und versteckte sie nach jedem Lesen sorgsam. Mehr taten wir nicht. Und doch ahnte die Gutsfrau etwas, und eines Tages stellte sie mich zur Rede. Ich konnte ihr ganz ehrlich sagen, dass nichts passiert wäre. Jedenfalls fast nichts. Manchmal hielt er meine Hand, ich die seine, aber nur, weil er doch so arg traurig war – und um seine Frau bangte. Die war nämlich Jüdin, wissen Sie, und obwohl seine Familie versprochen hatte, sie zu schützen, hatte er Angst. Das alles berichtete ich der Gutsfrau. Aber die war weise, hatte wohl auch zu viele Mägde gehabt, um nicht zu wissen, wohin Mitleid führen konnte, und sie schickte mich unter einem Vorwand zurück nach Hause. Und damit war es zu Ende. Ich wusste, ich würde ihn nie wiedersehen. Und als der Krieg zu Ende ging, hoffte ich nur, dass er überlebt hatte und sicher zurück nach Belgien fand. Zurück zu seiner Frau. Und dann kam der Brief.

Es war ganz anders, als ich gedacht hatte. Seine Frau hatte den Krieg überlebt. Aber entgegen seiner Wünsche, war sie nicht ruhig untergetaucht im Schutze seiner Familie. Natürlich wusste man ja, was mit den Juden in Deutschland geschah. Und da war sie über die Grenze geschlüpft. Monatelang hörte niemand was von ihr. Dann tauchte sie in Amsterdam wieder auf. Sie hatte ein paar entfernte Verwandte aufgetrieben, und mithilfe einer Organisation hatten sie sie rausschmuggeln können. Sie waren nach Holland geflohen.

Es dauerte eine Weile, bis Jean seine Frau fand. Es war nicht ganz das Leben, von dem er geträumt hatte. Ein Häuschen auf dem Lande, ein Zimmer, wo sein Schreibtisch am Fenster stand. Der Obstgarten, auf den er herabschauen würde, während er seine Gedichte verfasste. Stattdessen kam er in dieses Haus, das von Überlebenden des Krieges nur so wimmelte. Kinder und Jugendliche hatte Veronica dort versammelt. Auch nach dem Krieg fuhr sie fort, sie einzusammeln – es gab ja genug Flüchtlinge. Das Haus gehörte einem Cousin, und unten betrieb er seinen antiquarischen Buchhandel. Jean begann, bei dem Alten unterzuschlüpfen, wenn es im Haus oben allzu laut vor sich ging. Als sich das Haus nach und nach leerte, weil Angehörige gefunden wurden, oder sich eine Reisemöglichkeit ergab – nach Amerika oder nach Palästina, war er dem Buchhändler unentbehrlich geworden. Auch gefiel ihm die Arbeit mit den Büchern. Manchmal sprachen Veronica und Jean noch davon, nach Belgien zurückzukehren und eine Familie zu gründen. Aber sie schoben es immer wieder auf. Erst waren da die Kinder, dann der alte Mann.

Und dann starb Veronica. Jean hatte nicht die Kraft, noch einmal aufzubrechen oder wieder mit dem Schreiben anzufangen. Inzwischen kränkelte auch der alte Mann und brauchte seine Hilfe. Jean blieb. Zwei Jahre, nachdem seine Frau gestorben war, fand er hinten in einem Schrank den Pappkoffer, den er aus der Gefangenschaft mitgebracht hatte. Und darin die Fetzchen Papier und zwei der französischen Bücher, die ich ihm damals besorgt hatte. Er erinnerte sich an mich. Er überlegte, was wohl aus mir geworden war. Er begann, an mich zu denken, und, ähnlich wie ich, die ich mir ein Leben fern von Rulf ausmalte, fing er an, mich in sein Leben hineinzudenken. Endlich wagte er, der Gutsfrau zu schreiben und nach mir zu fragen. Und so erreichte mich sein Brief. Er schrieb, wenn ich es wagen könnte, eine Reise in eine ungewisse Zukunft zu unternehmen, dann würde er auf mich warten."

Amalie faltete ihre Hände auf dem bestickten Tischtuch und sah Fritzi an. „Wegen dem Brief bin ich letztendlich gegangen. Und überredete den Willem, mir zu helfen."

# III

In dem kleinen Hinterhof in Australien gluckste die Magpie. Sie erhob sich aus dem Baum, von wo sie die Spatzen beim Picken der Saat beobachtet hatte, kreiste und landete dann auf dem schrägen Dach. Vorsichtig hüpfte sie an den Schieferplatten hinunter und sprang auf die Regenrinne. Dort krallte sie sich an den Rand. Sie stieß einen glucksenden Schrei aus.

„Entschuldigen Sie“, unterbrach Rahel sich. „Maggie kommt jeden Abend zur gleichen Zeit. Sie verlangt ihr Abendessen.“ Anstatt mehr Körner zu streuen, holte sie eine Untertasse aus dem Haus, die mit Klarsichtfolie bedeckt war. „Ich selbst bin Vegetarierin. Aber davon überzeugen Sie mal die Magpies. Maggie liebt ihre Häppchen rohes Fleisch! Jede Woche hole ich ihr ein bisschen Hackfleisch.“ Sie streifte die Klarsichtfolie vom Teller und kratzte das rohe Fleisch auf eine Schale, die auf einem Pfahl befestigt war. Sie musste sich auf die Zehenspitzen recken, um die Schale zu erreichen. „Normalerweise frisst sie mir aus der Hand. Aber wenn Fremde kommen, ziert sie sich.“

Die Spatzen, ihre Chance witternd, flogen zur Schale hinauf. Mit einem lauten Schrei stürzte der schwarz-weiß gefiederte Vogel sich auf sein Fleisch. Die Spatzen flatterten davon. „Sie haben Angst vor den Magpies“, nickte Rahel und zerknüllte die Folie. „Ja, so fand Jean seine Amalie wieder. Er war ganz aufgeregt, als sie schrieb, sie sei sehr unglücklich in ihrer Ehe und plane schon lange, ihren Mann zu verlassen. Eigentlich wollte Jean sie in Deutschland treffen. Sie sollte ihm schreiben, wenn sie sicher in Hamburg war. Sie hatten irgend so einen verworrenen Plan, einen Grenzbeamten zu bestechen. Und dann stand sie ganz plötzlich bei uns vor der Tür. Der Willem mit ihr. Der hatte ja in Bremerhaven auf sein Schiff nach Australien steigen sollen. Nur, dass das einen Schaden hatte und in Amsterdam auf der Werft lag. Die Amalie, die konnte ihr Glück nicht fassen. Sie ging einfach mit Ruths Papieren über die Grenze."

„Du meine Güte", murmelte Kerrin.

„Ja. Und ich, ich sah, was die Amalie gewagt hatte. Auf einmal wusste ich, ich konnte mich nicht länger verbergen. Ich musste auch was unternehmen. Außerdem – Amalie und Jean, die brauchten jetzt Zeit. Nervös waren die ja, wie junge Liebhaber. Die brauchten keine Zuschauer. Monsieur, der war froh, dass er sich in seine Räume zurückziehen konnte."

„Und Willem – was hat der dazu gesagt?"

„Na ja, Amalie und ich haben den Plan ausgeheckt. Amalie würde halt noch einmal ihre Identität wechseln. Die wollte mit ihrem Jean ja nicht in Sünde leben. Weder als Amalie Brodersen noch als Ruth Petersen konnte sie ihn heiraten. Aber Rahel Rosenbaum – die war frei. Und ich hatte eine Chance, ganz neu anzufangen, wenn Willem mich als seine Frau an Bord schmuggelte. Es war gar nicht so leicht, ihm das beizubringen. Der hatte eh schon Schuldgefühle, dass er Amalie mitgenommen hatte, nun sollte er seine Ruth ein zweites Mal betrügen. Aber was kann ein Mann gegen zwei Frauen schon unternehmen?

‚Du hilfst einem jungen Mädchen ihre Vergangenheit zu überwinden', sagte Amalie. Ganz ruchlos wurde die, jetzt, wo sie ihren Jean zum Greifen nah hatte. ‚Rahel hat niemanden mehr. Dafür haben wir Deutschen gesorgt. Du brauchst sie nur mitzunehmen. In Australien kann sie untertauchen, und du schickst Ruth ihre Papiere zurück.'

Immer wieder redeten wir auf ihn ein. Und schließlich gab er nach. Als die Skaubryn nach Australien segelte, waren Mr. und Mrs. Peeters an Bord. Irgendwie gab es Willem Mut, dass die seinen Namen falsch auf die Passagierliste schrieben. Als ob nicht wirklich er es war, der was Illegales unternahm. Und so wurde aus Amalie Rahel. Und Rahel wurde Ruth. Leicht war das natürlich nicht – ich war nicht nur jünger als Ruth, ich sah ja auch ganz anders aus. Aber die Not macht erfinderisch. Amalie färbte mein schwarzes Haar blond. Weh tat das! Es brannte so sehr, ich dachte, die ganze Kopfhaut würde mir abgepellt. Aber Amalie ließ sich nicht hindern, da müsste ich durch, sagte sie. Für sie war es leichter – ihre dunkelblonden Haare nahmen die schwarze Farbe dankbarer an. Die Größe war nicht so schwer, sie besorgte mir hochhackige Schuhe. Auf denen musste ich erst mal laufen lernen. Das mit den Augen war am schwierigsten. Heutzutage gibt es ja Kontaktlinsen, mit denen man die Augenfarbe wechseln kann. Monsieur Claude hatte dann die Idee, mir eine Brille mit dicken Gläsern zu verpassen. Dahinter verschwammen meine Augen – jetzt konnte ich nichts mehr sehen und stolperte auf den hohen Hacken wie eine Betrunkene. Aber auch das wusste Amalie zu einem Plus zu verarbeiten. Sie hatte die Idee, dass ich Abschiedsschmerz simulieren könnte. Rotverweint, würden meine dunklen Augen nicht auffallen, und meine fehlende Größe würde kaschiert, weil ich mich auf meinen Mann stützen müsste. Zum Schluss fanden wir noch eine … na ja eine ‚Dame', die uns mit dem Make-up half. Mich schminkte sie älter, Amalie gab sie einen dunkleren Teint und dunkle Brauen."

Kerrin dachte an die Prostituierte, von der Fritzi erzählt hatte, die in ihrem Amsterdamer Fenster saß und strickte, während sie auf ihre Kunden wartete – die Fritzi immer so nett zugenickt hatte. Meinte Rahel so eine Dame?

„Sie brachten uns noch zum Schiff – Jean und Amalie. Und im letzten Moment war es dann tatsächlich schrecklich, Europa zu verlassen. Und ich brauchte die Zwiebel gar nicht, die Amalie mir ins Taschentuch gewickelt hatte. Die sollte mir die Tränen in die Augen treiben. Ich heulte wie ein Schlosshund, und alle hatten Mitleid mit mir. Die dachten, ich verließe meine Familie. Ja, so kam ich an Bord, und Willem und ich, wir traten die lange Reise an – als Mann und Frau.

Jean und Amalie fuhren über die Grenze und heirateten dort. Amalie mit meinen Papieren – aber in Belgien kannte niemand Rahel Rosenbaum, und keiner wunderte sich. Ich hatte meine holländischen Papiere bekommen, da war ich ausgehungert und gerade erst aus dem Kindesalter heraus. So wurde Amalie schließlich Madame Vatzé. Und damit war jede Spur von Amalie Brodersen verschwunden. Trotzdem riskierte sie nichts. Sie und Jean lebten ruhig und zurückgezogen. Wir schrieben einander nicht. Dafür kannten wir uns auch gar nicht gut genug. Nur als Willem und ich in Melbourne landeten, da schickten wir Amalie einen Opal. Das war das Zeichen, das wir abgemacht hatten – dass alles gut gegangen war."

Die Magpie hatte ihr Abendessen verzehrt. Kerrin dachte flüchtig an Leo. Er sollte nach der Schule zu Morris fahren. Ellie hatte angeboten, für sie alle Abendessen zu kochen. Kerrin überlegte, wie lange Morris es wohl aushalten könnte, bevor er Ellie aus der Küche scheuchte und selbst den Kochlöffel übernahm.

„Und Willem?", fragte Kerrin. „Hat er sich nie gefragt, wie das für Ruth war? Die hatte doch keine Ahnung, dass er sich so schnell eine neue Frau geangelt hatte."

Rahel sah sie an, und Erschrecken und Trauer prägten ihre Züge. „Eine neue Frau … Nein, so war das nicht. Sicher, wir teilten eine Kabine. Wir waren ja als Ehepaar an Bord gegangen. Aber es war eine grässliche Überfahrt. Mir war die ganze Zeit sterbensübel. Ich kam so gut wie nie raus

aus der Kabine. Die wenigen Leute, mit denen der Willem ins Gespräch kam, die dachten, seine Frau sei in anderen Umständen. Willem kümmerte sich rührend um mich. Er hielt mir den Kopf, wenn ich mich erbrechen musste. Er flößte mir Suppe ein und redete mir zu, wenn ich nur noch sterben wollte. Jedes Mal, wenn ich aus einem unruhigen Schlummer erwachte, war er da. Es war auch nicht nur die Übelkeit, die mir zu schaffen machte. In meinem geschwächten Zustand konnte ich die Erinnerungen, die ich so lange verdrängt hatte, nicht im Zaum halten. Die Ängste der langen Zeit des Versteckens kamen zurück und besuchten mich in Alpträumen. Menschen, die ich gekannt hatte, die auf Nimmerwiedersehen verschwunden waren, bevölkerten die enge Kabine.

Und dann legte Willem sich neben mich auf die schmale Koje und hielt mich fest in seinen Armen. Wenn ich mich beruhigte, erzählte er mir von dem Leben, das uns erwartete. Der brauchte nicht viel Schlaf, der Willem. ‚Stell dir vor', sagte er, ‚wir fahren in ein Land, wo immer die Sonne scheint. Wo Apfelsinen an den Bäumen wachsen, und Zitronen und Bananen und Pampelmusen.' Pampelmusen – Himmel, die hatten wir doch nach dem Krieg das erste Mal gesehen! Immer wieder malte er mir das Leben aus, das wir führen würden, in diesem Land, wo alle gleichberechtigt waren. Und mein Gott, natürlich waren diese Nächte lang. Heiß war es in den Kabinen und dunkel. Erhellt nur von dem Glühen seiner Zigarette. Und manchmal, manchmal, da vergaß der Willem eben doch, dass es nicht seine Ruth war, die er da in seinen Armen hielt. Und dann kam das Verlangen über ihn, und ich, ich blieb mucksmäuschenstill. Ich war doch auch jung und hatte so lange keine Liebe gespürt. Ich wusste, dass ich für ihn nur eine Ersatz-Ruth war, aber es war genug. Ich habe nie einen Mann geliebt, solche Gefühle hatte ich abgewürgt, als ich meine Familie verlassen musste. Trotzdem, das, was der Liebe am nächsten kommt, das empfand ich für den Willem. Und deshalb schäme ich mich nicht wegen dem, was auf dem Schiff passierte. Auch heute nicht." Ein Schleier hatte sich über Rahels Augen gezogen. Kerrin rührte sich nicht.

„Nach sechs langen Wochen kamen wir dann endlich in Melbourne an. Wir hatten abgemacht, dass wir uns gleich trennen würden. Ich sollte mein neues Leben wieder als Rahel Rosenbaum beginnen. Und Willem würde nach seiner Ruth schicken. Aber wieder einmal wurden seine Pläne durchkreuzt. Kaum kamen wir an, wurden wir gleich in ein Lager verfrachtet. Bonegilla. Mein Gott." Rahel schüttelte sich. „Es war furchtbar. Wellblechhütten, aufgereiht auf der kahlen Erde. Kein Strauch und kein Baum. Geheult haben wir – die anderen Frauen und ich. So hatten wir uns das nicht vorgestellt. Ich war ja nie im Konzentrationslager gewesen, aber die, die es erlebt hatten, die fühlten sich zurückversetzt in die Schreckenszeit. Schon die Fahrt dorthin war beängstigend. Wir klebten alle an den Fenstern. Dies war ja nun unser erster Eindruck von dem neuen Land. Nur gab es da keine Orangenbäume. Bananen und Pampelmusen – da müsst ihr in den Norden fahren, sagten die Klügeren und lachten uns aus wegen unserer Unwissenheit. Sowie wir aus der Stadt raus waren, dehnte sich das Land meilenweit vor uns aus. Trocken war es und gähnend leer. Die einzelnen Bäume reckten ihre Äste in die Luft, als ob auch sie um Erlösung baten. Ab und zu fuhr der Zug durch einen kleinen Ort. Armselige Holzhütten mit Blechdächern und blätternder Farbe. Mit grellen Schildern behängt, die uns in der fremden Sprache den Zweck der Gebäude entgegenbrüllten. Die Kinder, die an den Bahnsteigen rumlungerten, waren barfuß und schmutzig. Die Frauen sahen ausgedörrt und hoffnungslos aus, die Männer misstrauisch. Wir merkten bald, dass sie uns nicht wollten. Für sie waren wir alle gleich.

„Dagos" nannten sie uns, egal, wo wir herkamen. Aber wenn sie herausfanden, dass wir Deutsche waren, dann wurden wir die „Krauts". Sie machten keinen Unterschied zwischen Juden und Deutschen – wir waren alle Nazis und damit der Feind. Lange konnten sie uns nicht vergeben, dass wir den Krieg angefangen hatten, es angeblich auch auf Australien abgesehen hatten. Erst viel später, in der Bibliothek, sah ich mal einen Band mit Postern, wie sie hier in der Kriegszeit veröffentlicht wurden. Gräuliche Darstellungen waren das, von blutdurstigen Nazis, die dieses Land zu überfallen drohten, nur darauf warteten, die Männer niederzumetzeln, die Frauen zu vergewaltigen und die Kinder abzustechen. So warben sie die jungen Australier an, in den Krieg zu ziehen. Kein Wunder, dass sie die Deutschen für Barbaren hielten. Ähnlich hatten sie uns in Deutschland vor den russischen Soldaten Angst gemacht. Aber damals wusste ich nicht, wie die Bevölkerung gegen die Deutschen aufgehetzt worden war. Ich spürte nur ihre Verachtung. Immerhin, auf dem Land ignorierten sie uns, solange wir uns zurückhielten. Aber in der Stadt wurden wir bespuckt und angepöbelt, wenn jemand hörte, dass wir Deutsch sprachen. Ja, es war nicht leicht. Und Willem und ich befanden uns in einer beklemmenden Lage: Ins Lager passten wir nicht. Die Juden konnten nicht akzeptieren, dass ich mit einem Deutschen zusammen war; den Deutschen war es peinlich, dass der Willem mit einer Jüdin rumzog. Die Australier beschimpften uns als Nazis. Willem hätte in der Stadt Arbeit finden können, aber er schaffte es nicht, den Hass und die Abscheu der Australier zu schlucken. So hatte er sich das nicht vorgestellt – wenn er mir in den langen Nächten das Leben im Land seiner Träume beschrieben hatte." Rahel lachte bitter.

Kerrin dachte an ihre eigenen Erfahrungen. Auch jetzt war es nicht immer einfach. In einer Schule, am Anfang, als sie noch als Aushilfslehrerin arbeitete, war sie von den Kindern „Nazi“ geschimpft worden. Im Schulhof war ihr Auto beschädigt worden. „Dummheit“, hatte der Schulleiter gesagt und die Schultern gezuckt. „Regen Sie sich nicht auf.“

Aber wer informierte über diese Dummheit? Wer lehrte die Kinder, die Vergangenheit unbedacht in die Gegenwart zu tragen? Es wurde besser, als sie mit Leo, damals ein Baby, aufs Land zog.

„Von den Italienern im Camp hörte Willem von dem Snowy Mountain System“, sagte Rahel. „Wissen Sie davon?“

„Nicht sehr viel. Das war das Wasserkraftwerk, nicht wahr, das da in den Bergen gebaut werden sollte?“

Rahel nickte. „Die Australier brauchten doch Strom für die Städte, die sie bevölkern wollten. Und Wasser für die Farmen, die die Menschen ernähren sollten. Und die Snowy Mountains – diese große Gebirgskette an der südöstlichen Grenze von Neusüdwales – waren ideal. Vier große Flüsse entspringen dort. Anstatt das Wasser östlich ins Meer fließen zu lassen, sollte es mittels von Tunneln durch die Berge umgeleitet und gestaut werden. Ein riesiges Projekt war das. Bevor sie überhaupt daran denken konnten, die Kraftwerke und Stauseen zu bauen, mussten kilometerlange Tunnel angelegt und miteinander verbunden werden. Zwanzig Jahre hat es gedauert, das alles zu bauen. Ein ingenieurtechnisches Wunder. Die Amerikaner haben sie gerufen, um ihnen bei der Planung zu helfen. Und dann haben sie in Europa, auch in Deutschland, um Arbeitskräfte geworben. Damals waren die Liberalen an der Regierung. Denen waren die Deutschen recht, auch wenn viele sich daran erinnerten, dass die Nazis im Krieg der Feind gewesen waren. Aber der liberalen Regierung waren die rechtsradikalen Deutschen lieber als die Südeuropäer, die womöglich kommunistische Neigungen hatten. ‚Kommt ins sonnige Australien‘ hatte auf den Plakaten gestanden, erzählten uns die anderen Deutschen. Als die Amerikaner kamen, fanden sie Beton und Stahl in rauen Massen vor. Die hatten die Australier da zu den Bergen gekarrt und abgelegt. Nun fangt mal an zu bauen, sagten sie. Aber bevor sie die Tunnel, die Stauseen und die Wasserkraftwerke bauen konnten, mussten doch erst mal die Straßen angelegt werden, um die Arbeiter und die Maschinen auf die Berge zu befördern. Zwei Jahre dauerte es, bevor sie richtig anfangen konnten. Und die Arbeiter und die Ingenieure, die mussten ja auch irgendwo wohnen, also mussten Häuser gebaut werden. Zimmerleute und Tischler und Handwerker wie Willem, die wurden gern genommen.

‚Komm mit', sagte er da zu mir. ‚Ich kann dich doch nicht allein in der Stadt aussetzen.' Er sah doch, dass ich Angst hatte vor den lüsternen Blicken der Männer, die ein junges Mädchen, allein und ohne Familie, für Freiwild hielten. Und so packten wir unsere paar Sachen und folgten dem Strom der anderen Einwanderer, die genau wie er aus ihren Illusionen erwacht waren und dorthin zogen, wo Immigranten wie wir gebraucht wurden – in die Berge. Und da fand er dann das, wovon er geträumt hatte. Nur so hatte er sich das wohl nicht vorgestellt. Da, in dem Snowy Mountain System waren alle gleichgestellt. Italiener, Deutsche, Holländer, Jugoslawen – egal, welche Nationalität. Alle bekamen eine Schaufel in die Hand oder ein Beil, und an die Arbeit. Und schwere Arbeit war das. Abgeschnitten von jeglicher Zivilisation. Und kalt war es da, noch kälter als in Bonegilla. Da heulten schon mal erwachsene Männer in der Kälte, sogar welche, die in Russland an der Front gewesen waren. Die Ernährung war auch nicht besser. Hammelfleisch gab es, tagein, tagaus. Dazu weißes Brot – nicht Brot, wie wir es von zu Hause kannten, körnig und sättigend, sondern so weiches, pappiges Zeug, das süßlich schmeckte.

Die Arbeit war hart und gefährlich. Viele Unfälle geschahen auf den steilen Straßen. Aber am schlimmsten war es in den Tunneln. Die wurden mitten durch das Gebirge gebohrt. Riesige Wassermengen sollten von einer Seite zur anderen fließen. Auf zwei-, dreistöckigen Plattformen arbeiteten die Männer – dunkel und nass war es dort. Arbeiten taten sie im Licht von Glühbirnen, die an der Wand aufgekettet waren. Allen voran die Männer an den Pressluftbohrern. Und Sicherheitsvorrichtungen gab es damals doch nicht. Ihre ungeschützten Gesichter waren dem kochend heißen Wasser ausgesetzt, das aus den Bohrern sprühte. Der Lärm war ohrenbetäubend. Den ganzen Tag atmeten sie die verpestete Luft und den Staub ein. Und dann die Sprengungen. Primitiv war das doch alles. Wenn man da nicht rechtzeitig in Deckung ging, war's aus. Und hinter denen, die sich in den Berg bohrten, waren die, die die Gleise legten. Für die Lokomotiven und die Loren, die den Schutt raustragen sollten. Wie viele waren wir – Hunderte, Tausende? Der Berg schluckte alle, spuckte sie wieder aus, wenn ihre Schicht vorbei war. Wie die Murmeltiere gruben sie sich ihren Weg durch das Gestein. Und manchmal verschluckte der Berg in seiner Gier den einen oder anderen. Vielleicht gefiel es ihm ja auch nicht, wie die da in seinem Bauch rumorten und höhlten. Unfälle geschahen immer wieder. Die Männer rutschten auf dem glitschigen Erdboden aus, fielen auf die Schienen, zwischen die stampfenden Räder der Lokomotiven und der Loren und wurden zermalmt oder verloren Glieder. Wurden erschlagen von fallendem Gestein oder von den riesigen Bohrern. An denen riss ab und zu ein Schlauch, und die verwandelten sich in wütende, um sich schlagende Ungeheuer. Zahllose Opfer gab es, die fast keiner vermisste. Was machte es schon aus, ein Dago mehr oder weniger? Der Berg war nicht wählerisch. Und die Männer wurden getrieben, immer schneller zu arbeiten. Weiter zu kommen als die Schicht, die sie gerade abgelöst hatten. Extra Lohn und Aufgeld winkten doch. Und wofür? Viele der Männer trugen ihren hart verdienten Lohn des Abends in die Kantinen und versuchten, ihre Verzweiflung im Alkoholrausch zu ertränken. Dann gab es Prügeleien – von Wut, Hass und Frust geprägt. Vielleicht war es der einzige Weg, Luft abzulassen. Und was passierte, wenn jemand sich verletzt hatte? An medizinische Versorgung hatte keiner gedacht, als sie die Arbeiter und ihre Familien da hochschickten. Und die Ärzte, die endlich kamen, hatten nur die primitivsten Mittel, um die Verwundeten zu behandeln. Entweder waren sie schon verblutet, wenn der Arzt eintraf, oder sie waren tot, wenn sie endlich im Krankenhaus ankamen. Für die, die Arme oder Beine verloren hatten, war das vielleicht auch besser so.

Wie lebten wir? In Zelten. Stellen Sie sich das mal vor. Im Winter war es eisig. Manchmal wachten wir morgens auf, und die Zeltwände waren steifgefroren. Wenn es regnete, verwandelte der Erdboden sich in Schlamm. Willem und ich hatten es noch gut, wir hatten keine Kinder. In einigen Zelten drängten sich Familien mit sechs Kleinkindern. Versuchen Sie mal, Windeln zu waschen oder zu trocknen, wenn Sie nur einen Kessel haben und ein offenes Feuer. Oft hängten sie die Windeln nur zum Trocknen auf. Im Winter mussten wir doch erst den Schnee schmelzen, bevor wir überhaupt Wasser hatten. Es stank da, in den erbärmlichen Zelten. Und was geschah, wenn es Zeit war für die Frauen, ein Kind zu gebären? Manchmal ging alles gut, und sie schafften es allein. Andere Male mussten wir versuchen, sie zum Arzt oder ins Krankenhaus zu bringen – über diese schrecklichen Straßen, die mit Schlaglöchern übersät waren, steil und abschüssig.

Aber wenn man die schrecklichen Bedingungen übersah, dann konnte man Geld verdienen. Lange Schichten und Überstunden, und sogar am Wochenende lockte der Lohn, für die, die raus wollten. ‚Zwei Jahre, Rahel, länger brauch ich nicht‘, sagte der Willem. Dann gehen wir hier weg. Natürlich wusste ich, dass er an Ruth dachte – jeden

Tag schuftete er, für sie. Ging nicht in die Kneipe, fiel nur todmüde aufs Stroh. Und ich biss die Zähne zusammen und arbeitete ebenfalls. Putzte die Kantine, half in der Küche, schrubbte die Fußböden bei den Frauen der Ingenieure, die schon ihre eigenen Häuser hatten. Und jeden Tag dankte ich Gott, dass der Willem nicht in die Tunnel ging. Für einen Maschinenschlosser gab es genug Arbeit. Und am Wochenende machte er Extraschichten auf dem Bau. Bei seinem Schwiegervater hatte er ja genug gelernt, um sich auch noch als Zimmermann zu verdingen."

Ganz still war es in dem winzigen Garten. Es war die Stunde der Dämmerung, und die Welt schien den Atem anzuhalten. Das Meer, das nur ein paar Straßen entfernt lag, machte sich bereit, die untergehende Sonne zu empfangen.

„Und dann traf es ihn eines Tages doch. Übermüdet war er. Arbeitete vom Morgengrauen bis zur Dunkelheit. Jeden Tag. Auch noch am Wochenende. ‚Wir müssen hier raus', sagte er. ‚Ich halt das nicht aus. Ich sehne mich nach Sonnenschein und Wärme.' Ausgeglitten ist er, auf den feuchten Dachbalken. Die Hände, klamm vor Kälte, gehorchten ihm nicht. Auf die steinharte Erde schlug er. Er war noch am Leben, als sie mich holten. Willem sah gar nicht so aus, als ob er verletzt wäre. Nur sehr blass und ein Kratzer an der Stirn. Und sein Gesicht war so entspannt. Die Sorge und die Enttäuschung, die seine Züge in den letzten Monaten geprägt hatten, waren wie weggewischt. Und dann öffnete er die Augen und lachte – dieses fröhliche, jungenhafte Lachen. Ich dachte, jetzt steht er gleich auf, schüttelt den Dreck von sich und sagt, es war alles ein Versehen. Seht doch, es geht mir gut. Und dann kam so ein Glanz in seine Augen. Ich wusste, er sah nicht mich. Er sah sein Ruthchen. Ganz zärtlich wurde sein Blick. Und so starb er."

Über der Bucht erlosch das Sonnenlicht in einem letzten Glitzern und sank dann rot glühend in die Fluten.

# Ostern 2018

## I

„Wir fahren nur noch hin und her zum Hafen", sagte Finn stolz und kletterte von Willas Mobil. Sie hatten Bertha abgeholt.

„Sie konnte es natürlich nicht lassen", flüsterte Willa mir zu und deutete auf die Hutschachtel, die Bertha ihr anvertraut hatte, während sie die Hände derer schüttelte, die sich vorm Haus am Meer versammelt hatten.

„Etwas Trockenes", sagte Bertha bedeutungsvoll. „Sahne fand ich unpassend – zu dieser Gelegenheit."

Ane zwinkerte mir zu und formte das Wort „Butterkuchen". Sie war als Erste, gleich zu Beginn der Osterferien, eingetroffen. Auf dem Weg nach Föhr hatte sie ihre Eltern in Bordelum abgeholt. Helmut und Marianne waren lange nicht auf Föhr gewesen und staunten ordentlich, was sich alles verändert hatte. Helmut war alt geworden, aber er hielt sich aufrecht. Er hatte angeboten, die Grabrede zu halten, und er tat es mit viel Würde und sogar Humor. Marianne quirlte um Helmut herum, wie sie es immer getan hatte. Erinnerte ihn an seine Tabletten und ermutigte ihn, sein Mittagschläfchen einzuhalten. Sie hatten sich in der Villa Friede am Wald, unweit von Willas Haus, eingemietet. Anes Angebot, Willas Ferienhaus zu teilen, lehnten sie dankend ab. „Vater braucht seine Ruhe", sagte Marianne und beobachtete besorgt Finn, der auf Helmuts Rücken geklettert war.

Hajo traf am nächsten Tag ein. Obwohl ich ihm gesagt hatte, es sei nun wirklich nicht nötig, den weiten Weg von

Hongkong anzutreten. Aber Fritzi freute sich, und die Kinder, angehalten, ihre Aufregung im Zaum zu halten, vergaßen die ernste Feierlichkeit der Situation und tobten und sprangen wie wild um ihn herum. Sogar Johanna, die sich doch gern erwachsen gab, seitdem sie im Gymnasium aufgenommen worden war.

Und noch einmal musste Willa an den Hafen fahren. Kerrin und Leo wurden am Nachmittag erwartet.

„Bist du sicher, Ose erkennt sie?", fragte Finn besorgt. „Wie lange ist es noch mal her, seit Kerrin und Leo hier waren, Mama?"

„Zwei Jahre. Wenn Oses Auto nicht vorher zusammenbricht, schafft sie es bestimmt."

Oses kleiner, roter Lieferwagen hatte über den Winter einige Eigenarten entwickelt, die Ose manchmal auf dem Weg von Wyk nach Goting stranden ließen. Mehrere Male hatte dieser junge Bauer, Rulf Brodersens Neffe Jan, sie mit seinem Geländewagen abgeschleppt. „Es ist rein freundschaftliche Hilfsbereitschaft", behauptete Ose und starrte uns herausfordernd an.

„Ich habe Leo von Oses Lieferwagen erzählt. Er kann ja nach dem Lieferwagen gucken", murmelte Finn und löste den Seidendrachen, den Hajo ihm aus Hongkong mitgebracht hatte, vom Lenker des Mobils. Dieser Seidendrachen, der sich im Wind aufplusterte und mit seinen Fransen wedelte, hatte es Finn sehr angetan. Er trug ihn immer mit sich, und da er darauf bestand, den Drachen ins offene Fenster zu binden, litten wir alle unter der Zufuhr von zu viel frischer Luft.

„Ich sitze nur noch in Zugluft", schimpfte Willa. „Bald fange ich an, wie der Drachen hin- und herzuwehen."

„Dann müssen wir dich auch festbinden", sagte Finn und sah Willa abschätzend an. Anscheinend überlegte er, wie viel Bindfaden er dafür benötigen würde.

Willa und ich fingen an, extra Wolljacken zu tragen und uns in die Schals zu wickeln, die Ose vorsorglich aus ihrer Galerie mitbrachte. Da Frau Heinke immer noch eifrig für sie strickte, hatte sie ja genug davon.

„Nun lasst Bertha mal hinein", sagte Hajo und nickte, als Johanna die Reisetasche unserer Cousine ins Haus schleppte. Wieder einmal bezog Bertha Zimmer Nummer drei. „Und dann gehen wir alle nach Hause und lassen die Tanten ein bisschen zur Ruhe kommen, bevor Ose mit Kerrin und Leo eintrifft. Ist das Kaffeetrinken für vier Uhr angesetzt, Ruth?"

Ich versuchte, mich über das Gebell Olmis verständlich zu machen. Er witterte wohl den Kuchen, der in Berthas Hutschachtel verborgen lag, und rannte wie besessen zwischen seinem Feind, dem Mobil, und dem Kuchenbehälter, den er gern gestürmt hätte, hin und her. Dabei stieß er hysterische Geräusche aus, die einem überdrehten Kreisel ähnelten. Schließlich gelang es Britta, ihn einzufangen und fortzuführen.

„Der Hund wird immer schlimmer, Fritzi", sagte Hajo streng.

Aber Fritzi lachte nur. Seitdem sie mit den Kindern auf die Insel gezogen war, nahm sie das Leben leichter. Ich schaute ihr nach, als sie mit ihrer kleinen Schar durchs Gartentor zog und sich rechts wandte, um durch den Wald nach Hause zu gehen. Sie hatte ihren blauen Wintermantel mit den orangefarbenen Knöpfen für eine gewebte Jacke aus Oses Beständen getauscht. Johanna und Britta schmiegten sich an ihre Seiten, Finn hüpfte mit seinem Drachen fröhlich voraus. Hajo ging etwas steif, seiner Rolle ungewiss, neben ihnen her.

Ane war Gudrun ins Haus gefolgt. Weil wir eine sehr große Kaffeetafel bilden würden, hatte Gudrun vorgeschlagen, im Aufenthaltsraum zu decken, wo sonst die alleinstehenden Damen ihre Mahlzeiten einnahmen. „Heute nur die Familie“, hatte Gudrun bestimmt, und Fräulein Mönkelmann hatte freundlicherweise Frau Heinke zu sich auf die Veranda gebeten. Frau Siegesdorf hatte die Einladung dankend abgelehnt. Sie hatte vor, einem österlichen Orgelkonzert in der St. Nikolai Kirche beizuwohnen.

Als auch Willa und Bertha gegangen waren – Willa hatte unsere Cousine ins Restaurant Godewind zum Mittagessen eingeladen – zog ich mich in meine eigenen Räume zurück. Herbert hatte Berthas Ankunft von der Fensterbank aus beobachtet. Sich vergewissernd, dass Olmi wirklich abgezogen war, arrangierte er sich auf dem Tablett, auf dem ich am Morgen meinen Tee hereingetragen hatte. Er registrierte mein Eintreten nur, indem er ein grün- und braungesprenkeltes Auge öffnete. Ich setzte mich auf einen der geradlehnigen Stühle und erwartete die Ankunft meiner Nichte und meines Großneffen, die ich zwei Jahre nicht gesehen hatte. Kerrin und Leo waren gekommen, um Willem nach Hause zu begleiten.

„Was ist eine Urne?“, hatte Finn vor ein paar Tagen gefragt. Er saß am Tisch und malte ein Willkommensbild für Leo, der bei ihm im Osterzimmer schlafen sollte. Fritzi half Ose in der Galerie, und die Kinder verbrachten den Nachmittag bei mir.

Johanna saß neben Finn. Sie hatte ihre Arme ausgestreckt und ihren Kopf in die Mulde ihres Ellbogens gelegt.

„Eine Urne, Finn, ist so eine Art Topf mit einem Deckel drauf. Einige Leute ziehen Urnen vor, wenn sie ihre Toten beerdigen“, sagte Johanna.

„Da tun sie die Toten hinein“, erklärte Britta.

„Wie passt denn ein ganzer Mann in einen Topf?“, fragte Finn und löste ein Stückchen Klebestreifen von einer kleinen Rolle. Ane hatte ihm mehrere Röllchen mitgebracht, nicht einfachen Klebestreifen, sondern solchen, der gemustert war. Finn liebte es, seine Bilder mit anderen Materialien zu schmücken.

„Das geht doch gar nicht. Die Arme und die Beine und den Kopf – so viel kann man gar nicht reinpropsen“, sagte er und schnitt einen Streifen ab.

„Natürlich verbrennen sie sie erst“, sagte Johanna träumerisch. „In Indien verbrennen sie die Toten auf einem Floß, das sie in den Fluss schieben. Unsere Lehrerin in Hongkong hat uns davon erzählt. Das Floß wird ganz schön dekoriert. Und als ich mit Papa auf Bali war, was glaubt ihr, hab ich da gesehen?“

„Wie können wir das wissen, wenn wir nicht da waren?“, fragte Britta und blätterte eine Seite um. Sie las in einer Zeitschrift über Igelhaltung.

„Einen Tempel. Und auf dem Altar standen lauter leckere Sachen zu essen. Die sollten die Toten sich abholen und auffuttern.“

„Ich würd das auch auffuttern!“, rief Finn.

„Glaubst du – ja. Aber das könntest du nicht, weil – da nämlich auch Schlangen auf dem Altar lagen. Richtige, echte Schlangen. Die behüteten das Essen, an das ja keiner ranzugehen wagte.“

Britta sah auf und schnaufte. Finn starrte Johanna staunend an.

„Und sie zünden Räucherstäbchen an, damit es immer schön duftet. Papa hat gesagt, es war auch der erste Schlangentempel, den er jemals gesehen hat.“ Johanna war ruhiger geworden. Oft saß sie und beobachtete ihre Geschwister oder Fritzi, als ob sie nicht genug von ihnen sehen konnte. Manchmal fand Fritzi sie am Morgen in einem der Betten der anderen Kinder.

„Ich weiß nicht, was passiert ist – da in Hongkong“, sagte sie zu uns. „Auch Hajo hat es nicht aus ihr herausbekommen. Er hat mit den Lehrern und der Schulleiterin gesprochen. Auch mit dieser Kathleen, mit deren Tochter Johanna so eng befreundet war. Keiner weiß etwas."

Hajo hatte Johanna zu Weihnachten nach Hause gebracht. Nicht in dieses Dorf südlich von Hamburg, wo sie so lange gewohnt hatten. Nach Föhr. Da war Fritzi nämlich schon umgezogen. Zusammen mit Britta und Finn war sie in die Wohnung bei Willa eingezogen, die Fräulein Gebrecht gemäß Fräulein Söhnleins Voraussage – „bei Nacht und Nebel wird sie verschwinden" – verlassen hatte. Obwohl bei Nacht übertrieben schien, Nebel plausibel – im November sind feuchte, graue Tage unbedingt an der Tagesordnung. Aber da Willa die Wohnung verlassen und ausgeräumt vorfand, nachdem sie zwecks des Geburtstags eines zweiten Cousins Berthas für einige Tage auf dem Festland geweilt hatte, konnte niemand mit Sicherheit behaupten, dass Fräulein Gebrecht des Nachts ausgezogen war. Und auch Willas Wettern und Schimpfen taten nichts dazu, die ausstehende Miete einzutreiben, die das junge Mädchen ihr schuldete.

„Wie du es nicht bemerkt haben konntest", sagte Willa zu Ose. „Du musst es doch gesehen haben."

Aber Ose zuckte mit den Schultern. Sie könnte doch nicht jeden, der mit ein paar Kartons aus seiner Wohnung kam, der Mietflucht beschuldigen.

„Doch, genau das kannst du", wies Willa sie zurecht. „So viel schuldest du deiner Tante."

„Sei froh, dass sie die Wohnung nicht zerstört hat", sagte Fräulein Söhnlein und versprach, sofort Ausschau nach einem „vernünftigen Mieter" zu halten.

Aber dann war es Fritzi, die sich meldete. „Irgendwie ist es mir klar geworden, als ich in Amsterdam Amalie Brodersen besuchte", sagte sie zu mir. Wir nannten Amalie immer noch bei dem Namen, den sie auf Föhr getragen hatte. Vatzé war uns doch zu fremdländisch. „Manchmal muss man seinem Herzen folgen. Und ich war einsam, da auf dem Dorf – ohne Hajo und ohne Johanna. Alles hatte sich geändert. Da waren einfach zu viele Löcher, die wir nicht mehr stopfen konnten. Sogar der Hund war deprimiert."

Sie streichelte mit der Fußspitze Olmis lederne Haut. Er rollte sich behaglich auf den Rücken. Irgendwie sah er nicht aus, als ob er zu einer so tiefgehenden Gefühlsbewegung fähig sei. Sein Lebensrhythmus, der gleichmäßig zwischen Schlummer und Fressen pendelte, wurde selten von mehr als den obligatorischen Ausgängen gestört.

Natürlich hatten Ose und ich gerätselt, wie Fritzi mit den beiden Kindern in eine Zwei-Zimmer-Wohnung passen wollte. Denn das kleine Stübchen, das zwischen Küche und Wohnzimmer lag, konnte man kaum ein Schlafzimmer nennen.

Finn klärte uns auf. „Mama hat mit Willa abgemacht, dass wir die ganze obere Etage mieten", sagte er und war stolz auf das Wort ‚Etage'. „Britta kriegt das grüne Zimmer und ich das vom Osterhasen. Mama sagt, das ist gar nicht schlimm, weil sie am Abend einfach die Tür zum Flur offen lässt. Da ist nämlich eine Geheimtür, Ose. Ich hab schon geguckt. Willa hat sie hinter einem Vorhang versteckt."

Ose sah mich zweifelnd an. Die Tür, die Vater damals mit einer Sperrholzplatte verschalte, nachdem er die Wohnung im oberen Stock des Hauses an Fremde vermietete, war so lange nicht benutzt worden, dass die meisten sie vergessen hatten.

„Du kannst uns dann auch öfter sehen, Ose", fügte Finn großzügig hinzu.

„Da ihr dann auf der anderen Seite des Hofes lebt, möchte ich das wohl annehmen", meinte Ose trocken.

Fritzi zog kurz vor Weihnachten um. Sie hatte sehr schnell einen Mieter für ihr Haus auf dem Dorf gefunden.

Die Kinder und sie wohnten im Ferienhäuschen, während ihre Schwestern beim Streichen der Wohnung halfen.

Willa meinte zwar, das wäre nun wirklich nicht nötig, aber Fritzi wollte „ganz neu" anfangen. Sie strich das Wohnzimmer in einem warmen Gelbton und nahm dieselbe Farbe für ihr Schlafzimmer und den Flur, der zu den Kinderzimmern führte. „Warm und sonnig soll es wirken", sagte sie und übersah Willas Widerwillen.

Britta wollte ihr Zimmer grün behalten, also wählten sie einen Mintton, der sehr hübsch aussah. Finn war unentschlossen – er schwankte zwischen Schwarz und Dunkelgrün. Schließlich überredete Fritzi ihn zu einem zarten Gelb, mit grünen Gardinen. In den steilen Treppenaufgang, der zu ihrer Wohnung führte, hängte Fritzi Fotos ihrer Kinder. Auf die Stufen stellte sie Körbe mit duftenden Äpfeln und Kräutern.

„Jedenfalls braucht ihr nicht mehr die Treppe hinunter und nach draußen zu gehen, um das Plumpsklo zu benutzen, wie damals Willem und ich", sagte ich zu den Kindern. Willa hatte schon längst ein Bad oben einbauen lassen.

„Ihr hattet ein Plumpsklo?" Britta schüttelte sich. „Igitt."

Natürlich wollte Finn wissen, was ein Plumpsklo war. Die nächste halbe Stunde rannte er die Treppe in meinem Haus auf und ab und sang dabei: „Ich gehe jetzt zum Plumpsklo – Hahaha!" Schließlich kam Gudrun aus der Küche und bat sich Ruhe aus.

Zu Weihnachten trafen Hajo und Johanna ein. Die Sorge um ihre Tochter, die bedrückt und freudlos schien, überspielte die leichte Befremdung, die zwischen den Eheleuten herrschte. Und wir taten so, als ob es ganz normal wäre, dass Hajo, wie Ose herausgefunden hatte, auf der Couch im Wohnzimmer schlief und nicht bei Fritzi. Auch uns gegenüber machte Johanna keine Andeutung, was sie belastete. Obwohl es offensichtlich war, dass etwas mit ihr geschehen war.

„Etwas in der Schule?“, rätselte Fritzi. „Eine Liebesgeschichte? Jemand, der sie auf dem Nachhauseweg angemacht hat? Aber Hajo sagt, sie ist nie allein nach Hause gekommen. Und er schwört, dass diese Leute, diese Freunde von ihm, anständige Menschen sind. Natürlich haben sie alle Hauspersonal ...“ Sie ließ die Worte und die damit verbundenen Verdächtigungen in der Luft hängen.

Ose war krasser. „Es würde mich nicht wundern, wenn sie Hajo mit einer anderen erwischt hat. Erinnert euch, was Kuno mir angetan hat.“ Ose ließ uns nicht gern vergessen, dass ihr Lebensgefährte sie mit einer Italienerin betrogen hatte. Sie sagte es aber nicht zu Fritzi.

„Ich weigere mich, sie zu einem Arzt zu bringen, der sie von oben bis unten durchcheckt – oder gar zu einem Psychotherapeuten. Wir werden sie nicht bedrängen. Wir wollen einfach nur für sie da sein“, sagte Fritzi zu uns.

„Die Inselluft hat noch alle Leiden kuriert“, sagte Willa zu mir, und ich hoffte, dass sie recht hatte.

Am Ende der Weihnachtsferien verkündete Johanna, dass sie nicht mit Hajo nach Hongkong zurückkehren würde, sondern bei Fritzi bleiben wollte. Die vier fühlten sich sehr wohl, oben in Willas Wohnung. Johanna zog zu Britta ins Zimmer, anstatt in dem Stübchen neben der Küche zu hausen. Fritzi kaufte ein zweites Bett, und die Mädchen teilten das Zimmer gewissenhaft. Aber sie schienen sich gut zu verstehen, berichtete Fritzi. Britta hatte Johanna „Die Brüder Löwenherz“ geliehen, und Johanna fing an, Britta etwas Englisch zu lehren. Sie unterhielten sich manchmal bis spät in die Nacht und waren sich einig, wenn es darum ging, über Finn zu bestimmen.

Im Januar fuhr Fritzi mit Johanna aufs Festland, und sie brachten haufenweise Stoffe mit nach Hause. Daraus nähten sie neue Vorhänge, Kissenbezüge und Überdecken. „Stell dir vor, Johanna kann nähen“, sagte Fritzi. „Anscheinend hat sie das von dieser Kathleen gelernt. Typisch für diese Frauen, die ihren Männern ins Ausland folgen – voll patent in allem."

Sie hatten das kleine Zimmer in ein Näh- und Bastelzimmer verwandelt. Oft hockten sie da alle vier. Finn klebte, Britta las, Johanna und Fritzi nähten. Fritzi fing an, ihrer Ältesten das Stricken beizubringen.

Johannas Gesicht war fülliger geworden – sie sah lange nicht mehr so spitz aus wie im Dezember. Ja, den Kindern hatte der Umzug gutgetan. Britta hatte einen Teil ihrer Bockigkeit abgelegt. Sie ging auf in ihrer Aufgabe auf der Igelstation, wo sie Igelwaisen pflegen half, und sie ritt regelmäßig auf dem Ponyhof. Finn hatte seine Freundschaft mit der kernigen Zoe erneuert und unterdrückte das Daumenlutschen geflissentlich, erst in ihrer Gesellschaft und dann allgemein. Und auch Fritzi ging es gut. Sie half stundenweise bei Ose in der Galerie. „Ohne Bezahlung, das kann Ose sich jetzt im Winter nicht leisten, aber im Sommer werde ich eine Saisonkraft", versprach sie.

Nur Willa war ein bisschen pikiert. „Warum ich ein Ferienhaus eingerichtet habe, wenn Fritzi und die Kinder nun ständig hier wohnen, möchte ich mal wissen", brummelte sie.

Aber ihre Freundinnen Fräulein Söhnlein und Frau Buhl versicherten ihr, dass sie im Sommer ganz gewiss Mieter für ihr Ferienhäuschen finden würde.

Eigentlich war es schon seltsam, dass nun zwei unserer Nichten die Insel zu ihrem Heimatort gemacht hatten, überlegte ich, während ich schläfrig die Schlagzeilen im „Inselboten" überflog und mit halbem Ohr auf das Gespräch der Kinder, die am Tisch saßen, lauschte.

„Man darf Menschen nicht in einem Kochtopf verbrennen", setzte Finn das Gespräch fort, das mit seiner Frage nach Urnen begonnen hatte.

„Es sind keine Kochtöpfe, Finn. Es sind sehr schöne Porzellangefäße. Und man darf den Körper verbrennen, wenn der Mensch tot ist“, sagte Johanna.

„Das nennt man Einäscherung“, fügte Britta hinzu. „Und der Mensch spürt ja nichts mehr.“

Finn klebte ein Kreuz auf sein Blatt. „Puask“, murmelte er, das friesische Wort für Ostern, das er von Frau Siegesdorf gelernt hatte. „Haben sie Willem auch verbrannt?“, fragte er dann. „Kommen Kerrin und Leo deshalb nach Hause?“

„Sie kommen, um die Urne zu bringen, Dummerchen. Damit Ruth sie würdig bestatten kann.“

Ich spürte an der Stille der Kinder, dass sie sich meiner plötzlich erinnerten. Finns Stuhl rutschte zurück, und er schob sich hinter meine Zeitung. „Bist du sehr traurig, Ruthchen?“, fragte er und sah mich besorgt an. „Als Brittas Igel starb, hat sie geweint.“

„Wir haben ihn sehr feierlich begraben“, sagte Britta und kam nun auch zu mir aufs Bett. „Mit Blumen, und alle trugen eine Kerze. In einem Glas, weil es ja sehr windig war an dem Tag.“

„Ich habe etwas auf der Flöte vorgetragen, und wir haben gesungen“, sagte Johanna und plumpste aufs Fußende, wo Herbert auf Finns Wollsocken lag. „Mama hat gesagt, wenn du möchtest, könnten Britta und ich ein Stück einüben.“ Sie sah mich fragend an.

Ich sagte, dass das sicher sehr schön wäre.

„Glaubst du, Willem mag Flötenmusik?“, fragte Finn und krauste die Stirn. Er selber hielt nicht allzu viel davon. Er schob seine kalten Füßchen unter meine Wolldecke.

„Er hört es ja nicht. Nicht richtig jedenfalls. Er ist ja schon lange im Himmel“, erklärte Britta. „Da stören einen solche Sachen nicht mehr.“

Und so fand Fritzi uns. Zu viert lagen wir auf meinem Tagesbett und sprachen über Willem, der vor so langer Zeit fortgegangen war, um sein Glück, das unser Glück hatte werden sollen, zu finden. Und nun, mit den Kindern, fand ich die Worte, die mir so lange verwehrt geblieben waren. Ich beschrieb ihnen den jungen Mann, der so fröhlich gewesen war, dessen Lachen nie weit entfernt war. Seine blonden Haare, die ihm ins Gesicht fielen, und seine hellen Augen, aus denen der Schalk blitzte, wenn er einem von Vaters Gesellen einen Streich gespielt hatte. Ich dachte an ihn, wie er damals aufs Schiff gestiegen war, der Geruch nach nasser Wolle und Tabak, der ihn begleitete.

„Ich hol dich nach, Ruthchen“, hatte er gesagt, und nun war ich es, die ihn zurückholte. Ich war froh, dass ich nicht seine Enttäuschung hatte erleben müssen, die zerstörten Träume.

„Macht es dir wirklich nichts aus?“, fragten die Nichten mich am Abend, bevor wir Kerrin erwarteten. „Das mit den zwei anderen Frauen?“

„Fühlst du dich betrogen von ihm?“, fragte Ose und zog ihren bordeauxroten Schal fester um ihren Hals.

Ich dachte nach. Und merkte, dass ich keinerlei Eifersucht spürte. Vielleicht wäre es anders gewesen, hätte ich damals davon gehört, dass er erst Amalie Brodersen zur Flucht verholfen hatte und später dann dieser anderen jungen Frau, Rahel Rosenbaum. Vielleicht hätte ich es da nicht verstanden. „Nein“, sagte ich bedächtig. „Ich glaube beinahe, ich bin stolz auf ihn.“ Es war so lange her – so viel Leben war verflossen. Irgendwann war Willem zu einer Erinnerung meiner Jugend geworden. Sicher, zuerst hatte ich mir ausgemalt, wie es sein würde, wenn ich zu ihm stieß. Aber dann wurde er immer unwirklicher. Ich dachte an ihn mit Wehmut und erinnerte mich an die Freuden, die wir geteilt hatten, und die Trauer. Und irgendwann passte er nicht mehr in das Leben, das ich bei Frau Jantzen führte. Ich hatte für so eine kurze Zeit als verheiratete Frau gelebt. Wenige

Leute erinnerten sich daran. Wenn ich an Amalie und Rahel dachte, die eine dunkelblond, die andere schwarzhaarig, dann teilten sie etwas mit mir, was kostbar war. Die Erinnerung an einen jungen Mann, der einst auszog, die Welt zu erobern. Ich konnte ihnen nicht böse sein.

Weiß glitt die Fähre an meinen Fenstern vorbei. Durch mein Fernglas konnte ich einen roten Flecken ausmachen. Sie standen auf dem Oberdeck. Ose mit ihren langen, blonden Haaren, an denen der Wind zerrte. Kerrin daneben, ihre Augen hinter der Sonnenbrille verborgen. Und die Gestalt mit dem blonden Schopf, fast so groß wie Ose und Kerrin – das musste Leo sein.

## II

Am Donnerstag vor Ostern läuteten die Glocken der St. Nikolai Kirche in Boldixum, in deren Mauern schon Generationen von Petersens Taufen, Konfirmationen und Hochzeiten gefeiert hatten. Auch begraben lassen hatten sie sich auf dem Friedhof, dessen Grabsteine an die Vergangenheit erinnerten. Und obwohl es nicht seine eigenen Petersens waren, dachte ich, Willem würde sich in ihrer Gesellschaft wohlfühlen.

Die Urne, die seine Asche diese ganzen Jahre gehalten hatte, war sehr schön. „Viel zu schade für die Erde", hatte Bertha gemurmelt, als Ose sie vorsichtig aus ihrem kleinen Lieferauto gehoben hatte. Aufrecht hatte sie dort gethront, von Decken gepolstert, umgeben von Kerrins und Leos Gepäck.

„Ich habe Leo gefragt: ‚War das nicht gruselig, damit zu reisen?'", erzählte Ose und rieb mit ihrem roten Schal einen Flecken vom Porzellan. „Aber er hat gesagt, er hat sich das genau angesehen, was drin war. Die Asche ist gar nicht fein, sondern eher so kieselig. So ähnlich wie das, was man fürs Katzenklo braucht."

„Ose!", rief Fritzi empört.

„Wieso?", fragte Ose und riss ihre großen Augen auf. „Ich musste das ja immerhin in meinem Auto transportieren. Da wollte ich schließlich wissen, was da auf mich zukam."

„Du denkst wohl an Mumien, Ose", grinste Leo. „Die haben es nicht gern, wenn man sie stört. Und wenn man es tut, dann verwünschen sie einen."

„Leo, die Kinder", zischte Kerrin. Sie sah sich um und stellte erleichtert fest, dass Finn gerade mit seinem chinesischen Drachen eine kleine Ehrenrunde durch den Garten drehte.

Johanna und Britta waren natürlich viel zu alt, um sich über Gespräche, die sich um Mumien drehten, zu sorgen. Immer tauschten sie bedeutsame Blicke aus, wahrscheinlich würden sie des Nachts im Bett das Thema noch mal anschneiden, sich mit unheimlichen Geschichten gegenseitig ängstigen.

Wir standen im Kreis um die Urne, die Ose auf den Rasen vor dem Rosenbeet gestellt hatte. Die Osterglocken schwankten leicht in der Brise, und einige Tulpen schoben vorsichtig ihre Köpfchen aus der Erde.

„Als wir aus dem Flughafen fuhren, wagte Ose kaum Gas zu geben. Ganz langsam fuhr sie. ‚So macht man das im Leichenwagen', sagte sie. Und da hat Mama gesagt, es sei schon eine Schlange von mindestens fünfzig Autos hinter uns, und wenn Ose den ganzen Weg nach Dagebüll so fahren wollte, dann müsste sie rausspringen und ein Taxi anhalten."

„Oh Leo", sagte Willa. „Was bist du nur groß geworden."

„Siehst du, Mama, ich hab's dir doch gesagt, dass Willa das sagen würde. Hey, Finn, rate mal, was ich dir mitgebracht habe!"

Finn sah seinen großen Cousin bewundernd an. Man konnte sehen, er hatte nicht vor, demnächst von seiner Seite zu weichen. Leo holte seinen Rucksack aus Oses Auto und zog etwas heraus, was wie ein überdimensionales Osterei aussah, das jemand plattgedrückt hatte. Es war aus rotem Leder. „Das ist ein australischer Fußball", verkündete Leo. „Die sind oval, nicht rund. Ich will dir die australischen Regeln beibringen. Wir müssen ihn nur aufpumpen. Hast du eine Fahrradpumpe, Ruth?"

Ich sagte, es müsste wohl eine im Fahrradschuppen rumliegen. Im nächsten Moment verschwanden alle Kinder um die Hausecke, um den Fahrradschuppen zu stürmen. Die Nachhut bildete Olmi, der schnaufend hinterherstolperte.

„Oh Ruth“, sagte Kerrin und nahm mich noch einmal in die Arme. „Ein bisschen feierlicher hatte ich mir Willems Heimkommen schon vorgestellt. Bist du böse? Leo ist aufgekratzt nach dem langen Flug.“

Auf einmal musste ich lachen. „Wisst ihr, ich glaube, Willem zieht es so vor. Er war nie jemand, der Trübsinnigkeit verbreitete.“

Wir sahen alle die Urne an, die da zwischen den Blumen stand, und dann hob Ose sie entschlossen auf. „Dann hätte er sicher auch Lust, mit uns Kaffee zu trinken. Was für einen Kuchen hast du denn nun mitgebracht, Tante Bertha?“

Und so stand Willem in seiner Urne bei uns zum Kaffeetrinken, und später, als Kerrin bei mir auf der Veranda saß und mir noch einmal erzählte, was Rahel ihr berichtet hatte. „Zuerst hatte sie die Asche in einer einfachen Urne, so einem metallenen Ding. Diese fand sie später, als sie nach Melbourne gezogen war. Sie und Willem hatten genug gespart, um ein Häuschen zu kaufen. Den Papieren nach war sie ja du. Hast du denn nie deinen Pass vermisst?“, fragte Kerrin.

„Mein Gott, Kind, nein. Wohin hätte ich denn schon reisen sollen? Zuerst wartete ich natürlich auf ein Wort von Willem. Dann schien es mir albern, nur zu Hause rumzusitzen … Erinnerst du dich an die alte Frau Jantzen, der dieses Haus gehörte? Tante Janni habt ihr sie genannt. Na ja, sie brauchte doch Hilfe. Und wer hatte schon das Geld zum Reisen? Und dann noch ins Ausland. Nach Dänemark sind wir ein paarmal gefahren. Zu dem großen Möbelmarkt in Tondern, damals, als Fräulein Söhnlein sich entschlossen hatte, Schüler von Amrum und den Halligen aufzunehmen und neue Betten kaufen wollte. Als alle auf Dänisch standen. Mein Gott, das war eine Fahrt – mit

Elsa am Steuer! Da hatte sie noch diesen kleinen Fiat. Als Willa ein paar Jahre später mal zum Weihnachtsmarkt in Tondern wollte, habe ich darauf bestanden, mit dem Bus zu fahren. Jedenfalls, um nach Dänemark zu kommen, brauchte man doch nur einen Personalausweis. Selbst wenn ich an den alten Reisepass gedacht hätte, er war doch längst verfallen."

Kerrin nickte. „Er hat den anderen beiden gute Dienste geleistet", sagte sie. „Ruth – die Rahel, die möchte dir das Geld zurückzahlen, Willems Ersparnisse. Sie meint, es war immer deins. Sie hat ein schlechtes Gewissen."

„Kann sie sich das denn leisten?", fragte ich.

„Wahrscheinlich nicht. Sie hat bestimmt nur so viel verdient, wie sie zum Leben brauchte. Eine richtige Ausbildung hatte sie ja nicht. Sie erzählte mir, als sie nach Melbourne kam und Arbeit suchte, wurde sie gefragt, was sie denn vorher gemacht hätte. Als sie sagte, sie hätte in einer antiquarischen Buchhandlung gearbeitet, waren sie sehr beeindruckt und steckten sie in die Leihbücherei. Da blieb sie bis zu ihrer Pensionierung."

„Dann hatte Willem ja doch recht, in Australien kann jeder was aus sich machen", sagte ich leise. „Nein, die Rahel, die soll ihr Häuschen mal fein behalten. Ich hab alles, was ich brauche. Und der Willem … der hätte das auch so gewollt, sonst hätte er ihr doch nicht beigestanden."

„Warum …" Kerrin zögerte. „Warum glaubst du, hat er sich nie bei dir gemeldet?"

„Vieles können wir niemals zufriedenstellend erklären. Ich denke mal, er ist in eine Situation geschliddert, der er sich nicht so leicht entziehen konnte. Er fühlte sich für Rahel verantwortlich – so kurz nach dem Krieg … Vielleicht dachte er, ich könnte das nicht verstehen. Wahrscheinlich meinte er, ein paar Jahre, dann hätte er genug Geld verdient, dann könnte er neu anfangen."

„Sie hat gesagt, er hat mehrere Male angefangen, an dich zu schreiben. Aber jedes Mal hat er den Brief in kleine Fetzen zerrissen und verbrannt."

*Oh Willem, wie lange habe ich mich danach gesehnt, von dir zu hören.*

„Er war nie ein Briefeschreiber. Und das Häuschen, das die Rahel gekauft hat, sagtest du, es ist in der Nähe vom Meer?", fragte ich.

„Man kann bequem zum Pier laufen, wo die großen Passagierschiffe einlaufen. Da gibt es Cafés, Restaurants und kleine Geschäfte. Man kann da sitzen, Kaffee trinken und aufs Meer schauen. Einen schönen Strand gibt es dort auch, mit feinem, weißem Sand. Und eine Promenade, ähnlich wie hier auf der Insel."

In der Nähe vom Meer. Wie ich es mir gewünscht hatte. Ich versuchte, mir das Haus vorzustellen. Kerrin hatte mir den kleinen Garten beschrieben, die Vögel, die die Frau fütterte. Willem hatte Vögel geliebt.

„War es schwer, die Urne hierherzubringen?"

„Du glaubst gar nicht, wie viel Papierkram! Und dann als wir in Fuhlsbüttel ankamen! Aber endlich ließen sie uns durch."

„Darf man das denn in Australien? Die Asche einfach so rumstehen haben?"

Kerrin zuckte die Schultern. „Ja. Man kann damit machen, was man will. Sie auf den Kaminsims stellen oder sie ausstreuen, wo man möchte."

„Aber wenn Rahel einen besonderen Platz dafür hatte, vermisst sie sie nicht?"

Kerrin ergriff meine Hand. „Ein kleines bisschen Asche hat sie herausgeholt. Etwa eine Handvoll. Die hat sie auf die Erde unter ihr Rosenbäumchen gestreut. Findest du das schlimm?" Sie sah mich besorgt an und schob ihre Brille zurecht.

Ich schüttelte den Kopf. Es schien mir nur richtig so.

„Wilhelm Petersen kam als junger Mann zu uns auf die Insel“, hob der Pastor an. Er war die schmale Treppe zu seiner Kanzel emporgestiegen und ließ jetzt seinen Blick ruhig über die Menschen gleiten, die sich in den Bänken unter ihm versammelt hatten. Die Kanzel mit der gewundenen Treppe hatte es Finn sehr angetan. Er beugte sich zu mir vor und flüsterte: „Schau mal, Ruthchen, ein Balkon *im* Haus.“

Ich war erstaunt, wie ausführlich der Pastor aus Willems Leben zu berichten wusste. Willa und Bertha mussten ihm allerhand erzählt haben. Als der Pastor sagte, dass es erst vor Kurzem „mithilfe der Nichten“ gelungen sei, das Rätsel um Willems Verschwinden zu lösen, rückte Willa ungeduldig in ihrem Sitz. Ihre kleine, wohlgepolsterte Hand fuhr hoch, als ob sie Einspruch erheben wollte. Ich legte fest meine Hand auf ihren Arm. Es geschah Willa Recht, dass sie diesen Patzer von Seiten des Pastoren schlucken musste. Sie war es, die ihn aus dem Ruhestand gezerrt hatte, weil er zu der Zeit, als Willem und ich heirateten, das Pfarramt in Boldixum besetzt hatte.

Der Pastor fuhr unbehindert fort. Er beschrieb in etwas salbungsvollen Worten, wie Willem, kaum dass er in Melbourne angekommen war, Arbeit bei einem bedeutenden Projekt gefunden hätte, und da, bevor „er mit seiner jungen Frau wiedervereint werden konnte“, bei einem tragischen Unfall ums Leben gekommen war.

Es klang schon ein bisschen komisch, wie er darauf bestand, mich als junge Frau zu beschreiben. Mir war es, als ob er über eine andere sprach, der dies alles geschehen war. Als ich später an seine Worte dachte, verschmolz das Bild der jungen Frau, das der Pastor heraufbeschworen hatte – es verdoppelte, verdreifachte sich. Die junge Ruth, die ich auf den Fotos sah, die wir damals beim Fotographen hatten machen lassen, und die ich vergeblich in meinen abgetragenen Zügen suchte, vermischte sich mit Amalie Brodersen, so wie ich mich an sie erinnerte, und Rahel Rosenbaum, die ich mir nur vorstellen konnte. Die schlanke, hochgewachsene Frau mit den schwingenden, grauen Haaren hätte ich nie als Amalie Brodersen wiedererkannt. Fritzi hatte sich der fremden Frau zugewandt, als wir uns vor der Kirche versammelten, und hatte sie freudig begrüßt. Sie hätte sich im Hintergrund gehalten, wäre ich nicht zu ihr gegangen. Dort, umsäumt von den Grabsteinen, den säuberlich geharkten Gräbern, wo schon die Ostergestecke leuchteten, standen wir uns gegenüber.

„Begräbnisse finden immer noch um 14 Uhr statt", lächelte Amalie. „Es ist schön, dass ihr mich teilnehmen lasst. Ich danke dir."

Ich fand sie sehr sympathisch. Es tat mir leid, dass ich sie damals vor der Apotheke nicht angesprochen hatte. Wir hätten Freundinnen werden können.

Ich war erstaunt, wie viele Leute noch lebten, die Willem gekannt hatten, als er auf der Insel weilte. Zwei Lehrlinge von Vater waren da, gestandene Herren jetzt, einer hatte sich selbstständig gemacht, der andere hatte ein Möbelgeschäft eröffnet. Und ein Geselle, der Willa geholfen hatte, Vaters Werkstatt umzubauen, damals, als Helmut das Tischlern satthatte. Es kamen Bauern, denen Willem mal ihre Maschinen repariert hatte, und Männer, mit denen er auf den Schiffen gefahren war. Leute schüttelten mir die Hand und erinnerten mich daran, dass sie auf unserer Hochzeit getanzt hatten. Mit Mühe erinnerte ich mich an Gesichter, die ich zuletzt im Turnverein, auf Maitänzen oder als Lieferanten in der Pension der alleinstehenden Damen gesehen hatte. Herr Knudsen, der Polizist, den Willa um Auskunft gebeten hatte, kam und Rulf Brodersen mit seinem Neffen Jan.

Ich weiß nicht, was Amalie zu Rulf sagte und er zu ihr. Aber später berichtete Jan Ose, dass der Alte wohl beinahe gesprächig geworden sei und darauf bestanden hatte, dass Amalie sich den Hof ansähe, den „der Jung in Ordnung gebracht" hätte und ihr stolz seinen Käsekeller gezeigt hatte. Seine scheue Frage, ob denn Amalie nun, da sie eine Witwe sei, zu ihm zurückkommen würde, hatte sie lachend abgeschlagen.

Aber Willa wusste zu berichten – und das hatte sie von Fräulein Söhnlein –, dass Amalie in einem kurzen Gespräch mit dem pensionierten Polizisten, Herrn Knudsen, die Sache ihres Verschwindens geklärt hätte. Für einige Tage vibrierte die Insel mit der Neuigkeit, dass die Totgeglaubte doch am Leben war. Aber da war Amalie schon sicher zurückgekehrt in ihr Haus an der Gracht. Und allzu lange dauerte das Gerede auch nicht. Der Alten, die sich an Amalie und Rulf erinnerten, gab es nicht mehr so viele, und die Jungen wandten sich bald frischeren Skandalen zu.

Natürlich kamen Fräulein Söhnlein und Willas Freunde vom Krocket-Club, die Buhls und die Zollmanns. Letztere hatten ihren Reiseantritt zu der Flussreise, die sie von Passau nach Prag führen sollte, um einen Tag verschoben. Die Lüttköks kamen, Emmi und Carla, und ein behäbiges Ehepaar, das sich als Erk und Maike Hansen vorstellte. „Wir haben den Willem damals bis Hamburg begleitet, bevor er sich einschiffte", sagten sie und hielten lang meine Hand.

Nach viel Telefonieren war es Willa gelungen, einen entfernten Cousin Willems aufzutreiben, der in Flensburg lebte und sich, als alleiniger Blutsverwandter, sehr wichtig fühlte. Als einziger Mann saß er unter uns Frauen in der ersten Reihe, und Willa und Bertha machten, fand ich, ein bisschen zu viel Aufhebens um ihn.

Helmut und Marianne hatten in der zweiten Reihe Platz genommen, umringt von den Enkelkindern, die es aufregend fanden, ihre Oma und ihren Opa auf der Insel zu sehen. Als Helmut sich erhob, um die Grabrede zu halten, waren wir alle sehr stolz auf ihn. Britta und Johanna traten, als der Pastor ihnen das Zeichen gab, nach vorn und flöteten fehlerlos ein Stück, das sie mit Kerrin eingeübt hatten. Leo hatte mir gesagt, dass es „Waltzing Matilda" hieß und von einem Vagabunden handelte, der auf der Suche nach Arbeit durch Australien wanderte.

Als der Pastor die Urne gesegnet hatte, trug Leo sie zum Grab, wo die Petersens seit Jahrzehnten schlummerten. Das Loch, das sie erwartete, schien mir lächerlich klein. Einengend und schwarz wartete die Erde auf die sterblichen Überreste meines Mannes. Und in diesem Moment war ich froh, dass ich mithilfe Kerrins die Asche am Abend zuvor entfernt und mit Katzenstreu vertauscht hatte.

Das, was einmal Willem gewesen war, das trugen wir an einem sonnigen Tag, als das Meer ruhig und blau in der Sonne glitzerte, an eine einsame Stelle am Deich. Nacheinander tauchten wir unsere Hände in den Topf und schöpften eine Handvoll Asche heraus. Erst trat ich, dann Willa, auf den kleinen Steg, der dort ins Wasser ragte. Die Asche rieselte aufs Meer und ruhte da wie Wölkchen, die sich vom Himmel verirrt hatten. Fritzi trat mit Finn vor, sein kleines Gesichtchen vor Anstrengung gerunzelt. Er warf seine Asche weit hinaus. Als Ose auf den Steg trat, erhob sich ein Windzug und blähte ihren weiten Rock wie ein Segel. Ose ballte ihre Hand zur Faust und wartete ab. Als der Wind sich legte, öffnete sie ihre Hand und ließ die Körnchen durch sie hindurchrieseln. Ane, Britta und Johanna stiegen zusammen auf den Steg. Johanna hatte bunte Bänder in Anes Zopf geflochten, der schwer ihren Rücken hinunterhing. Sie holten weit aus, sodass sich die Asche in einem Bogen um den Steg ausbreitete. Zum Schluss kamen Kerrin und Leo. Sie schütteten gemeinsam das, was noch im Topf war, aufs Wasser.

Britta hatte für jeden von uns eine Schwimmkerze mitgebracht, und Finn und Johanna trugen Körbchen mit Blüten, die sie in Willas Garten gepflückt hatten.

Als die Kerzen auf der Strömung hinausgetragen wurden und die Blüten um sie trieben wie eine Ehrengarde, da wusste ich, dass Willem befreit war.

Ose und Fritzi hatten Picknickkörbe gepackt, und Ane breitete Decken im Gras aus und stellte Deckstühle für Willa und mich auf. Wenn man älter wird, ist es beschwerlich, auf dem Boden zu sitzen.

„Und jetzt zeigen wir euch, wie man in Australien Fußball spielt", verkündete Leo, als wir unser Picknick verzehrt hatten. Leo hatte mit Finn und seinen Cousinen ordentlich das Fußballspielen nach australischen Regeln geübt. „Das hat der Willem bestimmt auch mal gespielt, als er in Australien lebte", versicherte Leo mir und klopfte die Torpfosten, zwei längere und zwei kürzere Stangen, in die feuchte Marscherde. Dann wies er seinen Tanten ihre Positionen zu. Ose durfte Torwart sein. Fritzi stellte den Schiedsrichter.

Finn hüpfte aufgeregt hin und her. Als Besitzer des Fußballs durfte er abschießen. Er hielt den Ball in seinen dünnen Ärmchen und schwenkte sein rechtes Bein probeweise in der Luft. „Wir spielen mit dem Osterei-Fußball", rief er. „Pass mal gut auf, Ruthchen."

# Personenverzeichnis

Amalie Brodersen: *die Frau von → Rulf Brodersen, des Marschbauern*
Ane: *Nichte von → Ruth & → Willa Petersen; leitet ein Heim für behinderte Kinder bei Kiel*
Bertha Paulsen: *eine der Tanten; → Ruth und → Willas Kusine aus Bredstedt*
Britta: *→ Fritzis Tochter*
Ellie: *→ Kerrins Freundin in Australien*
Elsa Söhnlein: *→ Willas Freundin und Verbündete; Mitglied des Krocketklubs*
Finn: *→ Fritzis Sohn*
Fred Zollmann: *zusammen mit → Gertrude Zollmann auch „die Zöllner" genannt, unternimmt lange Reisen; Mitglied des Krocketklubs*
Fritzi: *Nichte von → Ruth & → Willa Petersen; Ehefrau von Hajo; drei Kinder; lebt bei Hamburg*
Fräulein Gebrecht: *→ Willas Mieterin; eine junge Frau, die die obere Wohnung mietet*
Georg Paulsen: *→ Bertha Paulsens verstorbener Mann*
Gerda Hansen: *Halligfrau*
Gertrude Zollmann: *zusammen mit → Fred Zollmann auch „die Zöllner" genannt, unternimmt lange Reisen; Mitglied des Krocketklubs*
Gudrun Schneider: *→ Ruths Hauswirtschaftsleiterin*
Frau Heinke: *„alleinstehende Dame"; strickt für → Oses Galerie*
Helmut: *Gatte von → Marianne; Vater der „Nichten" → Ane, → Fritzi, → Kerrin und → Ose; Helmut: → Ruth und → Willas Bruder*
Jan Brodersen: *ein junger Bauer*

Jean Vatzé: *antiquarischer Buchhändler in Amsterdam*
Johanna: → *Fritzis Tochter*
Kalle Schneider: *ein Bauer, der → Ose die Räumlichkeiten für ihre Galerie vermietet; → Gudruns Bruder*
Katrin Meier: → *Willas Mieterin; Krankenschwester; mietet die untere Wohnung*
Kerrin: *Nichte von → Ruth & → Willa Petersen; Mutter von → Leo; Lehrerin; lebt in Melbourne/Australien*
Herr Knudsen: *ein pensionierter Polizist*
Leo: → *Kerrins Sohn*
Marianne: *Gattin von → Helmut; Mutter der „Nichten" → Ane, → Fritzi, → Kerrin und → Ose*
Momme Buhl: *zusammen mit → Tilli Buhl Besitzer des Krocketrasens; Mitglied des Krocketklubs*
Fräulein Mönkelmann: *„alleinstehende Dame"; Fußballfan*
Morris: → *Kerrins Freund in Australien*
Ose: *Nichte von → Ruth & → Willa Petersen; Galeriebesitzerin; lebt auf Föhr*
Rahel Rosenbaum: *eine Frau, die in Australien lebt*
Rulf Brodersen: *der Marschbauer*
Ruth Petersen: *eine der Tanten; Erzählerin; Besitzerin des ‚Haus am Meer'; Schwester von → Willa*
Sanne Schneider: → *Gudrun und → Kalles Schwester, hilft in → Ose Galerie aus*
Frau Siegesdorf: *„alleinstehende Dame"; Internatsleiterin im Ruhestand*
Tilli Buhl: *zusammen mit → Momme Buhl Besitzer des Krocketrasens; Mitglied des Krocketklubs*
Ute Hansen: *Halligfrau*
Veronica: *Frau des → Jean Vatzé*
Wilhelm (Willem) Petersen: → *Ruths verschollener Mann*
Willa Petersen: *eine der Tanten; → Ruths Schwester; besitzt ein Haus in der Badestraße*
Zoe: → *Finns Freundin auf Föhr*